그들이 사는 세상 1

그들이 사는 세상 1

초판 1쇄 발행 2009년 10월 30일
초판 23쇄 발행 2025년 3월 7일

저자 | 노희경
펴낸이 | 金眞珉
펴낸곳 | 북로그컴퍼니
주소 | 서울시 마포구 와우산로 44, 3층
전화 | 02-738-0214
팩스 | 02-738-1030
등록 | 제2010-000174호

ISBN 978-89-962617-4-2 03810
      978-89-962617-6-6 03810 (전2권)

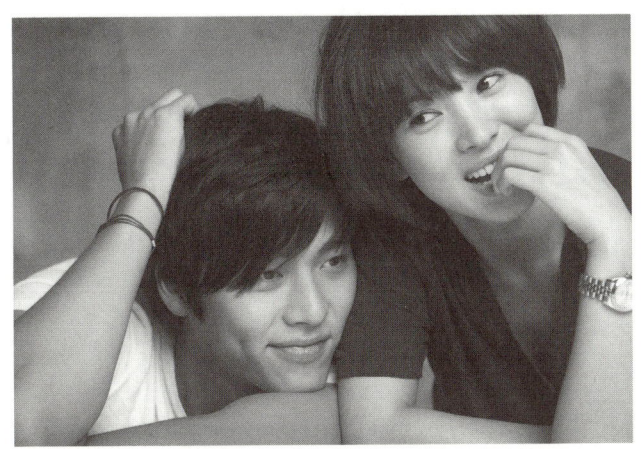

그들이 사는 세상

WORLDs within...

1

노희경 대본집

북로그컴퍼니

드라마 작가로 사는 게 더없이 행복하다

드라마 대본은 다른 문자 간행물과는 사뭇 다르다. 글로 되어 있되, 글만으로는 그 의미 가치가 별로 없다. 본래 목적이 〈글을 '일부' 재료로 한 영상물〉이기 때문이다. 그래서 나는 대본집을 내는 데 상당히 많은 시간을 주저했다. 글을 재료로 했지만 본질은 글보다 말이요, 말을 재료로 했지만 연출력과 연기력이 뒤섞이지 않으면 제품이 되지 않기 때문이다. 그럼에도 불구하고 대본집을 내는 것은 그 어느 간행물보다 독자의 상상력을 자극할 수 있다는 믿음 때문이었으며, 말이 갖는 재미 때문이었다.

마음과 다른 말, 마음과 같은 말, 말로라도 상대의 가슴에 비수를 꽂으려는, 어리석지만 탓할 수 없는 인간의 연약한 의도의 말, 그래서 내게 되돌려지는 아픈 말, 생각보다 먼저 튀어나오는 말, 상처받았던 말, 머뭇대다 내뱉은 말, 머뭇대다 끝내 삼켜버리는 게 훨씬 나았을 거 같은 말, 그러나 끝내 토해버린 말 같지도 않은 말, 오해를 주고 오해를 푸는, '아' 다르고 '어' 다른 말이 갖는 오만 가지 생기와 신비로움! 말로 글을 쓰는 드라마 작가란 직업을 사랑하는 이유가 여기 있다.

독자의 입장에선 낯설기도 하고, 쉽기도 할 것이다. 책을 내는 작가의 입장에선 배우의 연기가, 감독의 연출이, 스태프들의 노고가 빠져 싱겁지는 않을까 걱정도 든다. 그러나 대본의 부족함은 내 동료들의 가치를 알리는 일이 되니 그것으로 또한 족하다.

말은 마음을 전달하는 수단이다. 오늘도 차기 작품을 준비하며 내가 고민하는 것은 말보다 마음이다. 그런데 참 묘한 건 내 맘이든 그의 맘이든 들여다보려 하면 할수록 사람의 마음이 제법 아름답단 거다. 그래서 나는 말을 탐색하고, 마음을 탐색하는 드라마 작가로 사는 게 더없이, 많이 행복하다.

작가 노희경

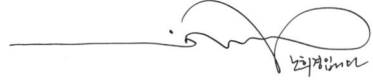

주준영

감독 역
송혜교

> "나랑 왜 헤어졌는데?
> 내가 뭐가 문젠데?"

방송가에서 주목 받는 루키 감독! 말은 직설적이고, 일은 열정적이며,
동료와는 유쾌한, 당차고 시원시원한 성격의 소유자이다. 하지만 그녀도
사랑 앞에서는 무한히 약하고, 돌아서서 눈물을 닦는 순정파이다.
지오와는 대학 선후배로 만나 사랑에 빠졌다가 드라마국에서 다시금 사랑을
재확인한다. 남성 중심으로 돌아가는 드라마국에서 당당한 동료,
무서운 경쟁자로 인식되고 싶을 뿐 다른 동정이나 관심은
넘치는 오버 이상도 이하도 아니라고 생각한다.

정지오

감독 역
현빈

> "무지 많이 사랑하고, 많이 보고 싶었고,
> 미안하고… 그리고 우리 이젠 절대 헤어지지 말자!"

몇몇 작품들을 통해 작품성과 대중성을 고루 인정받는 몇 안 되는
감독 중 하나! 예리하고, 정의롭고, 인간미 넘치고, 따뜻하고, 열정적이기
때문에 그는 후배들이 본받고 싶어하는 최고의 선배로 통한다.
드라마가 주는 '인간과의 소통'이라는 신념을 안고서 오늘도 현장을 누빈다.
당차고 매력적인 준영을 만나서 지난 사랑의 아픔을 떨쳐내고,
사랑이 무엇인지 깊이 깨닫는다.

윤영

배우 역
배종옥

> "이 세상이 그럴 만한 가치가 있어?"

흥행 파워와 연기력을 모두 갖춘 대한민국 최고의 배우이자,
숱하게 연예지 1면을 장식하는 한때 스캔들 메이커이다.
정상에서 나락으로 떨어졌을 때 끝내 곁을 지켜주는 동료들의 도움으로
제2의 전성기를 맞는다. 진정한 사랑을 애써 외면하며 즐기는 사랑을
선택했지만, 그녀만을 바라보고 살아온 민철의 사랑을 받아들여
새로운 러브스토리를 만들어간다.

김민철

드라마국장 역
김갑수

"인생 한 번 살지, 두 번 살어. 해볼래!"

작품성과 시청률을 동시에 잡았던 젊은 시절, 최고의 감독으로
인정받았기 때문에 일찍부터 드라마국을 호령하는 국장의 자리에 올랐다.
여배우 윤영과의 사랑으로 가정까지 버리지만 그녀의 배신으로 사랑에
실패한 뒤 배신의 아픔을 안고 살아간다. 그러나 15년 동안 윤영만 보고
살아가는 지고지순함으로 결국 그녀와 사랑의 결실을 맺는
해피엔딩의 주인공이 된다.

손규호

감독 역
엄기준

"너 같은 애 숱해 무시하고 살았어도,
난 한 번도 후회한 적 없거든."

이기적이며, 왕싸가지에, 자기밖에 모르는 속물 중의 속물! 시청률을
위해서라면 수단과 방법을 가리지 않지만, 방송 3사 중 최고의 시청률을
올리고 있기 때문에 누구도 감히 뭐라고 하지 못한다. 도도하고, 냉정하고,
바람기까지 많으니 동료들에게 왕따가 아닐 수 없다. 하지만 그 역시
가족이라는 십자가를 안고 살아가고 있으며, 남들에게 위로받기를 원한다.

장해진

배우 역
서효림

"정말 저 무시하고 떨어뜨리심
무지무지 후회하실 건데!"

청순하면서도 어눌한 말투, 그리고 가끔씩 보여주는 엉뚱함으로
중무장한 신인 여배우! 규호에게 무작정 대책없이 찾아가 드라마 주인공을
따낸다. 즐거운 세상에서 행복하게 살아가고자 하는 따뜻함으로 규호의
닫힌 마음을 활짝 열어 사랑에 빠진다. 연예인으로서가 아닌,
진짜 배우로서의 작은 싹을 틔우는 최고의 신예!

양수경

조감독 역
최다니엘

> "선배, 나 누구게?
> 나 수경이야?! 양수경!"

'미친 양언니'로 통하는 그는 준영과는 동갑이지만 재수, 의가사 제대 및 방송국 두 번 낙방 때문에 이제 겨우 조연출 2년차이다.
성격이 불같이 급하고, 머리는 단순하며, 앞뒤 안 가리는 다혈질인 그는 누구와도 쉽게 작업할 수 없다. 하지만 그런 그도 준영에게는 솔직하고, 다정한 사랑을 표현한다.

김민희

조감독 역
이다인

> "선배 좀 이상한 거 아십니까?"

얼굴, 옷차림, 말투, 성격까지 모든 것이 선머슴이다.
언제 어디서나 준영과 지오를 존경하고 조감독으로서 그들을 보좌하는 든든한 서포터! 그녀는 방송국 내 수많은 남자들을 짝사랑하지만 표현은 하지 못하고 마음속에만 담고 살아간다. 그래도 수경에 대한 마음은 솔직하게 드러내어 주위를 놀라게 한다.

이서우

작가 역
김여진

> "남잘 출세의 도구로 삼았다,
> 그 말 아무나 못하거든. 건배."

거침없는 말투, 칼 같은 대본 제출로 유명한 대한민국 최고의 드라마 작가!
꼼꼼하고, 정확한 그녀이기 때문에 잘난 척이 심하다는 말도 듣는다.
고등학교 졸업이라는 학력이 콤플렉스일 수도 있지만, 그에 전혀 연연하지 않고 일에만 빠져 산다. 사랑이라고는 못해봤을 것만 같지만 21세기판 '사랑에 속고 돈에 울고'는 그녀에게 딱 어울리는 말이다.

박현섭
드라마국 CP 역
김창완

**"너는 내가 누누이 말하지만
인정머리가 없어."**

드라마국 CP이지만 실력면에서는 장담할 수 없다.
그러나 인정 넘치고, 이해심 많고, 농담 좋아하는 성격 때문에
후배들은 그를 형처럼 잘 따른다.

오민숙
배우 역
윤여정

**"내가 니 친구냐? 오민숙씨게?
너는 으른도 몰라? 나가."**

사랑과 정에 무관심하고, 날카롭게 갈아놓은 장미가시 같지만
속으로는 사랑을 기다리는 최고의 배우! 아닌 척하면서도
후배들을 아끼고 따끔한 조언을 잊지 않는 엄마 같은 존재!
특히 수경을 친아들처럼 아끼고 따뜻하게 대한다.

김수진
배우 역
김자옥

**"언니, 내가 그래도 언니보다
연긴 못해도, 인기는 있잖아."**

연기력 시석에도 굴하시 않고 언제나 즐겁게 사는 인기 민졈의
배우이자 남편만을 바라보는 진정한 내조의 여왕!
가정적이지 못한 남편과 빈둥거리기만 하는 아들 때문에 속이 썩고,
마음이 아프지만 그래도 가정을 지키기 위해 최선을 다한다.

•• 용어정리

- **씬**   장면(Scene)이라는 의미. 같은 장소, 같은 시간 내에서 이루어지는 일련의 행동이나 대사가 한 씬을 구성한다.

- **점프컷**   두 장면 사이의 부자연스러운 절단을 의미하며, 연속성이 없는 두 장면을 붙이는 편집 방식을 뜻한다.

- **(N)**   내레이션(Narration)을 지칭하는 시나리오 용어로 장면 밖에서 들려오는 목소리를 나타낸다.

- **(E)**   효과음(Effect)의 줄임말로 보통 등장인물은 보이지 않고 소리만 나는 경우에 사용된다.

- **플래시컷** 화면과 화면 사이에 들어가는 순간적인 장면. 극적인 인상이나 충격 효과를 주기 위해 삽입되는 매우 짧은 화면을 지칭한다.

- **(F)**   필터(Filter)의 약자로, 전화기 너머의(필터를 거쳐 들려오는) 목소리나 마음속으로 하는 얘기 등을 표현할 때 쓴다.

- **DIS.**   디졸브(Dissolve)를 의미하며, 두 개의 화면이 겹쳐지거나, 블랙이나 화이트 화면과 기존 화면이 겹칠 때 사용된다. 시간 경과나 씬 마무리 때도 자주 쓰인다.

- **몽타주**   따로따로 촬영한 화면을 적절하게 떼어 붙여서 하나의 긴밀하고도 새로운 장면이나 내용으로 만드는 일 또는 그렇게 만든 화면을 말한다.

- **(OL)**   오버랩(Overlap)을 의미한다. 현재 화면이 사라지면서 뒤 화면으로 바뀌는 기법을 의미한다. 대사에서 OL은 호흡을 주지 않고 앞사람의 말을 끊고 말을 할 때 쓰인다.

- **인서트**   끼워 넣다(Insert)라는 뜻으로, 어떤 동작이나 상황을 강조하기 위해 삽입한 화면이다. 보통은 클로즈업되는 소도구나 움직임이 없는 장면을 클로즈업하여, 줄거리의 진행 도중에 끼워 넣는다.

- **F. O.**   페이드아웃(Fade-Out)을 지칭하는 표현으로, 영화나 텔레비전에서 화면이 처음에 밝았다가 점차 어두워지는 상태를 말한다.

- **플래시백** 원래는 몽타주의 한 방법으로 환상적인 분위기를 만들 때 쓰이나 빠르게 회상신이 나올 때도 많이 쓰인다.

- **틸업**   영어로는 'Tilt up'이라고 쓰며, 카메라의 위치는 고정시키고 카메라 앵글만 상향 또는 하향시키는 것을 의미한다.

Contents

•• 일러두기

1 이 책의 편집은 노희경 작가의 드라마 대본 집필 형식을 최대한 따랐습니다.

2 드라마 대사는 글말이 아닌 입말임을 감안하여, 한글맞춤법과 다른 부분이라 해도 그 표현을 살렸습니다.

3 말줄임표는 두 개(..), 세 개(...), 네 개(....) 등으로 다양하게 표현되어 있습니다. 이는 대사 시 호흡의 양을 다양하게 표현하고자 한 작가의 의도를 반영한 결과입니다.

4 드라마에서 장면을 나타내는 '씬'의 경우, 표준국어대사전에는 '신'으로 등록되어 있지만 여기서는 작가의 집필 형식에 따라 '씬'으로 사용했음을 밝힙니다.

5 쉼표, 마침표 등과 같은 구두점도 작가의 의도를 따랐습니다.

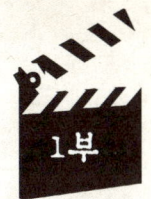

1부

적(敵)

그리고, 진짜 중요한 건 지금 그 상대가 적이다, 동지다 쉽게 단정 짓지 않는 것이다.
그리고 한 번쯤은 진지하게 상대가 아닌 자신에게

물어볼 일이다. 나는 누구의 적이었던 적은 없는지…

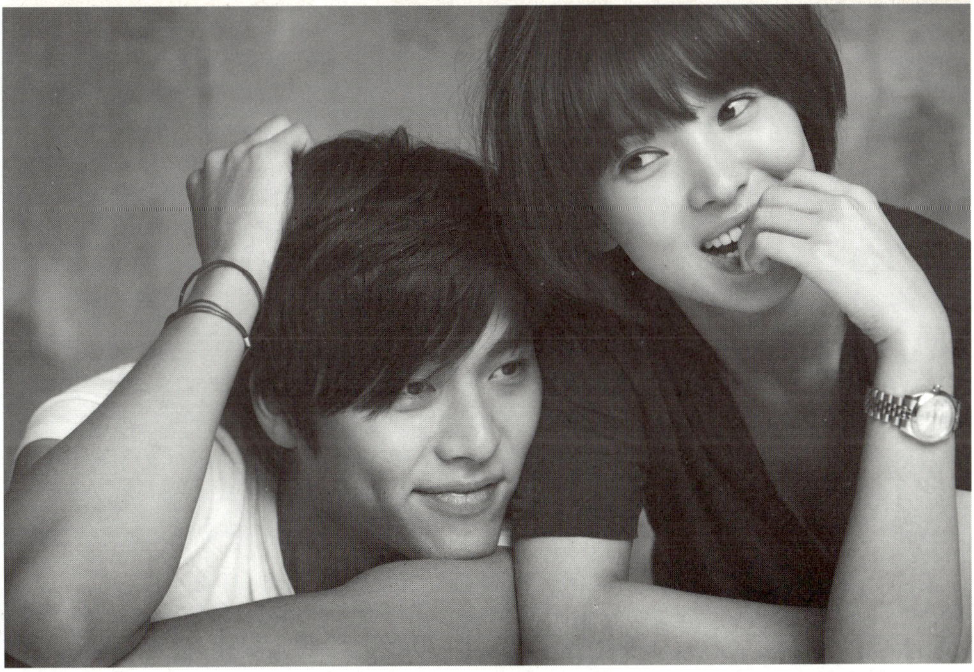

그 들 이   사 는   세 상

WORLDs Within...

씬1. 프롤로그.

1, 지오의 촬영현장(도심), 낮.

자막 : -12 : 20 : (초 단위 빠르게 넘어가는)

2~3층 정도의 건물 안에 소유가 테이블에 걸터앉아 분장의 도움을 받아가며 화장을 고치고 있고, 조명 스태프들 조명을 준비하고 있다. 카메라 창가로 빠져 건물 바깥을 보여주면, 촬영 스태프들 분주하게 레일을 깔고, 킹크레인과 살수차를 준비하거나 설치하고 몇몇 지시하는 게 보이고, 다른 한쪽에 서서 지오와 호식, 용성(조명감독) 서로 의견을 조율하는 모습이 보인다.

지 오 (긴장되고, 빠르게) 내가 필요하면 잘라서 쓸 거니까, 옥상 위부터 잡아서, 아래로 죽 틸다운해서 내려오자구요, 틸다운해서 내려올 땐 주춤거리지 말자고, 편집점은 내가 그림 보고 결정할 거니까,
호 식 그래, (하고, 팀들에게) 사다리 좀 더 올리자!
지 오 (진행에게) 니들 뭐하냐? 안 서둘러?!

* 섬쓰컷 〉〉
살수차 뿌려지고, 소유, 창가에서 생각 많은 얼굴로 있으면, 크레인에 올라간 호식이 촬영을 하는 게 보이고, 모니터 보는 지오와 용성, 그리고 스태프들 보이는데,

지 오 (살수차 쪽에 대고 소리치는, 빠르게) 비가 너무 많다, 소나기가 아니라, 폭우다, 폭우! (급하게, 박수를 두어 번 치고, 힘차게) 물살 줄이고, 다시 한 번 갑니다, 한 번 더!

2. 준영 집의 거실, 낮.

자막 : -12 : 10 : (초 단위 빠르게 넘어가는)

준영, 민희와 영미와 남자친구들 1, 2가 준기의 생일 준비로 한창이다.
남자친구들은 풍선을 불면서 서로 웃으며 장난을 치며 준영에게 '야, 넌 무슨
쪽팔리게 재회파티냐?', '쟤 취미잖아', '쟤 준기씨랑 전화하느라 안 들려'
하고, 민희와 영미 음식을 준비하는, 영미 '전생에 쌈하다 죽은 귀신이 붙었
나, 뻑하면 싸워서, 헤어지고 이번엔 며칠이나 갈라고..' 하면, 풍선 불다 힘이
든 옆의 친구 화를 내며 '조용히 해, 정신없게', '넌 원래 정신없잖아' 하며
장난치고, 그때 민희, 준영에게로 와서 '이거 간 좀 봐주십쇼' 하며 입에 잡챌
넣는,
준영(얼굴에 밀가루를 묻히고, 소매를 둥둥 걸었는데, 지저분한 느낌이다),
음식 받아먹고, 맛좋다고 고갤 끄덕이고, 생크림을 휘저어 크림을 만들며 준
기의 전화를 받고 있는,

준 영 (목에 핸드폰을 끼고, 일을 하며, 기분 좋은, 웃으며) 내가 왜 음식을 못해? 그
건 3개월 전 얘기죠, 아저씨. 나에 대해 늘 뭐든 다 안다고 생각하는 그 못된
버릇, 아직도 못 고쳤네, 고치라고 신신당부했던 거 같은데.

3. 준기의 병원 복도, 낮.

준기, 편안한, 그러나 웃진 않는, 걸어가며 전화하는,

준 기 니가 음식을 어디서 배워?

4. 준영의 집 거실, 낮.

준 영 (당연하단 듯) 인터넷은 놔뒀다 국 끓여드시나, 이럴 때 쓰지? (일하며, 담백
하게, 아무렇지 않게, 친구들 보며) 둘만 있고 싶다. 친구들 가라 그럴까? (작
게 웃으며, 친구들 보며)

친구들, 그런 준영 어이없이 보며 '쟨 왜 인생을 저렇게 사니', '저러다 죽게 냅둬' 하는,

준 영 (그때, 오븐을 보며, 버럭) 야, 저거 저거... (하고, 전화기 떨어뜨리고, 오븐에 가서, 문 열고, 옆의 행주로 케이크(조금 타서 냄새가 나는) 판을 꺼내다 '앗 뜨거!' 하며, 호들갑스럽게 간신히 케이크 판을 잡고, 친구들에게 주려 하면 '저리 가, 미쳤어, 기집애' 하며 친구들 피하고, 준영, 그 케이크 판을 크림 그릇 옆 한쪽 테이블에 내려놓다가, 그 바람에 크림 그릇 엎어지고, 집 전화 울리는, 준영, 손가락을 데었는지, '앗 뜨거 뜨거' 하며 손을 입 안에 넣고, 빨며, 집 전화 온 쪽 보는)

5, 준기의 병원 응급실, 낮.

자막 : −11 : 12 : (초 단위 빠르게 넘어가는)

인턴들, 머리를 다쳐 피가 흐르는 환자(젊은 여자)를 지혈하고, 티셔츠를 가위로 가르는, 그때, 준기 달려와 '나와, 나와' 하며 인턴들을 밀치고, 심폐소생술을 하는, 순간적으로 땀이 범벅이 되는, 그러다, 환자 의식을 확인하고, 준기, '수술 준비해' 소리치는, (의사 용어, 확인 요)

6, 편집실 계단 + 편집실 안, 낮.

자막 : −11 : 02 : (초 단위 빠르게 넘어가는)

민철, 화가 나 빠른 걸음으로 계단 내려와, 편집실로 가는,

* 점프컷 〉〉
클로즈업된 편집기, 스크래치가 심하게 간 촬영 테이프 보이는,
민철, 화가 나, 눈은 화면을 보며 넥타이를 풀며, 앞으로 뒤로 테이프를 돌려보면, 모두 심하게 스크래치가 간 상태다. 민철, 화면을 보고 있는데, 혜옥(편집자) 뒤에서 땀을 흘리며 주절주절 얘기하고 있는,

혜 옥 (긴장해, 버벅대는) 카, 카메라 이상은 아닌 거 같고, 경희씨가 촬영 직후에 확인할 때도.. 별 문제 없었.., 오늘 철이씨가 CG 손볼려고 확인할라고... 편집기에 넣는데,

그때, 민철, 갑자기 벌떡 일어나고, 그 바람에 혜옥, 놀라고,

민 철 (버럭) 오늘 방송 나갈 테입을 이따위로, 이 개새끼들이! 밥 처먹고 대체 일을 어떻게 이따위로.. (하며, 테이프를 뽑아 신경질적으로 죽죽 잡아 다 빼버리고, 화를 내는)

혜옥, 잔뜩 겁먹고, 속상해 서 있는,

7. 지오의 촬영 현장, 낮.

자막 : -10 : 21 : (초 단위 빠르게 넘어가는)

팀들, 철수 준비가 한창이고 지오 한쪽에서 전화를 받고 있는,

지 오 (화난 걸 참느라, 한 손으론 전화, 한 손으론 얼굴을 부비며, 숨을 고르면서도 빠르게 말을 하는, C팀의 중민이에게 말하는 것) 미안해, 형. 나도 몰라, 자세한 내용은, 일단 우리 쪽에서 경희씨 보낼 테니까, (하며, 경희(스크립터) 보면, 경희, 눈치 빠르게, '저 인천 갑니다, 인천! 정일씨, 차 좀 잡아주세요' 하며 가방 메고 뛰어가는, 그런 경희 보다가, 한쪽을 보는데, 철이(조연출 1) 차에서 내려 걸어오는, 지오 그런 철일 무섭게 노려보며 말하는) 예, 경희씨가 그 촬영현장에 있었어요, 형 간만에 쉬는데 정말 죄송합니다. 그래요, 내가 나중에 술 살게. 예, 수고하세요. (하고, 전화를 끊고 동시에, 철이 죄인처럼 지오 앞에 서면, 지오, 그냥 가려다가, 더는 못 참겠어 돌아서서 소리 지르며, 철이 멱살을 잡고, 머리를 때리는, 연거푸 때리며) 내가 분명히 말했지?! 열두 번도 더 말했지, 새끼야! 열두 번도, 더!

철 이 (미안한)

용성, 호식, 병욱 뛰어와 와서 지오를 뒤에서 안듯이 말리며, '에헤헤.. 그만 그만, 나중에 해, 시간 간다, 시간', '형, 참아 참아' 하며 지오를 거의 안다시 피 끌고 가는,

지 오 (끌려가며, 고개 숙인 철이에게 화나 소리치는) 일주일 전에도 확인하라 그랬지, 내가?! 이 주일 전에도 내가 말했지?! 보름 전에 찍어논 걸, 어떻게 스크래치 확인을 방송 당일날... 너 죽을래, 새끼야, (몸부림 치며) 이거 놔봐?!

8. 준영의 집 + 계단, 낮.

자막 : -10 : 00 : (초 단위 빠르게 넘어가, 9시간대로 가는)

준영의 방 안(문 열린), 준영, 서둘러, 옷을 갈아입고 있는, 민희, 옆에서 준영의 가방(대본이며, 펜이며, 핸드폰 두 개, 충전기 등을 넣는) 챙기고 있는,

준 영 (옷을 입으며) 민희야, 팀폰 챙겨, 팀폰. 대본하고, 펜하고, 지갑도.
민 희 (서둘러, 물건 챙기며) 다, 넣었습니다. 팀폰 가방 앞에 첫 번째 작은 주머닙니다. (하고, 가방 챙겨주고, 제 가방 둘러메고, 헬멧 들고) 먼저 갑니다. (하고, 가고)

그때, 영미 들어오며,

영 미 준영아, 택시 왔어. 야, 근데 너 정말 10시 안엔 들어올 수 있어?
준 영 두 씬밖에 안돼. 늦어도 7시면 끝나. 내가 머리가 좋잖아. (하고, 가방 메고 나가는)

준영, 현관으로 가면,
일하던 친구들 한마디씩 하며 '얘, 얘, 준기씨한테 또 욕먹을 짓 하네, 준기씨가 우리 볼라고 오는 것도 아닌데, 차라리 약속을 낼로 미뤄, 기집애야',
준영, 신발장에서 신발을 고르며 '참 말 많네, 니들은 10시에 모두 아웃하기다, 준기씨도 수술 들어가서 늦는다니까. 참, 야, 밥은 다 먹어도, 케이크는 손

대면 안 된다, 또 보자' 하고, 허둥지둥 신발 신고, 나가는,
친구들, '에이, 정말, 뭐야' 하고 자리로 가려는데, 준영, 문 열고 '야, 집 좀
치워주고 가' 하며 다시 문 닫는, 친구들 어이없는 '미친년' 하며 등 돌리는,

9, 도로, 달려가는 민희의 오토바이, 낮.

자막 : -09 : 40 : (초 단위 빠르게 지나가는)

10, 달리는 택시 안, 낮.

화면 분할된, 준영, 대본을 보며, 민철의 전화를 받고 있는,

준 영   (듣는 둥 마는 둥, 대본만 열심히 보고 있다)
민 철   (화난, 서성이며, 소리치고 있는) 넌 새끼야, 프로듀서면서 뭐했어?! 이 정신
        이 빠져도 오백 년은 빠진 새끼야!
준 영   (전화기 보며, 짜증스런)
민 철   철이 새끼가, 일 정신 빠져 하는 거 니가 미리미리 계산을 하고, 체크를 했어
        야지, 이 새끼야, 니가 프로듀서면서 왜 일을 그따위로, 너 내 말 안 듣지, 왜
        대답 안 해!
준 영   (건성으로) 화내면 일이 해결돼요?
민 철   뭐?
준 영   (그때, 다른 핸드폰 울리는, 핸드폰 보고) 지오선배 전화예요. 끊어요. (끊고,
        전화 받으며) 내가 철이 자식 언젠가 한번은 이렇게 대형사고 칠 줄 알았어,
        개 미쳤대지, 물어봐봐, 그 자식 분명 미쳤을 거야, 그거?!

        화면 아래위로 분할, 택시 타고 가는 지오가 보이는,

지 오   (답답한, 손으로 이마를 만지며, 버럭) 나도 말 좀 하자, 임마!
준 영   내 말 먼저 들어, 개 한 대 줘패지? 설마 그냥 넘어갔어?
지 오   (답답한) 벌써 줘팼지, 그걸 놔두냐, 내 성질에. 어디야?
준 영   가는 중, 선밴 편집실?

지 오   가는 중. 너 전에 그림 봤지?

준 영   봤지. 콘티도 기억나.

지 오   마지막 컷 해질녘인데.. (답답한, 제 머리 흩뜨리며 자포자기하듯) 그거 다 개
무시하고, 달리는 차 풀 샷, 그리고 경민이 바스트 그렇게 왔다갔다 두 번만 해.

준 영   (아랑곳없이 대본만 보며, 담담히) 어떻게 그래? 앞뒤 상황이 있지, 내가 알
아서,

지 오   (버럭) 자식아, 니가 알아서 하긴 뭘 알아서 해!

준 영   (어이없는) 나 선배 편이거든.

지 오   (한숨 쉬고) 욕심내지 말고. 집에서 뛰어나오는 거, 크레인 쓰지 말고, 풀로
받아 넘겨.. (속상한, 크게 아우 하고 한숨 쉬는)

준 영   C팀은 누가 나갔어?

지 오   (한숨 쉬며) 중민이 선배.

준 영   (대본 안 보고, 어이없는) 돈다.

지 오   (울고 싶다) 도는 정도냐, 미쳐 길길이 뛸 판이다, 내가, 자식아?

준 영   (대본 보며) C팀 먼저 받아서 편집하고 있어. 시간 맞출게.

지 오   6시까진 테입 보내라.

준 영   내가 알아서,

지 오   (말꼬리 자르며, 어르며) 6시까지라고 말했다.

준 영   (책만 보며, 건성으로) 네. (하고, 전화 끊는)

준영, 사라지고, 지오, 택시 안에서 답답하고 막막하게 창가 보는,

준 영   (N) 지금 내 옆의 동지가 한순간에 적이 되는 순간이 있다.

▪ 점프컷 〉〉
자막 : -09 : 26 : (초 단위 빠르게 지나가는)

달리는 택시 안, 준영, 전화하고 있는, 전화하는 소리 죽은 상태에서 내레이션
만 크게 들리는,

준 영   (호식과 전화하고 있는) 시간 충분해요. 경민이 별장 앞에서 원 씬 원 캇트로

받고, 거기서 도로 이동거리 10분도 안 되는데.. 지오선배는 내 생각해서 그러지. 그냥 지오선배 원래 콘티대로 찍어요. (애원조) 선배님... 지오선배가 화나서 대충하자는 말을 가지고.. 그대로 믿음 안 되지. 시간이 되잖아. 아직..

준 영 (N) 적이 분명한 적일 때, 그것은 결코 위험한 일이 아니다. 그러나, 동지인지 적인지 분간이 안 될 때, 얘기는 심각해진다. 서로가 의도하지 않았어도 그런 순간이 올 때, 과연 우리는 어떻게 대응해야 될까? 그걸 알 수 있다면 우린 이미 프로다.

씬 2.   지오 드라마 준영 팀 현장(별장 앞), 늦은 오후.

자막 : −06 : 30 : (초 단위 빠르게 지나가는)

윤영, 집에서 서둘러 나와, 차에 오르는 장면을 원 씬 원 컷으로 찍는, 호식, 모니터를 보고, 준영, '캇!' 하고, 일어나, 스태프들에게 '이동합니다!' 말하는, 스크립터 테이프 빼서, 퀵서비스(1, 2가 있는)에게 주면, 퀵서비스, 그걸 받아서, 가방에 넣고, 오토바이로 출발하는, 준영과 호식, 용성 차로 먼저 출발하는, 윤영, 자기 차에 올라 출발하는, 팀들, 찍는 대로 필름을 보내는 상황.

씬 3.   한적한 도로, 낮.

자막 : −05 : 11 : (초 단위 빠르게 지나가는)

1, 진행들, 깃발을 들고 지나가는 차를 다른 데로 가라고, 통제하는 모습이 보이는,

2, 차에서 운전하는 윤영의 모습을 렉카 차 위에서 찍고 있는, 호식 보이고, 준영, 그 모습을 모니터로 보며, 마이크에 대고, '선배님, 백미러 보세요' 하면 윤영, 슬프고 초조한 맘을 누르고 백미러를 보는, 준영, '다시 정면 쪽 보고, 차가 옆으로 옵니다' 하면, 윤영, 핸들을 움직여 차를 돌리는, 느낌으로 가고, 모니터를 보며 있는, 준영, 모니터를 보는데 눈빛이 예리하게 빛나는,

3. 윤영, 자기 차로 와서 타는,

자막 : -04 : 56 : (초 단위 빠르게 지나가는)

윤 영   (보온병의 커피를 따르며, 구시렁) 스턴틀 여잘 구해야지, 남자를 어떻게..
창 주   급했대요.
윤 영   (커피 마시며, 바깥에 윤영의 옷을 입은 스턴트맨과 말하는 주준영을 맘에 드
        는 듯 유심히 보며, 커피를 마시며) 저 여자감독 애가 지난번 몬테카를로 가
        서 상탄, (하다가, 옆의 쿠션을 창주에게 날리며) 너 내 차 안에서 김밥 먹지,
        말랬지?!

4. 준영, 그림을 그려가며, 스턴트맨 1(윤영을 분장한 사람, 마이크를 준비하
   는)과 스턴트맨 2, 3(윤영에게 추월당하는 차들을 운전할 사람)에게 말하는,
   무술감독, 호식과 용성, 서브 촬영감독도 보고 있는 상황이다.

준 영   저쪽 나무 앞에서 일단 빨간 차 추월하고, 3번 차를 코너 돌 때 추월하고, 길
        가 쪽으로 달리면.. 제가 캇 할 때까지 그냥 전속력으로.. 길가 쪽으로..
호 식   (답답한, 맘에 시계를 보며) 염병, 애간장이 녹네, 녹아. 시간 넘어간다, 빨리
        빨리 하자, 빨리빨리.
준 영   민희야, 가자! 가! (하며, 자기 자리로 가는)

5. 호식 달리는 차들을 촬영하고 있고, 서브 촬영감독, 오토바이에 올라, 차들
   이 달리는 모습을 촬영하고 있는, 준영, 스크립터와 모니터를 보고 있는,

자막 : -04 : 13 : (초 단위 빠르게 지나가는)

2호 차 출발해 오고 있는, 그때, 윤영의 차 그 차를 추월하고, 다시 앞서가는
3번 차를 추월해 혼자 큰길을 내달리는 게 보이는,

준 영   (모니터만 보며, 스크립터에게(귓속말)) 아까 거 말고 이번 그림 쓰자.. (숨을
        죽이고, 그림을 보는, 노을이 걸리는, 기분 좋은, '하나 둘 셋' 속으로 세는)

　　　　　　 컷! 수고하셨어요! 우우.. (하고, 신나게 박수 두 번 치고, 일어나고)
　民 희　　철수합니다! (하는데)

　　　　　　 호식, 스태프들 '뭐야, 뭐' 하는 소리 들리고,
　　　　　　 준영, 민희, 이상해 도로 쪽을 보면,
　　　　　　 윤영 차, 멈추지 않고, 가다가, 경운기 피해, 논두렁에 차가 처박히며 쾅 하는,
　　　　　　 준영 외, 스태프들 모두 놀라고, 어이가 없고,

　씬4.　준기의 수술실, 저녁.

　　　　　　 심전도기 멈추는, '삐' 소리 나는,
　　　　　　 준기(땀범벅), 피 묻은 장갑 끼고, 멍하니 서서 심전도기를 보다, 시계 보며,
　　　　　　 '사망시간 8시 9분' 하고, 맘 아프게 장갑 벗어 던지고 나가는,

　씬5.　방송국 복도, 저녁.

　　　　　　 철이, 죽기살기로 뛰는,

　씬6.　편집실, 저녁.

　　　　　　 혜옥, 편집을 하고 있는,
　　　　　　 지오, 얼굴을 부비며, 편집을 보고 있는,

　지 오　 지금 그 컷 말고, 오케이 컷 다른 거 있는데, (대본 보며) 세 번째 찍은 거.

　　　　　　 그때, 경희, 뛰어오며, 'C팀 테입 왔어요. 옆방에서 확인하고 있을게요.' (하
　　　　　　 고, 바로, 옆방으로 가는)

　지 오　 (경희 간 쪽 보고, 그림만 보는) 그래, 그거요. 두 번째에서 바스트까지만 쓰
　　　　　　 고, 나머진 이거로 가요.

그때, 철이 문에 서서 헉헉대며, '형' 하는,

지 오 (돌아보는) ?

씬7. **달리는 앰뷸런스 전경 + 앰뷸런스 안 + 뒤에 스태프 자동차, 저녁.**

자막 : −01 : 24 : (초 단위 빠르게 넘어가는)

앰뷸런스와 그 뒤에 스태프 차가 한 대 따라가는,

▪ 점프컷 1, 앰뷸런스 안 〉〉
스턴트(얼굴이 조금 긁히고, 옆구리에 손 얹고, 조금 불편한, 미안한), 누워
있고, 무술감독 답답하게 타고 가는,

용 성 (호식에게, E) 지가 걸어서 차에서 나올 정도면 멀쩡한 거지?

▪ 점프컷 2, 스태프 차 안 〉〉
호식, 용성, 믿게 준영을 보는,

준 영 (생각 많은)
호 식 (준영 믿게 보고, 혼잣말처럼) 테입이나 잘 넘어갔음 좋겠는데..
용 성 (준영 보며) 직접 전화라도 해야 되는 거 아닌가?
준 영 (생각 많은)

씬8. **종합편집실, 밤.**

지오, 종합편집실 부장과 종합편집(믹싱)을 하고 있는, 음악감독, 눈치 보며,
지오와 일하는,

부 장 (음악을 붙이며, 짜증스레 일하는) 바쁘니까, 손도 말을 안 듣네, (손바닥을
바지에 문지르며) 드라말 당일 찍는 게 말이 돼, 이게,

철 이   (고개 푹 숙이고, 참담하게, 옆에 앉아 있는)
지 오   (일에만 몰두하는) 프레임 아웃, 여기 노크 소리 넣어야 돼요.

종합편집실 부장, 지시하고,
음향효과, 노크 소리 넣는,

부 장   (일하며, 분통 터지며, 대본 넘기며) 아우, 아우, 아우!

씬9. 골목, 밤.

민희와 퀵서비스 오토바이가 달리는, 퀵서비스, 좌회전하다가, 미끄러져 넘어
지는, 민희, 놀라, 오토바이 그 앞을 지나쳐 세우고, 뛰어가는, 두 사람 뭔가
얘기하고, 이내 민희, 퀵서비스에게서 테이프를 받아, 제 오토바이로 달리는,
그러다, 계기판 보면, 기름이 거의 없는, 민희, 답답하게 달리는,

씬10. 드라마국 건물 복도 + 로비, 밤.

자막 : -01 : 05 : (초 단위 넘어가는)

철이, 죽어라 테이프를 들고 뛰어가, 급하게 차를 돌려, 송출실로 가는,

씬11. 방송 송출실 복도, 밤.

방송 송출부 부장, 화가 나 서성이는, 그때 달려오는 철이를 보며,

부 장   니들 죽을래?! 방송을 어떻게... 세 토막으로..
철 이   (죽어라, 부장 쪽으로 뛰는)
부 장   (걸어가, 낚아채서 가다, 돌아서서) 너 방송 끝나봐! (하고, 뛰어가는)
철 이   (숨을 헉헉 몰아쉬고, 다시 죽어라 뛰어가는)

씬 12. 도심의 주유소, 밤.

　　민희, 기름을 다 넣고, 오토바이를 타고, 빠져나와, 달리는,

　　자막 : -00 : 50 : (초 단위)

씬 13. 드라마국 안, 밤.

　　자막 : -00 : 06 : (초 단위)

　　민철, TV를 보는, 곧 방송이 시작한다는 타이틀이 나가는,
　　현섭, 옆에 와 앉으며,

현 섭　몇 토막 방송이야?
민 철　(뚫어져라, 방송만 보는) ...
현 섭　(민철 눈치 보며, 커피잔 주며) 마실래?
민 철　(TV만 보는)
현 섭　(민망해 입맛 다시고, 방송을 보며, 무심히 커피 마시다, 입술을 데어, 펄쩍 뛰
　　　며) 아이고, 어머니, 내 주둥이.. 으, 뜨거, 뜨거..
민 철　(TV만 노려보며, 넥타이를 풀고, 돌돌돌 마는)

씬 14. 종합편집실, 밤.

　　지오, 전화벨 소리 효과음을 넣는(C팀 테이프),

지 오　프레임 아웃.
부 장　(일하며, 초조하고, 화난, 한쪽에 서 있는 철이 안 보며) 왜 테입이 C팀 꺼만
　　　와, B팀은.. 안 와?
철 이　(난감하게, 지오 보는)
지 오　(긴장되게 일만 하는) 프레임 인.

씬 15. 드라마국 건물, 밤.

자막 : - 00 : 01 : (초 단위 넘어가다가, 삐! 소리 나는)

글자판 빨간색으로 바뀌면서, 깜빡대는,

자막 : on air 00 : 00 : 03

철이, 땀을 흘리며 테이프 들고 계단 내려오는, 그때, 민희 뛰어서 올라가다
만나는,

철 이 (멈추지 않고, 뛰어가며, 울고 싶은) 넌 왜 이렇게 늦어?
민 희 주둥이 좀 닥치십시오. (땀 흘리며, 멈추지 않고, 뛰어가는)

씬 16. 욱일 병원 깁스실, 밤.

욱일, 간호사가 해주는 깁스 하고 있고, 준영, 근용, 그 옆에서 생각 많은, 호
식(답답한), 좀 떨어져, 지오와 통화 중인,

호 식 정감독, 뭐라 할 말이 없다, 내가 대충 가자 시간 없다 말을 해도.. 굳이굳이..
(준영 밑게 보며) 주준영 저게.. 아, 무슨 기집애가 그렇게 고집이..

씬 17. 종합편집실 복도, 밤.

자막 : on air 00 : 08 : (초 단위)

지오, 전화를 받고 있는, 화가 나고, 속이 탄다, 한쪽 복도에 놓인 TV 보면, 방
송이 나가고 있는,

지 오 (얼굴을 부비며) 스턴트맨은요?
호 식 (F) 갈비 좀 나가고, 팔뚝 으스러지고.. 그만그만해.. 정감독 너무 화내지 말

고, 방송이야 별일 없겠,

지오 (갑자기 듣다 말고, 화가 나 핸드폰 집어던지며) 아우! (하고, 허리에 두 손을
올리고, 깊게 한숨을 쉬는, 어찌할 바를 모르겠는)

씬 18. 편집실 복도, 밤.

자막 : on air 00 : 19 : (초 단위 넘어가는)

민희, 철이, 죄인처럼 복도에 앉아 있는,
편집실 안에서는 경희와 혜옥, 편집을 하고 있는 상황.
경희, '됐다' 하고, 혜옥, 편집을 끝내면, 테이프를 빼서 나가면, 철이 벌떡 일
어나, 테이프 받아서 급하게 나가는, 경희, 힘들어 쪼그려 주저앉는,
민희, 그런 경희 보다가, 안을 보면, 혜옥, 속상해서 눈물이 나는, 경희에게
'마이크 살짝 걸린 거 못 지웠어' 하며 눈물 닦으며, 주변 정리하는, 민희, 밖
으로 나가는,

씬 19. 종합편집실, 밤.

자막 : on air 00 : 27 : (초 단위 넘어가는)

지오, 무표정하게 앉아만 있는,
부장, 마지막 색보정을 하고, 테이프를 빼서, 서 있는, 철이에게 신경질적으로
주고, '내가 이 일 정말 드러워 못해먹겠다' 하고, 그냥 일어나, 나가버리는,
지오, 기려는 철이의 테이프 뺏어 나가며,

철 이 ?
지 오 (급하게, 가며) 따라오지 마, 새끼야.
철 이 (서서 미안하게 지오 보는)

씬 20. 불 꺼진 준영의 집, 거실, 밤.

키 버튼 소리 나고, 잠시 후, 준기 들어와 불 켜면, 파티 분위기가 나는 실내,
케이크도 보이는, 준기, 소파에 가서 앉는, 메모지 보이는, 보면,
빨간 하트에 〈당신하고 떨어져 있는, 석 달은 너무 길었어 – 준영이가〉라고 쓰
여 있는, 준기, 메모지 내려놓고, 옆에 있는 준영과 찍은 사진을 들어서 보는,

씬 21. 드라마국, 밤.

민철, 서류철로 철이를 두들겨 패고, 현섭과 동료 한 명 더 민철을 말리는, 민
철, 사람들을 밀치며, '이 새끼, 이 새끼!'만 하며 철이를 개 패듯 패는, 규호
와 진범(조연출), 한쪽에서 아랑곳없이 스케줄을 짜는,

씬 22. 송출실, 밤.

부장, 테이프를 걸고 있는, 지오, 그 옆에서 긴장되게 서 있는,
부장 옆의 직원, 답답해, 말하는,

직 원   9초 남았어요. 부장님.
부 장   걸잖아, 지금. (하고, 긴장돼 손을 떨며, 테이프를 걸고, 버튼 누르고, 그림 연
결시키고, 바로 일어나) 너 따위가 감독이야?! 지금 사람 모가지 갖고, 장난
쳐! (하며, 그대로 지오의 뺨을 치는)
지 오   (고개 돌아간 채, 비틀 하고, 더 맞아도 좋단 심정으로, 다시 고개 숙이고, 서
있는)

씬 23. PC방, 밤.

준영(재미없는 얼굴로, 스타크래프트를 하는), 민희, (애완용 동물 사이트를
보는) 인터넷을 하고 있는,
책상 위에 놓인 두 사람의 팀폰 포함해 네 개 중, 세 개의 전화기에서 전화벨
울리는, 민희는 김민철 국장, 철이에게서, 준영은 지오에게서 각자 전화가 오

지만, 받지 않는, 사람들 눈살 찌푸리며, '아, 왜 전활 안 받어', '뭐야, 시끄럽
게, 전화 좀 끊읍시다' 등등 소리가 나는,

민 희 예, 죄송합니다. 죄송합니다. (하며, 제 전화기 배터리 뽑고, 준영의 핸드폰 보
고, 눈치 보며) 지오선배님 같은데 전화.. 안 받으십니까?

준 영 (인터넷만 하며) 어차피 낼 얼굴 보면 죽을 건데, 그때 죽지, 뭐.

민 희 그러십시오. (하며, 준영의 핸드폰 배터리 뽑는)

준 영 (인터넷만 하며) 방송국 언제 갈 거야?

민 희 (안 보고, 다른 데 보며) 국장님 퇴근하심 갈라고 합니다. 지금 감, 한 대라도
더 맞을 거 같아서.. (보며) 근데 준기선배님은.. 집에 안 가셔도 되겠습니까?

준 영 (인터넷만 보며, 담담한) 애들은 왜 이렇게 잘하니, 밥만 먹고 게임만 하나.

민 희 (인터넷 보는)

씬 24. 병원 휴게실, 밤.

근용(무술감독), 지오 준영이 낮에 찍은 드라마 엔딩을 보는,
근용, 웃으며 '그림은 좋네, 현장은 난리 북새통인데도.. 해 떨어지는 거 봐라,
아무 일도 없었네' 하는, 지오, 화나 굳어서 화면만 보며, 준영에게 전화하는,
벨 소리만 들리는,

씬 25. PC방, 새벽.

준영, 의자에 기대어 게임하다가, 아웃되는, 한숨 푹 쉬고, 옆을 보면, 민희,
코를 작게 골며, 침 흘리고 자고 있는, 준영, 핸드폰 켜 보면, 지오의 이름이
수십 개 뜨는, 그리고, 준기의 번호도 뜨는,
준영, 자는 민희 보다, 컴퓨터 끄고, 가는,

씬 26. 준영의 거실, 희뿌연 새벽.

준기, 화장실에서 면도를 하고 있는,
준영, 미안한 듯 문지방에 서서 거울로 준기를 보며 말하는,

준 영 (짐짓 밝게, 눈치 보며, 조금 아양떨듯) 집에 안 갔음 잘 줄 알았는데, 왜 이렇게 일찍.. 깼어?

준 기 ...

준 영 면도기랑 칫솔은 또 어떻게 찾고.. 자기랑 헤어지고 아무데나 처박아뒀는데.. 암튼, 뭐든 찾는 덴 귀신이야, 대체 어디서 찾았어?

준 기 (면도만 하는)

준 영 (눈치 보며, 우물쭈물 말하는) 미안해, 이렇게 늦을 생각은 아니었는데.. (불쑥 말 꺼내는, 조금 힘든) 참 일하다 스턴트맨이 다쳤다.. 많이 다치진 않았는데.. 나 방송국에서 짤릴지도 몰라. 하지 말라는 짓 했거든... 하긴, 짤림 짤리는 거지, 뭐, (눈치 보며, 웃음 띠고) 능력 있는 애인 있는데, 먹여 살려주겠지, 안 그래?

준 기 (면도하고, 세수하고, 그냥 나가는)

준 영 (서운해, 입맛 다시고, 나가며) 준기씨, 말 좀 해라, 차라리 화를 내시든가요, 예?

씬 27. 준영의 주방, 아침.

준기, 빵을 굽고 있고, 준영, 의자에 쪼그리고 앉아, 준기 눈치를 보듯 앉아 있는, 답답하고, 미안하지만, 어둡진 않다. 준기, 빵을 구워 식탁에 놓고, 냉장고에서 우유 꺼내는 동안, 준영, 빵에 버터를 바르며,

준 영 (짐짓 가볍게, 눈치 보며) 이번엔 우리 좀 오래 헤어져 있었다, 그지? 내가 어제 낮에 할 일이 없어가지고, 우리가 그동안 만난 날 하고, 안 만난 날 하고 한번 세 봤다.

준 기 (어느새 자리에 와서, 우유를 먹는)

준 영 386일 동안 자그마치... 312일을 안 봤드라. (작게 웃으며) 넘 심하지 않니? (하며, 빵을 주는)

준 기 (받아서, 먹으며, 옆의 신문을 보는)

준 영 (조금 서운한) 너는 짖어라, 나는 모른다, 대체 이런 남잘 내가 뭐가 좋다고.. 혹시 내가 싫은데, 내가 다시 보자고 하니까 억지로 만나? 별로 남 배려하는 성격 아니잖아? 설마 내가 목매니까.. 안 돼 보였어, 그래?.. 말 씹는 거 그렇

게 싫다고 말해도.. 또..

준 기 (신문만 보는)

준 영 (서운한) 그게 그렇게 재밌어? (신문 뺏으며) 어디, 나두 좀 보자.

준 기 (담담히, 준영을 보는)

준 영 (심통 난 애처럼, 신문을 뒤적이며, 내용을 읽다가) 볼 것도 하나도 없네.. (준 기 보며) 남자들은 신문 괜히 보지, 여자들한테 잘난 척할라.

준 기 (담담하게, 말꼬리 자르며) 어제 내가 수술 집도한 환자가 죽었어.

준 영 ?

준 기 (냅킨으로 입 닦으며, 안 보고) 가봐야겠다. 그 환자 가족들이 찾는대. (하고, 냅킨 놓고, 나가는)

준 영 (아차 싶은, 참 일도 안 된다 싶은, 머리 쓸어올리며) 차 안 가져왔지? 내려가 택시 잡고 있을게. (하고, 일어나는)

씬 28. 드라마국 안, 낮.

지오, 컴퓨터로 시말서를 쓰고 있는,
민희, 철이 고갤 푹 숙이고 그 옆에서 앉아 있는,
지오의 바로 앞자리, 규호, 진범 신인배우들 프로필을 보며, 말하고 있는,

진 범 얘는 머리가 넘 비어 보인다?

규 호 (사진을 넘기며) 섹시하고? 머리 들어 보이고? 연기 잘하고? 너 입맛 너무 까다롭다. (하다가, 앞에 있는 철이, 민희 보며) 니들은 자리에 가지, 왜 그러고 있어. 가.

철이, 민희 (동시에) 괜찮습니다.

규 호 에으.. (하고, 지오를 보며) 시말서 쓰냐?

지 오 ...

규 호 (혼잣말처럼) 간신히기는 하지만 시청률 20프로 넘음 됐지, 방송 삼등분해서 나눠 나갔다고, 시말서는 젠장. 야, 정지오, 못 쓴다고 개겨, 임마?! 광고 완판 붙어 나감 된 거지. (국장실 쪽 보며) 왜들 그리 이해심들이 궁핍해!

지 오 (일만 하는) ...

규 호 (웃으며, 불쑥) 야, 근데 어제 엔딩 컷 진짜 썩끈하드라. 내가 딱 보면 알지,

적(敵) 33

그거 준영이가 찍었지?

지 오 (일만 하는, 인쇄 뽑는)

규 호 (사진만 보며, 웃음 띤) 암튼 주준영 그거 진짜 물건이야. 어찌나 기집애가 힘이 좋으신지... 멜로를 스펙타클로.. 너보다 낫드라.

지 오 (사납게 보며) 입 안 닥치(냐)

규 호 (말꼬리 돌리며, 사진 보며) 앤 가슴이 너무 크다. 이런 앤 쉽게 질려, 빼고, 가슴 작은 애로 한번 찾아봐.

지 오 (밉게 보고, 옆에 인쇄지 뽑아, 국장실로 가는)

규 호 (사진 보며) 김군, 커피 마시자.

민 희 (밉게 보고, 커피 뽑으러 가는)

규 호 (진범 보며, 어이없단 듯 웃으며) 김군이 나 좋아한다. 몰랐지?

씬 29. 국장실, 낮.

지오, 한쪽 자리에 앉아 있고,
민철, 서류에 사인을 하며,

민 철 (서류만 보면) 니 작품에서 주준영을 빼면, 프로듀선?

지 오 (안 보고, 화난, 참으며) 다 끝나가는 방송에 프로듀서 필요 없어요.

민 철 (보며) 뭐가 다 끝나가, 3주나 남았는데, 테입 두 개나 손상 갔다며? B팀 촬영 안 나가도 돼?

지 오 찍어논 거 꽤 되고, 혼자 할 수 있습니다.

민 철 (서류 다 보고, 일어나, 웃옷 입고, 주섬주섬 주변의 물건 챙기며) 김소정은 재석이가 어제 사극 편성 받아 데려갔고, 송민은 재화가 달라 그러고, 선우덕은 드라마도시 들어갔다. 니가 데려갈 애들 없단 얘기야. 그렇다고, 규호랑 일하는 진범일 뺄 수도 없고. (보며) 너 혼자 A, B 다 못 돌리잖아?

지 오 (말꼬리 사르며) 돌립니다, 죽어라 돌리면.

민 철 성질 드런 두 놈이 만나, 아주 개판을 쳐라. (하고, 나가는)

지 오 (앞에 놓인 차를 마시는)

씬 30. 드라마국 안, 낮.

　　　민철, 나오다가, 멈춰 서서, 돌아보면, 준영, 뒤쪽에서 들어와 제자리(지오와
　　　대각선)에 앉는 게 보이는,

민 철　주준영.
준 영　(민철 보고, 일어나, 뒷짐 지고, 고개 숙인)
민 철　(화난, 버럭) 너 오늘부로, 정지오 작품에서 손 떼. 이 쌍.. 말도 디지게 안 듣
　　　는 누무 새끼야. (하고, 나가는)

　　　규호, 재밌다는 듯 준영 보고, 민희, 철이, 여전히 지오 자리에서 앉아 있고,
　　　다른 사람들, 힐끔힐끔 보며, 제 할 일들 하는,
　　　현섭, 이를 쑤시며, 준영을 물끄러미 보다가 작가가 오는 걸 보고, 밝게 '헤이,
　　　오작(가) 여기' 하는,
　　　준영, 착잡하게 자리에 앉으려다가, 지오가 자리에 앉는 게 보이는,
　　　준영, 일어나, 지오의 자리로 가서, 철이와 민희의 맞은편에 앉는,
　　　규호, 건너편에서 진범과 계속 사진을 보는.

준 영　(지오 보다가, 한숨 쉬고, 지오 보며) 미안해, 선배.
지 오　(무시하고, 스케줄표를 주며, 철이에게) 병욱이한테 스케줄 전부 다시 짜라,
　　　그래. 낼 헌팅 갈 거야. 스케줄 모레로 싹 다 몰아. 무조건 동선 위주로 잡아.
　　　B팀도 내가 덱고 나갈 거니까, 그렇게 알고.
준 영　(두 손으로 눈을 가리고 있는)
지 오　윤영선배랑 소유, 스케줄 가지고 난리치면 대거리하지 말고 나한테 연결 시
　　　켜, 가.
철 이　네. (하고, 가면)
준 영　(답답한, 두 손으로 얼굴 가리며) 정말 너무 미안해.
지 오　(보며) 너 어디서 여우짓이야?! (화난, 버럭) 여우짓 그만하고, 손 안 내려!
준 영　(손 내리고, 고개 숙인)
지 오　이게 기집애라고 빽함 여우짓으로 대충 바를라고, 콱, 그냥!

규호와 현섭, 그밖의 사람들 모두 놀라 지오를 보는,
민희, 옆에서 깜짝 놀라는,

준 영 (눈 뜨고, 못 보고, 작게 한숨 쉬고, 차분하게, 짐짓 편하게) 내가 잘못했어요.
작품 잘나가는데 나 땜에 초치게 하기 싫었어... 나름대론 최선을 다한다는
게, 오바했어. 그래도 경험 있는 선배 말 듣고, 하라는 대로 했어야 하는데, 시
간 계산해보니까,

지 오 (버럭 소리치는) 시간 계산은 너만 해!

현 섭 (작가랑 차 마시다) 야, 여기가 니 집 안방이야 나가서 싸워!

지 오 (아랑곳 않고, 준영에게 화난 소리치는) 나는 너만큼 머리가 없어서 내 작품
을 대충 풀 샷만 찍으라고 했겠냐, 새끼야?!

현 섭 (앞의 작가에게 웃으며) 쟤들이 원래 내 말을 잘 안 듣는데, 오늘 특히 안 듣
네. 커피?

지 오 (준영 보며) 너 그렇게 잘났어? 호식선배도 말리고, 나도 말리고, 용성이 선
배도 말리면, 대체 선배들이 왜 이렇게 말리나, 한번쯤 생각을 해봤어야 하는
거 아니야? 니가 자식아, 뭐가 그렇게 잘나서, 기어이 니 고집대로 해서 사고
를 내!

규 호 (준영 보고, 작게 웃으며) 야, 주준영, 너 내 작품 프로듀서해라. 뭐한다고, 일
도와주고 그렇게 욕을 처먹냐, 억울.

준 영 (말꼬리 자르며, 버럭, 규호에게) 시끄러워, 좀!

규 호 (어이없는) 지금 니가 더 시끄럽거든. (진범에게) 오디션 가자. (하고, 휘파람
불며, 가는)

준 영 (두 손으로 얼굴 부비고, 지오 못 보고, 맘 아픈, 차분하게) 프로듀서하게 해
줘요. 내가 다 잘못했고. 나도 어제 생각 많이 했어. 한마디로 내가 하늘 무선
줄 모르고, 날뛰었다 싶드라구. 선배 혼자 A, B팀 다 촬영 못해. 일단 화 풀고,
이제 막방까지 20일 남았는데.. 좋게 끝내자. 진정하고, 어, 선배?

지 오 (화나는 것 참고, 힘주어 말하는) 너 어제 사고치고 뭐했어?

준 영 기분이 안 좋아서,

지 오 (말꼬리 자르며, 속상한 비아냥) 기분이 안 좋아서, 집으로 애인 불러 노닥거
렸나?

준 영 (무슨 소린가 싶은, 보는, 서운한) ?!

지 오 니 핸드폰 안 받아서, 집으로 하니까, 니 애인이 받드라. 니가 사고 낸 욱일씬
       밤새 쇼크가 와서 나도 무술감독도 잠 한숨 못 자고 난리가 났는데,
준 영 (조금 놀라 보는)
지 오 너는 고작 병원에 얼굴 삐죽 내밀고, 핸드폰 꺼놓고, 집구석에 들어가 밤새 애
       인이랑 노닥거려? (점점 큰소리로) 그리고도 뭐, 선배 진정해?! 좋게 끝냅시
       다? 어제 너 땜에 엿 먹은 사람이 대체 몇인 줄 알어?! 이 얼빠진 새끼야!

       * 플래시컷 〉〉
       버스정류장, 과거, 밤.
       준영, 지오 자리에 앉아 있는, 지오, 버스가 오나, 거릴 보는데, 준영, 지오의
       어깨를 툭툭 치고, 지오 보면, 준영, 지오의 얼굴을 잡아, 키스를 하고, 달려가
       오는 버스에 오르는, 그때, 지오, 달려가 준영과 같이 버스에 같이 오르는, 서
       서, 멋쩍게 웃는 두 사람.

지 오 (E, 기억 때문에 맘이 복잡한) 뭐든.. 지 멋대로 해야 직성이 풀리지, 뭐든!!

       * 현실 〉〉

지 오 (준영의 의자 밀며) 꼴 보기 싫어, 나와, 임마! (하고, 거칠게 나가는)
준 영 (화나고, 서운하게, 지오를 보는)
민 희 (초콜릿 내밀며) 다크 초콜렛인데?
준 영 (지오 간 쪽만 보며, 착잡한) 욱일씬?
민 희 (초콜릿 먹으며) 쇼크는 잡았답니다. 밥 먹고 걸어 다니고 다 한대요.
준 영 (숨을 크게 몇 번 몰아쉬는, 생각하는)

씬31. 편집실이 있는 복도, 낮.

       여러 명의 배우 지망생들, 곳곳에 줄을 서 있거나 흩어져, 오디션을 볼 대본
       연습을 하고 있는, 해진, 창가에 붙어서, 호기심 많게, 오디션 장면을 구경하
       고 있는, 창가로 보면, 카메라를 놓고, 진범과 규호, 오디션을 보고 있는, 일하
       는 규호의 눈빛이 날카롭다, 이후, 준영, 착잡한 얼굴로 그 앞을 지나쳐 가는,

씬 32. 편집실, 낮.

지오, 혜옥과 편집을 하고 있다.
준영, 들어와 한쪽 자리에 앉아 있는,

준 영 (담담하게) 선배 나랑 나가서 얘기 좀 해. 그거 담주 분량이잖아... (일하는 지
오만 보다가) 밥 먹었어요? 안 먹었음 같이 먹자. 나도 식사 전이거든.

혜 옥 (준영 보고, 지오 보며) 식사하시고.

지 오 (화면만 보며, 말꼬리 자르며) 혜옥씨, 여기 대사 오버랩으로 보내자.

준 영 (서운하지만, 짐짓 편하게) 쪽 줄 만큼 줬잖아. 그만하자.

지 오 (화면만 보며)

준 영 (심하다 싶은) 사고 난 건 정말 미안하게 됐는데, 내가 사고 날 줄 알고 그랬
어? 아니잖아. 시간은 되고, 욕심은 나고.... (불쑥) 프로듀서, 할래요. 국장님
이 안 된대도, 선배만 허락해주면, 타이틀에 이름 떼고라도 내가 맡은 일이니
까 끝까지 최선.

지 오 (돌아보며, 담담하게) 너 진짜 미안해?

준 영 ?

혜 옥 (일만 하는, 난감한)

준 영 (가만 보다, 화가 나는) ... 아니.

지 오 (화나 보는)

준 영 솔직히 내가 뭘 그렇게 잘못했는지.. 나 잘 모르겠어. 최선을 다한 게 대체 뭐
가 문젠 건지, 정말.. 모르겠어.

지 오 (말꼬리 자르며) 그래서 너랑 나랑 헤어진 거야. (하고, 화면 보며, 혜옥에게)
앞으로 좀 돌려봐요.

준 영 (어이없이 보다, 피식 웃으며, 외면하다, 웃음 가신 얼굴로 다시 지오 보며, 혜
옥 보며) 선배 좀 나가죠.

혜 옥 (답답한, 일어나면)

지 오 (아무렇지 않은 듯) 일해, 혜옥씨.

준 영 나가죠, 선배, 부탁해.

지 오 (화면 보며) 이 씬 소유 감정이 별로예요, 잘라버리고, 담 씬부터 갑시다.

혜 옥 둘이 어떻게든 해결 좀 해. 똥개 훈련시키나... 짜증 나, 진짜. (하며, 일하는)

준 영　(지오를 빤히 보다, 나가는)

지 오　(일하는, 화면만 보는) 지루하다, 두 프레임만 잘라요.

씬 33. 룸살롱 앞, 밤.

현섭의 자가용 와서 서는, 웨이터 달려와 문을 열면,
민철, 현섭 내리는,

민 철　여기가 어디야?

현 섭　(웃으며) 술집이지 어디니?

웨이터　박현섭 부장님 맞으시죠?

현 섭　너 그래서 장사하겠냐, 나 전번에 온 거 몰라? 어서 오세요가 나와야지, 맞으시냐가 왜 나와? 자식이..

웨이터　(웃으며) 죄송합니다. 이리 오십시오. (하고, 가는)

현 섭　(기분 좋게, 따라가며, 허리띠를 만지며) 야, 너두 허리띠 풀러, 오늘 우리 진 따이만따이 한번 취해보자...

민 철　(썩 내키지 않게 따라가는)

씬 34. 룸살롱 안, 밤.

방송사 간부들과 윤영 회사 이대표, 서로 술을 권하며 마시고 있고, 현섭과 윤영, 백댄서들과 함께 신나게 노래를 부르는, 민철, 기분 안 좋게 술을 마시는, 윤영이 신경 쓰이는, 윤영은 노래에 취해 신이 났다. 민철, 술을 마시며, 춤을 추는 윤영을 꼬나본다.

민 철　(혼잣말하는) 천박한 건 여전하네. (하고, 술 한잔 마시고, 가는)

윤영, 현섭　(아랑곳없이, 신나게 노는)

씬 35. 룸살롱 복도, 밤.

민철, 문을 열고 화난 듯 걸어가다가, 잠시 멈추고, 다시 룸 앞으로 가서 유리

문으로 윤영이 노는 것을 보는, 그리운 맘이 든다. 크게 심호흡하며 가면서, 제 자신이 싫은, 답답한 얼굴로 머리를 툭툭 치며 가는,

씬 36. 몽타주, 낮.

1, 의상팀, 의상실에서 옷을 챙기는 모습, 누군가는 재봉질을 하는,
DIS.

2, 규호, 샌드위칠 먹으며 모니터 룸에서 어제의 화면을 보며, 연기자들의 연기를 다시 확인하고 있는, 채점표에 점수를 고치거나, 하는, 먹는 건 게걸스러워도 눈빛은 진지하다.
DIS.

3, 거리, 밤,
소유, 생각 많게 걸어가면, 스테디캠을 메고, 호식 촬영하고, 지오, 모니터를 진지하게 보며, '컷, 다시 한 번 갑니다!'

씬 37. 드라마국 안, 다른 날 낮.

지오, 가방을 챙기고 있는, 양말이며, 치약 칫솔도 확인해 넣는, 여러 장의 새로 산 팬티의 라벨을 따고, 정리하는,
준영, 제자리에 앉아서 그런 지오를 물끄러미 보고만 있는,
그때, 규호, 프로필 서류를 보다가, 준영을 보고, 다시 지오 보며,

규 호 정지오, 준영이가 너 보고 있다.
지 오 (맘에 안 들게 보면)
규 호 말해준 것도 잘못이냐? (하고, 프로필 보는)

그때, 지오, 짐을 챙기고, 나가는,
준영, 더는 못 참겠는지, 지오를 따라가는,

규 호 (가는 준영에게, 웃으며) 파이팅!

씬 38. 드라마국 복도(자판기 있고, 한쪽에 커피 마실 수 있는 의자가 놓여 있는), 낮.

지오, 가는데 정훈(까만 싱글을 입은, 대본을 보고 있는, 이후 가끔 드라마국 안에서 보이는, 지문에 없어도) 감독 1 '촬영 가냐?' 하고, 지오 '네' 하고 가며, 엘리베이터 오면, 타는, 준영, 같이 타는데, 전화 오는,

지 오 (빠르게, 발신자 확인, 연희임을 확인하고, 전화 받는) 팀폰으로 전화하지 말랬잖아. (사이) 내가 한 얘기 결론 내렸어?

준 영 (앞만 보고 있는)

지 오 아직도 생각해? 그럼 계속 해. (하고, 전화를 끊는)

씬 39. 연희의 인테리어 현장, 낮.

인부들 일하고, 연희, 아무런 일 없던 거처럼 웃으며 전화 내려놓고, 책상 같은 데 올라앉아, 자장면을 먹는,

씬 40. 드라마국 엘리베이터 안, 낮.

준 영 (OL) 아무리 생각해도 나는 내가 뭘 잘못했는지, 도저히 모르겠어. 좀 알려주라.

지 오 (앞만 보며) 사람이 다쳤고, 너 땜에 방송이 세 토막 났어. (보며, 어이없고 화나는) 다른 이유가 더 필요해? 하늘이 무너지고 땅이 꺼지고, 그래야 너는 큰일이냐?

준 영 (지오만 보며, 화나는, 참으며) 많이 다치지 않았고, 방송도 나갔어. 그리고, 왜 일이면 일 가지고 말하지, 사적인 거까지 들춰내서 사람 속을 뒤집어?

지 오 (가만 보는) ?

준 영 나랑 왜 헤어졌는데? 내가 뭐가 문젠데? 나도 별로 들춰내고 싶지 않은 지난 얘기, 선배 니가 니 입으로 먼저 꺼낸 거야. 그러니까, 얘기해. 나두 좀 들어보자. 내가 뭐가 문제야?

지 오 (준영 보는) 나 지금 촬영 나가는 거 안 보이냐?

준 영 (편안하게) 말하고 가. 6개월도 안 만난 우리 사이에 무슨 긴 얘기가 있어서, 주구장창 시간이 필요해? 서너 마디면 끝나지 않어?

지 오 (가만 보며, 놀리듯) 속이... 타나보다? 무지무지 답답한가보네?

준 영 (꼬나보는, 화가 나는) ...

지 오 화도.. 나나보다?

준 영 나 갖고 놀면 재밌어?

지 오 한땐 그랬지.

그때, 엘리베이터 땡 하는 소리 나고, 지오 나가는,
준영, 어이없이 엘리베이터 벽에 기대는, 시선은 지오 쪽을 보는 듯한, 문 닫히는,
(11부 씬 1. 프롤로그 3. 커피숍. 지오의 회상 있음)

씬 41. 방송국 밖, 낮.

지오, 촬영버스에 오르며, 스태프들과 인사하는, '푹들 쉬었어요?' 진행 1에게 머리를 만져주며 '막내, 감기 나았냐?' 하고, 자리에 앉는데, 전화 오는,

지 오 (전화 받는) 네, 정지옵(니다).

수 경 (F, 신난, 큰소리로) 선배, 나 누구게? 나 수경이야?! 양수경!

지 오 (혼잣말) 드디어 원조 또라이 입성이네.

씬 42. 동해 해안도로, 낮.

수경, 배낭 지고 걸어가는,

수 경 (신난, 좋은) 나 지금 서울 걸어서 올라간다, 쌍. 저 푸른 바다도 이제 안녕이다, 나 담주부터 출근인 거 알지? 나 형 밑에서 일할 거다, 감사 감사지?

씬 43. 촬영버스 안, 낮.

한쪽에 보면, 철이 시무룩하게, 창가 보고 있는,

지 오 (어이없는) 하나도, 안 반가워, 새끼야. (하고, 전화 끊고, 인원 점검하는, 병욱에게) 출발하자.

씬 44. 동해 해안도로, 낮.

수 경 (아랑곳없이 좋은, 핸드폰 보며) 인살 뭐 이따위로 해. (하고, 핸드폰 넣으며, 걸어가는)

씬 45. 화장실 안, 낮.

규호, 진범 들어와 변기 앞에 서서 볼일을 보며,

규 호 야, 우리 이번 주에 대체 애들을 몇이나 본 거냐?
진 범 600명 정도?
규 호 그런데도 어떻게 떠오르는 얼굴은 서너 명밖에 안 되니.. 애들이 전부 한 부모 밑에서 나온 애들처럼 똑같애 가지고. 코 높이 똑같지, 눈 죄다 찢었지, 혀들은 또 왜들 다 짧어. (흉내) 아녕하세요, 저는 므용을 정고하고, 아버지는 사업을 하신니다.... 우리나라 말도 제대로 못하는 것들을 데리고 드라말 만든다고, 그리고 지 아버지 뭐하는 건 왜 말해, 묻지도 않았는데, 연기에 대해 뭘 공부했냐니까, 춤 잘 춘다는 게 말이 되냐? (아랫도리 보며) 오늘따라 얘까지 왜 이렇게 시원찮.

그때, 불쑥 말소리 나는,

해 진 저 떨어졌어요?

규호, 진범 순간 너무 놀라, 변기에 붙으며,

진 범　(놀라, 버벅대는) 야, 야, 너, 너 뭐야, 뭐?

규 호　(변기에 붙어 서며, 귀찮은, 놀라지 않는) 쟨 또 어느 별에서 온 애니? 꽤 먼 별에서 온 거 같은데.

해 진　(뒤쪽 화장실문에 기대서, 애처럼 심통난 얼굴이다) 저.. 엊그제 오디션 봤는데, 연락이 없어가지고... 사무실 갔는데, 안 계셔서..

　　　　카메라, 해진이 기댄 문 안쪽을 비추면, 현섭, 배가 넘 아픈 얼굴로 문 밖의 해진의 발을 보며,

현 섭　(구시렁) 애는 목소리가 영, 아니네.. 아, 배야..

　　　　▪ 점프컷 ≫

규 호　(귀찮은, 진범에게) 별의별 게 다.. 아으.. (철이에게) 니가 마무리 져. (하며, 소변 보며, 몸을 터는)

해 진　연락 바로 준다고 집에서 기다리라고 했는데, 연락이 바로 안 와가지고.. 사무실 가도 안 계시고,

진 범　(옷을 추스르며) 내가 정말 애인 앞에서도 안 보인 모습을.. (다 추스르고, 어이없는, 해진 보며) 야, 너 뭐야? 너 소속사 어디야?!

규 호　(옷을 추스르고, 해진 보며) 참 인간 여러 질이다, 여러 질. 오늘 일진 무지 질척하네. (하고, 손을 씻는데)

해 진　(규호 옆에 서서, 아랑곳없이 할 말을 하는) 78번이구요. 저 연기 잘해요. 연습하면 연습한 대로 티나는 애예요. 엄마도 아빠도 친구들이 다 그래요. 근데 엊그젠 감기 들려서.. 정말 저 무시하시고 떨어뜨리심 무지무지 후회하실 건데.

규 호　(강조하듯 말하는) 내가, 나 너 같은 애 지금껏 숱해 무시하고 살았어도, 난 한 번도 후회한 적 없거든.

해 진　(담백하게) 이번엔 다를지도 모르죠.

규 호　지금 애가 나랑 놀자네. (무섭게) 따라옴 죽는다. (하고, 가는)

진 범　저 감독님 손엔 여럿 죽었다. 따라오지 마라, 애기야. (하고, 가는)

해 진　(가는 두 사람 보다가, 거울 보며, 물 묻혀서, 머리를 만지며) 배우 되고 싶은데.

그때, 현섭, 나오는데,

해 진 (보며, 맑게) 아저씨도 드라마 찍어요?
현 섭 (바지 추스르고 나오다, 놀라, 넘어지는) ?!

씬 46. 오디션 방, 낮.

앞의 배우 지망생, 사극 연기(홍길동 대본 같은)를 하고 있고,
규호, 그 연기자 보는,

진 범 (노트북으로 해진을 찾아서, 규호 보여주며) 형, 아까 걔 여기.. 연길 제법 하
　　　나보네, 형이 점수 B나 줬네.
규 호 (슬며시 보고는, 차갑게) F, 탈락 시켜. 어디서 감히.. (하고, 앞의 배우를 보
　　　는) 너, 이 의치냐? 딕션이 왜 그래?

씬 47. 레스토랑, 밤.

준영, 준기 양식을 먹고 있는,

준 영 (어이없고) 뭐? 소송? (점점 화나는) 지가 죽겠다고 옥상에서 떨어진 사람을,
　　　최선을 다해 수술했는데, 웬 소송? 별소릴 다 하고 있어. 개소리다 하고 잊어.
　　　웃기고 있어. (하고, 음식을 먹는데)
준 기 내 잘못이 없었는지, 나도 확신이 안 가. (하고, 포크 놓고, 옆의 와인을 마시는)
준 영 (음식 자르다, 보며) 무슨 말하는 거야, 실수 했단 거야? 오늘 조사위원회에
　　　서 동료들 증언에 문제없었다며? 그럼 소송해도,
준 기 (말꼬리 자르며, 맘 아픈) 사람이 죽었어.
준 영 ?!
준 기 소송은.. 나중 문제야. 사람이 죽은 게 중요해. (창가 보는)
준 영 (달래듯) 매번 있는,
준 기 매번 있는 일이지만, 매번 힘들어.
준 영 (미안한) 있잖아, 내 말은... 자기가 힘들지 않단 얘기가 아니고, 소송꺼리는

아니다 뭐 그런...

준 기 (말꼬리 자르며) 준영아, 우리 정말 이제 그만 보자.

준 영 (가만 보는) ?!

준 기 나는 이런 일이 있을 때, 24시간 내 곁에 있어줄 사람이 필요해. 엊그제 너한 테 갔을 때, 정말 니가 그리웠어. 가면서 널 만나면... 무조건 안아달래야지. 그리고 둘이 손가락이라도 걸고, 다신 헤어지지 말자고, 지난 일은 다 잊고, 다시 한번 잘해보자 그래야지.. 했어. 근데.. 니가.. 없드,

준 영 (말꼬리 자르며, 미안한) 일이 있었,

준 기 몇 번씩 같은 문제로 헤어지자고 하는 내가, 참 나두 싫다. 그런데, 시간이 가 면, 널 참을 수.. 아니, 이해할 수 있을 줄 알았는데...

준 영 (보는)

준 기 안 돼. 나는 내가 아는 것보다 훨씬 이기적인 거 같애. 내가 아주 힘든, 어제 나, 오늘 같은 날은... 무조건 옆에 있어줄 사람이 필요해.

준 영 (가만 보는, 착잡하지만, 따뜻하게) 우리 그동안, 세 번 헤어졌다 네 번 만났 어. 네 번 헤어지고 다섯 번째 만나지 말란 법 없지. 한 달 동안만, 만나지 말 아볼래?

준 기 그만하자.

준 영 (답답한, 가볍게) 낼 다시 올게. (하고, 가는)

준 기 (안 보고) 몸조심해.

준 영 (가다, 보며, 조금 화나고, 맘 아픈) 낼 다시 얘기하자 그랬지, 내가? 내가 만 만해? 준기씨가 헤어지자 그럼 헤어지고 만나자 그럼 만나? 나는 그런 사람 이야? 뭐가 그렇게 잘났어?! 왜 번번이 통보야?! 남자들 정말 이상해. (하고, 가는)

준 기 (와인 마시고, 담담히 생각하는, 맘이 아픈)

씬 48. 홍대 앞, 밤.

준영, 민희와 걸으며, 물건들을 보고 있는,

준 영 (조금 화가 난 듯하다) 지오선배, 준기씨.. 난 그 사람들한테 정말 좋은 친구 고 동지가 되고 싶었는데... 결과적으로 내가 그 사람들 적이 된 거 같애. 다들

날 못 잡아먹어서, 난리야. (하고, 모자 써보고, 거울 보며) 별로다. (하고, 놓고 가는)

민 희 (건성) 선배 좀 이상한 거 아십니까?

준 영 (쪼그려 앉아, 물건을 보며) 지오선배, 준기선배? 왜 넌 아무나 선배야? (하고, 모자 집어, 민희 씌워주는)

민 희 (덤덤히) 준영선배 말입니다.

준 영 ?

민 희 (거울 보며, 아무렇지 않은 듯, 덤덤히) 스턴트맨 사고 난 날, 지오선밴 그날 밤새 병실에 있고, 방송 토막 난 것도 혼자 다 뒤집어쓰고.. 근데, 선밴 PC방에.. 같이 놀긴 했지만, 좀 이상했습니다. 난 조연출이니까 뭐 그런다 쳐두, 감독인데.. 지오선밴 그 문제에 대해 얘기하는 거 같던데? 아님 말구요. (하고, 돈 내고, 가는)

준 영 (어이없이 보다, 따라가며) 야, 잘난 김군.

민 희 (뒷걸음으로 걸으며, 보는)

준 영 (걸어가며) 니가 정말 잘난 거 같아서 물어보는 건데, 지오선밴 그렇다고 치고, 그럼 준기씬 왜 그래?

민 희 (걸어가며) 남의 연애사는 별로 관심이 없어가지고 생각 안 해봤습니다.

준 영 (멈춰 서며, 어이없는) ?!

민 희 병원 걸어서 가실 겁니까?

준 영 (짜증스런) 그래.

민 희 전 다리가 아파서, 버스 타고 가겠습니다. (하고, 다른 길로 가는)

준 영 야, 너 니가 걷자고 했잖아?

민 희 (가며, 안 보고) 맘이 바뀌었습니다. 맘이 바뀌면 안 되나요?

준 영 (어이없게 보나, 민희와 다른 쪽으로 기는)

씬 49. 욱일 병원, 화장실 안, 밤.

민희, 뽕짝을 부르며, 오줌통의 오줌을 변기에 버리는, 그리고 세면대로 가서, 소맬 걷어붙이고, 오줌통과 걸레를 비누로 빠는,

씬 50. 병실 2인실, 밤.

한쪽에, 잘 닦인 변기와 걸레들이 한쪽에 널려 있는,
준영, 의자에 앉아 있고, 욱일(스턴트맨, 얼굴이 긁히고, 팔을 깁스 한) 앉아
서 편하게 얘기하고 있는,

욱 일 민희씨, 아니 조감독님 방금 왔다 갔는데,

준 영 (농담) 걔랑 나랑 생각보다 안 친해요.

욱 일 (웃고) 참 씬 잘 나왔다던데.. 정말 그래요?

준 영 (농담조, 잘난 척하듯) 정감독님 때보다, 훨.. 잘.. (엄지손가락 들어주는)

욱 일 (좋은) 담에도 나 써줘요, 그럼.

준 영 (웃으며) 많이.. 아파요?

욱 일 (웃고) 안 죽음 다행이다, 그 맘 안 가짐 스턴트 못해요. (옆의 냉장고 열며)
뭐 드실래요? 토마토, 녹차, 오렌지, 커피...

준 영 (냉장고 보며) 뭐가.. 많다?

욱 일 무술감독님하고 정감독님하고... 괜찮대도... 굳이굳이 챙겨주시더라구요.

준 영 (아차 싶은, 어색한 웃음) 아... (하고, 주변을 보면, 꽃이며, 완쾌를 바라는 카
드 등등이 벽면에 붙어 있는, 미안한 맘이 드는)

욱 일 녹차 괜찮죠? 순하고 맛있는 게 있든데.. 어딨나? (하며, 냉장고에서 음료
찾고)

준 영 저 잠깐만 나갔다 올게요. (하고, 나가는)

욱 일 (가는 준영 쪽 보며) ?

씬 51. 은행, 24시 창구 안, 밤.

준영, 돈을 꺼내는 5만 원 정도, 그걸 봉투에 넣고, 펜으로 봉투에 〈완쾌 바랍
니다, 홧팅!!〉이라고 쓰고, 나가려다 다시 기계에서 5만 원을 더 꺼내려 카드
넣고, 숫자 누르는,

씬 52. 죽집 밖, 밤.

　　준영, 죽을 사가지고 나오는, 그러다, 횡단보도에 서서, 잠시 생각하는, 그러
　　다, 전화를 하는,

씬 53. 달리는 촬영버스 안, 밤.

　　스태프들, 모두 눕거나, 쪼그리거나, 그렇게 널브러져 자고 있는,
　　지오, 졸린 상태로 전화를 받는,

지 오　그래서? 니가 병원을 갔는데 어쩌라구?

씬 54. 횡단보도, 밤.

준 영　선배가 왜 나한테 그렇게 화를 냈는지, 알겠다고... 말하는 거야.

　　▪ 화면 분할 》

지 오　(잠이 다 깨는, 자세 바로 하는) 빨리도 안다.
준 영　(속상한) 나는 왜 이렇게 모르는 게 많아? 사람이 다쳤는데, 뭘 잘못했는지
　　모르겠다니, 나.. 왜 이래?
지 오　(준영이 귀여운, 그러나 짐짓 내색 않고) 너 원래 그런 애잖아. 왜 새삼스레
　　그래?
준 영　(맘 이픈) 외사가 환잘 잃었어, 슬픔 거야, 그지?
지 오　?
준 영　나 같아도 이런 여자친구.. 싫겠다.
지 오　말을 제대로 해, 띄엄띄엄 뜬금없이.. 뭐야?
준 영　(시계 보며) 버스 안이겠네, 자요.
지 오　안 졸려. (하고, 하품 살짝 핸드폰 비켜서 하고, 짐짓 아무렇지 않은 듯 말하지
　　만, 말하기가 조금 힘들다) 어디야? 나.. 여기 산타마리오 근천데... 밥 먹었
　　나? 안 먹었음.. 같이... 뭐 너 할 일 있음 말고.. 근데, 할 일이 있어도 너 밥은

먹어야 된다, 너 뻑 하면 밥 거르는데, 기미 생겨, 임.

준 영 (담담함) 갈게, 산타에서 봐. (하고, 전화 끊는)

화면 분할, 사라지는,

지 오 (좋은, 핸드폰 바로 끊고, 가방 챙겨 운전사 앞으로 가며, 조금 급한) 기사님 저, 저 앞에서 좀 세워주세요.
기 사 방송국 안 들어가세요?
지 오 제가 급한 볼일이 생겨서... 사람들 깨니까, 좀 빨리..
기 사 (세워주면)
지 오 (눈인사하고, 내리는)

씬 55. 도로, 밤.

지오, 내리자마자, 택시를 잡기 위해 손을 흔들며 '택시, 택시!' 하는,

씬 56. 산타마리오 안, 밤.

손님들이 바글바글 많은,
한쪽 테이블을 보면, 현섭(혼자서 말하지만, 시끄러운), 작가들과 술을 마시며, '그러니까, 그거는 문제가 있지, 애기가 너무 없잖어, 20회를 끌고 나갈 애기치곤 너무 치졸하게 없잖어. 연애하고 헤어지고, 또 만나서 헤어지고.. 좀 그렇잖어' 하며 훈계하듯 가르치는데 술이 좀 취한, 다른 테이블, 회사원들 술에 취해 '남의 기획서를 왜 뺏냐?! 지가 부장임 다냐고, 야, 넌 왜 말 안 해, 너두 저번에 기획서 뺏겼지?' 하며 미진에게 소리치고,

미 진 (웃으며, 술 따라주며) 관둬라, 회사. (하고, 장난치는)

그때, 지오, 들어와, 현섭 쪽 보며, 조금 짜증스레 한쪽에 앉으며, 구시렁,

지 오 뭐야.. 맨날 여기서..

그때, 미진 와서, 지오에게 웃으며,

미 진 정감독 왔네?
지 오 누나, 박부장님한테 김국장님 오시는데 합석 가능하냐고 물어봐봐.
미 진 (웃으며) 잔머리. (하고, 가는)
지 오 (답답하게, 창가 보는)

그때, 카메라, 현섭 쪽으로 가면 현섭, 화를 내며, '이 인간이 날 감시하러 다니나, 어딜 재수 없게 코 빠뜨릴라고, 지금 막 말발나는데..' 하며 일어서며 '다른 데로 자리 옮기자, 자리!' 하며 사람들 다 데리고 나가는, 그때, 준영 오다가, 현섭 보며 '부장님' 하고 인사하면,

현 섭 야, 너두 여기 떠, 재수 없는 김민철 온대. 비싼 술 먹고 취한 거 확 깨네. (하고, 가는)
준 영 (가는 현섭 보고, 이상한)
지 오 (혼잣말) 이제 좀 조용하네.
준 영 (와서, 앉는)
지 오 ? (담담히, 물 마시며, 보는)

▪ 점프컷 〉〉
미진, 노래 부르는,

준 영 (술잔을 빙글빙글 돌리며) 선배 작품에 프로듀서.. 계속 하고 싶어.
지 오 (술 마시며, 보는)
준 영 이제 곧 4부작 특집 촬영인데... 모르는 게 너무 많아. 그동안 선배 따라다니며 많이 배웠는데.. (보며) 나 좀 껴주면 안 될.... (포기하고, 술 마시고) 내가 들어도 염치없네.
지 오 좀 다르다?
준 영 준기씨가 헤어지재.
지 오 (보다가, 의자에 기대, 어이없단 듯, 웃으며) 니들이 한두 번 헤어졌다 만났다 하냐? 난 또 뭐 대단한 일이라고.

준 영   (진지한, 보며) 나랑 왜 헤어졌어?

지 오   (보며) 걔가 너 일 그만두길 바라는 거 아니냐? 지 내조하라고? 야, 그런 놈하
       곤 애저녁에 헤어져, 지 일만 대단해? 지는 여자한테 내조 받고 싶으면서, 왜
       저는 외조 못해? 웃기는 놈 아니야.

준 영   왜 나랑 헤어졌냐고요?

지 오   (보면)

준 영   따지자는 거 아니고, 궁금해서 그래. 대체 왜 난 맨날 남자들한테 이렇게 채
       이는 건지, 우정이 있다면 좀 알려주라. 나, 답답해 돌아버리는 꼴 보지 않으
       려면.

지 오   (귀엽단 듯 보고, 웃으며) 말함 고칠라고?

준 영   들어보고.

지 오   아플.. 건데?

준 영   그럼 하지 마. 이대로 살지 뭐. (하다가, 술잔 집었다 놓고, 지오 보며, 화나
       는) 말해봐, (심호흡하고) 준비됐어.

지 오   (따뜻하게, 보며) 말 안 하고 싶다, 왜냐면, 넌 좋은 친구거든.

준 영   정말 쎈 말인가 보네. 그래도 해.

지 오   (보다가) 넌 너무... 생각이.. 없어.

준 영   ?

지 오   게다가 너무.. 쉬워.

       (3부 씬 15. 프롤로그 7. 3부 씬 17. 준영의 회상 있음)

준 영   (지오를 가만 보며, 술잔의 술 다 마시는, 지오에게서 눈을 안 떼는) 지금 그
       말을 풀어서 한다면?

지 오   생각이 없다는 건 누구나가 생각을 해야 할 때가 있는데, 가령.. 일하던 동료
       가 다치거나 그럴 때, 그럴 때도 너는 정말 생각이 없다는 거고, 쉽다는 건..
       이 남자하고 연애가 끝나고, 저 남자와의 연애로 넘어갈 때를, 말하는 건데,
       그게, (불쑥 말하는) 쉽다고.

준 영   (맘 아프고, 속상하고, 어이없는) 쉽.. 다? 참 아픈 말 고르는 덴 타고난 재주
       있다. (말과 동시에, 가방 들고 일어나, 나가는)

지 오   (가는 준영을 보며) 내 프로듀서 해.

준 영   (문을 쾅 하고 닫고 나가버리는)

지 오   (가만 보다가, 자신이 왜 이런가 싶은, 술 마시고, 대본을 꺼내고, 창가를 보

면, 준영이 화나 걸어가는 게 보인다. 착잡한, 그 모습을 손으로 턱을 괴고, 그 럽게 보는) ..

씬 57. 준영의 집, 거실, 밤.

1. 준영, 세수한 얼굴로 식탁 의자에 앉아, 라면을 먹으며, 주방에 놓인, 작은 TV를 보다가 생각난 듯 일어나 방으로 가서, 침대에 놓인 준기와의 사진을 사 진틀에서 빼서, 휴지통에 버리는,

2. 준영, 화장실에서 이를 닦다가, 갑자기 밖으로 나가, 거실의 사진첩을 찾 아, 준기와 찍은 사진들을 다 빼내다가, 문득 한쪽에 놓인 제 핸드폰에서 준기 의 이름을 삭제하는, 그리고, 그냥 화장실로 들어가는,

3. 침대방, 준영, 누워서 뒤척이다 일어나 밖으로 나가, 휴지통에서 찢어진 준 기의 사진을 이어 붙여보는, 그러다, 힘 빠져 소파에 기대앉는, 생각이 많은,

씬 58. 병원, 벤치, 낮.

준영, 벤치에 앉아 있는,

준 영   준기씨, 내가.. 이상한 습관 있는 거 알지?
준 기   (보면)
준 영   헤어지고 나서 꼭 일주일 되는 날, 밤 12시에 술 먹고 전화하는 습관, 말하는 거야, 내가 또 그럴지도 모르거든, 그런데 그러면 한마디도 받아주지 마.
준 기   (눈가 붉어져, 다른 데 보는)
준 영   세 번 정도쯤 안 받아줌 나도 지쳐서 더는 안 할 거야. 난 늘 세 번이 고비거 든. (갑자기 화나는, 눈가 붉어) 근데, 있잖아. 한 가지만 좀 따지자. 나도 슡 하게 촬영하면서, 힘들 때 있었고, 외로울 때 있었고, 자기가 필요할 때 있었 거든. 근데 난 자기한테 한 번도 그래달라고 바란 적 없,
준 기   니가 그래달란 적이 없어서, 나는 힘들었어.
준 영   (억울하고, 속상한) 내가 원하면 해줄 수나 있고? 첨부터 알았잖아, 우리가

안 맞는 거? 근데 왜 세 번씩이나 다시 만났어? 장난했어? 장난 같은 거 안 하는 칼 같은 사람이,

준 기 (맘 아픈) 칼 같은 놈이, 그만큼 니가 좋았어. (눈가 붉어져) 조금 좋았음, 벌써 끝났어.

준 영 (눈가 붉어져, 속상한) 헤어지자면서, 그딴 얘기하면 뭐해?! (잠시 생각하는, 그러다 준기 보며) 이번엔 이상해. 만난 지 하루 만에, 이러는 게.. 정말 끝날 거 같아. 그래?

준 기 (서글프게, 준영 보는, 맘 아픈, 다른 데 보는)

준 영 (눈가 붉어져, 속상한, 불쑥 말 꺼내는) 전화하면.. 받아줘.

준 기 (눈가 붉어져, 가만 생각하다) 회의가 있어. (하고, 가는)

준 영 참는 볼 건데, 그래도 안 되면... 할게, 그러니까 전화하면 받아줘.

준 기 (그냥 가는)

준 영 (속상하게 보며) 준기씨, 나 전화한다!

그런 두 사람 함께 보이는,

준 영 (N) 지금 내 옆의 동지가 한순간에 적이 되는 때가 있다.

씬 59. 국장실 안, 밤.

민철, 드라마를 보고 있고, 현섭, 화가 나 말하고 있는,

현 섭 야, 수경일 왜 우리 팀에 보내, (바깥 살피며) 심부장네 넣지?

민 철 (TV만 보며, 담담히) 다른 애들은 감당 안 될 거예요, 규호 밑에 넣어요.

현 섭 규호 개가 내 말 듣냐? 그 자식이, 수경이랑 앙숙인 거 뻔히 알면서, 그거는 가혹하지, 너는 내가 누누이 말하지만 인정머리가 없어.

민 철 (TV만 보는)

현 섭 너 그날도 말이야, 퇴직한 선배들 모시고 술자리 하는데, 말 한마디 없이 내빼고, 선배들이 너보고 뭐라는 줄 아냐? 재수 없대!

민 철 (보며) 철이 싫대서 내 직속으로 데려왔죠? 주준영 말 안 듣는다고, 싫대서 내가 데려왔죠? 타율 높은 놈 달래서 규호 주고, 대식이 주고, 성철이 주고,

현 섭   에이.. (하고, 일어나 가려다가, 민철 보며) 수경이놈 그래도 니 말은 좀 들으
　　　니까, 니가 덱고 일(해라),

민 철   (보면)

현 섭   (깔끔하게) 퇴근해. (하고, 가는)

민 철   (웃고, TV를 보는)

씬 60. 드라마국, 밤.

지오와 병욱, 경희, 진행 1, 2 등등 모여 컵라면과 오뎅, 순대 등등을 먹고 있
는, 촬영스케줄이며, 그밖의 일들에 대해 간간이 말하는,
철이, 그들과 조금 떨어진 곳에서 조용히 고개 숙이고 컵라면을 먹고 있는, 다
른 팀들도 저마다 일을 하거나, 의자를 붙여놓고 자는 모습들이 보이는, 현섭,
국장실에서 나오다가, 철이의 뒤통수를 냅다 치는, 그 소리에 지오 외 소리 난
쪽 보는,

현 섭   고개 들어, 고개, 그러다 라면에 코 빠뜨리겠다, 자식아. 하루 이틀 코 빠져 있
　　　음 됐지, 몇 날 며칠을..

철 이   (고개 숙이고, 그냥 라면을 먹는)

현 섭   (안됐게 보며, 지오에게) 니 말만 듣는댄다. 싸가지 없는 놈들. (하고, 가는)

지 오   (가는 현섭 보고, 구시렁) 왜 애 머릴 때리고 난리야. (철이에게) 고갤 왜 처박
　　　고 있어, 들어.

철 이   (쭈뼛쭈뼛 눈치 보며, 고개 드는)

지 오   의자 가까이 땡겨. (하고, 순대 집어, 라면에 넣어주고) 이것도 먹고. (하고,
　　　리면 먹는)

철 이   (지오 보며, 좋은, 의자 가까이 당기고, 라면 맛있게 먹는)

병 욱   낼 죽었네. 헬기 띄워 찍을람.

지 오   한 큐에 가는 게 서로서로 돕는 거다, 야, 단무지 좀 줘.

철 이   (벌떡 일어나 단무지 챙기려다가, 라면을 엎는)

다들 소리치는, '야, 너는 왜 그래?' 지오, 옆의 수건으로 철이 옷 닦아주며,
'넌 뭘 제대로 하는 게 있니?' 하는, 철이 웃으며, '제가 할게요' 하며 하고, 지

오, 다른 사람들 먹는 걸 보며, '야, 그건 철이 주게, 좀 놔둬' 하는,

준 영 (N) 그리고 그 적은 언제든 다시 동지가 될 수 있다. 그건 별로 어려운 일은
아니다.

씬 61. 드라마국, 주차장으로 가는 계단, 밤.

규호, 대본을 잔뜩 들고 휘파람을 불면서, 가는데, 뒤에서,

해 진 나 정말 연기 잘해요.

규호, 그 소리에 놀라, 대본을 뿌리며, 넘어져, 계단을 구르고,
해진, 비상구 한쪽에 기대서서 상관없이 말하는,

해 진 진짠데.. 담에 또 봬요. (하고, 꾸벅 인사하고, 가는)
규 호 (멍하니, 해진을 보며) 저거 돈 거 아냐?
준 영 (N) 그런데 이때 기대는 금물이다.

씬 62. 도로, 낮.

앞서가는 촬영 승합차와, 발전차, 그리고, 촬영과 조명 감독, 동시녹음이 탄
차 보이는,

씬 63. 달리는 촬영버스 안, 낮.

지오, 준영 나란히 앉아서 가고 있는,

지 오 (창가 보며) 오늘 날 정말 좋네. 촬영 접고, 소주 댓병 들고 룰루랄라 하며 소
풍이나 갔음 좋겠다.
준 영 (생각하며 가는)
지 오 이번엔 꽤 오래 참는 거 같다?

준 영 (보며) ?

지 오 강준기... 며칠 참았냐?

준 영 (담담히 보며) 내가 선배랑 왜 헤어졌게?

지 오 애 또 태클 들어오네. (하고, 창가 보면)

준 영 (어이없이 웃으며) 같잖았어. 자긴 뭐 대단히 생각하고 사는 거처럼.. 웃겨요.

지 오 (보면) ?

준 영 (놀리는) 내가 쉬워? 그래서 선배는 쉽게 살기 싫어서 골 아프고, 짜증 나고, 어렵게, 유부녀를 만나냐?

지 오 (기분이 상한) 고만.

준 영 (웃으며, 혼잣말처럼) 그러는 거 아니지. 지가 바람나 놓고, 뻔뻔스럽게, 내가 쉬워 헤어졌어? 뭐, 내가 이 남자에서 저 남자로 가는 게 넘 쉽다고? 웃겨요, 정말. 그럼 바람난 애인 바짓가랑이라도 잡아야 된단 거야, 뭐야. 쿨하게 보내 줘도 지랄이야.

지 오 (화나는) 혼잣말처럼 하면서, 말 막 한다?

준 영 (보며, 답답하게) 연희선배랑은 계속 그렇게 살래?

지 오 (보는)

준 영 할 말 없음 고개 돌려, 뭘 봐.

지 오 (화나, 고개 돌려, 창가 보는)

그때, 누군가 지오의 어깨를 툭 치는,

지 오 (버럭) 왜?!

민 희 (놀라) 사탕 드시라고. (준영에게 사탕 주고, 가다, 돌아보며, 지오에게 서운 한) 그게 그렇게 화ㅏ십니까! (하고, 자리에 가서 뾰로통해져 앉는)

준 영 (고소한 듯, 사탕 까먹고, 지오 보며) 오늘 콘티 좀 줘봐요.

지 오 너 나 이용하지? 내 콘티 그만 베껴. (얄밉게 보다가, 창가 보는)

준 영 드럽다, 말아라. (사이, 한숨 쉬고) 연애가 끝나니까, 할 일이 없다. 넘 지루 해. (하고, 창가 보는)

지 오 또 찾아 나서라, 왜?

준 영 (보며) 소개팅 해줄래?

지 오 쉬운 애로?

준 영	선배보다 좀 덜 어려운 애로.
지 오	넌 왜 그렇게 뺀질대니? (하고, 눈 감는)
준 영	선배하고 헤어지고 난 후에 생긴 버릇이야. (가방에서 옷을 돌돌 말아, 지오의 베개를 해주는)
지 오	어깨 주지?
준 영	자유분방을 주장하며 성추행이 횡행하는 이누무 방송가. 기대. (하고, 제 어깨 주는)
지 오	다시 전화해서 만나. 강준기, 좋은 사람 같든데.
준 영	(생각하는, 담담하게) 남 일에 감 놔라, 배 놔라, 그만하고 잠이나 자.
준 영	(N) 그리고, 진짜 중요한 건 지금 그 상대가 적이다, 동지다 쉽게 단정 짓지 않는 것이다. 그리고 (준영, 핸드폰을 보며, 수신인 번호를 찾으면, 온 전화가 없는) 한 번쯤은 진지하게 상대가 아닌 자신에게 물어볼 일이다. 나는 누구의 적이었던 적은 없는지. (준영, 창가를 보는) 준기씨가.. 좀 울드라. 많이 아니고, 살짝.
지 오	(담담한) 남자가... 보기보다 약해.
준 영	(속상한, 맘 아픈) 짜증나, 보고 싶고. (눈감는)
지 오	(눈 뜨고, 생각 많은)

씬64. 촬영장, 낮.

윤영과 소유, 자전거를 타고, 길을 가고,
준영, 헬기 위에서 호식과 호흡 맞춰, 촬영을 하며, '액션!' 하는,
그 밑에서, 지오, 렉카에서 모니터를 보며 윤영과 소유를 향해,

지 오	윤영선배, 좀 더 달려, 좀 더! 소유 뒤로 가고, 윤영선배 앞으로!

그렇게 촬영하는, 지오와 준영, 동시에 '캇!' 할 때, 화면 분할되어 한 화면에 잡히면서 엔딩.

2부

설레임과 권력의 상관관계

이 세상에 권력의 구조가 끼어들지 않는 순수한 관계가 과연 존재할 수 있을까?

설레임이 설레임으로만 오래도록 남아 있는 그런 관계가
과연… 있기는 한 걸까? 아직은 모를 일이다.

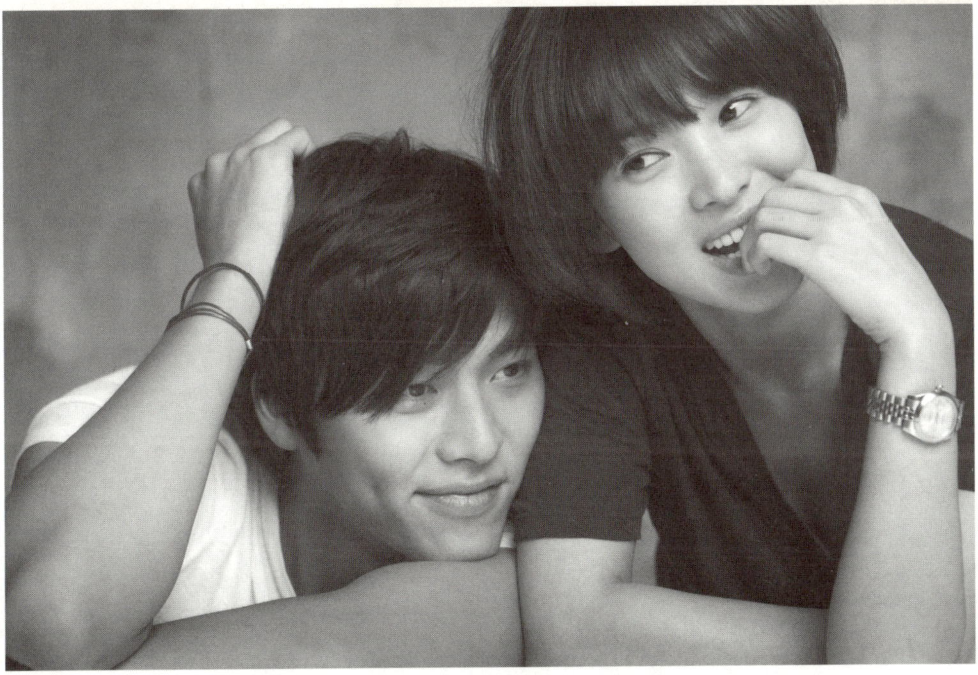

그 들 이 사 는 세 상

WORLDs Within...

씬 1. 프롤로그.

1, 준영의 거실, 밤.

준영, 식탁에 온몸을 쪼그리고 앉아, 반바지에 헐렁한 티셔츠 차림으로 밥을 비벼 먹으며(식탁 위에 준영모가 가져다준 것으로 보이는, 반찬통이 그대로 꺼내져 있는(접시에 보기 좋게 담긴 게 아닌 것)), 대본을 보고 있는, 너무 좋아 조금은 흥분한 얼굴로 대본을 보며, '여기서 그렇지, 이렇게 치고 가야지... 굿, 좋아.. 호호호호' 하며 대본에서 눈을 떼지 못하고 밥을 먹다가, 물을 먹다가, 입가에 밥풀이 붙었는데도 알지 못하는,

지오   (N) 한 감독이 생애 최고의 대본을 받았다.

2, 나이트클럽 안, 밤.

한 젊은 남자, 친구들과 심하게 몸을 흔들며 악을 쓰며, 춤을 추는, 미치게 좋은 표정이다.

지오   (N) 한 남자는 오늘 첫 취업 소식을 들었다.

3, 대중목욕탕 안, 밤.

수경, 신나게 머리를 감으며 노랠 흥얼거리는, 비누거품을 너무 많이 하고, 박력(?) 있게 머릴 감는 탓에 주변 사람들에게 비누거품이 튀고, 눈총을 받지만 아랑곳이 없다.

지 오 (N) 한 남자는 내일 꿈에도 그리던 드라마국으로 돌아간다.

4, 준영과 나이트클럽의 젊은 남자(스턴트맨 1), 수경, 세로로 분할되어 한 화면에 보이는,

지 오 (N) 그러나, 이렇게 일이 주는 설레임이 한순간에 무너질 때가 있다, 바로 권력을 만났을 때다.

5, 준영과 이서우(2회의 화난), 수경과 민숙(2회의 차가운), 남자와 위에서 올려다본 높은 다리(씬 2)가 위아래로 짝을 이뤄, 6분할되어 한 화면에 보이는,

지 오 (N) 사랑도 예외는 아니다.

6, 지오의 옥탑방, 밤.

연희, 평상에 누워서 전화를 받고 있는,

연 희 (편안하게) 자기 집 평상이야... 누워서 별 보고 있어. (사이) 안 와?
지 오 (N) 서로가 서로에게 강자이거나 약자라고 생각할 때,

7, 지오 동네 근처, 밤.

지오, 퇴근하는지 짐이 든 색을 메고 걷다가 멈춰 서서,

지 오 (화나는, 속상한) 내가 우리 집에 연락 없이 오지 말랬지? 너는 내 말이 말 같지가 않냐? (사이) 일해, 임마. 끊어. (하고, 전화 끊고, 다시 되돌아가는)
지 오 (N) 사랑의 설레임은 물론 사랑마저 끝이 난다.

8, 지오의 촬영장, 낮.

촬영팀 A, B 촬영 준비를 하고 있고, 지오, 한쪽 의자에 앉아 콘티를 보다가,

촬영감독 2(이후, 경래)와 콘티 얘기를 하고 있는 준영을 보는데, 그리운,

지 오 (N) 이 세상에 권력의 구조가 끼어들지 않는 순수한 관계가 과연 존재할 수 있을까? 설레임이 설레임으로만 오래도록 남아 있는 그런 관계가 과연.. 있기는 한 걸까?

지오, 일어나고, 철이, 사람들을 향해 소리치는,

철 이 갑니다!

지오, 자리에서 모니터 쪽으로 이동하는 모습 위로,

지 오 (N) 아직은 모를 일이다.

씬 2. 교각 위, 낮.

스턴트맨(소유의 대역, 프롤로그 2에 나왔던), 교각 위에서 손을 뒤로 해, 난간을 잡고, 땀을 흘리고, 온몸을 떨며 두려움에 차서 서 있는, 교각 밑에 경래, 촬영 준비를 한 채 짜증스레 스턴트맨을 보고 있고, 그 옆에 준영과 스크립터 2(이후, 현선)와 함께 어이없는 표정으로 교각 위의 남자를 보고 있는, 다른 한쪽에서 호식, 지오, 스크립터 경희, 촬영 준비를 한 채 있는, 그 모습 위로 교각 위에서 스턴트맨에게 말하는 근용의 대사 오버랩 되어 들리는,

근 용 (옆에 사람들을 생각해, 목소릴 한껏 낮췄지만, 화가 나) 너 지금 나 엿 먹이냐? 너 어젠 취직 시켜줘 감사하다고 들뜨고, 설렌다고 그랬지? 근데 왜 못 뛰어내려, 왜?!
스턴트맨 (두려운) ...
근 용 이게 누구 밥줄 끊어놓을라고.. 꿀 먹었어? 말 안 해?!

그때, 경래, 소리치는,

경 래   (스턴트맨을 보며, 화난, 소리치는) 야야야, 너 지금 뭐하냐?! 얌마, 일하러
         왔음 일을 해얄 거 아냐? 그 위에서 고사 지내냐?!

지 오   (답답한, 스턴트맨 쪽 올려다보며) 밥 벌어먹을라고 죽지 못해 나왔음 이판사
         판이다 하는 심정으로 뛰어내리면 쉬울 건데, 쟤가 놀러오는 줄 알고 설쳤다
         가, (어이없고 쓴웃음 지으며, 바닥에 침 뱉으며) 피똥 싸네, 피똥 싸...

카메라, 준영 쪽으로 가면,

준 영   (자기 자리에서 소리치는) 언제 뛰어내려요, 담 촬영도 있는데!

경 래   재촉하지 마, 주감독 같음 겁 안 나냐?

준 영   (짜증스런) 그래서 난 감독하잖아요.

경 래   (걱정스레) 물 밑에 있는 사람들 속 타네.

    * 점프컷 1 〉〉
    잠수부 두 명, 소유에게 산소호흡기를 해주고, 물속에 떠 있는, 그 옆에 또 다
    른 잠수부 두 명 보이는,

근 용   (E) 정말 가는 거다.

    * 점프컷 2 〉〉
    교각 위, 근용과 스턴트맨, 얘기하고 있는,

근 용   (OL) 다시 타임 걸기 없기야?

스턴트맨   (근용을 보며, 힘들지만, 심호흡하고) 네.

근 용   큰소리로 대답해.

스턴트맨   (크게) 네!

근 용   (스턴트맨 어깰 치고, 큰소리로) 갑니다! (하며, 조금 멀리 떨어진 지오에게
         로 달려가는)

지 오   (긴장돼, 큰소리로) 오케이 갑시다, 가! (하고, 준영 보면)

준 영   (긴장해, 모니터를 바짝 보고)

＊몽타주 >>
1, 지오, 모니터 보며, 레디-큐 하면,
스턴트맨, 긴장한 채, 양손을 번쩍 들어 그대로 입수하고,

2, 준영의 모니터를 보면,
스턴트맨 떨어지는 게 보이는,
호식과 경래의 카메라, 입수 장면을 잡기 위해, 움직이고,
스턴트맨, 입수하는 장면이 카메라에 찍힌 게 다른 각도에서 빠르게 보이고,
스턴트맨, 완전 입수를 하면,
준영, 지오 모니터로 파문이 이는 수면을 긴장되게 가만 보는,

＊점프컷 3 >>
스턴트맨, 물속으로 깊이 들어가면, 양쪽에서 잠수부들 달려와 스턴트맨에게
산소호흡기를 씌우고, 깊이 더 내려가는, 한쪽에 서 있던 소유, 착용하던 산소
호흡기를 잠수부에게 주고, 잠수부들, 소유를 데리고 밑으로 들어가, 스턴트
맨이 있던 자리로 작게 헤엄쳐 가, 물 아래로 헤엄치다가, 갑자기 유턴해 물
위로 확 솟구쳐 오르며(이때, 잠수부들 소유를 밑에서 떠받치는) 신나게 '와'
하고 소리치는,

＊점프컷 4 >>
지오, 모니터 보며, 경쾌하게 '캇!' 하고 소리치고,
준영, 모니터 보며 경쾌하게 '캇' 하는,

씬 3. 드라마국 안, 낮.

수경(넥타이를 맨), 화가 나 걸어 나오는,
현섭, 자기 자리에서, 소리치는,

현 섭 야, 양수경, 야, 너, 거기 안 서!
수 경 (그냥 가며, 핸드폰을 하는)
현 섭 (수경 간 쪽 보며) 아, 저 국가대표 또라이 저거, 저거...

수 경 (전원이 꺼져 있다는 메시지 나오면, 철이에게 걸어가며 다시 전화하고)

씬 4. 한적한 외곽 카페 바깥, 밤.

　　　카페 안에선, 지오와 호식, 용성이 소유와 윤영이 진지하게 대사를 치는 장면
　　　을 찍고 있는,
　　　카메라, 한쪽 차로 가면, 준영, 차 안에서 대본을 보며, 기분이 좋은, 민희, 대
　　　본을 보고 있는,

민 희 (읽다가, 이상한) 이거, 동성애 얘깁니까?
준 영 (조금 흥분된 표정으로, 대본 보며) 흥분 작렬이지.
민 희 전 별롭니다, 이런 자극적인 얘기.
준 영 (째려보면)
민 희 (보며) 제가 또 바른말 했습니까? (하고, 대본 보는)
준 영 (어이없는)

　　　그 그림 위로, 지오의 '캇' 소리 들리고,

씬 5. 카페 안, 밤.

　　　지오, 일어서며 서로 '수고들 하셨습니다' 하고, 태연, '낼은 수원 세틉니다,
　　　A팀만 여의도에서 7시 출발입니다, 오늘 밤은 편히 쉬세요!' 하고 사람들,
　　　'네' 하며 서로들 수고했다 인사를 주고받는, 지오, 인사하며 전화기를 켜면,
　　　수경의 전화가 여러 통 와 있는, 수경에게 전화하는,

수 경 (F, 화난 술을 먹은 듯한) 형이, 정말 나 싫댔냐?
지 오 (걸어가며) 그랬다, 왜? (하며, 준영이 탄 차의 운전석으로 가는) 싫은데 이유
　　　있냐, 그냥 싫어.

씬6. 포장마차 안, 밤.

수경, 혼자 소주에 안주를 시켜놓고, 조금 취해서 전화를 하는,

수 경 (어이없이 웃고) 형 나 지금 농담할 기분 아니거든, 내가 있잖아... (술 마시고) 2년 만에 강릉 갔다 드라마국 온다고 기분 째져가지고 오늘 양복까지 입었다. 근데 회사에서 나보고요, 심의실... (갑자기 말소리 커지는) 내가 지금 심의실 가게 생겼냐고! 피 뜨건 젊은 놈이 현장엘 나가야지! (답답한, 애원조) 형, 부탁한다, 나 좀 형팀에 껴주라. (사이) 나도 알지, 이미 다 박혀 있는 거, 그래도 좀 아무나 빼고, 나 껴주라!

씬7. 지오 차 안, 밤.

지 오 (차로 와, 운전석에 앉아, 안전벨트를 하며) 너 내 말은 물론 철이나 병욱이 준영이 말에 무조건 네 할 수 있냐?

씬8. 포장마차 안, 밤.

수 경 (말꼬리 자르며) 농담해?

씬9. 지오 차 안, 밤.

지 오 (요놈 봐라 싶은, 말꼬리 자르며) 일하는 동안 절대 술 안 마실 자신은?

씬10. 포장마차 안, 밤.

수 경 (답답한) 형... (웃으며) 내가 그런 거 말고, 다른 거 다 할게. 죽으람 죽는 시늉도 할게, 어?

씬 11. 지오 차 안, 밤.

지 오 (말꼬리 자르며, 어이없이 웃으며) 그래? 그럼 죽지 말고, 손규호 밑에 가.
(하며, 전원 끄는)

씬 12. 포장마차 안, 밤.

수 경 (어이없이, 전화기 내리며, 어이없이 웃으며) 정지오 너마저.. 야... 야..

씬 13. 지오 차 안, 밤.

준 영 (지오에게) 양언니?
민 희 사람들이 오늘 다 찡일 양언니, 양언니 하든데, 그 언니 이쁩니까?
준 영 (보며) 아마도 너보단?
민 희 왜 모든 여자들은 나보다 이쁜지.. 젠장입니다.
지 오 (룸미러 보며) 나 혼자 이 차 타고 갈 거다, 둘 다 내려.
준 영 (민희 보고, 턱짓하는)
민 희 (문 열다가, 준영 보고) 둘 다 내리라고.
준 영 (민희에게 눈을 치켜뜨는)
민 희 (순간 기죽어, 지오 쪽에 대고) 낼 뵙겠습니다. (하고, 나가는)
지 오 (룸미러로 준영 보며) 넌?
준 영 (조금 떼쓰듯) 집 갈 거잖아.. 같은 방향인데, 같이 좀 가자.
지 오 집에 안 가, 집에 갈 거면 촬영장에 미쳤다고 차를 끌고 오냐, 내가?
준 영 (어이없는) 왜 성질이야, 나만 보면.
지 오 너.. 대본 나왔지?
준 영 (미안한 듯, 웃으며) 좀 봐줌 좋겠는데... 죽이는데..
지 오 (룸미러로 보며, 황당한) 너 니 작품 할 때 나 이용해먹을라고 일부러 내 프로
듀서 자원했지?
준 영 요즘 생리주간이야?
지 오 (시동 걸고) 생릴 맨날 하나, 지난주에 끝났거든. (하고, 운전해 가는)

씬 14. 국도를 달리는 지오 차 안, 밤.

지오의 차, 달려가는, 준영, 여전히 뒷좌석에서 대본을 몰입해 읽고 있는, 지오, 룸미러로 준영을 보는데, 준영이 이쁘다는 생각이 드는,

지 오　(짐짓 아무렇지도 않게 담담하게, 말 거는) 너 이 동네 모르냐?

준 영　(대본 읽다, 창가를 보며) 여기? 어두워 암것도 안 보여....

지 오　(조금 실망스런) 너 아이큐 몇이냐?

준 영　(대본 보며) 시비 걸지 마세요. 요즘 실연의 아픔으로 대거리할 기운도 딸리는 지경입니다. 넘 이해심이 없으신 거지.

지오, 뭔가 말을 하려다가, 서운한 듯 준영을 보다 이내, 노란 신호등 보고, 멈추는, 그리고 한쪽에 불이 켜진 작은 버스정류장 쪽으로 고갤 돌리면,

* 인서트 – 회상 〉〉
현재의 그림 위에 과거의 그림 덮이는,
정류장에 비가 오는, 준영, 커다란 배낭에 촬영가방을 들고, 비를 피해 정류장으로 뛰어 들어와 물기를 터는, 그때, 자전거 경적소리가 나, 준영, 소리 난 쪽을 보면,
지오, 추리닝 차림에 우비를 입고 자전거를 타고 그 앞을 지나치던 중이었던 듯 서 있는,
준영, 조금 놀라고 반갑게 '지오선배' 하는,

지 오　뭐하냐, 여기서?

준 영　(반가운) 작품 구상하러.. 헌팅도 하고 그럴라(고)... 실연당해서 여행 간다드니.. 가까운 데 있었네요.

지 오　(어이없는) 나 실연당한 거 대자보 붙었냐?

준 영　네, 참 나 방 구해야 되는데, 선배 방 있죠? 꼽사리 좀 끼자. (하고, 지오의 자전거에 올라타 허리 잡고) 가요?

지 오　(뒤돌아보며, 어이없고, 우비 주고, 시큰둥한) 너 남자들한테 늘 이러냐?

준 영　(입으며, 밝게 웃는) 좀.

지 오　많이 아니고? (하며, 가는)

씬 15. 작은 일본식 우동집, 밤.

준영, 대본을 보며 골똘하고, 지오, 의자에 기대앉아, 준영을 물끄러미 보는, 준영, 대본에 정신이 팔려 손을 뻗지만 물잔을 못 잡는, 지오, 물잔을 밀어주는, 준영, 지오가 해준 줄 모르고, 물 마시는, 지오, 창가 쪽 자릴 보면,

* 회상 〉〉
준영, 지오 우동을 소리 나게 아주 맛있게 먹는, 앞 씬에 이어지는 듯한 느낌으로,

지 오　(소리 나게 면을 먹다가, 단무질 하나 씹는데)

준 영　혹시, 제가 선배님 좋아하는 거 알고 있어요?

지 오　(켁켁 하고, 놀라, 준영을 보면)

준 영　(열심히 먹기만 하며, 아무렇지 않게) 제가요, 2학년 말부터 지금까지 1년 6개월 동안 선배님 좋아했어요. (단무지 먹고, 다시 우동 먹으며, 지오 안 보며) 근데 연희선배님이랑 사귀시니까, 말 못했다가, 이제 헤어졌다 그래서 말씀 드리는 거예요. (하고, 지오 보고, 씩 웃으며) 알고나 계시라구... (하고, 마저 먹는)

지 오　(단무지 씹으며, 어이없이 준영을 보며, 우동 먹는)

준 영　(어색하게 웃으며, 입가 닦고, 물 마시고) 민망해서 우동을 안 씹고 막 넘겼드니, 속이 너무 거북하다. (트림 작게 하고)

지 오　(다시 준영을 보는데, 어이없는 듯 작게 웃지만, 준영이 귀여운) ?

* 현실 〉〉
지오, 어느새 나온 우동을 먹고 있는,
그때, 준영, 우동을 먹으며,

준 영　(지오 안 보고, 우동 먹으며) 연희선밴 이혼한대?

지 오　(우동만 먹는)

준영 (조금은 쓸쓸한 느낌으로, 그러나 짐짓 편하게, 우동 먹으며) 웃기다, 내 팔자 두. 몇 년 전 이곳에선 선배한테 사랑 고백을 하더니, 이젠 선배 애인 안부나 묻고 앉아 있으니. 참... (하고, 다시 우동 먹다가 보며)
선배, 전에 나랑 사귄 거 내가 별로 맘에 없는데, 내가 좋아한다니까, 그냥 그런 거지?

지오 (우동 먹으며, 보는)

준영 남자들은 열 여자 마다 않는다... 그런 거?

지오 그렇다 그럼 상처받을라고 묻냐? 너는 상처받을라고 안달 난 애 같애, 대체 왜 그,

준영 (말꼬리 끊으며, 젓가락 놓고, 물을 먹으며, 무심히) 준기씨가 내 전활 피해. 친구라도 하고 싶은데.. 선배 만나듯 이렇게 만나도 나쁠 거 같지 않은데?

지오 (조금 심통이 나는) 우린 완전 찢어져서 다신 얼굴 안 보는 사이가 됐었어야 해.

준영 (물 마시다가, 푹 하고 웃으며 뿜는)

지오 (어이없이 보면)

준영 (웃으며) 정말.. 가끔 심통 난 기집애처럼 왜 그래? 깬다, 깨. (하며, 수건 꺼내 닦으며) 아우, 매워. 물이 코로 들어갔어. (하고, 코를 푸는)

지오 (수건 꺼내, 튄 물을 닦으며) 여자가..

준영 친구가 좋은 이유, 내숭이 필요 없다.

지오 강준기 앞에선 코 안 풀고(코 들이마시는 시늉하며) 이렇게 들이마시냐?

준영 (물 마시며, 농담스레) 빙고.

지오 (고개 절레절레 저으며, 일어나는) 아우, 꼴 보기 싫어. 집에 가자, 가. (카운터로 가는)

준영 (웃으며) 촬영장 가본다더니, 안 가?

지오 (돈 내며) 됐어. (하고, 가는)

준영 (장난스레) 정지오, 너 삐졌니? (하고, 웃으며, 일어나는)

씬 16. 달리는 지오의 차 안, 밤.

준영, 육포를 뜯어 먹으며 대본을 소리 내 읽는,
지오, 운전만 하는,

＊원석 : 준영 드라마의 남자주인공, 대기업 간부사원, 40대 후반
＊영혜 : 준영 드라마의 여자주인공, 원석의 아내, 주부, 40대
＊영준 : 준영 드라마의 남자주인공, 뉴욕 출신, 간부사원, 20대 후반

준 영 이 그림 위로, 영혜의 나레이션이 깔리는 거야. (폼 잡고 읽는) 한 달 만의 잠자리다. 아무것도 느낄 수 없었다. 내가 느끼지 못했는데, 남편이 느꼈을 거라 생각지 않는다. 오늘 밤 우리의 흥분은 모두 거짓이다... 필 오지?

지 오 (운전만 하며) 읽기나 해.

준 영 영혜가 거울로 자는 원석을 보던 시선 거두어 로션을 보며, 그 뚜껑을 돌려 닫고, 몸을 반쯤만 돌린다. 그 그림 위로 다시 영혜의 나레이션이... (폼 잡고, 읽는) 이제, 우리는 사랑이 귀찮아질 만큼, 사는 게 버겁.. (육포 뜯으며, 평상시처럼) 근데 선배 사랑이 귀찮아질 만큼 사는 게 버거운 정도는 어떤 정도라고 생각해?

지 오 육포 어지간히 뜯어, 이 빠져.

준 영 (육포를 뜯으며) 사랑이 귀찮아질 만큼 사는 게 버거운 정도가 어떤 정도라고 생각하냐니까?

지 오 (준영이 귀여운) 참 인생 편히 사셔. 그것도 모르면서 그 작품을 하시겠다고? 에이고... 행여, 그 작품 잘 나오겠다. 새끼야. 드라마는 인간에 대한 해석이야. 너는 드라마 감독으로서,

준 영 정신이 빠져도 한참 빠졌어, 이데올로기도 없어, 시대의 헤게모니에 대한 해석도 없어, 그림만 잘 찍음 감독인 줄 아냐? 그 말 할라 그러지?

지 오 (어이없이 보며) 암것도 모르면서, 그림으로만 드라말 바를라고. 너한테 드라만 뭐냐?

준 영 세상에서 젤 재밌는 놀이. 자자자, 그만 그만.. 이데올로기, 헤게모니 암것도 몰라도 필은 지대 오니까, 들으셔. (하고, 다시 읽는) 영준이가 전에 만났던 남자의 사진을 보고 나면, 다른 날 전철 안이야, 원석이 타고 있고, 이번엔 원석이 나레이션을 쳐, (가라앉은, 남자 톤으로) 나는 그 자식을, 죽이고 싶다... 그 담에 음악이 깔리고 (하며, 라디오를 틀면, 조용한 발라드의 음악이 흐르는) 페이드아웃 화면에 제목이 뜨고, 자막이 뜨는 거야. 이렇게. 우리는 사랑이라 했는데, 사람들은 반역이라 했다..... (너무 흥분한, 소리치는) 카... 소주 땡긴다!..... (하고, 문 열고, 큰 소리로 라디오에서 나오는 노랠 감정 잡고 부르는)

지 오 주접도 그 정도면 심각한 건 스스로 알지. (하면서도, 준영의 하는 짓이 귀여워, 웃고 마는) 차라리 넌 감독 말고 연기를 하지 그랬나?

준 영 (아랑곳없이 노랠 부르며, 지오를 보며, 같이 노래 부르자고, 고갯짓을 하는)

지 오 (어이없이 웃으며, 같이 노랠 불러주는)

준영, 좋은, 그렇게 같이 노랠 부르는,

씬 17. 지오의 원룸식 집 안, 밤.

소파가 없고, 액자며, 책이며, 모두 바닥에 놓인, 못 한 자리 박은 데가 없다. 소박하지만, 깔끔한 분위기다. 연희, TV를 켜놓고, 맥주를 마시다, 잠이 든 (?) 상태다. 지오(막 들어온 듯한), 색을 한쪽에 던져놓고, 걸어와 연희 옆의 리모컨 집어들고, TV를 끄고,

지 오 자는 척 말고, 일어나서 집에 가. (하고, 욕실로 들어가는)

연 희 (아무렇지 않게, 일어나 TV를 켜는)

씬 18. 준영의 옷방, 안.

준영, 샤워를 한 모습(수건으로 몸을 가리고)으로, 얼굴에 로션을 바르며, 어깨와 얼굴 사이에 핸드폰을 끼고, 전화를 밝게 장난스레 하고 있는,

준 영 내가 대본이 괜찮으니까, 전활 안 했지, 왜 안 했겠어요? 으이.. 대본 좋다 소리 들을라고 괜히 그러죠? (웃고) 오늘 지오 선배님이랑도 얘기했는데, 정말 대본.. (밝게, 리듬을 넣어) 감사, 감사합니다. 참 근데, 나머지 대본 두 개는 언제 나와요? 혹시 벌써 다 써놓은 건 아니.. 겠죠?

화면 분할되며, 서우의 작업실로 가는,
서우, 추리닝 차림에 졸린 듯한 얼굴로, 쪼그려 앉아 강아지에게 먹이를 주며, 전화를 하고 있는,

서 우 (무덤덤한) 내가 뭐 도깨비 방망이로 대본을 쓰는 줄 아나. 아직 안 썼어. 참 그리고 캐스팅 어떻게 할 거야?

준 영 (화장하며) 제가 다 알아서 할게, 신경 쓰지 마세요.

서 우 나는 원석은 장민, 영혜는 정미경, 영준은, 조승원이 좋아, 알아봐.

준 영 (조금 기분이 안 좋은) 제가 다 알아서 할게요. 식사는 하셨어요? 작업실에만 계시지 마시고, 언제 바람 쐬러 여의도에 한번,

서 우 이 개자식은 왜 밥을 보고도 열광을 안 해, 개가 개답질 않아, 어떻게. (하며, 개 들고, 창가로 가서, 야경을 보며)

준 영 네?

서 우 난 장민, 정미경, 조승원이 좋다. (하고, 전화 끊는, 화면 사라지고)

준 영 (어이없이, 전화기 보며, 짜증이 나는) 짜증나. 지가 작가지, 감독이야. 어디서 캐스팅을.. 갖고 난리야.. (전화기, 획 던져놓고, 나가는)

씬 19. 지오의 주방, 밤.

지오, 씻은 얼굴로 설거지하고 있고,

연 희 (주방에 의자에 앉아, 지오를 보며) 설거지 내가 할까?

지 오 (설거지하다가, 물 끄고, 싱크대에 기대서서, 연희 보며, 맘 아픈, 비아냥) 나 갖고 놀면 재밌어? 니 멋대로 떠나고 니 멋대로 다시 오고, 니 멋대로 딴 놈이랑 결혼하고, 그리고 다시 와선 울고불고 이혼했다고 속이고... 날 만나고.. 야, 난 정말 그런 거짓말은 어떻게 지어내서 할래도 못하겠다. 작가 하지?

연 희 (쓸쓸하게 웃는) 좋아서 그랬어.

지 오 (화나, 눈가 붉어서, 큰소리로) 누가 너한테 사랑이 핑계거리라고 갈쳐줬냐? 내가 가서 그냥 콱.. 너, 이혼할 맘 없지? 그럼 하지 말어! 담 달엔 할게, 이번 주엔 할게, 1개월 만 더, 두 달 만 더.. 사람 피 말리는 것도 아니고 3개월을 주구장창... 뭐하는 거야, 나한테!

연 희 (담담하게) 담주에 그 사람 한국 나온대, 그땐 정말,

지 오 (귀찮은, 버럭) 그럼 담주에 와. 그럼 되잖아! (하고, 씻어논 그릇을 행주로 닦는)

연 희 (식탁 의자에 둔 가방과 옷을 들고 일어서며, 지오 보며) 사는 게 왜 이러나

싶다? 너도.. 그렇지? (하고, 나가는)

지 오　(일하다, 화나, 행주를 팽개치는) ..

씬 20. 드라마국 안, 낮.

　　수경(편안한 차림), 소파에 화가 잔뜩 나 씩씩대며 앉아 있고, 몇몇 감독들 자기 할 일들을 하는, 그때, 민희, 컵을 두 개 들고 와서 앉는, 하나는 제가 마시고, 하나는 제 옆에 놓고, 수경에게, 말 거는,

민 희　선배님이 미친 양언니십니까?

수 경　(눈만 들어, 사납게 보는, 뭔가 싶은)

민 희　강릉에 파견근무 가셨다 오신 분 맞죠?

수 경　(같잖게 보는)

민 희　손규호 선배님이 프로덕션에서 술 얻어 마시고, 여자배우랑 썸씽 있다고 인사위원회에 꼰질렀다가, 근거 없는 하극상이라고 (목 치는 시늉하며) 이렇게 됐다고 들었습니다. 어떻게 그렇게 무모한 용길 내실 수 있었습니까?

수 경　너 뭐야?

민 희　(커피 마시며) 21기 김민희요.

수 경　(혼잣말처럼, 구시렁) 드라마국 제대로 된다, 언제부터 이 바닥이 기집애들이 득실득실거리는 바닥이 된 거야, 언제부터... 야, 정말 세상 말세다, 말세.

민 희　사람들 말이 맞구나.

수 경　(보면) ?

민 희　재수 없다고 상대하지 말라고 그러드라구요.

수 경　(어이없게 웃고, 이내 웃음 가신) 커피 가져왔음 커피나 주고 가지?

민 희　기집애란 말 땜에 기분 상했습니다. 안 드리고 싶습니다. (하고, 잔을 들고 일어나 가는)

수 경　?!

씬 21. 드라마국장실 안, 낮.

　　민철과 현섭, 오부장, 심부장, 얘기하고 있는, 민철은 골똘히 생각이 많고, 다

른 사람들은 기분이 상해서 말하고 있는,

현 섭 (팔을 걷어붙이고, 오부장에게 삿대질을 하며, 얘기하고 있는) 너 지금 막 나
가냐? 내가 임마 너보다 기수가 두 개나 위에 나이 세 살이 많아. 어디서 말꼬
리를 잘라먹어? 그리고 누가, 누가, 지 편한 대로만 일할라 그래? 누가?

오부장 누군 누굽니까, 박부장님이죠. 성철이 규호 막말로 시청률 제조기 애들 다 부
장님 밑에 있잖아요.

현 섭 내가 걔들 데리고 있은 지 이제 불과 6개월이야. 아직 걔들이 나한테 실적 올
려준 거 하나 없다. 그런 너는 안정권에 든 편성자리 다 챙겼지? 주말, 대하,
어린이 프로, 너 인간이 그럼 안 된다. 나, 3년 내리 실적 바닥나서, 연봉 동결
5년째야. 내가 너보다도 (심부장 가리키며) 쟤보다도 연봉 순위 하위야?! 내
가 이런 얘기까지 꼭 해야겠냐?

심부장 (웃으며) 에헤헤헤.. 형님.. 치사하게 무슨 그런 얘길.

현 섭 치사하긴 뭐가 치사해, 다 먹고살라고 하는 짓인데, 나도 좀 살자.
수경이 좀 니들이 처리해주라, 어?

그때, 규호 들어오며,

규 호 (앉으며) 늦었습니다. 깜박 늦잠을 자가지고, 근데 왜 저를,

민 철 너 양수경이 맡아.

현 섭 (민철에게, 버럭) 김국장!

규 호 (웃으며) 난 또 무슨 일이라고.. 알았어요. 용건 끝이죠? (하고, 나가는)

현 섭 (규호 나간 것 확인하고) 야, 쟤 수경이 엿 먹일라고 그러는 거야, 양수경 불
쌍하잖아. 지오 밑에 넣어.

민 철 엿 먹을 짓 했음 엿 먹어야죠. 식당 정하면 전화주세요. (하고, 나가는)

오부장 (일어나며) 복국 어때요?

심부장 좋지, 제일 갈까? 해녀 갈까?

현 섭 야, 야, 얘기 끝내고 가. 그리고 복국 말고 뭐 다른 거 없냐? 두부두루치기 어
때? 야야, 우리 고기 먹지 말자, 니들 고기 안 먹기 운동하는 거 몰라. (하며,
나가는)

씬 22. 비상구 계단, 낮.

수경, 뒷짐 지고 후후 한숨을 쉬고, 민철, 그런 수경을 꼬나보듯 보며 말하는,

민 철 어쩔 거야?

수 경 (한숨만 푹푹 쉬는)

민 철 어쩔 거냐고?

수 경 지오선배,

민 철 넌 지오가 불쌍하지도 않냐? 피를 나눈 친동생이래도 너한테 그렇게 지극정성 안 해. 너 드라마국 3년 있는 동안 숱해 지오 밑에서 사고 친 거 개가 다 눈감아줬지? 노조 동원해서 짤리는 거 막아주고, 술 처먹고 촬영장에서 난동 친거 막아주고, 임마, 의리가 있음 지오놈 간만에 평가뿐만 아니라, 시청률도 좋은데.. 좀 놔둬라. 이 쌍여르 새끼야.

수 경 욕하지 마십시오.

민 철 이젠 나한테도 엉길라고?

수 경 (답답한, 얼굴 부비는)

민 철 셋 셀 동안 대답해, 규호한테 가든가. 심의실 가. (빠르게) 하나, 둘, 셋!

수 경 (고개 들어, 민철 보며, 후 한숨 쉬는)

씬 23. 드라마국 안, 낮.

규호, 자리에 앉아 손 내밀고 있는, 수경, 서서, 잠시 있다가, 어색하게 손을 내밀어 잡는,

규 호 (수경이 귀엽다는 듯, 씩 웃는)

수 경 (눈을 못 맞추는)

규 호 (수경을 보며, 악수한 손을 위아래로 흔들고, 놔주고, 옆의 진범에게) 이번 주연습 스케줄 잡는 거부터 좀 시켜. 오늘까지 완료시키라고 하고.

진 범 (웃으며) 그건 석태가 해야지, 수경이형 체면도 있는데, 스케줄 잡는 건 넘하지.

규 호 니가 (엄지손가락 들며) 이거냐?

진 범   아뇨.

규 호   자식이.. (하며, 일어나 수경을 어깨로 세게 툭 치고 가는)

수 경   (그 바람에 휘청하는, 그대로 서서 기분이 상해 가는 규호 보는)

진 범   (그런 수경을 보며, 고개 저으며, 휘파람을 휘 하고 부는, 서류 챙기고)

씬 24. 엘리베이터 안 + 엘리베이터 밖, 로비, 낮.

    준영, 규호, 민희(고개 숙이고, 관심없는 듯 멍한) 서 있는,

준 영   선수잖아, 이 케이스 저 케이스 많을 거 아냐? 선배라고 뭐 하나 인생에 도움
도 안 주는데, 내가 이렇게 진지하게 나올 때 제대로 한번 조언 좀 해줘보지?

규 호   (거드름 피듯 벽에 기대 준영을 귀엽단 듯 보며) 왜 지나간 애인이랑 친굴 할
라 그래? 너 친구 없냐? 천지사방 널린 게 친구잖아. 드라마국만 니 친구 40명
은 되는데, 더 필요해? 친구 많아 뭐하게? 자지도 못해, 입도 못 맞춰, 술값 써,
부조돈 들어.. 지루해. 헤어짐 끝난 거지, 굳이 껄쩍지근한 옛 애인을 뭐한다
고 친구로 옆에 둬 머리 아프게.

준 영   선뱀, 친구하잖아. 예전에 사귀었던 배우 걔 누구야, 쌍꺼풀 잘못돼서 눈탱이
밤탱이 된 애 걔랑 요즘도 만나잖아? 야자하면서. 둘이 친구로 만나는 거 아
냐?

규 호   (멈춰 서며) 아쉬울 땔 대비한 잠재적 애인관계라고 아냐?

준 영   ?

규 호   너는 별로 아는 것도 없으면서 드라마 만들 때 보면 졸라 아는 척하드라. (하
고, 웃고, 엘리베이터에서 내리는)

    준영, 민희 따라 내리며,

준 영   저 재수대가리, 정말. (하고, 민희에게) 넌 쟤가 왜 좋아?

민 희   임시방편입니다. 다른 좋은 놈 생김 어림없습니다. (하고, 가고)

준 영   너 그 말 지켜라. (하고, 가는데, 이서우 오는 것 보고) 이작가님.

서 우   캐스팅은?

준 영   (조금 기분이 상하는, 웃음 띤, 짐짓 가볍게) 저기요, 이작가님, 캐스팅은.. 제

일이거든요.

서 우 (가만 보는)

준 영 (애써 웃음 띤) 지금 저 정원석 역할에 문길성씨 어떤가 해서 만나러 가는 중,

서 우 (그냥 가는)

준 영 (가는 서우 보며, 완전히 웃음 가신, 화난) 개랑 살더니 개무시만 배웠나.. 꼴값을 떨어, 힘으로 붙어보자고, 붙어, 좋아. (하고, 나가는)

씬 25. 방송국 앞, 낮.

규호, 걸어오며, 한쪽에 서 있는 택시를 손짓하며, 전화를 하고 있는,

규 호 (웃으며) 끼워 팔기 너무한다, 이민재 하나에 세 명씩이나 그건 너무하지, (하고, 차가 오면, 타는)

씬 26. 택시 안, 낮.

규 호 (타며) 썸머호텔.

택시 달리고,

규 호 (웃으며, 전화하는) 내가.. 지금 웃는데, 기분이 별로거든... (굳은) 나, 톱스타 없어도 기본 30이야. 30분 줄게. 할람 하고, 말람 마. (하고, 전화 끊으며, 어이없이 웃으며) 컸다, 자식. 배우들 가방 들고 다니더니, 대표 한답시고, 이제 캐스팅 홍성까지 들어오네. (하고, 장사 보나, 뭔가 이상해, 룸미러 보면)

룸미러에 해진, 웃으며,

해 진 안녕하세요?

규 호 ?!

해 진 저 감독님 땜에 아는 오빠 택시까지 빌렸어요. 근데 감독님 스케줄 알아내기 정말 힘들드라. 아침부터 여기서... 세 시간 넘게 기다렸어요... 히히... 그래도

기분은 좋아요, 감독님 만나서.

규 호 (가만 보다, 웃으며) ... 너.. 소속사 어디니?

해 진 (웃으며) 레드앤블루요.

규 호 (여전히 웃으며) 아, 김민규 실장 있는데?

해 진 네.

규 호 있잖아, 너 나 목적지 태워다주고, 사무실 들어가 김민규한테 내 말 좀 전해줄래?

해 진 (웃으며) 뭔데요?

규 호 너 내 눈앞에 한 번만 더 띄게 하면, 내 작품에 들어온 레드앤블루 애들 싹 다 빼달고.

해 진 ?

규 호 운전해. (하고, 창가 보는)

해 진 (룸미러 보며, 속상한, 눈가 붉어져, 운전해 가는)

씬 27. 몽타주.

1, 드라마국 안, 낮.

수경, 전화를 하고 스케줄을 짜고 있는, 화면 분할된 상태,
수경, 스케줄표에 20여 명의 이름이 적힌 걸 놓고, 펜으로 써가며, 얘기하고 있는, 분할된 오른쪽 화면이 바뀌며 대상이 바뀌고, 왼쪽의 수경은 점점 피곤해지는 화면으로,

수 경 토요일 낮 2시, 3층 연습실 304홉니다.

매니저1 (차를 타고 가며, 스케줄표 보며) 알겠습니다. 그렇게 하겠습니다. (사라지고)

수 경 토요일 낮 2시, 3층 연습실 304홉니다.

일 우 (사무실 복도를 걸어가며) 그날은 나 영화 촬영 있는 날인데, 금요일은 어때? (사라지고)

수 경 금요일 밤 8시, 3층 연습실 304홉니다.

수 진 (카페로 들어가며) 니들은 왜 스케줄을 이랬다 저랬다야! (하고, 사라지면)

수 경 (피곤한) 금요일 밤 8시가 안 된다고요? 다른 사람들은 다 된다는데.. 그 날

아님 곤란한데,

공분 역 그런 전화 매니저한테 하세요. (하고, 전화 끊는)

수 경 (더욱 피곤한) 이민영씨 매니저 되십니까?

• 점프컷 1 〉〉

수 경 (화나는) 토요일도 안 되고, 금요일도 안 되면, 월요일은 감독님 헌팅 가시기로... (황당한) 뭐요? 목요일 새벽이요?

• 점프컷 2 〉〉

수 경 (너무나 지친) 모두 다 스케줄이 안 돼서 새벽 두 시밖에는, 뭐라구요, 새, 새벽 세, 세 시요?

20여 명의 스케줄표에 동그라미며, 엑스며, 날짜에 별이며 씌어져, 더러운,

2, 지오의 드라마 세트장, 분위기.

음식 소품 하는 아줌마들, 밥을 하면, 진행, 와서 반찬을 집어먹으며, '아줌마, 보통 때보다 반찬 두어 가지, 더 하는 거 아시죠?' 하면, 식당아줌마 1, '윤영이가 소유한테 첨 밥해주는 거잖아, 알어' 하고, 태연, '30분 후 슛 들어갑니다' 하고, 가면, 카메라, 태연을 쫓는, 태연이 지나가는 곳에, 소품 준비하는 사람, 욕실로 보이는 세트장에 물 나오는 거 확인하고, '호스 밟지 마' 하며 소리치고, 목수들 허술한 곳 망치질하는 게 보이는, 태연, 그들을 지나쳐, 용성이 조명 준비하는 곳을 지나쳐가고, 태연이 가면, 용성이 조명 준비하는 걸 보여주는,

3, 지오, 걸어와, 윤영(대본 보는)의 방으로 들어가며, 웃으며, '선배, 뭐해?' 윤영, 보는,

• 점프컷 3 〉〉

수 경   (화가 나, 머릴 벅벅 긁어 산발한 모습으로, 너무 귀찮은) 오민숙씨 전화 맞습니까? 여긴 수목 미니 천지연팀이구요, 연습 날짜가, 목요일 새벽 3시로 정해졌습니다, 그 시간에 되십니까? ... 오민숙씨?

화면 분할되면, 민숙, 집에서 혼자 밥을 먹으며 전화 들고, 굳은,

수 경   오.. 민숙씨?

민 숙   너 이름 뭐니?

수 경   네?

민 숙   (젓가락으로 밥을 먹으며) 너 이름 뭐냐고?

수 경   양수경이라고 합니다.

민 숙   다시.

수 경   (귀찮은) 양수경이라고,

민 숙   (일부러 묻는 듯한) 뭐라고?

수 경   (기분 안 좋은, 화난, 강조하는) 양, 수, 경, 이, 라, 고, 한, 다, 구, 요!

민 숙   (전화 끊고, 분할 사라지는)

수 경   여보세.. (전화기 팽개치고, 일어나며, 발을 쾅 구르며) 염병, 젠장, 제기랄, 썅.. 콱! 진짜.. 내가 울대 나와, 방송고시 패스해서 이까짓 대접을 받을라고, 쫑일 하는 짓이라고.. 지금.. 이게.. 무슨... 아우, 정말.. 성질 지대로다.. (제목을 조르며) 콱 그냥... (발을 구르며) 아우, 아우! (하며, 서성이다. 스케줄표 확 찢어버리고, 나가는)

드라마국 사람들, 민희 포함해 그런 수경을 한심하고, 재밌게 보는,

씬 28. 지오 드라마 세트장, 윤영의 연습실 안, 낮.

윤영, 지오, 소파에 앉아 귤을 까먹으며 편하게 얘기하는,

지 오   (웃으며, 편하게) 참 살게 됐다. 여름에 귤을 다 먹고.

윤 영   누가 농군 아들 아니랠까봐.

지 오   (의아한) 내가 농군 아들인 거 어떻게 알았어요?

윤 영   (물 마시며, 아무렇지 않게) 전에 술 취해서 농사꾼 어머니 손은 잡기만 해도 가슴이 애린다... 첫사랑 애인이 어쩌구... 다시 와서 만났는데.. 알고 보니 이혼을 안 했드라 뭐 저쩌구.. 그러드라?

지 오   내가 술을 끊어야지, 미친놈처럼 별소릴 다 하고. 하튼 나두 참.

윤 영   우린 술자리에서 한 얘기 절대 안 잊어, 중요한 정보가 돌아다니거든. 근데, 꺼진 장작에 왜 불을 붙일라 그래, 신선한 마른 장작도 많은데?

지 오   (소파에 기대며) 참 국민누나란 소리 들으며 드라마에서 온갖 지적인 역할을 다 하는 사람이 입에서 나오는 소리라곤. 숭고한 사랑 얘길하는데, 웬 꺼진 장작?

윤 영   (웃고, 귤 먹고, 지오 보며) 어떻게 그렇게 한 사람만 주구장창 사랑할 수가 있을까, 난 암만 노력해도 3개월인데?

지 오   (농담, 웃음 띤 채) 결혼할 때마다 3년씩은 살았잖아?

윤 영   설레는 거 3개월, 나머진 최소 위자료 청구기간. 덜 살면 덜 주거든.

지 오   사람들이 그래서 싫어하는 거 알죠? 화면하고 실제랑 넘 다른 거지.

윤 영   (떠보듯, 아무렇지 않게) 이서우 작품 나왔다며?

지 오   말할 때 점핑 좀 하지 마, 이 말했다 저 말했다. 정신없게.

윤 영   주준영은 나 어떻게 생각해?

지 오   별로. (따뜻하게) 나보다 만 배는 순수한 애거든요. 정의나, 순수, 열정, 순정 같은 걸 동경하는. 선밴 그런 거하곤 넘 멀지.

윤 영   (낄낄대고, 웃으며) 주준영 뭐에 약해?

지 오   걘 뭘 줘두 안 넘어가.

윤 영   (웃으며) 난 그런 애들 정말 맘에 들어.

지 오   (웃으며) 이 나라 드라마 혼자 다 할라 그래요? 왜 그렇게 욕심이 많아?

윤 영   그래서, 내가 싫어?

지 오   (농담) 말 좀 그렇게 하지 말어, 꼬시는 거처럼.

윤 영   (낄낄대고 웃는)

그때, 창주(윤영 매니저), 문 열고 말하는,

창 주   선생님, 숏 들어가요. (하고, 문 닫고 나가는)

윤 영   (창주 보고, 지오에게) 참 나 죽는 거지?

지 오   배우들은 작품만 하면 왜 그렇게 죽을라 그래?

윤 영   (작게 웃고, 지오 보며, 진지하게) 죽어야 오래갈 사랑이야, 살면.. 넘 버겁고.
(하고, 블라우스 단추가 열려 있던 걸 잠그며)

지 오   (윤영 보며, 따뜻하게, 농담처럼) 작품 할 때처럼만 진지하게 살아봐?

윤 영   (지오 보며, 쓸쓸하게 작게 웃으며) 이 세상이 그럴 만한 가치가 있어?

씬 29. 카페 안, 밤.

밖에서 보면, 안에 있는 준영, 시계 보며, 전화를 하고 있는, 신호음 가고 앤서
링으로 떨어지면 말하는,

준 영   (애써 밝게) 문길성 선생님 저 한국방송 드라마 제작국의 주준영인데요, 오늘
약속하신 거 잊으셨나요? ... 앤서링 들으심 전화 주세요. (하고, 전화 끊고)
뭐야.. 잘나가는 배우라고 사람을 어떻게 40분을 기다리게.. (하고, 전화기 내
려놓고, 물 마시는데, 문자 오는, 놀라, 서둘러, 문자를 확인하는)

씬 30. 드라마국, 국장실, 밤.

준영, 서 있고, 민철, 그런 준영을 빤히 쳐다보는,

준 영   (눈가 붉어져, 어이없단 듯 하 웃고, 외면하는)

민 철   (담담하게) 이서우한테 가서 잘못했다 그래. 맨정신으로 못하겠음 술 마시고,
찾아가. 그리고 이서우가 하잔대로,

준 영   (보며, 화난) 못해요. 이서우 작가가 그렇게 대단합니까? 지가 작가면 작가
지, 캐스팅까지, 이래라저래라.. 야, 정말 아무리 이 방송가가 개판 오분전이
래도, 이건 아니지 않나요? 국장님한테도 실망입니다. 작가가 좀 잘나간다고,
무조건 오냐오냐,

현섭, 재밌는 아무렇지도 않게, 와서 한쪽 의자에 앉아, 두 사람의 눈치 보며,
얘길 들으며, 탁자에 놓인 신문을 보는,

준 영 국장님이 그러시니까, 배우두 작가두, 우릴 우습게 보는 거 아닙니까? 감독에 대한 권한이 땅에 떨어졌어요. 감독들 대부분이 현장에서 일을 진행할 수 없는 지경이라구요. 국장님 뻑 하면 감독의 자질 문제 거론하시는데, 자질 문제도 중요하지만 일을 진행하기 위해선 방송국 내의 기강 문제도 감독의 권한 문제도,

민 철 (말꼬리 자르며) 이서우가 대본 못 준댄다. 타 방송사 가져간대.

준 영 (화난) 그건.. 계약 위반 아닙니까? 우리 회사하고 남은 계약이,

민 철 너 꼴리는 대로 해라.

준 영 ?!

민 철 (담담히) 이서우 까내고, 니 말 잘 듣는 작가 데려다가 일하고, 캐스팅도 니 맘대로 하고, 뭐든 니 맘대로, 다 해! 위에서, 왜 잘나가는 이서우랑 이번 달에 재계약한다면서 안 했냐, 왜 우리랑 한다는 창사특집극을 타 방송사에서 하냐, 왜 재가 여길 떠나서 타 방송사 시청률을 내주고 있냐 그럼, 다 내가 모질란 탓이라 그럴 테니까.. 너는 니 맘대로, 니 맘대로 해, 됐지?

현 섭 (신문 보다, 킥킥대고 웃는) 김민철 국장, 밑에 후배들 눈치 넘 본다, 그냥 주준영 까내. 간단하게.

준 영 ?

현 섭 연출이 한둘이냐? 똥인지 된장인지 구분을 못하고, 에이고..

민 철 (맞장구치며, 일만 하며) 왜 그래, 형. 난 감독우선주의잖아.

현 섭 (신문 읽다가, 순간 진지하게) 야, 김국장, 이서우 꺼 내가 하까? 야, 나도 시켜만 주면 잘할 자신 있어? 좋은 작가에 좋은 배우만 데려와봐, 나도 잘해. 웃지 말고, 자식아..

민 철 연출 그만둔 지 십 년이나 됐잖아, 형은.

현 섭 아, 너는 십 년 전에 탄 자전거 다시 타람 못 타냐? 타잖아, 나두 연출할 수 있어, 이거 왜 그래?

준영, 그렇게 말하는, 현섭과 민철을 번갈아 보며, 답답한,

씬 31. 달리는 준영의 차 안, 밤.

준영, 답답하게 준기에게 스피커폰으로 전화하고 있는, 신호음 가다 상대가

끊는 것처럼, 신호음이 뚝 끊기면, 준영 다시 버튼 누르는, 연결되면,

준 기 (F, 가라앉은) 왜?

준 영 (순간, 일부러 밝게) 병원에 전화했드니, 환자 가족이 고소 취하했다드라. 축하. 참, 저녁은 먹었어? (사이, 차분하게) 준기씨, 우리, 이렇게 친구처럼이라도 지내자. 우리가 부모 죽인 웬수 사이도 아니고..

씬 32. 병원, 탈의실 안, 밤.

준 영 (F) .. 가끔 이렇게 안부라도 물으면서.. 밥은 잘 먹는지, 잠은 잘 자는지, 새로운 애인은 생겼는... 준기씨, 내 말 들어? 여보. (전화가 끊기는)

준 기 (수술복에서 퇴근복으로 갈아입은, 답답한, 사물함에 전화기 넣고, 그냥 가는, 사물함에서 전화기 울리는)

씬 33. 강가 작은 빈집(초라하지만 운치 있는, 이후, 강가 집), 밤.

마루에 불 켜져 있고, 지오, 장작을 가져와 마당에 놓고, 휘발유 뿌리고, 휴지에 불을 붙여, 장작에 던지면, 불길 확 하고 붙는, 지오, 이번엔 방으로 들어가는,

씬 34. 회상, 강가 집 방 안, 밤.

깜깜한 상태에서, 슥슥 형광등을 빼서 가는 듯한 소리가 나고, 이내 지오(앞 씬에서 이어지는 느낌), 형광등을 켜면, 잠시 후, 세수한 준영이 들어오는, 이불이 깔린 상태.
지오, 자리에 앉으며, 주머니에 뽑아둔 소주병을 꺼내고, 한쪽에 놓아둔 쟁반에 먹다 남은 오징어를 집어 찢다가, 준영을 보면, 준영, 한쪽에 쌓아둔 이불을, 낑낑거리며 힘들게 들어서, 펼쳐진 이불 옆으로 가져가는,

지 오 뭐해?

준 영 (조금 멋쩍은) 한 이불에서 같이 자긴 그렇잖아요. 옆에다 깔라고,

지 오　(아무렇지도 않게) 나 옆방 가서 잘 거야. (하고, 소주 병째 마시는)

준 영　(이불 깔다, 순간 다리가 꺾이게 기운 빠지는, 허무한) 네?

씬 35. 현실, 강가 집 마당, 밤.

장작불이 타는, 지오와 준영 둘레에 앉은,

지오, 웃으며, 고구마를 던져놓는,

준 영　(시무룩한, 지오 보며) 그때가 몇 년 전인데, 그때부터 그럼 여길 작품에 쓸라고 찜해뒀단 거야?

지 오　(좋은, 고구마를 불에 던지며) 아니, 이번에 촬영을 이 근처로 다니면서, 혹시나 싶어 와봤더니, 여전히 좋드라구.. 그래서 담엔 한번 써볼라고. 그래서 주인한테 아양 좀 떨어서, 열쇨 받았지.

준 영　(장작불만 보며, 뾰로통해, 구시렁대는) 일중독자. 아직 드라마 다 끝나지도 않았는데, 무슨 드라말 또 기획한다고, 이 나라 드라말 지가 다 찍나? 누군 조연출 4년 뼈 빠지게 일하고, 이제 단막 두 개 나가고, 야심차게 첨으로 긴 거 4부작 할라는데 온갖 비바람 몰아치는 난관을 다 만나고 있구만. 저 인간은 무슨 복이 많아서, 시청률이 안 나와도 한 해에 한 편씩 드라말 착착 찍고,

지 오　(웃고, 고구마를 뒤적이는) 왜 그래?

준 영　(고개 들고, 보며) 짐승 같은 조연출 때, 감독 됨 세상에 부러울 게 없을 줄 알았는데... 이서우가 캐스팅에 감 놔라, 배 놔라 해. 화나게.

지 오　(아무렇지 않게) 이서우.. 그것도 미친년이야.

준 영　?!

지 오　(고구마를 뒤적이며) 예전에 못 나갈 땐 안 그러드니, 좀 잘나간다고 넘 까부는 거지, 그게. 지가 아무리 잘나도 그렇지, 감독이 없음 일이 돼? 드라마가 지 혼자 잘나 되는 줄 알고. 그것도 한번 디지게 망해봐야 돼.

준 영　(답답한, 외면하며) 강준기도 날 외면하고 세상도 날 외면하고...

지 오　(서운하게 보다, 불 보며) 강준기한테 연락.. 하냐?

준 영　(안 보고, 서글픈) 세 번 했는데, 세 번 다 씹혔어. 늘 세 번짼 못 이기는 척 내 전화 받았었는데.. 정말 깨졌다 싶어.

지 오　(무심한 듯 묻는) 강준기.. 정말 좋아했나보다?

준 영 (답답한) 몰라, 그냥.. 오래 만나고 싶었어. (보며) 다음 드라마 소재가 뭐야? 아까 보니까 많이 설레하든데, 무슨 얘기야?

지 오 (고구마를 하나 까며, 뜨거워하는, 그리고 후후 불어가며, 껍질을 까는) 한 남자의 사랑 이야기. 죽는 순간까지, 한 여자만을 미치게, 사랑하는.. 이번엔 통속 한번 해볼라고.

준 영 (가만 보는, 답답한) 계속 말해봐. (하며, 지오가 건네주는 고구마를 받고, 맛없게 조금 먹는)

지 오 아주 가난한 놈이 있는데, 출세를 하고 싶어해, 그래서 돈 많은 집안의 여잘 꼬시지. 그런데, 그걸 다 이룬 순간에 불치병에 걸리는 거야.

준 영 돈 많은 여잘 사랑해?

지 오 아니지, 지고지순한 여자가 하나 있어야지. 내가 생각하는 건 거기까지야, 나머진 작가가 해결해주겠지, 뭐.

준 영 작가 누구 할 거야?

지 오 (아무 생각 없이, 고구마 먹으며) 이서우한테 부탁. (그러다, 아차 싶어 눈을 들어 준영 보면)

준 영 (지오를 빤히 보며, 고구마를 먹고 있는) .....

지 오 (눈치 보며, 고구마 먹는)

준 영 (그러다 불쑥 말 꺼내는) 이연희와 정지오의 눈물 나는 러브스토리 같다.

지 오 (보면) ?

준 영 지고지순, 단순담백, 신파... 딱 이연희, 정지오네. 부럽다. 10년을 헤어졌다 만났다 다시 헤어졌다, 만났다 하면서 중간중간 가끔 이 사람 저 사람 나 같은 어중이떠중이들 상처 주며 깊어지는 관계... 와우, 쩔끈하다, 손규호가 선배는 드라마로 살풀이하는 사람 같다드니, 정말 그러네. (쓴웃음 지으며, 짐짓 밝게) 나도 선배가 하는 그런 사랑 흉내 내고 싶었는데... 아직.. 수준이 안 되는 거지. 먼저 갈게. (하고, 일어나 가다가, 돌아보며) 있잖아.

지 오 (장작불을 보다가, 준영을 보면) ...

준 영 (서운하고, 속상하고, 화나는) 나랑 깨지고 나서 지금까지 단 한 번이라도 나한테 미안한 적 있었어?

지 오 (가만 보며) 내가 너한테 왜, 미안해?

준 영 (서운하고, 어이없는 웃음 나는) 야... 야..... 할 말을 잃는다, 진짜. (하고, 가는)

지 오 (가는 준영을 보다, 담담하게 불을 보는)

씬 36. 이서우의 작업실, 낮.

개수대에 설거지가 가득하고, 한쪽 쓰레기통에 와인병이며, 과자봉지들이 가득한, 일하는 책상에 대본이며, 치우지 않은 물잔들이 가득 널려 지저분한, 냄비에 물이 끓고 있고, 이서우, 파, 양파며, 먹다 남은 두부 등을 냉장고에서 꺼내 대충 썰어서 냄비에 넣고, 라면 넣는, 지오, 그 옆 밥통 앞에 서서, 큰 대접에 밥을 한가득 푸며,

지 오 (서우에게) 개밥 끓이는 거 아니죠?

서 우 (킥킥 웃고, 일하며) 먹어보고 또 해달란 소리나 하지 마.

지 오 설마...

지오, 밥에 수저를 두 개 꽂고, 탁자로 밥을 가져다놓고, 냉장고에서 김치 통째로 꺼내놓는, 두 사람이 서로 하는 양이 많이 그렇게 해본 듯 익숙하다.

지 오 (일하며, 웃으며) 억대 인기 작가가 맨날 먹는 거라곤 라면에 시어 꼬부라진 김치에 찬밥이니.. 왜 이렇게 사니?

서 우 (라면을 들고, 오며, 덤덤하게) 그럼 혼자 먹을라고 스테이크 하고, 불고기 굽냐? 그게 더 청승맞지?

지 오 (웃고, 젓가락 들어, 라면 먹으며) 그래도 이건 넘하지? 남자인 나도 장조림도 해먹고, 해물탕도 사다 해먹고 그런다.

서 우 (먹으며) 나 주준영이랑 작품 안 해. 개 얘기할라고 온 거면, 하지 마.

지 오 안 해, 안 해. 내가 내 앞가림도 못하는데, 다른 감독하고 일해라 마라, 할 처지냐? 이작가님이 딴 감독허고 일 안 함 니야 좋지. 기회기 한 번이리도 더 오는데.. 잘 생각했어. 하지 마. (하고, 라면 먹는)

서 우 주준영이 자기보다 잘 찍는다고 생각해?

지 오 (보고, 웃으며) 아니.

서 우 자기가 잘 찍어. 걔는 아직 깝죽대는 수준이고. (하고, 라면 먹는)

지 오 (웃고, 라면 먹다가, 문득, 자는 개를 보며) 웬일로 쟤가 조용해, 나만 보면 미친 애처럼 짖드니.

서 우 (라면 먹으며) 하두 시끄럽게 해서 약을 좀 많이 먹였는데 (하고, 개 보며, 고

개 갸웃하며) 죽었나?

지 오   (라면 먹다가 켁켁대는) ?!

씬 37. 드라마국 안, 낮.

준영, 메모지에 미친 여자처럼 보이는 이서우를 그려놓고, 그 옆에 배우 이름인 장민, 정미경, 조승원을 써놓은, 그리고 불쌍하고 처연한 모습의 여자(그 옆에 '나' 라고 적힌)가 그려져 있고, 문길성, 오다혜, 김태성이라고 적힌, 준영, 심란하게 그 그림을 보며, 색색깔의 볼펜으로 주변에 그림을 그리며, 작게 구시렁대는.

준 영   문길성이가 낫지, 어떻게 장민이 나.. 배우 보는 눈이라고는 그리고 조승원 좋은지 누가 몰라, 걔 잡을람 10년 가도 못 잡을 거다, 걔가 얼마나 잘 팔리는데..

그때, 민희, 옆에 와서 앉으며, 주변을 살피고, 아주 작게 말하는,

민 희   문길성씨가.. 자기는 약속한 적이 없다고,

준 영   크게 말해, 뭐라고 구시렁대.

민 희   (준영의 귀에 대고, 작게) 그게 문길성씨가 자긴 감독님하고 만나기로 약속한 적이,

준 영   (민희를 밀쳐내며, 큰소리로) 얘가 왜 이래, 귀 간지럽게! (귀가 간지러운지, 손가락으로 귀를 막 후비며) 야, 너랑 나랑 무슨 귓속말할 게 있다고, 귀에 대고 난리야, 징그럽게! 장난을 칠 때 있고, 안 칠 때 있지, 사람 화난 거 뻔히 알면서, 장난을 치고,

민 희   (버럭버럭 큰소리로 말하지만, 또박또박 다다다다 빠르게 말하는) 알았습니다, 알았습니다. 크게 말하겠습니다. 문길성씨가 자긴 감독님과 약속한 적이 없어서 어제 안 나갔답니다. 그 분 말씀은, 어제 약속은 자기가 싫다는데 감독님이 일방적으로 약속을 정한 거고, 그러니 자긴 실수한 게 없고, 섭외 들어온 것도 심히 자긴 기분이 나쁘답니다.

준 영   (황당해 보는) ?

민 희　한낱 단막 두 개 한 피라미 감독이 감히 미니도 아니고 특집극을 가지고 자길 섭외한 게 쪽팔리다고, 버럭버럭 핏댈 세우시며 한 번만 더 자기 핸드폰으로 전화함 가만 안 둔다고 그러십니다. 아까 작게 말한 건 감독님이 그런 말씀 들으심 쪽팔릴 거 같아서, 그런 건데, 죄송합니다. 이상 끝입니다. (하고, 가는)

그 소릴, 규호와 진범 듣고, 킥킥대고, 자릴 뜨고, 수경, 가는 민휠 어이없이 보고,
다른 사람들도, '에이고 참내' 하며 어이없어 하는,

준 영　(가는 민희를 뚫어지게 보며, 참담하게, 굳은)

씬 38. 몽타주(연습 분위기).

1, 방송국 로비,
민숙, 촬영 때와 다르게, 스포티한 차림으로 로비에 들어서는,

2, 연습실 안,
진행, 각종 음료와 과자를 연습 테이블 앞에 착착 진열해놓는, 정일우와 다른 배우 몇 들어오면, 진행, 90도로 인사하며, '어서 오세요. 선생님' 하고,

3, 연습실 안,
민숙, 귀에 귀마개를 꽂고 연습을 하는, 사람들 각자 대본 보는, 서로 인사도 하고, 민숙에게 인살 하면, 안 받는,

4, 연습실 안,
연기자며 전 스태프들 거의 모두들 자리 배석을 한, 규호, 작가와 중앙 자리에 앉아,

규 호　(소개를 하는) 먼저 대본을 맡아주신 차수련 작가입니다.
수 련　(수줍게 일어나, 고개 숙여 인사하며, 웃으며) 반갑습니다.

박수치고,

규 호 그럼 선생님들 소개 먼저 드리겠습니다. 주인공 미려의 아버지이며, 당대 최
고의 무술고수, 대연선생 역할의 정일우 선생님.

정일우, 앉은 자리에서, 인자하게 '잘해봅시다' 하며 인사하고, 모두들 박수
치는,

규 호 (빠르게 읽는) 영우의 어머니시며 감초 주모 역할의, 오민숙 선생님. 미려의 어
머니, 박수진 선생님. 영웅 역의 이재화, 호걸 역의 유치현, 공분 역의 장이나,
규호가 호명하면, 각자 앉은 자리에서 인사하고, 박수를 치는,

＊점프컷 1≫
진범, 인사하고, 박수를 받는,

규 호 (웃으며, 심플하게) 담은 오랜만에 드라마국으로 돌아온 조연출 양수경씹니다.
수 경 (기분 좋게, 인사하며) 잘 부탁합니다.

스태프들, '우우' 하며 박수치고, 연기자들 박수치는데,

민 숙 잠깐.

그 소리에 수경, 규호와 스태프 모두 민숙을 돌아보면,

민 숙 (수경에게) 너 내 손가락 잘 봐. (하고, 손가락으로 수경을 가리키고, 손가락
을 문 쪽으로 옮기는)
수 경 (영문을 몰라 하며, 민숙의 손가락을 따라가 보고, 다시 민숙을 보면)
민 숙 저기로, 나가.
수 경 네?
민 숙 나가라고.
정일우 (웃으며, 달래는) 왜 그래? 연습 때 들어온 조연출을 나가란 법이 어딨나?

수 진 (말하지 말라고, '그러면 더 화내' 하며 말리면서 윙크하고, 민숙의 잔에 물을 따라주며, 수경을 안됐게 보는)

민 숙 (수경 보며) 내가 니 친구냐? 오민숙씨게? 너는 으른도 몰라?.. 나가.

수 경 (참담한)

민 숙 연습 분위기, 망쳐볼래? 나갈래?

수 경 (참담한, 규호 보면)

규 호 (수경을 가만 보는)

스태프들, 민숙을 밉게 보거나, 화난 표정들 보이는,
수진, 규호 눈치 보고, 수경, 규호를 가만 보고만 있는,
규호, 수경 가만 보다가, 턱짓으로 나가라고 하는,
수경, 일어나, 참담하게 나가는, 비좁게 의자에 앉은 스태프들, 그 바람에 모두 일어서는, 수경, 긴 줄을 뚫고, 참담하게 나가는,

* 점프컷 2〉〉

민 숙 (연기를 하는, 화난) 내가 이년아, 너를 찢어 죽여도 시원치가 않어?! 내 자식이 뭘 어쨌다고 니가, 내 자식을 욕하냐, 내 자식이 뭘 어쨌게!

수 진 (머리 뜯기는, 시늉하며) 사람 살려요. 술 파는 년이 사람 죽이네!

규 호 (적극적으로, 대본 읽으며) 동네 사람 뜯어말리고,

연기자들, '왜 그래요, 왜, 싸우지들 마요' 하는,

규 호 (빠르게) 사람들 말리는 것 이랑곳없이 주모 소리치는데,

민 숙 (열심히 연기하는) 놔, 이것들아, 놔, 니들 같음 참겠냐, 내 자식이 살인자라고 말하는 저년을 니들 같음 참겠어! 너 죽고 나 죽자, 이 육시를 할,

수 진 (아픈 시늉하며) 아우, 아우, 아퍼라, 아퍼...

씬 39. 지오 드라마 세트 안, 저녁.

지오, 촬영 중인,

윤영, 땀을 흘리며, 넋이 나간 얼굴로 방에서 아파서, 엉금엉금 기는 모습 보이고,

열린, 문이 보이고, 거실에서 맘 아프게 앉아, 눈물을 닦는 소유가 보이는, 경희, 눈가 닦고, 모니터 보는,

지오 (모니터 보는, 눈가 붉어, 맘 아픈, 가만 보다, 작게) 컷. (하고, 고개 들어) 담은 방 안으로 갑니다. (하고, 극에 빠져 심란한 얼굴로) 저렇게 애인이 아픔.. 난 못 살겠다... (하다가, 뭔가 이상해, 보면, 수경이 한쪽에 서서 지오를 보고 있는)

씬 40. 지오 드라마 세트 바깥, 밤.

지오, 서서 종이컵에 있는 커피를 마시며 수경을 빤히 보면,

수경 (커피 마시며, 어이없단 듯 웃으며) 웃겨요, 정말.. 그럼 지가 오민숙씨지? 그 나이에 오민숙양이야? 아님 남자라서 오민숙군이야. 참내, 선생님은 무슨... 지가 날 중학교에서 갈치길 했어, 고등학교에서 갈치길 했어? 뭘 했어? 야... 배우 주제에 감히 감독한테.. 나가... 예전 같음 어림 반푼어치도 없는 일이지. 형, 세상이 왜 이렇게 됐냐?

지오 (말하기도 싫다) 뭐가?

수경 언제부터 배우가 감독을 깠냐고?

지오 (한심한 듯, 수경 보며) 태초부터.

수경 ?

지오 (한심한 듯(그러나, 애정이 있는) 보며, 비아냥) 예전에도 잘나가는 배운 작가, 감독 별 상대 안 해줬어, 못 나감 당근 말 잘 듣지. 네네 하고. 억울함 출세해. 손규호처럼.

수경 나 형 밑에서 일하자. 뭐든 시키면 나 죽었네 하고 할게.

지오 (어이없이 웃으며, 보는) 니네 아버지, 양기사 양반은 잘 있냐?

수경 ?

지오 (웃음 가신, 답답하고, 화나는) 임마, 내가 니네 아버지한테 아버님, 아버님 하는 게 니네 아버지가 날 낳아줘 그렇게 부르냐?!

94 ⟩⟩⟩ 그들이 사는 세상

수 경 (답답하고, 서운한, 큰소리로) 형, 그거하고 이거는 사정이 다르,

지 오 뭐가 달라? 오민숙 선생님 연세가 낼모레면 예순이야?! 그런 분한테 니가 선생님이라고 못할 게 뭐 있어?

수 경 (할 말 없는) 그거는...

지 오 프롤레타리아 혁명을 일으켜 평등민주사회를 만드는 게 한때나마 니 꿈이라며? 근데 정작 너는 감독입네 하고 어깨에 힘이나 주시겠다고? (어이없는) 내가 말을 말자. 내가 너 같은 놈이랑, 무슨 말을 하겠다고.. 가, 새끼야, 꼴 보기 싫어. (가는)

수 경 (참담한) ... (가는 지오 서운하게 보다, 지오에게로 가서, 팔 잡아 세우고, 가만 있다가, 90도 각도로 인사하고, 가는)

지 오 (수경의 뒷모습 보며, 답답한) 인사는 잘해요.. 아, 저 꼴통, 진짜, 저거, 저거.. (다시 돌아서서 가는, 전화하는) 왜?

씬41. 지오 드라마 세트 안, 일각. 밤.

지오, 연희 앉아 있는,
지오, 연희를 눈가가 붉어져, 맘 아프고, 이게 뭔가 싶어 보는,

지 오 (힘든) 너, 뭐.. 라고 그랬냐?

연 희 (커피 마시며, 지오 안 보고) 임신.. 했다구.

지 오 (보는)

연 희 (커피잔 보며, 어렵게, 그러나 담담하게) 지난번에 미국 출장 갔을 때, 남편한테 연락이 와서... 술 한잔했는데, 둘 다 너무 많이 취했어.

지 오 (눈기 붉어지며, 기만 보는)

연 희 (답답한) 자기랑 헤어지고 싶지 않은데, 이해해줄 거 같지 않아서.. 회사에서 시애틀에 새로 지사를 내는데.. 그리로, 발령 신청했,

지 오 (눈가 붉어, 가만 보며, 맘 아픈) 어떻게 너는 애가 이따위로 생겨 처먹었냐? (버럭) 어?

연 희 (커피잔만 보며, 담담한)

지 오 사람 하나를 병신을 만들어도.. 어떻게, 이렇게.. 10년 동안 번번이.. 내가 너한테 어떻게... (점점 크게 소리치는) 이제 끝이냐?! 이제 정말 끝난 거냐?!

그래?!

연 희 (담담하고, 맘 짠하게 지오를 보지만, 슬픈 얼굴은 아니다. 일어나 가는)

지 오 (가는 연희 보며) 야?!.. 야?!... (더 크게) 야?!

부감으로 가는 연희와 지오의 모습 보이는,

씬 42. 서우의 작업실. 밤.

이서우, 커피포트에 커피물 끓고 있고, 서우, 커피를 끓이기 위해 잔들을 준비
하는, 준영, 테이블에 앉아, 불편하고 불안하게 휴지를 괜히 뜯으며, 개집 안
의 개와 눈을 맞추고, 으르렁거리는,

서 우 인스턴트 커피랑, 물밖에 없는데?

준 영 전 물이요. (하며, 강아질 보며, 으르렁거리는)

강아지, 순간 짖고, 준영, 놀라는데,

서 우 왜 개한테 그래, 나한테 말해. (와서, 앉으며 마시며) 캐스팅은?

준 영 (한숨 나고, 답답하고) 제가 작가님이 말씀하신 장민씬 맘에 드는, 정미경씬
요...

서 우 (보는)

준 영 (에라 모르겠단 심사로 말하는, 투덜투덜 말하는, 괜히 휴지를 뜯으며, 눈은
서우를 보며) 전 정말 그 배우 싫거든요. 카메라만 들이대면 이쁜 척에, 극에
대한 아무런 이해 없고, 연기에 대한 해석도 없고... 그리고 조승원은요, 천하
의 손규호도 캐스팅 안 돼요. (속상한, 계속 불안하고, 화난, 휴지를 뜯으며)
어떻게 들으실지 모르겠지만, 사실 감독이란 게 캐스팅 권한 하나 갖고 현장
에서 어깨 힘주고 사는 건데 현장에서 일하는 감독이, 배우한테 애정이 안 생
기고, 통제가 안 되면... (구시렁) 감독이 그림만 찍는 찍새도 아니고,

서 우 (커피 마시며, 담담히) 감독이 찍새가 아니면, 작가도 쓰기만 하는 쓰새는 아
니지?

준 영 (답답한, 작게 한숨 쉬고, 어렵지만 짐짓 편하게) 우리 낼.. 얘기할까요? 오늘

은 작가님도 저도 조금 흥분한 거 같으니까, 낼 다시 만나서,

서 우 (커피만 마시며) 난 흥분 안 했는데? (커피잔 보며) 커피가 쓰다. (하고, 일어나, 설탕 타러 가는)

준 영 (모멸감에 찬, 휴지 뜯으며, 더는 못 참겠는지) 후.. (하고, 일어나, 가방 들고 문을 쾅 닫고, 나가버리는)

서 우 (설탕 타다, 놀라, 움찔하며 보는) 저게..

갑자기, 준영, 다시 들어와 자리에 앉으며,

준 영 (안 보고, 화를 참아 짜증스런) 좋아요, 좋아, 작가님 하잔 대로 할게요. 근데 조승원은 연락해보긴 할 건데, 너무 기댄 마세요. 그리고 나머지 캐스팅도 관여하실 건가요? (주머니에서 메모지 꺼내 적으며, 화난) 부르세요, 여기 상무 나오는데, 그 사람은 누구 해요? 사원 원투쓰리도 나오는데, 그 사람들도 뭐 생각해두신 사람이 있으신가요? 그리고 또 비서 아가씨랑 또 (하고, 대본 꺼내 보며) 누가 나오냐? 길가는 사람 1, 2, 3, 4, 5에... 여자주인공 친구들 몇 명이야, 이게..

서 우 (차 마시며, 가만 보며, 어이없고, 화난) 그러다 울겠다?

준 영 (화나 보는) ?!

서 우 (화난) 주준영씨, 사람 말귈 제대로 알아들어? 내가 장민, 정미경, 조승원을 좋다 했지, 반드시 그 사람들 해와라, 안 그럼 자길 죽인다, 어쩐다 했어?

준 영 (화난, 소리치는) 작가님이, 제가 작가님이 원하는 캐스팅 섭외 안 했다고, 국장님한테 대본 회수한다 어쩐다 꼰질렀잖아요.

서 우 (화난, 말꼬리 치고 들어가며) 자기가 첨부터 내 의견 개무시하는 태돌 보이니까, 그랬시, 아까처럼 정미경이 화면하고 다르게 실세론 새수 없다 밀했음 내가 그래도 우겼을까? 작가가 돼서 난 이 사람이 좋다, 저 사람이 좋다 그런 말도 못해?

준 영 (소리치는) 그럼 정미경은 안 해도 돼요?!

서 우 (버럭) 그래?!

준 영 ?!

서 우 성격 이상하네, 정말... 내가 미친년도 아니고, 감독이 죽어도 싫단 배울 내가 왜 해? 그 사람들한테 뒷돈을 받은 것도 아니고, (하고, 오디오로 가서, 음악

트는)

준 영 (뭔가 싶어 보면)

서 우 (음악 흐르면, 오디오 앞에 쪼그려 앉아, 듣다가, 웃으며) 이 음악 어때? 좋
아?.. (하다가, 준영 보고, 굳은 얼굴로) 아직 화났니?

준 영 (물 마시는) ...

서 우 자기 뒤끝 무지 길구나?

준 영 (안 웃고) 작가님이 넘 짧거든요. (하고, 창가로 가서, 야경 보는, 좋은)

서 우 (바닥에 누우며, 편하게) 어느 대학 나왔어?

준 영 (바깥만 보며) 울대요. (하고, 구경하는)

서 우 (천장 보며) 난 고딩 출신인데...

준 영 (웃으며) 소문보다 더 황당한 거 알아요?

서 우 (천장 보며) 이영미 어때?

준 영 별로,

서우, 이름 대고, 준영은 별로를 반복하는,

지 오 (N) 일을 하는 관계에서 설레임을 오래 유지시키려면 권력의 관계가 없다는
걸 깨달아야 한다. 서로가 서로에게 강자이거나 약자가 아닌, 오직 함께 일을
해 나가는 동료임을 알 때, 설레임은 지속될 수 있다.

씬 43. 방송국 엘리베이터 안, 밤.

수경, 엘리베이터에 들어와, 층수 누르고, 뭔가 이상해, 한쪽을 보면,
민숙, 수경을 째려보고 있는,
수경, 순간 놀라, 앞을 보고, 딸꾹질을 하는,
민숙, 수경을 뚫어지게 보기만 하는,

지 오 (N) 그리고 때론 설레임이 무너지고, 두려움으로 변질되는 것조차 과정임을
아는 것도 중요한 일이다.

씬44. 거리, 전자상가 앞, 밤.

　　스턴트맨, 친구들과 기분 좋게 전자상가의 TV를 보는(교각에서 떨어지던),
그 장면 보고, 좋아서 '와!' 하며, 서로 하이파이브를 하고, 서로 끌어안고 좋
아하는,

씬45. 방송국 주차장 가는 길, 밤.

　　민철과 현섭, 오부장 방송국에서 나와 주차장으로 걸어가며,

현 섭　(나오며) 그 드라마는 뭐 볼 것도 없구만, 시청률이 40이나 나와, 맨날 여자들
　　　　머리 뜯고 싸우는 게 일이더만,

오부장　(웃으며) 지난번 선배가 기획해서 대박 난 드라마도 그거랑 하나도 안 달라
　　　　요. 뭘 그래.

현 섭　(보며) 너는 그러니까, 내가 드라말 모른다고 그러는 거야?

오부장　(싫은) ?

현 섭　얌마 내가 만든 초원의 빛은.. 여자들끼리 머리 뜯고 싸운 게 아니라, 인생의
　　　　고단함을 말하는 거야. 휴머니티를 방해하는, 우리들의 처절한 인생사!

민 철　(웃으며) 말은 청산유수지.

현 섭　너 그럼 집에 안 바래다준... (하다가, 앞 보며) 이게 누구야, 헤이, 윤영! 어
　　　　디 가?

민철, 오부장　(윤영 쪽 보는) ?

윤 영　(창주와 함께, 방송국 쪽으로 가며) 연예가중계. 잘 지내시죠? (하고, 악수하
　　　　는)

현 섭　(손 잡으며) 또 첨 본 사람처럼 인사한다. 밥은 먹었어? 일은? 전화 좀 하지?
　　　　이렇게 인사해야지. (다른 한 손으로, 윤영의 손을 두드리는)

오부장　(민철의 눈치 보는)

민 철　(현섭 보며) 먼저 갑니다. (하고, 가는)

오부장　(윤영과 눈인사하며) 그럼 윤영씨.. 우리도 담에 보자.. (하고, 민철 따라가는)
　　　　국장님 같이 가.

현 섭　(가는 민철 보며) 김국장!

민 철   (불편하게 가는)

현 섭   자식이...

윤 영   (민철 가는 모습 보며, 편하게 웃으며) 저 남잔 늙어도 참 멋있네.

현 섭   (윤영 보며, 조금 서운한) 그, 그렇지?

윤 영   언제 한번 같이 술 한잔하자고 전해줘. 갈게요. (하고, 가는)

          윤영의 가는 모습 위로,

현 섭   (가는, 윤영 보며, 어이없단 듯 웃으며) 배우라 그런가... 미련도 없고... 죄의
          식도 없고... (고개 젓고 가며) 불쌍한 김민철.. (하고, 가는)

씬 46. 산타마리오 안, 밤.

          지오(술이 많이 취한, 그러나 몸이 흐트러지진 않는), 준영, 술을 마시며 앉아
          있는,
          미진, 직원과 노랠 부르는,

준 영   (어이없는, 화난) 참내, 야.. 이연희.. 미친.. 완전 돌았구나... 그래서 선밴 뭐
          랬어?

지 오   (글라스에 술을 따르는)

준 영   (병 뺏어, 탁 놓으며) 말해봐, 이연희가 남편 애 임신했대서 뭐랬냐구?!

지 오   (준영 보고, 애써 웃으며) 너 윤영선배 어떠냐? 너랑 같이 작품하고 싶다는데?

준 영   늙으면 늙은 대로 이모나 엄마 역이나 하라 그래? 잘나가는 상대역 들이밀어,
          이혼녀나 노처녀 역이나 할라 그러고... 방송가에 삶의 리얼리티, 상도, 정의
          를 없앤 여자야, 그 여자. 이 남자 저 남자 옮겨 다니며, 힘 기르고. 난 선배
          가 그 여자랑 일하는 것도 맘에 안 들어. 가만 보면 의외로 불의와 타협하는
          옳지 못한 모습을 자주 보이든 (순간 아차 싶은) 혹시, 선배, 윤영이가 연희선
          배 닮아서 좋아해?

지 오   (안 보면)

준 영   아까 하던 말이나 해. 그래서 선밴 뭐란 거야?

지 오   후... (하고, 한숨 쉬고, 준영 보며) 암말도 안 했어.

준 영 (어이없는 맘 아픈, 웃음 지으며) 선배, 너는 이연희한테 완전 혼이 나갔구나?

지 오 (의자에 등 기대고, 준영을 물끄러미 보는)

준 영 (맘 아픈) 나 차고 기껏.. 그런 기집애한테 가드니, 잘 당했어. 인과응보야. (술 마시는)

지 오 (한쪽에 놓인, 물 마시는)

준 영 (지오 보며) 너 또 이연희가 울고불고 함 갈 거지?

지 오 아니.

준 영 아니긴 뭐가 아냐? 그 짓을 하고 가는 여자한테 말 한마디 안 했다면서?

지 오 (눈가 붉어져, 창가 보며) 무슨 말을 해.. 시원했는데..

준 영 ?!

지 오 (창가 보며, 맘 아프지만, 담담하게, 눈가 붉어져) 가는 개 뒤통수에 대고 야, 야, 하고 내가 막 악을 쓰니까, 연희가 날 (서글픈 눈빛으로 준영 보며) 이렇게 보는데.. 꼭 이렇게 말할 거 같드라. 정지오 쇼 그만 치지...

준 영 (안쓰러워 보는) ...

지 오 (서글픈 웃음 지으며, 창가에 기대 준영 보며) 준영아, 너 그런 거 아냐? 시간이 가면 갈수록 깊어지는 게 아니라, 지겨워지고 지루해만지는 그런 구질스런 관계도 세상에 있다는 거, (서글프게 웃으며) 너는 잘 모르지?

준 영 (맘 아픈, 외면하며) 내가 뭘 알겠어요.

지 오 (탁자에 몸을 기대며, 준영의 머릴 흩뜨리고, 볼을 꼬집으며) 귀여운 놈.

준 영 (가만 있는 채, 맘 아픈) 이러지 마.

지 오 (볼을 톡톡 치며, 취한 장난치는, 작게 웃으며) 하면, 하면, 어쩔 건데, 니가?

준 영 (손 잡아서, 확 뿌리치고, 지오를 보는)

지 오 ?

준 영 (맘 아픈, 그러나 가볍게) 터치하지 말라고, 선밴 내가 편해서 맘대로 어깨 기대고, 볼 잡고 그러는 줄 나도 아는데...

지 오 (보면)

준 영 (담담히) 나는 아, 직, 도, 안 된다고...

지 오 (보는)

준 영 (쓸쓸한, 짐짓 담담하게) 아직도.. 라는 게, 무슨 말인지, 모르지 않지?

지 오 (가만, 그렇게 보는)

준 영 (가만 담담히, 술을 마시고, 미진 쪽을 보며, 덤덤하게 미진이 부르는 노래를

작게 따라 부르는)

지 오　(준영을 보다, 담담한 얼굴로, 다시 준영의 볼을 툭 치는)

준 영　(째려보고) 하지 말라고.

지오, '아직도가.. 뭔데?' 알면서도 괜히 말을 시키고, 준영이 '모름 말어' 하고 말 안 하면, 다시 장난치는, 투닥거리는 두 사람의 그림 위로,

지 오　(N) 미치게 설레이던 첫사랑이 마냥 맘을 아프게만 하고 끝이 났다. 그렇다면 이젠 설레임 같은 건 별거 아니라고, 그것도 한때라고 생각할 수 있을 만큼 철이 들 만도 한데, 나는 또다시 어리석게 가슴이 뛴다.

씬 47. 달리는 택시 밖 + 안, 밤.

준영, 지오 뒷좌석에 탄, 지오, 술 취해, 준영에게 기대려 하면,
준영, 밀치며, '좀 바로 앉아봐봐' 하는, 지오, 술 취해 준영에게 자꾸 몸이 쏠리는, 준영, 혹 밀치며, '아우!' 하며 지오를 밀치고, 지오 그 바람에 차에 머릴 박는, '아!' 하며, 머릴 잡으며, 아파하는,

준 영　(놀라, 지오의 머릴 보며) 어머, 괜찮아. 어디 봐봐.

지 오　(준영의 손을 뿌리치며) 됐어. (하고, 창가에 머릴 기대는, 힘든, 손으로 박은 머릴 만지는)

준 영　(눈치 보며) 화났어?

지 오　(창가만 보는)

준 영　뭐 그런 거 갖고 화를 내냐, 나도 힘든데, 무겁게 자꾸 기대니까.. 그러지, 정말 화났.

지 오　(창가만 보며, 준영 안 보고, 불쑥) 우리 다시 만날래?

준 영　뭐?

지 오　(창가만 보며) .. 아냐.

준 영　(조금 이상한, 무슨 말인지 알겠는, 조금 가라앉은) 아냐, 전에 뭐라 그랬어?

지 오　아냐.

준 영　(서운하고, 화나는) 너는 그게 문제야? 알어?

지 오 (보면)

준 영 뭘 봐, 암말도 못할 거면서. (기사에게) 저기서 좀 세워주세요!

지 오 (답답하게, 창가 보는)

씬 48. 몽타주.

1. 지오의 옥탑 마당, 낮.

지오, 조금 거칠게 방에서 이불을 잔뜩 가져와 고무대야에 넣는,

* 점프컷 1 〉〉
지오, 호수를 가져와 고무대야에 물을 붓고, 세제를 붓는,

* 점프컷 2 〉〉
지오, 물잔의 물을 마시며, 빨래를 밟는,

지 오 (N) 그래도 성급해선 안 된다. 지금 이 순간, 내가 할 일은, 지난 사랑에 대한 충분한 반성이다.

2. 준영, 거실에서 핸드폰 문자를 보는, 낮.

준 기 (E) 준영아, 나는 너랑 이러는 게 너무 지겹다, 연락하지 마.

준영, 핸드폰을 보다가, 강준기의 이름을 삭제하고, TV 켜는,

지 오 (N) 그리고 그렇게 반성의 시간이 끝나면, 한동안은 자신을 혼자 버려둘 일이다. 그게 한없이 지루하고 고단하더라도, 그래야만 한다.

3. 지오의 집 안, 밤.

지오, 땀이 잔뜩 난, 입에 커튼 핀을 물고, 의자에 올라가 커튼을 다시 달다가,

중심을 못 잡아, 커튼을 잡고 넘어지는, 그 바람에 커튼이 몸을 휘감고, 지오, 연희와의 사진을 보게 되는, 화가 나, '젠장할!' 하며 커튼을 뜯고, 팽개치고, 그러다 맘을 못 잡고 서성이다 두 손으로 얼굴을 가리고, 연희 일로 스스로에게 화가 나, '염병, 썅, 이게.. 무슨.. 개새끼.. (더 크게) 아우! 씨!' 하고, 벽에 쿵 하고 기대 갑자기, 소리 내 흐느끼는,

DIS.

지 오 (N) 그것이 지나간 사랑에 대한, 다시 시작할 사랑에 대한 최소한의 예의일지도 모른다.

지오, 준영의 화면 분할로 같이 보이면서, 엔딩.

•••• **준영의 특집 4부작 대본** ••••

세기말 특집 〈슬픈 유혹〉 제 1부

씬 1, 침실, 밤.

불 꺼진, 침대 맡의 어두운 스탠드 불빛만이 실내를 비추고 있다.
잠자리를 하는 원석의 숨소리와 영혜의 숨소리 들리는 가운데, 카메라 돌아가면, 침대 밑에 두 사람의 옷가지들 가지런히 놓여 있다. 카메라, 서로 안고 있는 두 사람 스치듯 비추고, 창가 쪽(방의 한 면은 전부, 문과 같은 창이다)으로 가면, 창의 작은 틈새로 바람이 일어 커튼이 펄럭이는 모습 보이고, 겨울 찬바람의 스산한 소리 들려온다.

F. O.

시간 경과.
원석(웃옷 벗은 상태로), 침대에 엎어진 채 깊은 잠에 빠져 있다.

카메라, 그런 원석 보여주고, 이내 침실 안에 있는 화장실(문이 열려 있는)로 옮겨가면, 영혜 잠옷 차림으로 무표정하게 앞만 보며 변기에 앉아 있다.

씬 2. 화장실.

영혜, 무표정한 얼굴로 세면대에 서서 손을 씻는다.

씬 3. 침실.

영혜, 화장대(침대 머리맡과 정면에 놓인)에 앉아 손에 로션을 바르다가 문득 고개 들어 거울에 비친 원석의 자는 모습 본다.
자는 원석을 보는 건조한 영혜의 얼굴 위로 내레이션 들리는.

영 혜 (N) 한 달 만의 잠자리다. 아무것도 느낄 수 없었다. 내가 느끼지 못했는데, 남편이 느꼈을 거라 생각지 않는다. 오늘 밤 우리의 흥분은 모두 거짓이다.

영혜, 거울 속의 원석을 보던 시선 거두어 로션을 보며, 그 뚜껑을 돌려 닫고, 몸을 반쯤만 돌리는, 각자인 것 같은 원석과 영혜의 그림 위로.

영 혜 (N) 이제, 우리는 사랑이 귀찮아질 만큼, 사는 게 버겁다.

씬 4. 영준의 방.

영준, 웃통 벗고 의자에 앉아 지갑에서 사진을 꺼내 보며, 흐뭇한 모양이다.
사진, 인서트
진우와 같은 양복을 입고 어깨동무를 하며 환하게 웃는 모습. 영준, 진우의 얼굴에 입 맞추고, 웃는.
F. O.

씬5, 어두운 터널을 빠져 나가는 전철, 새벽.

효과음(E) 전철의 굉음소리.

씬6, 전철 안.

그닥 복잡하지 않은 전철 안.
한쪽에 말끔한 양복 차림의 원석, 눈을 바로 뜨고 이를 앙다문, 생각 많아 경직된 모습으로 자리에 앉아 있다. 카메라, 원석의 얼굴로 가면, 단호한 원석의 얼굴 위로 이펙트.

원 석 (E, 모멸감에 사로잡힌, 그러나 단호한) 나는 그 자식을, 죽이고 싶다.

F. O. 배경음악 깔리다, 잦아드는.

자막   우리는 사랑이라 했는데,
       사람들은 반역이라 했다.

자막 사라지면서, 제목 뜨는.

〈슬픈 유혹〉

제목, 사라지고 어두운 화면 위로 퍽 하는 주먹소리 들리는.

씬7, 비상구.

영준(OL) 휘청하고, 고개를 드는데 입가가 터져 피가 흐른다, 원석을 쏘아보듯 보고, 영준, 눈도 꿈쩍 않고 그런 원석을 본다.

원 석 (그런 영준의 눈을 뚫어져라 보며, 차갑게 가라앉은) 아주 재밌는 기획안을 썼더구나.

영 준 (지지 않고, 강한 눈빛으로 원석 보는, 차갑게 가라앉은) ......

원 석 (영준의 눈빛을 뚫어지게 보며, 또박또박 말하는) 니가 뉴욕에서 갑작스레 온 이유를 이제야 알겠다. 너 날 치러 그 먼 길을 온 거냐? 창업 멤버들을 몰아내 겠다구?! (소리치는) 이 회사를 누가 만들었는지 알아? 니가 몸담고 있는 뉴 욕 지사, 그리고 니 자리 역시도 뉴욕 현지 근무 때 내가 만든 자리였다. 그런 데 감히 니가 날 몰아낼 기획안을 짜!

영 준 (원석 보며, 지지 않고, 힘주어 말하는) 정실장님이 창업 당시 유능한 분이었 다는 건 익히 들어 알고 있습니다. 하지만 지금은 어떻습니까?

원 석 ?!

영 준 지난 삼 년간 실장님의 경영 프로젝튼 모두 실패했습니다. 그로 인해 회사가 당한 불이익은 막대합니다.

원 석 내 프로젝튼 아직 진행 중이다. 끝나지도 않은 프로젝틀 함부로,

영 준 (말꼬리 자르며) 회사에선 실장님의 프로젝틀 12월 말로 종료시키기로 했습 니다.

원 석 ?!

영 준 하실 얘기 없으면, 가보겠습니다. (하고, 원석을 스쳐 지나 계단을 오르다, 뒤 돌아 원석 보며) 회사의 창업 멤버를 경계하라.

원 석 (보면)

영 준 감원은 언제나 위에서부터 아래로 시작하라. 그래야 노조의 반발을 잠재울 수 있다. 모두 10년 전 실장님의 사업 진흥 기획안에 쓰여진 골자들입니다. 그리 고 지금 제 기획안의 토대가 된 것이기도 합니다.

원 석 (자괴감 드는) ?!.....

영 준 그때 정실장님의 판단은 옳았습니다. 지금 제 판단도 그때처럼 옳을 겁니다. (하고 성큼성큼 계단 올라가, 문 열고 비상구로 나가는)

원 석 (굳은 듯, 멍하니 있는) ....

3부

아킬레스건

새로운 사랑을 시작하는 연인들을 위한 몇 가지 제안

지금 이 새로운 사랑을 시작하는 시점에서 나의 아킬레스건은…
인정하기 싫지만, 내가 너무 사랑을 정리하는 것도, 사랑을 시작하는 것도,
쉬운 애라는 거다. 하지만, 이 순간 그것보다 더 중요한 건,

내가 이 사랑을 더는 쉽게 끝내고 싶지 않다는 거다.

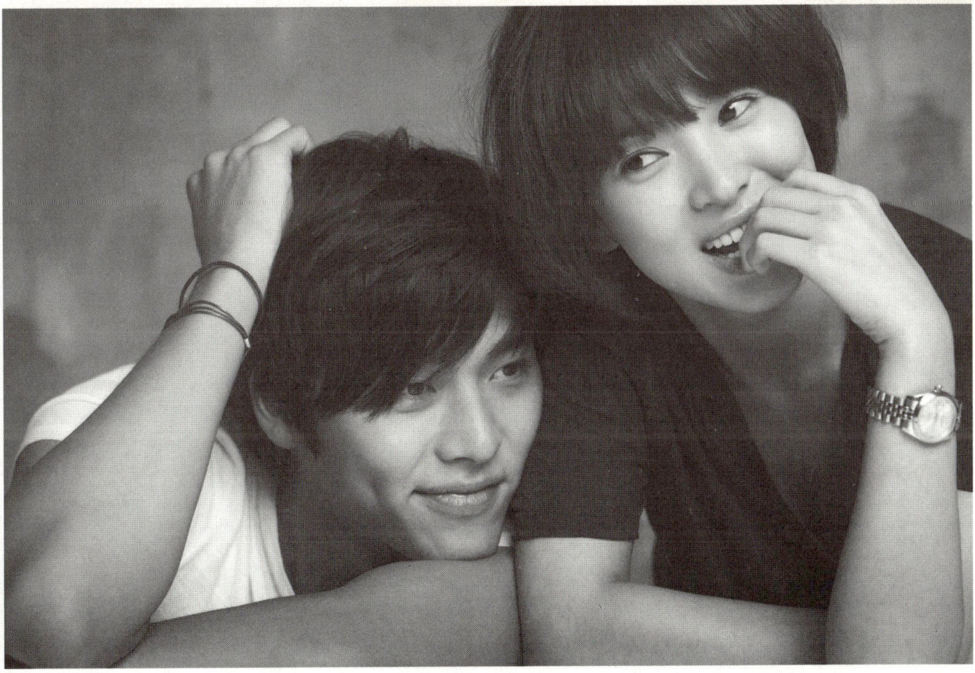

그 들 이 사 는 세 상

WORLDs Within...

씬 1. 프롤로그.

1, 회상, 낮. (여섯 살 준영)

꽤 잘사는 집, 여섯 살 난 준영이 한쪽에 앉아 마론인형의 머릴 빗기며, 화투를 치며, 친구들과 악을 쓰며 싸우는 준영모와 그 친구들을 (친구 1, '친구들끼리 화투 치며 속이는 년이 세상에 어딨냐?' 하고 악을 쓰고, 준영모, 머릴 낚아채며 '야, 이년아, 내가 아무리 할 일이 없어도 후질 대로 후진 니년을 속이겠냐!' 하는) 아무 생각 없는 얼굴로 보는,

준 영 (N) 내 유년 시절의 확실한 아킬레스건은 엄마였다. 화투를 치고,

2, 사교춤 배우는 곳 + 계단, 밤.

준영모, 남자와 함께 지루박을 신나게 추는,

준 영 (N) 춤을 추고, 다른 남자를 만나는, 그러면서도 엄마는 아버지 앞에선 언제나 현모양처인 양 이중적인 모습을 보였다.

3, 준영(중학생)의 집 거실, 낮.

준영부, 소파에 앉아 텔레비전 뉴스를 보면, 준영모, 웃으며, 준영부의 발톱을 깎아주고, 중학생인 준영, 텔레비전을 보며, 준영모를 어이없이 보는,

준 영 (N) 그때 나의 꿈은 엄마를 탈출하는 것이었다. 그 꿈은 다행히 대학을 들어가면서 쉽게 이뤄졌다. 그리고, 내 인생의 암흑기라 할 수 있는 조감독 때 나

의 아킬레스건은,

4. 규호의 촬영장, 바닷가, 밤.

영웅과 호걸, 말을 타고 달리는,
규호, 슈팅카 위에서 자기가 더 흥분해서, 말 타는 것처럼 몸을 들썩이며,

규 호　더더더더더!

준 영　(N) 조금이라도 잘나가는 모든 동료와,

5. 규호의 촬영장 일각, 밤.

민숙, 차 안에서 차 창문만 열고 있고, 수경, 차 창문에 고갤 디밀고, 안의 민
숙을 보며, 말하는,

준 영　(N) 그 외 나에게 수시로 태클을 거는 세상 모든 것이었다.
수 경　(답답한) 가긴 어딜 가세요, 지금?! 촬영이 세 씬이나 더 남았는데, 내리세요,
　　　어서.
민 숙　니들 나 오늘 몇 시부터 불렀어? 늦은일 꼭두새벽부터 불러가지고 열여덟 시
　　　간 동안 기껏 두 씬 찍고 지금 이 시간까지...
수 경　저희가 놀다 그런 게 아니잖습니까? 뭐 하나 찍을람, 비행기 날아가지, 배추
　　　아저씨 배추 사라고 떠들지, 저희도 죽겠,
민 숙　(말꼬리 자르며) 죽겠는 건 너희 사정이고, 나는 더 이상 촬영 못해.(매니저에
　　　게) 시동 안 걸어?
매니저　(수경, 눈치 보며, 시동 거는)
수 경　(다급해지는) 있잖아요, 이러심 안 됩니다. 오늘 예정된 씬 다 찍어야, 되는
　　　데, 좀만 참으시고,
민 숙　있잖아요?
수 경　?!
민 숙　죽어도 선생님 소린 못하겠어서, 나 부를 때 있잖아요냐?

수 경 ?

민 숙 (매니저에게) 안 가.

차 가고, 수경, 차를 따라가며, '저기, 저기, 저기!' 하고,

* 점프컷 〉〉
촬영장, 규호, 수경을 꼬나보며 말하는,
뒤편에 스태프들, 촬영장을 정리하며, 힐끗힐끗 보는,

규 호 (수경의 어깰 툭툭 치며) 가겠다고 하면 보내냐? 치마끄댕이라도 잡고 늘어져야지, 가지 마시라고, 한 번만 살려달라고, 두 손이 발이 되게 그랬어야지. 가겠다고 하면 아이고 가세요, 그래? 야, 너 조연출 쉽게 한다, 쉽게 해? (손으로 어깨 치며) 너, 여기 놀러왔냐?

수 경 (휘청하고, 이를 앙다물고 참는)

규 호 (비아냥 섞인 웃음 짓고) 지 땜에 촬영 접는 바람에 앉은자리에서 돈 천 손해 봐놓고, 애가 날 보네? (수경, 이마에 꿀밤을 치며) 보면? 보면? 보면?

수 경 (화나, 규호 손을 탁 치는)

규 호 어쭈구리구리, 그래, 너 나 치고, 여기서 빠져라, 아이고 그럼 나는 얼씨구나지. (얼굴 들이밀며) 쳐.

수 경 안 칩니다. 일할 겁니다.

규 호 개기겠다. (비웃음 짓고, 얼굴 부비고) 너 오늘부터 내 차 운전해.

수 경 (보면) ?!

규 호 조연출의 임무엔 여러 가지가 있어, 너는 현장에 나와, 어린 배우들하고 노닥 거리고, 이께에 힘주고 돌이디니는 게 조연출의 임무처럼 아나본데, 조연출의 임무 중의 임문, 감독 보필이야. (키 주며) 차 가져와.

수 경 (이 앙다물고) 네. (하고, 가는)

규 호 (가는 수경 보며, 어이없이 웃으며, 가면서 혼잣말) 이 앙다물고, 네. 꼴에 승질은 있어가지고..

준 영 (N) 그리고, 감독이 된 이후의 나의 아킬레스건은 모든 감독들처럼 단연 시청률이다.

6, 드라마국 안, 밤.

게시판에 걸린 시청률표, 자사의 방송 프로그램에 붉은 동그라미가 쳐진, 지오의 프로그램에 24. 3프로가 보이고, 별표가 막 쳐진,
준영, 시청률표를 보며, 작게 웃으며 '종방은 삼십 가겠다' 하고, 퇴근하는,
그때 전화가 오고 전화를 받는,

준 영   (가면서) 네, 주준영입니다.

    ▪ **점프컷 1** 〉〉
윤영의 화려한 집 거실, 밤.

윤 영   (소파에 앉아, 와인을 들고, 편안하게 웃으며) 주준영 감독님? 나, 윤영인데.

    ▪ **점프컷 2** 〉〉
드라마국 복도, 밤.

준 영   (가며, 이상한) 네?

    F. O.

자막 – 아킬레스건
: 새로운 사랑을 시작하는 연인들을 위한 몇 가지 제안

씬 2. 본부장실 밖, 낮.

민철, 화난 얼굴로 문을 활짝 열고, 나와, 쾅 소리 나게, 닫고 걸어가는,
비서, 인사해도 안 받고 가는,

씬3. 지오의 촬영장, 낮.

윤영과 소유(원 대본 20 -5씬 찍는), 한가로운 일상을 리허설하고 있는, 지
오, 대본을 보며, 리허설을 보는데, 눈가가 그렇하다.

지 오   (윤영이 소유를 보는, 모습을 보고) 선배, 그 눈빛 참 좋다. 이따가 한번 더 보
        여주라.
윤 영   (대본에 표시하며, 고개 끄덕이고, 소유 안 보고, 소유에게) 너, 목소리 너무
        가라앉았드라. 시종일관 슬픔 재미없어. 여기선 너 하는 대로 밝게 가.
소 유   네. (하며, 대본에 표시하는)
지 오   (소유에게) 이 씬이 잘 살아야 돼. 그래야 엔딩으로 가면서 감동이 있지.
윤 영   (대본 보며, 지오에게) 부담 주지 말고 가.
지 오   (웃으며) 부담 주면 받기나 하고? (그때, 전화 오고 받으며) 잠시만요. (전화
        기 송화기 부분을 손으로 가리고, 호식에게) 5분 후에 가면 되나, 형?
경 래   10분. (레일 까는 스태프들에게) 야, 야, 레일 밑에 선 있다, 선 치워.
지 오   (가며, 전화 받는) 네, 저예요.
민 철   (F, 버럭) 야, 넌 왜 이렇게 연락이 힘들어?!
지 오   (짜증스런) 촬영 중인 사람한테... 왜요?
민 철   (F, 악을 쓰는) 주준영이 어딨냐? 이 개새끼, 내가 아주 잡아 죽여버릴라니까,
        주준영 어딨어?!
지 오   (어이없고, 화나는) 내가 갤랑 살아요, 왜 나한테 전화해서 걜 찾어?!

씬4. 드라마 국장실 안, 낮.

민철, 서서 전화하는, 현섭, 신문 보며, 민철을 답답하게 보는,

민 철   (넥타이를 풀며, 화나) 자체 제작으로 벌써 결정 난 걸, 일개 연출이 직접 프
        로덕션하고 붙어 제작비 홍정하고, 본부장 찾아가, 승낙받고.. 그 자식 니 프
        로듀서 아니야? 근데 왜 니 프로듀서질은 안 하고, 아직 기간이 널널한 지 작
        품 한다고 설쳐!
현 섭   김국장, 김국장, 규호가 작품 2주 밀어달래서, 준영이 특집 땡겼잖아. 엊그제.

민 철   (화나는) 정지오, 너 후배 간술 대체 어떻게 하는 거야?! 어?! 말해봐, 자식아!

현 섭   만만한 게 정지오네.

씬5. 지오의 촬영장, 낮.

지 오   (답답한) 본부장님한테 들으신 거면 그건 그 양반 생각이고, 주준영은... (윤영 쪽 보며) 윤영선배 싫어,

민 철   (F, 버럭) 싫어하긴 뭘 싫어해! 그럼 내가 없는 말 지어내!

지 오   (귀를 뗐다가, 다시 말하는) 아, 참.. 진짜, 끊어요, 알아보고 전화할게. (하고, 끊고, 스태프에게) 막내야, 윤영선배님, 좀 보자 그래.

    • 점프컷 〉〉
    지오, 윤영, 촬영장 일각에서 얘기하는,

지 오   (믿기지 않는) 정.. 말?

윤 영   (편한 웃음 지으며) 주준영, 걔 재밌드라. 만나기 전엔 뭐 약속이 있다 어쨌다 그러면서 빼드니, 만나자마자 내가 몇 마디 안 했는데, 앗쌀하게 오케이 하는 게 나랑 배포가 맞던데. 일하자. (하고, 가는)

지 오   (가는 윤영을 멍하니, 보는)

씬6. 산타마리오 안, 밤.

    준영, 지오와 마주 앉아, 있는, 민희, 다른 테이블에 앉아, 대본 보는 척하며, 건너다보는,

준 영   (조금 황당하고, 어이없게 웃음 지으며, 차를 마시고 지오를 보며) 언젠 같이 일하라며? 그래서 일하겠다는데, 이제 와서.. 하지 마?

지 오   (답답한, 차분한) 나는 윤영선배... 남들이 뭐래도, 연기자로서 존경해. 근데 너는 그게 아니잖아. 너 윤영선배가 신성한 작품에 딜 한다고, 경멸했잖아. 그런데 니가 딜을 받아?

준 영   (어이없단 듯, 아무렇지 않게) 연기잖, 연기만 잘함 된다며?

지 오 니가 자식아, 언제부터 내 말을 그렇게 잘 들었어?!

준 영 (화나는, 지지 않고, 언성 높이는) 원래 잘 들었어. 몰랐어? (하고, 물 마시는)

지 오 (어이없고, 화나 보는)

준 영 (물잔 내려놓고, 작게 한숨 쉬고) 작가도 원하고 나도 원하는 조승원 데려온
        대. 게다가, 편당 제작비 3억이면, 해외 로케, 빵빵하게 찍을 수 있는데, 내가
        안 할 이유가 뭐야?

지 오 (화난, 참으며) 국장님 허락도 안 받고,

준 영 (말꼬리 자르며, 버럭) 허락 안 하는 게 이상하잖아, 지금?! 국장이 윤영선배
        랑 지난 감정 때문에 이러는 거 아냐? 미니면 몰라도 특집극은 장사 안 되는
        거 뻔히 아는데, 그런 특집극에 외주제작사가 들어온다고 하고 A급 배우 데려
        온다고 하면 누구라도 오케이야. 왜 사적인 감정을 일하는 데, 넣어! 선배라
        면 이런 좋은 제의 들어옴 일 안 해?!

지 오 (답답하게 보며, 어이없는) 야, 너 보기보다... 꽤 장살 잘한다.

준 영 (화나는, 지지 않고 보며, 비아냥 섞인) 인정해주는 거야? 고맙네.

지 오 너 이번 작품으로 대박 나서, 바로.. 미니 라인업 받고, 나보다.. 아니다, 나는
        쨉이 아니지, 규호보다 더더더 승승장구해서... 여기저기 오라는 콜 받고, 그
        러고 싶냐?

준 영 안 그런 사람 있어?

지 오 (가만 보는)

준 영 (지지 않고, 보는)

지 오 (쓸쓸하게 웃으며) 주준영, 나는 니가 말이다, 나랑 드라마국 사람들하고 날
        밤 까고 술 마시면서 목에 핏대 세우고, (준영의 술 취한 목소리 흉내 내듯)
        이 세상 무엇보다 작품에 대한 진정성이 중요한 거 아니에요, 배우에 대한 애
        정도 없이 이렇게 카메랄 들이밀 수가 있어, 우리가 풀지 못한 인생의 진지한
        고민, 그게 작품에 녹아나야지, 염병.. 여기가 시장 바닥이야, 웬 장사?! 할
        때... 그게 니 진심인 줄 알았다?

준 영 (속상한) 실망했겠네. 근데 이거 내 작품인데 너무 나서는 거 같지 않어?

지 오 (서글프게 웃으며, 고개 끄덕이는) 그렇다, 그건. 니 작품이니까, 니 알아서
        해야 되는 걸 내가.. 아, 정지오 이 오지랖... (하고, 일어나려는데)

준 영 프로듀서 해줘.

지 오 (어이없이 보면)

준 영   (조금 미안한 듯) 나도 해줬잖아.

지 오   (잠시 생각하고, 준영 보고, 쓸쓸하게 웃으며, 얼굴 부비고) 그 말은 말지, 자
        식아... 그 말 들으니까, 임마, 내가 급 쓸쓸해진다.... 촬영도 해줘?

준 영   (속상한, 보며) 그건 내가 다 할 거거든.

지 오   (웃으며, 짐짓 가볍게, 조금 비아냥 섞인) 아냐, 내가 해줄게, 너도 해줬는데
        그래야 거래가 맞지. (준영의 머릴 흐트리며) 장사 잘한다, 정말. (하고, 가는
        데, 속상한)

민 희   (가는 지오 보다가, 눈치 보며, 준영 앞에 앉으며, 눈치 보는)

준 영   (속상하고, 머리 쓸어 올리며, 대본 보며, 속상한 구시렁) 작품만 잘함 되지
        뭐.

민 희   낼모레 싱가폴 헌팅 간다며, 국장님 찾아가서 담판이나 지십쇼. 지금 말 들어
        보니까, 국장님은 승낙 안 할 태센데, 이러다 일 엎어짐 어떡할라고.

준 영   (대본 챙겨 나가버리는)

민 희   (가는 준영 보다, 대본 보는)

씬 7. 규호의 촬영장, 민속촌, 밤.

    횃불 든 군졸들, '와, 물러나라!' 하며 다리를 건너며 우르르 나오는, 촬영을
하고 있는, 규호, 그것을 심각하게 보며, 컷을 하려는데, 갑자기, 핸드폰 벨 소
리가 나는,

규 호   (화나) 야, 야, 야, 야, 야! 누구냐?!

촬영감독   이 자식들이 이거.. 이거.. 이거 뭐하는 짓이야, 이거! 누가 핸드폰을 켜놓
        고, 촬영장에서!

규 호   일을 한단 자식들이, 기본이 없어, 기본이, 어디서 핸드폰을,

    모두들, 자기 핸드폰을 점검하는데, 그때, 스크립터, 규호를 툭 치며,

스크립터   (눈치 보며) 감독님 주머니.

규 호   (버럭) 뭐?!

촬영감독   (답답한, 규호 보다, 사람들에게) 다시 갑니다!

규 호   (화나, 주머니 뒤지며, 전화 받는) 너, 누구야?

씬8. 해진 카페 안, 밤.

해 진   저기, 저 장해진인데요, 제가 감독님 집 근처 카페에서 기다린다고 문자 넣는,

씬9. 규호의 촬영장, 밤.

규 호   (화나, 참으며, 전화기에 대고) 이게 완전 스토커네.. 너 오늘 거기서 꼼짝 말
          고 나 기달려. (하고, 전화 끊으며, 구시렁) 죽었어, 너. (스태프에게) 빨리빨
          리 가자, 빨리빨리!

          ▪ 점프컷 〉〉
          해진, 웃으며 전화 끊고, 좋은,

씬10. 포장마차 안, 밤.

          지오(답답한), 현섭, 민철(많이 취한) 앉아, 술 마시는,

현 섭   (소주 먹으며, 민철에게) 인과응보야, 자식아, 니가 후배들 하는 짓이면 뭐든
          오냐, 오냐 해주니까, 주준영 그것도 위아래 없이 나부대는 거 아냐? 니가 임
          마, 국장으로서 카리스마를 가지고.
지 오   솔직한 말로 내가 준영이래도 낼름 받아먹어요.
현 섭   뭐?
민 철   (지오 서운하게 보면)
지 오   (민철 보며, 답답하지만, 강하게 말하는) 탁 깨놓고 얘기해서, 일하는 순서는
          문제가 있지만, 이번 일에 윤영선배 안 꼈음 형 이렇게까지 반대 안 할 거 아
          냐?
민 철   (어이없이, 꼬나보는) 뭐?
현 섭   아, 이것들 진짜 또또 눈 부라리고, 으르렁대네, 아 썅, 정말. (하고, 민철에게
          술을 따라주며) 술이나 마셔.

민 철 (지오에게) 너 전번에 외부 제작 늘어나 자체 제작 줄어든다고 후배들 앞에서 데모했지? 그건 뭐고, 이건 뭐냐?

지 오 그거랑은 다르지, 형. 그건 미니 얘기고 이건 기껏 4부작 특집.

민 철 엿 먹어, 새끼야.

지 오 (술 마시려다 잔을 탁 내려놓고, 화난) 아, 정말 그렇게밖에 말 못해?

민 철 그렇게밖에 말 못한담 니가 어쩔 건데.

지 오 (답답해, 한숨 쉬고, 고개 돌리면)

현 섭 (지오에게) 암마 너 가. 자식이, 민철이 위로해줄라고 온 줄 알았더니, 불난 집에 기름 붓나.

지 오 (민철 보며) 나는 형,

현 섭 (들어오던 준영 보며) 넌 또 왜 왔냐?

지 오 (자리에 앉는, 준영 보는) ?

현 섭 (준영에게) 암마 이미 자체 제작하기로 한 걸 니가 뭐한다고,

지 오 (답답해, 술 따라 마시는데)

준 영 (민철에게) 죄송해요.

민 철 (술 취한, 얼굴 부비고) 뭐가?

현 섭 (술 마시고) 너 그 좀 뭐가.. 그것 좀 하지 말어. 니가 뭐가 그럼 머리가 순간 탁 멈춰. 왜? 이렇게 물어. 일반 사람처럼 왜? 이렇게.

준 영 (답답한, 술을 따라 마시고) 하지 말라면 안 할... (잠시 있다가 민철 보며) 근데 하면 안 돼요? 난 정말 왜 안 해야 하는지 이율 모르,

지 오 (일어나, 준영 팔을 잡고) 너 나와.

준 영 왜, 그래?

지 오 너 안 나와!

민 철 (버럭) 둘 다 앉어!

현 섭 (순간 놀라, 지오와 준영 보며, 작게) 앉어, 어서.

지오, 준영 (앉는)

민 철 (포기하듯) 주준영, 너 맘대로 해.

지오, 준영, 현섭 (민철 보면)

민 철 외주에서 돈 받아서 가고 싶은 해외 로케 가고, 뭐든 너 맘대로 해. 그런데, 너 담에 외주제작사에 일 줘서 자체 감독들 일거리 없다 뭐다 그런 소리 함 나한 테 죽는다.

현 섭 (고개 숙이고 답답한 지오와, 준영(미안하게 고개 숙인)의 눈치 보며) 그 소
리 이제 못하지, 하면 나쁜 놈들이지.

준 영 (못 보고) 죄송해요.

민 철 (주머니에서 지갑 꺼내 돈을 세서, 탁자에 놓으며, 화를 참고, 맘 아픈) 정말
내가 성질 같아선 니들 한 대 줘패고 싶은데, 오해 살까봐 관둘란다, 새끼들아.

지 오 (민철이 안쓰런) 형,

민 철 그래, 나 윤영이랑 관계 있었다.

준영, 현섭 (이 얘기까지 나오나 싶어, 조금 놀라, 민철 보면)

민 철 (지오에게, 서글픈) 그게, 평생 내 발목을 잡지, 지금처럼. 그래서 위아래 개
무시하고 하극상이 나도, 회사에 불이익이 나도, 난 별말 못한다.

현 섭 가자 가자, 자식이 취하니까, 별소릴 다 하고, 택시 잡을게, 나와. (하고, 가며,
지오를 툭 치고 가는)

지 오 (맘 아픈, 민철을 달래는) 형.

준 영 (미안한, 버벅대는) 구, 국장님, 저는요, 국장님이 그렇게까지,

민 철 (말꼬리 자르며) 이게 정지오 니가 말하는 의리냐? 이게 정지오 니가 작품마
다 말하는 인간에 대한 예의냐? 남의 아킬레스건 틀어쥐고.. 다른 놈도 아니
고, 임마, 니가 나한테,

지 오 (미안하고 답답한)

준 영 제가 잘못한,

민 철 필요없어, 임마. (그냥 일어나 가는)

지 오 (술 마시는)

준 영 (가는 민철 보다가, 지오 보며) 국장님한테.. 따라가봐야, 되지 않아?

지 오 (편안하게 작게 웃으며, 준영 보며) 어디 가서 술 한잔 더 하자. (하고, 나가는)

준 영 (가는 지오 보며, 이상헌, 띠리 니기는)

씬 11. 편의점 앞, 밤.

지오, 맥주를 사가지고 나오면, 준영, 문자를 보내고 있는,

지 오 (편안하게) 뭐해?

준 영 (문자를 찍으며) 국장님한테 문자 넣어.

지 오 (작게 웃으며) 뭐라고 넣냐?

준 영 국장님, 사, 랑, 합니다, 한 번만 봐주세요, 버릇없는 후배 주준영, 그리고 하트. (하고, 웃으며, 윙크하며, 핸드폰 닫는)

지 오 아으, 저 여우, 대체 너의 정첸 뭐냐?

준 영 (다릴 꼬며, 애교 피는) 주준영.

지 오 (어이없이, 웃고, 지나가는 여자를 보며) 오우, 이왕이면 좀 더 벗지.

준 영 (웃으며) 근데, 나는 뭐 국장님하고 관계가 그저 그렇지만, 선밴 좀 특별한 관곈데, 안 가봐도 돼? 사이 나빠지는 거 아냐? 아까 국장님 선배한테 되게 화난 거 같든데?

지 오 니 말대로 특별한 우리 관계가, 그 정도로 끝나진 않는다네. 닐이면 괜찮을 거야.

준 영 정말 근데 둘이 왜 그렇게 친해?

지 오 (맥주 마시고, 편하게) 나 첨에 미니 할 때, 50억짜리 빵빵한 사극 하면서 지방에 야외 세트를 짓는데, 동네 건달들하고 쌈이 붙었어. 남의 동네서 일하면서, 술값도 안 주냐고? 지금 같음 그냥 좋게 말하고 말 건데, 그땐 어려서 '쌍, 니들이 뭔데, 지랄이냐고' 내가 같이 주먹질하고 발길질하고.. 그때 국장님이 경찰서에 갇힌 나 빼라고, 그 건달들 앞에서 무릎까지 꿇었잖냐.

준 영 (맥주 마시며) 암튼 성질두.

지 오 나중에 경찰서에서 나오는데, 무섭드라고. 국장님 만남 죽었다 싶은 게. 근데, 그냥.. 내 뒤통수 한 번 디지게 패더니.. 그러드라. 이러면서 배우는 거야, 이 쌍누무 새끼야. (웃으며, 맥주 마시는) 좋은 선배지. 그때부터 친해진 거야.

준 영 (지오를 가만 보는, 지오가 참 멋있단 생각이 드는) 갑자기 둘 다 멋있단 생각이 드네. 짜증나게. (하고, 고개 돌리고, 주변 구경하며, 술 마시는)

지 오 (보고, 웃는, 가만 보는)

준 영 (주변 보고, 술 마시는데)

지 오 (준영을 가만 보며) 준영아.

준 영 (술 마시며) 왜?

지 오 (심호흡하고, 불쑥) 내가 널 있잖아.. 오래전부터 다시 만나고 싶어했담, 너 믿을래? *(3부 씬 15. 몽타주 해외 촬영지에서 준영의 회상 있음)*

준 영 (술 마시다, 사레 걸려 콜록대는)

씬 12. 까페 근처 도로 + 규호 차 안, 밤.

수경, 앞좌석에서
룸미러로 두 사람 하는 양을 보고 있는, 기가 막힌,
해진, 맑은 얼굴로 봉투를 디밀면, 규호, 그걸 받아 빼꼼히 보는,

규 호   힉, 이거 얼마냐?

해 진   (수경 보고, 규호 귀에 대고, 작게) 삼백만 원이요.

규 호   (말꼬리 자르며) 아빠 뭐하시냐?

해 진   강력반 형사요. 근데 저요, 무술도 되게 잘해요, 감독님이 저 쓰면 스턴트 없이도 갈 수 있어요. (자랑하듯) 합기도 3단,

규 호   (말꼬리 자르며) 너 이러고 다니는 거 아빠 아시냐?

해 진   아뇨. 그럼 죽어요. 엄마랑 나랑.

규 호   돈만 줄 수 있냐? 아님 딴 것도 줄 수 있냐?

해 진   예?

규 호   (어이없이 웃으며, 봉투를 집어서, 해진의 가방에 껴주며, 애 다루듯) 엄마보고 한 억 정도 가져오라 그래. 왜냐면 나는 부자거든. 그래서 푼돈은 안 먹어요. 푼돈 먹고 돈 먹었다 소리 들음 억울하잖니? 그리고,

해 진   (울상 짓는) ....

규 호   너 내 앞에 한 번만 더 찾아옴 내가 니 아빠 찾아가서, 뇌물수수로 니 아빠 철장 넌다.

해 진   (눈가 붉어진)

규 호   그럼 아빠가 직장서 짤리시겠지? 그리고 나서 니 엄마랑 너랑은 어떻게 될까?

해 진   안녕히.. 계세.. 요. (하고, 차 밖으로 나가는, 속상하게 마구 걸어가는, 눈가 닦으며 가는)

규 호   잘 가라.

수 경   (가는 해진 보고, 운전해 가며, 규호 밉게 보며) 연기가 정말 하고 싶은가본데, 한번 오디션이나 봐봐요.

규 호   입 닫고 가지.

수 경   (답답해서, 가며) 일 억 줌 받았겠죠?

규 호 (어이없이 웃고) 아니, 이 억. (하며, 고개 트는데)

창가로, 커다란 전광판에 뭔가가 스치는,

규 호 야, 차 돌려.
수 경 유턴 할 데가.
규 호 돌려.
수 경 (확 유턴을 하고)
규 호 (그 바람에 휘청하며) 니가 뎀비지, 지금.

＊점프컷 〉〉
도로가.
규호, 수경이 나와서 전광판을 보면,
해진, 갖은 표정으로 스틸 사진 같은 게 지나가고, 차 광고 같은 걸 찍은,

수 경 오우... 애 제법이네.
규 호 (보고) 낼 아침 4시 출발이니까, 넌 새벽 3시 30분까지 우리 집 주차장에서 대기다. 가. (하고, 운전석에 타는)
수 경 (차를 잡으며) 저기, 저 3, 아니 4호선 전철역에 좀...
규 호 (그냥 가고)
수 경 (차 가면) 피곤해 순직하겠네, 이거. (하고, 가는)

씬 13. 택시정류장, 밤.

지오, 택시를 잡으려 하는,
준영, 그 뒤에 서서 지오에게 말 거는,

준 영 (웃으며, 지오를 조금 놀리듯) 아까 하던 말 마저 해보라니까,
지 오 (어색해서, 도로 보며) 왜 이렇게 빈 차가 없어.
준 영 (지오의 팔을 잡으며) 말하고 가.
지 오 (은근슬쩍 팔을 빼며) 에헤, 야, 너는 왜 꼭 말할 때 안 듣고, 나중에 그래?

준 영 (갑자기) 근데 참, 그때 나.. 왜 버렸어?

지 오 얘가 왜 뜬금없이 이래, 그리고 너 말을 할람 제대로 말해. 내가 널 왜 버려? 니가 날 버렸지.

준 영 이보세요, 아저씨, 연세도 얼마 안 되셨는데 노망나셨어요? 제가 그때 일 하나도 안 빼먹고 기억하거든요.

지 오 니가 기억하는 게 뭔데?

준 영 나랑 선배랑 첫 키스하고 얼마 안 돼서, 연희선배가 다시 선배한테 왔어. 그랬드니, 선배가 얼씨구나 하고 갔지.

지 오 나는 연희랑 그때 정말 정말로 친구로 잠깐 본 거거든. 걔 어머니가 아프시다 그래서 의리도 있고, 나도 걔 어머니 아니까, 병원 모시고 가서 위급한 거 처리하고,

준 영 (불쑥) 그리고, 내가 뭐가 쉽냐?

지 오 ?!

준 영 갑자기 화나네. (하며, 길을 가는)

지 오 (조금 당황해) 야야야, (하고, 준영을 따라가면)

준 영 (갑자기 뒤돌며, 웃으며) 정말 나 다시 만나고 싶었어? 언제부터?

지 오 ?!

준 영 연희선배 만날 때도, 정말 맘속에선 나랑 양다리였어?

지 오 너도 강준기 만날 때 나 좀 맘에 있었잖아.

준 영 (웃음 참으며) 아니야, 나는.

지 오 얘, 얘가 사람을 가지고 쥐었다 폈다,

준 영 (웃으며, 뒷걸음치며) 오우, 몰랐네. 날 쭉, 계속... 야... 설마, 아니지?

지 오 몰라. (하고, 택시정류장으로 가는)

준 영 그럼 낼부터 우리 사귀어?

지 오 (돌아보며) 에헤헤.

준 영 아까 한 말 다시 해봐? 정확하게 또박또박.. 내가 널 첨부터,

지 오 에헤헤헤... 얘가 왜 이럴까.. 그만하라니까, 얘가. (하고, 택시 타고 준영 보며) 낼 전화할게. (하고, 문 쾅 닫고 가며, 좋은)

준 영 잘 가! (하고, 웃으며, 손 흔드는)

씬 14. 민철의 집 앞, 밤.

지오, 초인종을 계속 누르는,
민철, 평상복 차림으로 문을 열며,

민 철 뭐야, 너?
지 오 (미안하게 웃으며, 손에 든 맥주 봉지를 보이며) 한잔만 해요.
민 철 (가만 보는)
지 오 (어색하고, 미안한) 미안해요, 국장님, (고개 디밀며) 한 대 팰래요?
민 철 아으.. (하고, 들어가는)
지 오 (기분 좋게, 들어가며) 뭐 안주거린 있나 모르겠네, 내가 전번에 집에서 갖다 준 김부각 있나?

씬 15. 몽타주.

1, 싱가포르 헌팅, 다른 날 낮.

해외 촬영지, 시내를 달리는, 봉고차.
준영와 민희, 경래, 성곤(조명)과 기사가 함께 가고 있는,
민희는 신이 났고, 준영은 대본을 보고, 경래와 성곤, 서로 맥주를 마시며, '간만에 물 건너 나오니까, 좋다', '여긴 요즘 경기가 어떤가?' 등등의 말을 하며, 술을 마시는, 준영, '아, 시끄러!' 하며, 휴지를 말아서 귀를 틀어막는데,

*점프컷, 회상 〉〉

지 오 (심호흡하고, 불쑥) 내가 널 있잖아.. 오래전부터 다시 만나고 싶어했담, 너 믿을래?

준영, 기분이 좋아지는, 대본 보는,
경래, 술을 마시며, 준영의 그 모습 맘에 안 들게 보는,

2, 싱가포르 헌팅 도심가, 낮.

준영과, 일행들, 도심 복판을 가로지르는, 준영, 작품 생각에 푹 **빠져**, 미간을 찡그리고 걷는, 그때, 누군가 준영의 어깨를 탁 치고 가면, 준영, 그를 보면, 남자배우 2, 죽자사자, 달리고, 그들 쫓는, 무리들이 보이는, 준영, 일행을 아랑곳없이 그를 뛰듯이 쫓아가는(상상을 좇는 상황), 민희 외 일행들, 주변 구경하며 얘기를 하다, 준영이 뛰듯이 가는 쪽을 보는,

3, 싱가포르 헌팅 도심, 뒷골목, 밤.

남자배우 2, 도망을 가다, 더는 못 도망가고, 돌아보면, 다가서는, 무리들과 혈투를 벌이고, 싸움을 하는, 준영, 호기심에 차고, 조금은 긴장해 그 장면을 지켜보고, 무리들의 남자에게 맞아, 피가 터져, 벽을 주르륵 타고 내려앉는, 남자배우의, 눈가 그렁한 남자의 모습에서, 준영, 자신감에 차,

준영 (혼잣말) 캇!

4, 지오의 욕실 안, 새벽.

지오, 샤워하고(아랠 수건으로 가리고), 욕실에서 나와 옷장 쪽으로 가는,

*점프컷 1》
지오의 옷방(파티션으로 되어 있는), 새벽.
지오, 시시, 징싱스레 스딤 다림질을 하는, 옷을 다리는 모습 컷 컷 보이는, 스팀에 가려져, 지오의 실루엣 정도만 보이는, 얼굴이 확실하게 보이지는 않는,

*점프컷 2》
지오, 화장대 앞, 검은 와이셔츠의 커프스 단추를 채우는, 그때, 전화 오고, 지오 받는, 그제야, 거울 속의 지오의 모습이 보이는, 아주 말끔한, 겉옷은 입지 않은, 바지와 와이셔츠만 입은,

지 오 (웃음 띤) 안 자고, 웬 전화?

준 영 (F) 컨그레추레이션, 컨그레추레이션,

5, 준영의 침실, 새벽.

준영, 졸려 눈을 부비고 하품하며, 전화로 노래를 부르며 침실에서 거실로 나가, 소파에 눕는,

준 영 (졸려 하품하며, 노래하는) 당신의 마지막 촬영을 축하합니다, 컨그레추레이션, (하품하고) 컨그레추레이션,

6, 지오의 옷방, 새벽.

지오, 화장대에 기대서서 편안하게 웃으며,

준 영 (F) 당신의 마지막 촬영을 축하, 축하, 축하합니다. 빠밤빠밤빠밤.

지 오 노래하다, 하품하다.. 헌팅 갔다 밤 늦게 왔다며, 잠이나 더 자지.

7, 준영의 거실, 새벽.

준영, 자리에서 일어나 앉으며, 조금은 졸린 듯, 그러나 편안한 목소리로,

준 영 (하품하며, 편안하게 웃으며) 지난 7개월간 고작 70분짜리 열여섯 개 드라말 찍기 위해, 하루 평균 두세 시간만 자고, 체중이 4킬로는 줄어든, 선배의 노고가 이제야 그 끝이 보이는데... 아무리 (하품하며) 졸려도 축할 해야지. 정말 축하해. 고생했고. 장해. 오늘도 블랙 슈트?

지 오 (F) 물론.

준 영 (조금은 졸린, 웃음 띤) 가만 보면, 정말 웃겨. 왜 첫 촬영하고 마지막 촬영 때, 꼭 그렇게 입어? 촬영장에서 불편하잖아.

* 플래시백 >> 〈1부 씬 56. 산타마리오 안〉

지 오 게다가 너무.. 쉬워.

준 영 (왜 갑자기 이 생각이 나나, 싶은, 멍한)
지 오 (F, 농담처럼 편하게) 내가 사랑하는 일에 대한 최소한의 의식이며,

8. 지오의 집 안, 새벽.

지 오 (거울을 보며, 머릴 만지며) 예의라고 내가 그동안 몇 번을 말해야 알아듣냐?

9. 준영의 거실, 새벽.

준 영 (순간 떠오른 기억을 애써 의식하지 않으려 하며, 어색하게 웃으며) 별나. 난 그냥 드라마가 재밌어서 하지, 그게 뭐 그렇게 예의까지 갖춰서 할 일인가 싶은데... 당근 쫑파틴 가야지. (웃으며) 근데, 내가 축하 전화하니까, 좋지? 그지, 좋지?

10. 지오의 집 안, 새벽.

지 오 (어색하게, 웃으며) 끊어. 장난하지 말고, 나 바빠.
준 영 (끊고, F) 말해주고 끊어, 좋아? 좋냐고, 어?
지 오 에헤.. 끊어. (하고, 전화기 내려놓으며, 웃으며) 자식... (하고, 나가려다가, 다시 와서, 향수를 한번 뿌리는)

11. 준영의 거실, 새벽.

준영, 입으로 노랠 허밍하며 편안하게 포트에서 커피를 따라서, 의자에 앉아, 커필 무심히 마시다 뜨거운지, '앗 뜨거, 뜨거' 하며 호들갑을 떠는,

씬 16. 드라마국 안, 낮.

준영, 드라마국 안으로 들어오는데,

송부장 (E) 드라마가 무슨 엿가락이야, 뻑하면 늘리게!

준영, 한쪽을 보면, 소파에 현섭과 송부장이 앉아 얘기하다. 송부장이 화나 일어나는 모습이 보이는, 모두들 송부장과 현섭 쪽을 보고, 규호는 아랑곳없이 촬영 준비를 하는,

현 섭 (일어서며) 송부장님 앉아요, 앉아서 얘기해!
송부장 내가 박부장 너랑 무슨 얘길 해. (하고, 규호의 자리로 가, 규호의 멱살을 잡아, 그대로 주먹을 날리는) 너 죽었어, 이새끼.

준영, 자리로 가, 앉으며, 놀라, 두 사람을 보고, 현섭과 다른 직원들, 주먹질을 더 하려는 송부장을 안다시피 하며, 규호(화나, 씩씩대는)에게서 떼어내려고 하고, 수경이 뛰어와, 규호를 일으키는,

현 섭 왜 그래, 왜, 왜, 왜?
송부장 (입가가 터진 규호에게) 야, 새끼야, 니가 그렇게 잘났냐? 너 원래 이번 봄 편성인데 꽃구경하는 사람 땜에 시청률 안 나와서 싫다고, (옆의 동료 가리키며) 얘보고 그 자리 들어가랬지? 그래서, 얘 들어가 죽 쑤고, 그 담에 작가 바꾼다고 한 달 또 미루고, 다시 촬영 늦어진다고, 한 주만 더 봐달래서 주준영 특집 땡기게 하고, 그것도 모자라 뭐 이번엔 엔딩 대본 다 나온 나보고, 한 달만 더 늘려달라고?! 야, 새끼야, 이 방송사가 니 방송사냐?
규 호 (일어나, 수건으로 입가 닦으며, 화난, 버럭) 그럼 하지 말면 되잖아요!
나는 (현섭 보며) 박부장님한테 말한 거예요, 송부장님 상관없이. 외화든, 쇼 프로든... 뭐든 해서 그냥 한 달만 미뤄달랜 거지, 부장님 드라마 늘리라곤 안 했다고요!
송부장 (달려들며) 그걸 지금 말이라고 하냐, 자식아! 드라마 시간에 외화를 왜 넣어, 쇼를 왜 넣어!
현 섭 (매달리며) 송부장님, 송부장님, 참으서, 참어.
규 호 저두요, 잘할라 그랬어요, 근데 작가가 벌써부터 쪼가리 대본 주고, 사고 후에 주인공 하는 장이나까지 촬영 안 한다고 날르고, 난들 어떡합니까? 와이어 쓰면 하루에 두세 씬이 고작인데,

송부장 작가가 쪼가리 대본을 주든, 배우가 날르든, 그건 니 사정이지, 새끼야! 우린
뭐 너만 한 사정 없냐? 늙은 나도 여적 쪼가리 대본으로 하루 서너 시간 자면
서 일했어?!

규 호 부장님은 그렇게 일하세요, 저는 못합니다! (현섭에게) 저 못해요, 제가 미워
서 절 짜르시겠담, 그렇게 하시든가! (하고, 가방을 챙기는)

수 경 (버럭, 규호의 가방 뺏으며) 말을 왜 그따위로 해!

그때, 준영이 어느새 와서 수경을 확 잡아서 데리고 가는, 수경, 놓으라고 하
면, 준영, 등을 치며 끌고 가며, '나가, 어서, 니가 왜 껴' 하며 데리고 나가는,

송부장 (규호 보며) 니가 임마, 언제까지 그렇게 시청률이 승승장구 나올 줄 아냐?
나도 임마 왕년에 너만 할 때 상이란 상은 다 타봤고, 최고 시청률 경신도 서
너 번이나 했어, 임마!

현 섭 (송부장 끌고 가며) 나갑시다, 일단 나가서 얘기합시다. (주변에 진범에게)
뭐하냐, 좀 같이 끌자.

진 범 (송부장 끌며) 나가요, 부장님, 예? 나가요, 부장님.

송부장 (끌려 나가며, 규호에게 소리치는) 너 드라마 이제 미니 세 편 하지? 나는 임
마 1500시간 했어, 자식아! 어디서 건방지게.

규 호 (속상하게, 가방 집어서, 물건 챙기며) 뻑하면, 왕년에 어쨌네 저쨌네…. 그런
소리 하면 뭐해, 억울함 시청률 내든지, 쌍. (하다, 뭔가 이상해, 주변을 보면)

동료들, 순간 멈춰 규호 보다, 재수 없단 듯 제 할 일하는, 규호, 답답한, 가방
마저 챙기는,

씬 17. 드라마국 복도, 낮.

준영, 수경 커필 마시는,

준 영 나는 시청률 나와도 손규호처럼은 살지 말아야지.

수 경 행여, 넌 손규호보다 더함 더했지, 덜하지 않을걸.

준 영 (밉게 보면)

수 경   (웃으며, 보며) 너 감독 데뷔하고 나서 상 타니까, 강릉 있는 나한테 연락 딱 끊고, 상대도 안 해줬잖아?

준 영   (황당하게 보며) 나는 원래, 너랑 상대 잘 안 했어. 너랑 나랑 안 친했잖아.

수 경   (어이없단 듯 웃고, 커피 마시고, 준영 보며) 니가 나한테 전에 관심 좀 있어 했거든.

준 영   (황당한) 내가, 너를?

수 경   (웃으며) 근데 너 이뻐졌다?

준 영   남자들은 그런 느끼한 멘트는 어디서 돈 주고 배우니? 그리고 너 니 착각을 사실인 양 말하지 마, 내가 초창기에 규호선밴 그래 좀 맘에 있어 했어, 하지만,

수 경   (말꼬리 자르며, 황당한) 손규호까지? 너 첨엔 김민철 국장도 나이를 먹어 그렇지 젊고 싱글이면 한번 들이대고 싶다 그랬잖아, 그리고 니가 첫 조연출한 작품에 그 남자배우 자식하고도, 약간의 썸씽 있었,

준 영   (당황한, 괜히 소리치는) 그 사람들은 멋있잖아!

수 경   멋있음 다 껄떡대냐, 너는? 너 참 쉽다.

플래시백 〉〉 〈*1부 씬 56. 산타마리오 안*〉

지 오   게다가 너무.. 쉬워.

준 영   (당황해, 버벅대는) 나.. 나.. 안 쉽거든.

수 경   너 쉬워. (하고, 가는)

준 영   (가는 수경을 속상하게 보며, N) 왜 하필 다른 때도 아니고 선배와 다시 사랑을 시작하려는 이 시점에 그 말이 연속해서 이렇게 내 맘에 걸리는 걸까?

그때, 민희 오며,

민 희   선배님, 헌팅 가요!

준 영   (보고, 민희 쪽으로 가는)

씬 18. 윤영모의 병원, 휴게실, 낮.

윤영모와 민철, 테이블에 앉아 있는,

윤영모, 책을 소리 내어 읽고 있는, 그러나 책의 내용과 상관없는 말을 하는, *(6부 씬 53. 지하철 계단에서 민철의 회상 있음)*
민철, 그런 윤영모를 물끄러미 보기만 하는,

윤영모 (동화책을 들고, 전혀 다른 말을 하는, 그러나 표정만은 정말 책을 읽는 것만큼 진지한) 당신이 나한테, 그 여자하고 무슨.. 문제가 있었는지 말하지 않으면.. 나는 당신의 뭐냐? 이 새끼야.. 이 호로자식놈의 새, 끼, 야...

민 철 (가만 보다가, 입맛 다시고, 어렵게) 윤영이는 가끔.. 와요?

윤영모 (책만 보는)

민 철 와도 모르죠? 번번이 오는 나도 누군지 모르고?

윤영모 (책만 보며, 머릴 긁는)

민 철 (보는)

씬 19. 국내 호텔 안, 낮.

경래와 성곤, 영일, 앞에 가며, 골프 얘길 하고, 그 뒤에 준영, 민희, 에스컬레이터를 타고 오르며 말하는,

민 희 근데 이 호텔은 드라마에 넘 자주 나오지 않습니까?

준 영 (답답한) 앞에 세 사람이 꿍짝이 맞아, 괜찮다잖아.

민 희 그래도 넘 많이 나와서 식상한데, 드라만 장소가 50프론데,

준 영 (밉게 앞에 감독들을 꼬나보며) 일은 안 하고, 맨날 놀 생각들만 가득 차서, 촬영 때도 저럼 내가 가만 안 둘 거야, 정말. (하고, 고개 틀다가, 뭔가 이상해, 라운지 커피숍을 보면)

* 점프컷 〉〉
라운지에 준기와 맞선녀가 웃으며 얘기하는 모습이 보이는, 준기, 여자와 편안하게 얘기하다, 무심히 고개 들면, 준영이 보이는, 준영, 준기를 담담하게 보다가 어색하게 작게 웃으며, 그냥 가는, 준기, 그런 준영을 보는, 그리운 느낌이다.

씬 20. 지오의 촬영장, 도로, 낮.

철이와 그 외 스태프들, 무전기로 차량을 통제하는 모습이 빠른 컷으로 보이는,

씬 21. 지오의 촬영장, 다른 도로, 낮.

지오, 렉카 차 위에서 마지막 씬 모니터를 보며, 마지막 촬영에 여념이 없다.
소유, 고개를 내려와, 자전거를 멈추고, 뒤돌아보며,

소 유　(맘 아프게 큰소리) 와요?... 와요?.. 오고 있는 거죠?

지오, 모니터에서 눈을 떼지 못하는,
그때, 언덕을 넘어서서 윤영이 힘들게 자전거를 타고 오는 모습이 보이는,

소 유　(눈물 그렁해, 안도하고)

카메라, 지오 쪽으로 가면,

지 오　(모니터 보며, 눈가 그렁해, 맘 아프게 말하는) 달려!

윤영과 소유, 자전거로 내리막을 달려오고,
지오가 탄 렉카 차, 속도를 내 달리는,
그렇게 달려가다, 지오, 그 어떤 때보다, 큰소리로,

지 오　캇!

* 점프컷 》
도로에서 철이와 스태프들, 서로 주먹을 치고, 머릴 때리며 '수고했습니다,
고생했다', 하고, 스태프들 무전기로 '끝났다, 좋이다!, 다들 목욕 가자!' 하고
신나게 말하는,

씬 22. 규호의 촬영장, 낮.

해진, 땀으로 범벅이 된 얼굴로 칼을 들고, 여자배우와 싸우다, 그 자리에서 붕 날으려다가, 와이어에 대롱대롱 매달리는,

규 호 (모니터를 보다가, 짜증스런, 일어나며) 야야야야야!

＊점프컷 1〉〉
해진, 여자배우(미려)와 서로 얼굴에 상처 난 분장을 하고, 칼을 들고 대치 중인, 이동차를 탄 촬영감독, 레일 위에서 두 사람을 도는, 한쪽에서 규호, 심각하게 모니터를 보는,

＊점프컷 2〉〉
해진, 달려와, 칼로, 여자배우(미려)를 찌르려는데, 여자배우(미려)와 사인이 맞지 않아, 서로 다른 곳을 찌르고, 칼에서 피가 나오는, 특수분장팀 뛰어와 칼에 피를 더 넣어주는,

규 호 (모니터를 보고, 짜증스런, 두 손으로 얼굴을 부비는)
해 진 죄송합니다. 죄송합니다. 다시 해보겠습니다. (하고, 마구 뛰어가는)

＊점프컷 3〉〉
여자배우(미려), 칼을 들고, 달려오는 해진을 기다리는, 해진, ‘악!’ 소릴 내며 달려오고, 여자배우, 몸을 한 바퀴 돌려 있는 힘껏 그대로 해진을 찌르는, 해진, 숨을 못 쉬고, 그대로, 주저앉는,

규 호 (모니터 보며, 좋은, 박수치며) 좋았어 좋았...
봉 균 야, 쟤 왜 저래! 쟤!
규 호 (해진 쪽 보면)

해진, 멍하니, 칼을 안고 쓰러지고,
규호, 놀란,

씬 23. 커다란 삼겹살 집, 밤.

1, 사장과 본부장, 지오와 작가, 윤영, 소유, 스태프들의 요란한 박수 소리와 함께 커다란 삼단 케이크(축 드라마 종영이라고 쓰인)를 커팅 하는, 동시에 폭죽과 샴페인 터지는, 한쪽에 보면, 현섭이가 민철에게 사진을 찍으라고 하고, 민철, 손을 저으며, 한쪽으로 가서, 윤영을 밉게 보는, 각종 카메라와 사진기들이 터지는,

2, 지오, 윤영, 소유, 작가, 천CC짜리 맥주잔을 들고, 동시에 악을 쓰며 '위하여' 하면, 팀 전원 같이 소리치고, 지오, 윤영, 작가, 소유 천짜릴 원샷 하는, 팀들, 발을 구르고, 박술 치며, 좋아하는, 원샷 후, 잔을 머리에 대고 터는,

씬 24. 나이트클럽(혹은 락카페), 안.

어두운 실내에, 조명이 켜지고, 준영과 민희, 윤영, 소유가 신나는 노랠 부르고, 스태프들 소리 지르며, 노랠 부르는, 한쪽 테이블에 민철(심드렁한)과 현섭(기분 좋은) 술을 마시는,

씬 25. 나이트클럽, 복도 한 켠, 밤.

지오, 술 취한 철이를 보고 귀여운 듯 웃고, 서 있는,

철 이 염병, 쌍, 감독이면 다냐? 내가 그때 변명을 안 해서 그렇지, 일이 조낸 많은데, 테입을 어떻게 다 관리하냐고, 내가 몸이 두 개도 아니고? (지오의 머릴 치며) 어?

지 오 (귀엽고, 황당하고, 어이없게 웃는)

철 이 (계속 지오의 머리를 툭툭 치며) 너는 말이야, 괜히 의리 있는 척하면서 조낸 의리 없어. 니가 아무리 잘나도 조감독 없이 일하냐? 말해봐, 니가 조감독 없이 일할 수 있어? 있냐구? (하고, 아주 세게, 탁 치는)

지 오 (버럭) 아우, 아퍼! (하고, 순간 칠 듯하면) 이걸 확!

그때, 누군가, 지오의 뒤통수를 그대로 치는,

지 오 악! (하고, 화나, 보며) 뭐야?!

미 용 (지오의 얼굴 끌어안고, 입 맞추고)

지 오 (놀라고)

미 용 (술 취한, 아랑곳없이, 철이 어깨에 팔 두르고) 넌 이리 와, 나랑 놀아.

철 이 (가며, 지오 돌아보며) 너 애 땜에 살은 줄 알어. 자식이, 말이야. (하고, 가는)

지 오 (어이없게 보며, 가는 두 사람 보고 웃는)

준 영 (지오에게 오며) 입 맞춘 게 좋나보다, 웃게? (보며, 편하게) 애들하고 함부로 그렇게 놀지 마. 선밴 아무렇지 않아도 젊고 잘나가는 감독이 그럼 설레.

지 오 우리.. 몰래 빠질래?

준 영 ?

지 오 바다 가자.

준 영 차 대기시켜?

지 오 (웃고)

준 영 안 본 사이 선수됐다? 느물느물 웃어가며.

지 오 (준영의 머릴 흩뜨리는) 너, 전에 강준기한테도 이랬냐?

준 영 (지오 보며, 어이없는) 무슨 소리야?

지 오 강준기한테도... 이렇게.. 귀엽게 그랬냐고?

준 영 (웃으며) 바다 데려감 얘기해주지. (그때 전화 오고, 받으며, 지오에게서 눈 안 떼고) 네, 주준영입..

준 기 (F) 나야.

지 오 (보면) ?

준 영 (지오에게, 어색한) 잠깐만. (하고, 가며, 작게) ..숨.. 마셨어?

지 오 (그런 준영에게) 야, 너 정말 강릉 갈 거야, 그럴 거면 내가.. 차 대기시키고, 어, 준영아!

그때, 술 취해서 작가 오며, 지오의 뒤통수를 치고,

지 오 (황당해 보면)

작 가 원고 안 쓰고 술 마시는 이 기분, 감독 니들은 모르지? (하고, 가는)

지 오 (보고) 야, 다들 넘하네. (머리 만지며) 아우, 대가리야.

씬 26. 도로, 밤.

준영, 뛰어와 한쪽에 있는 택실 잡아타고, 택시 그냥 달리는,

씬 27. 나이트클럽 밖, 밤.

민철, 담배를 입에 물고, 라이터를 찾는데 없는, 답답한, 담배를 다시 담배갑에 넣는, 그때, 윤영, 나오며, 말 거는,

윤 영 술 안 마시고 여기서 뭐해요?

민 철 (보면)

윤 영 (민철 보며, 편안하게) 요즘 어떻게 지내요. 같은 일을 해도 통 볼 수가 없네.

민 철 (어이없게 보다, 외면하고, 가는)

윤 영 (편하게) 언제 한번 술이나 마셔요.

민 철 (가다, 멈춰 서서, 돌아보며) 니가 나한테 어떻게.. 말을 거냐?

윤 영 (이상한) 왜? 말 걸면.. 안 돼요? (어이없이, 웃고, 보며) 우리가 뭐 부모 죽인 웬수 사이야? 그래도 한때 좋아했던 사인데, 그럼 얼굴 빤히 보고도, 그냥 지나쳐 가야 돼? 그게 맞어?

민 철 (화나, 숨을 고르고, 보는)

윤 영 그럼 그렇게 해주고. (하고, 가는)

민 철 (뭐 저런 게 있나 싶은, 멍한)

카메라, 민철의 뒤를 보여주면, 현섭(술이 거나하게 취한), 그런 민철을 안쓰럽게 보다가, 와서, 민철의 등을 안으며,

현 섭 참 나쁜 년이다, 그지?

민 철 (속상하고, 맘 아프게, 윤영 보다가, 현섭을 뿌리치고, 가는)

씬 28. 준영의 집 안, 밤.

문 소리 나고, 준영, 준기(술 취해, 비틀거리며, 구토를 하려 하는)의 어깰 잡고 들어오며,

준 영   준기씨 준기씨, 좀만 더 걸어.

준 기   (속이 거북한지, 욱욱 하는)

준 영   (준기를 잡고, 말리며) 있잖아, 있잖아, 준기씨, 여기 거실이야, 여기서 이럼 안 되거든. 우리 욕실 가자, 욕실.

준 기   (욱욱 하다가, 그만 준영의 품에 안기며, 옷에 구토를 하는)

준 영   (옷을 보며, 울 것 같은)

   * 점프컷 〉〉
준영, 옷을 갈아입고, 세수한 얼굴로 욕실에서 나와, 벽에 기대서면, 준기, 소파에 앉아 고갤 숙이고 있는, 정신이 드는 듯한,

준 영   씻을래?

준 기   (준영 보고, 고개 끄덕이는)

준 영   도와줘? 아님 혼자 일어설 수 있어.

준 기   혼자 해. (하고, 가만있는)

그때, 전화벨 울리고, 준영, 탁자로 가서 전화기를 들어보면, 지오다, 준영, 전화를 받지 못하고, 조금 난감해, 준기를 보는,

준 기   (힘들게 일어나, 욕실로 가는)

준 영   (가는 준기 보고, 전화기 열며, 작게) 어, 선배.

씬 29. 여의도 대로, 밤.

민희, 철이 외, 모두 둥글게 원을 그리며, 노랠 부르고, 한쪽에서 난리도 아니다. 지오, 그런 스태프들을 보고, 웃으며, 전화하는,

지 오 (술 취해, 기분 좋게, 큰소리로) 야, 너 어디야? 우리가 지금 같이 있어야지, 왜 떨어져 있어. 같은 팀인데, 너 어딨어?!

씬30. 준영의 침실 안, 밤.

준영, 방으로 조심스레 오며, 전화하는,

준 영 내가 피곤해서.... 집에 왔.. 근데.. 술 더 마셨어?.. 김군은?
지 오 (F) 얘가 무슨 소리야,

씬31. 여의도 대로, 밤.

지 오 집엘 가, 니가?! 야, 너 나와, 아, 아, 나와, 나와, 나와... 임마.. 오늘은 7개월 하고도 열흘 만에 나.. 진짜 기분 째지거든..
철 이 (멀리서, 소리치는) 정지오 너 이리 안 와!
지 오 좀만 기다려, 자식아! 저게 하루 쬉일 야자네. 준영아, 우리 강릉 가자, 바다 가자, 어?

씬32. 준영의 침실 안, 밤.

준 영 (난감한) 강릉을 어떻게 가, 지금. 선배, 내가 일이 있어서 그래, 우리 낼 보자, 어? (답답하고, 짜증나는) 왜 이럴까, 떼쓰지 말고.. 못 가, 일이 있다고. 내가 낼 전화 (하고, 머리 쓸어 올리다, 문 쪽 보면) ?

그때, 준기, 씻은 얼굴로 문턱에 기대 서 있는,

준 기 (어색한, 서글픈) 수건이 없어서...
준 영 (전화 확 끊고) 수건, 찾아줄게. 잠깐만. (하고, 수건을 찾는)
준 기 (준영 보다, 거실로 가는)

씬 33. 여의도 대로, 밤.

지오, 민희와 철이, 스태프들, 〈날아라 슈퍼보드〉 노래와 율동을 하며, 대로를 점령하고, 신나고, 즐거운, 느낌이다.

씬 34. 준영의 집, 거실, 밤.

준기, 소파에 앉아 있고, 준영, 커피를 가져와, 맞은편 자리에 앉는,

준 영 (짐짓 밝게) 줄 게 커피밖에 없네. 콩나물해장국 24시간 하는 데 아는데, 거기 갈래? 아님, 소파에서 한숨 잘래? 이불 갖다 줄,

준 기 (말꼬리 끊으며) 우리 다시 시작하자.

준 영 ?

준 기 (커피 마시고, 준영 보며, 담담히) 니가 나보다 일을 더 중요하게 생각하는 거, 내가 인정할게. 결혼도, 니 말대로, 나중에 생각할,

준 영 (고개 돌리고, 한숨 쉬고, 커피 마시는)

준 기 (담담히 보며) 그 사이에.. 누구 생겼니?

준 영 (편안하게 웃으며) 그건 아니고, 준기씨랑 헤어진 지 며칠이나 됐다고, 내가 벌써... (하다가, 기분이 가라앉는, 어색하게 웃으며) 나 그런 애 아냐.

준 기 나랑... 다시 시작하자고 했었잖아.

준 영 (담담하게 보며) 친구로. 애인 말고.

그때, 준영의 핸드폰 오고, 준영, 보면, 지오다, 전화기를 쿠션으로 눌러놓는,

준 기 (맘 아프게 보면) 니가.. 참.. 낯설다.

준 영 (어색하게 웃으며, 커피 마시며) 못 본 지 한 달 다 돼가잖아.. 그래서 그래, 참 선 많이 봐? 오늘 본 여잔 어땠어? 차분해 보이는 게 좋은데. 근데 외모는 자기 취향 아니드라.

준 기 넌 벌써 날 다 잊은 거 같다?

준 영 (어색한 웃음 지으며) 잊기는 뭘 잊어.. 그냥 좀.. 힘들었는데, 정리했어.

준 기 (맘 아픈, 비아냥) 정리가 돼?

준 영 (커피 마시고, 안 보는) ?

준 기 (눈가 붉어져) 야...... (하다, 순간, 찻잔을 집어던지고(찻잔 깨지는), 맘 아프게 얼굴을 부비고, 나가려다, 다시 돌아와, 준영의 앞자리에 앉으며, 맘 아픈) 니가.. 나한테.. 마지막으로 다시 시작해보자고 전화한 게 불과.. 보름 전이야.

준 영 (맘 아픈, 멍한) ...

준 기 지난 한 달 동안.. 나는 환자 치료하는 의사란 놈이.. 매일 술에 절어서.... 그런데 너는 벌써.. 이렇게.. 아무렇지도 않은.. 얼굴로, (눈물 그렁해지는, 깊게 한숨을 쉬는) 후..

준 영 (고개 숙인, 미안한) 미안해.

준 기 (맘 아픈) 주준영.. 부탁인데, 다시 누군가를 니가 만나서.. 사랑을 할 땐 있잖아. 단 한 번만이라도 좀.. 진지해져봐, 어? (하고, 나가는)

준 영 (맘 아픈, 그러다, 일어나, 쓰레기통 가져와, 깨진 잔 조각들을 줍다가, 눈가 붉어져, 맘 아프고, 답답한, 하던 일 멈추고, 가만 앉아 있는)

씬 35. 플래시컷, 몽타주.

1. 골목 뒷길, 새벽.

병욱, 오바이트 하는 철이 등을 쳐주는,

2. 도로, 새벽.

민희, 철이 업고 서 있으면, 지오, 스태프 하날 업고, 택시를 잡아, 세 사람을 다 태우는,

씬 36. 지오의 시골집, 아침.

지오모, 국에 밥 말아, 먹으며, 부뚜막에 소죽 쑤며 핸드폰 하고 있는,

지 오 (어리광 있는, F) 에헤 밥 그렇게 먹지 말라니까, 궁상스럽게.

지오모 (웃으며) 이제 그럼 다 찍었나보네, 울 아들. 니가 언제 일함 전화해. 안 하니

까, 전화하지.

씬 37. 지오의 평상, 아침.

지 오 (기분 좋은, 평상에 누워) 울 엄마 왜 이렇게 똑똑해, 누구 닮아 똑똑하지? 엄
마 우리 언제 봐.

씬 38. 지오 시골집, 아침.

지오모 (밥 먹고, 웃으며) 니가 오면.

지 오 (F) 엄마가 와.

지오모 엄마가 어떻게 가.. (웃다가, 발자국 소리 듣고) 아부지 온다. 손전화 하는 거
보면 엄마 혼나. 낭중에 집으로 전화해. (하고, 전화 끊는)

지오부 (부엌으로 들어서며) 내가 소 밥 주고 밥 먹으랬지?

지오모 (국 그릇째 마시며, 웃으며) 벌써 열 놈 밥은 주고.. 하두 배가 고파서...

지오부 그누무 배는 항시 고프냐? 갈치 구워, 밥 줘 (하고, 나가는)

지오모 네. (하고, 소죽을 저으며) 소 밥, 서방 밥 차리다 내 인생 끝나네, 끝나.

씬 39. 대형마트 안, 낮.

지오, 평상복 차림으로 카트 끌며 샴푸며, 커피며, 이것저것을 사고 있는,
그때, 준영, 생각 많게 뒤에서 투벅투벅 걷는,

지 오 일할 땐, 일만 끝남, 히루 진종일 누워서 뒹굴뒹굴, 책 보다, 졸림 자고, 자다 지
치면, 밥 먹고 비디오 보고, 그러다 또 졸림 자고 지겹게 쉴라 그랬는데, 일하는
동안 잠 안 자는 게 버릇이 됐는지 아무리 잘라 그래도 잠이 안 온다. 10분 자
고 벌떡 깨고, 20분 자고, 벌떡 깨고,

준 영 (시큰둥한, 답답한) 물건 아직 다 안 샀어?

지 오 (메모지 보며) 이제 거의 다 사가. 양념 코너 가서 간장하고, 참 휴지... (하고,
왔던 길 다시 가서, 휴지를 집어 카트에 넣고, 다시 준영 쪽으로 오다가) 이런
이런이런... 라면 사야 된다. (하고, 다른 데로 확 가는)

준 영   라면은 동네서 사도,
지 오   (이미, 코너를 돌아버린)
준 영   (화나지만, 따라가는)

　*점프컷 >>
준영, 라면 사는 데로 가다가, 한쪽 보면, 지오, 시식 코너를 기웃거리는, 그러
다 아줌마들 틈을 굳이굳이 끼어들어가, 이쑤시개로 불고길 먹으며, 종업원에
게 말하는,

지 오   에이, 조미료 넣는데, 뭘 안 넣.
준 영   (지오를 잡아끌며) 나 바쁘다고, 대본 연습 간댔잖아.
종업원   속고만 사셨나.

　그때, 아줌마, 종업원에게,

아줌마   이거 다 떨이 해주세요.
지 오   (놀라) 나, 나두, 오, 오백 그람만 주세요, 오백 그람.
종업원   네, 잠시만요. (하며, 불고기를 양념에 버무리는)
준 영   (지오 잡아끌고, 보며) 저거 꼭 지금 사야 되지?
지 오   이게 매일 나오는 게 아니거든, 품목을 그날그날 바꿔요, 지금 사야 돼.
준 영   (어이없이 보다 가는)
지 오   (웃으며) 차에 있어, 곧 갈게. (하고, 종업원에게) 그람 수 너무 작다, 언니, 좀
　　　더 넣어.

씬 40. 야외, 주차장, 낮.

　준영, 지오의 차 근처에 팔짱 끼고 생각 많게 서 있는, 지오, 물건을 잔뜩 들고
뛰어오며,

지 오   미안, 미안, 미안. (하고, 트렁크에 짐을 실으며) 차에 들어가 있지.
준 영   장을 꼭 오늘 봐야 돼?

지 오 (웃으며) 집에 먹을 거라곤 수돗물밖에 없는데 그럼 어떡해. 차, 타. 앙탈 그만 부리고.

준 영 나는 선배한테 어떤 사람이야? 뻑 하면 앙탈이나 부리는... 그런 애야?

지 오 (어이없이 웃으며) 아우, 얘가 또 왜 이러나.

준 영 선배한테 나는 웃기는 애고, 이유 없이 뻑 하면 앙탈이나 부리는 애고, 안하무인에, 천방지축에.. 쉬운 앤데, 왜 날 다시 만나?

지 오 (웃으며) 집에 가자. 대본 연습 다섯 시라며? 그럼 아직 (시계 보고) 3시간 50분 있으니까, 지금 빨리 우리 집에 가서 커피 한 잔 마시면서 대본 보고 얘기하고.

준 영 미친 사람 같애, 왜 자꾸 웃어? 뭐가 웃겨?

지 오 (뻐기듯, 윙크하고, 웃으며) 시청률 나왔잖냐, 내가. 이번 주 엔딩은.. 내가 장담하는데, 삼십이야. 너 시청률 삼십 안 나와봤지? 그럼 너는 이런 기분은 정말 알래야 알 수가 없겠다, 그지?

준 영 어제 준기씨 만났어.

지 오 (조금 움찔하지만, 대수롭지 않게 웃음을 띠고, 생각하듯) 음... 좋았.. 어?

준 영 나보고 진지하게 살래드라.

지 오 (조금 맘이 상하는, 어이없단 듯 웃으며) 그래서, 앞으로 진지하게 살아보실라고... 오늘 나한테 계속 딴지신가?

준 영 (서운하게 가만 보다, 빠른 걸음으로 가는)

지 오 (짐짓 편하게) 대본에 대해 물어볼 거 있다며? 그냥 가도 돼? 나중에 징징 울면서 후회하지 말고 물어보지?!

준 영 (가며, 큰소리로, 서운한) 안 물어봐도 알 거 같애.

지 오 (웃으며) 뭐였는데?

순 영 (돌아보고, 뒷걸음치고 가며, 맘 아픈) 사랑이 귀찮아질 만큼 사는 게 버겁다는 나레이션을 내가 어떻게 이해해야 되나를 묻고 싶었는데, 지금 이 순간이 딱 그래.

지 오 ?

준 영 선배 너는 너만 기분 좋음, 니 앞에 있는 내가 어떤지는 전혀 아랑곳이 없어. 옛날에 나랑 헤어질 때도 선배 넌 그랬어. 이제야 다 기억이 나.

지 오 (손으로 오라고, 손짓하며) 이리 와. 와서, 얘기해.

준 영 (자기 말만 하는) 그때 넌 정말 잔인했는데, 내가 왜 그걸 잊었고, 다시 시작

할려고 했나 싶다. (하고, 가는)

지 오   야, 서, 임마!

준 영   (가는)

지 오   (가만 준영을 보며, 답답하고 어이없는 웃음 짓다가, 화가 나는지, 갑자기 웃음을 멈추고, 차를 타고, 가는)

지오의 차, 준영을, 지나쳐가는, 준영, 아랑곳없이 걸어가는,
(12부 씬 29. 몽타주 3에 회상 있음)

씬 41. 드라마국 복도, 낮.

서우, 매니저, 서서 얘기하고 있는,
준영, 한쪽에서 생각 많은,

준 영   (황당한) 대본 준 지가 언젠데 연습날 찾아와서 동성애 얘기 땜에 못한단 게 말이 돼요?

매니저   (보며) 영화 촬영 땜에 오늘 줬거든요.

서 우   (답답한) 옷 벗고 뒹구는 씬이 있는 것도 아닌데, 왜 그래?

매니저   남자끼리 드라마에서 키스 씬은 쎄요. 가뜩이나 곱상해서 인터넷에서 말이 많은데,

준 영   댁이랑 할 말 없고, 조승원씨 오라 그러세요.

매니저   (준영 고깝게 보며, 서우랑만 얘기하는) 이작가님한텐 정말 미안하게 됐습니다. (서우랑만 얘기하는) 이번 작품은 그냥 딴 배우 쓰시고, 담번 미니 할 때,

준 영   (매니저를 어이없게 보다, 연습실로 들어가는)

서 우   (매니저 말 들으며, 가는 준영 보는)

씬 42. 연습실 안, 낮.

준영, 윤영(전화를 하고 있는), 서우, 장민 있는데, 장민 화나 일어서며,

장 민   내가 정말 별일을 다 당해보네, 새 배우 정해지고 연습 날짜 정해지면 연락 줘

요. (하고, 나가는)

윤 영 (전화기 내려놓으며) 벌써 잠수야. 안 받아, 딴 배우 알아보자.

준 영 (윤영을 빤히 쳐다보며) 다른 배운 필요 없어요. 선배님이 조승원씨 데려오신 거니까, 선배님이 책임지고,

윤 영 (편하게) 주감독은 내 힘을 너무 쎄게 보나보다. 조승원 정도 되면 내 말 안 들어. 매니저도 힘 없고.

서 우 (말꼬리 자르며, 들어와서, 앉으며) 주감독, 딴 애로 가자.

준 영 (답답한, 윤영에게, 화를 참으며, 한숨 쉬고) 후... 제가 이런 말씀 안 드릴려고 했는데, 조승원... 곧 선배 프로덕션에서 하는 영화 들어가죠? 그 영화 들어감 우리 드라마 스케줄,

윤 영 (물 마시고, 준영 보며) 돌려 말하지 말고, 그냥 말해. 내가 이 작품 들어올라고 일부러 조승원 끼고 들어와서, 일이 성사가 되니까, 조승원을 우리 회사 일에 참여시키고, 여기서는 뺐다, 그 말이 하고 싶어?

서 우 (웃으며, 편하게) 에이.. 언니, 그건 아니고..

윤 영 (준영 보며) 주감독은 그런 거 같은데?

준 영 (빤히 보며, 비웃듯 웃으며) ....

윤 영 ...

준 영 설마.. 제가.. 그런 뜻은 아니었는데, 그런 뜻으로 들으셨담 죄송하네요. 없던 말로 하죠. 가세요.

윤 영 (웃으며) 설마라고 하는 게 어째 설마 같지가 않다. (하고, 나가는)

서 우 (웃으며, 가는 윤영 보며) 언니, 주감독 그냥 한 말이야, 서운해 맙시다, 네!

준 영 (화난, 혼잣말) 불여시.

서 우 (보는) .. 누가 불여시?

준 영 (화난, 서우 보며) 아직두 모르겠어요, 작가님도 나도 윤영이 저 여자한테 속은 거예요. 저 여자가 이런 일이 한두 번인 줄 알아요? 지난번 우리 동기 작품에도 우정 출연한다고 뻥치고 안 하고, 지오선배 때도 성소유랑 같이 일 안 함 못한다고, 뻗대서 지 뜻대로 하고,

서 우 (어이없는) 성소유 아님 다른 대안은 있었고?

준 영 (화난, 가방 챙기며) 내가 촬영할 때 가만두나 봐라. 엿 먹는 게 어떤 건지 똑똑히 보여줄 테니까.

서 우 가만 보면 주감독 이상하게 꼬였다?

준 영   저랑 일하시는 게 싫으세요? 왜 제가 무슨 말만 하면,

서 우   주감독, 혹시 심한 자격지심 있,

준 영   (화나, 보면)

서 우   눈 찢어지겠다. (하고, 가는)

준 영   (종이잔의 커필 마시다, 던져버리고, 숨을 씩씩 고르다가, 전화길 드는, 맘 아
       프고, 속상한) 나야. 나한테 함부로 한 거 사과해.

씬 43. 준기 병원, 복도, 낮.

준기, 걸어가다가 멈춰서며,

준 기   ?

준 영   (F) 자기가 나한테 한 짓은 아랑곳없이, 나만 잘못했어?

준 기   (차분한, 미안한) 어젯밤, 아니 오늘 새벽 일은,

준 영   (F, 전화를 뚝 끊는)

준 기   (전화를 끄고, 주머니에 넣고, 가는데, 다시 전화가 오는)

화면 분할 되는,

준 영   (눈가 붉어져, 화나고, 맘 아픈) 기분 어때?

준 기   (맘 아픈) ...

준 영   전화하는 도중에, 자기가 말하는 도중에 내가 전화 끊으니까, 기분 어때? 드
       럽지? 나는 그런 기분 자기랑 만나는 동안 수백 번도 더 느꼈어! 우리가 백 일
       넘게 안 만나다가 다시 만난 날 헤어지자고 누가 먼저 그랬어? 자기가 그랬
       어. 나는 약속을 못 지킨 이유에 대해 변명하고 싶었는데, 기회 줬어? 자존심
       구겨가며 매달리는 나한테, 단 한마디 말도 없이 전화 뚝뚝 끊어버리고, 그러
       다 갑자기 틱 지겹다고 문자 보낸 사람한테 내가 뭐라 그래? 사람 그렇게 비
       참하게 만들어놓고, 매달리지 않는다고, 진지하지 못하다는 건 내 입장에선
       너무나도 일방적이야.

준 기   (달래듯) 준영아.

준 영   자기한텐 진지한 게, 이런 거야? 헤어진 사람이래도 한때 사랑했던 사람인

데.. 잘 지내란 말도 안 하고, 커피잔 집어던지는.. (눈가 그렁해, 속상한) 나는 이렇게 끝내고 싶진 않았다, 정말. (하고, 전화 끊는)

준기, 전화기 내리며 참담한, 화면에서 사라지고,
그때, 지오, 들어서며, 준영 앞에 앉는,
준영, 눈가 그렁해, 지오 안 보고, 가방만 챙기며,

준 영 엄마 만나기로 했어, 나랑 붙고 싶음 기다려. (하고, 나가는)
지 오 (왜 이러나 싶은) 휴...

씬 44. 명품점, 밤.

준영모, 종업원과 옷을 가지고 싸우는, 준영, 한쪽에 앉아, 준영모의 행동이 싫은,

준영모 이 사람들이 무슨 말을 해? 반품 기한이 지나다니, 내가 이 옷을 불과 일주일 전에 샀는데, 무슨 반품 기한이 지나?
종업원1 이 옷은 세일한 거라, 반품 기한이 3일이에요.
준 영 (화나, 준영모를 보고 있는) 엄마 가자.
종업원2 (오며) 손님, 이러심 안 돼요. 이거 입으신 거잖아요.
준영모 (버럭) 내가 언제 이 옷을 입었니?
종업원1 저랑 엊그제 이 옷 입고 저쪽 샵에서 부딪혔잖아요!
준 영 (준영모 끌고 나가며) 엄마 그냥 가자, 제발 그냥 가자! 어?!
준영모 (뿌리치며) 가긴 어딜 가! 이거 안 돼! 야, 너 이거 안 바꿔? 니들 소비자보호원에 고발을 해야 정신을 차리니?!

씬 45. 명품점 근처 길거리, 밤.

준영, 숨을 씩씩거리고, 서 있으면, 잠시 후, 매장에서 준영모, 돈을 들고 가방에 넣고 나오는.

준영모 (기분이 좋은) 지들이 날 이기지. 쥐가 고양일 이기지. 밥 먹자. 뭐 먹을래?

준 영 (너무 화나 말도 못하겠는) 엄마 돈 없어? 돈 많잖아?! 그런데.. 왜.. 엄마..
난.. 옷을 입었음.. 당연히.. 엄마.. 엄만 왜 그렇게, 상식적이질 못해.

준영모 (말꼬리 자르며, 담백하게) 천박하게도 해야지, 니 애비처럼.

준 영 ?

준영모 나쁜 년. 지 애비하고 똑같은 년. (하고, 가는)

준 영 (맘 아프게 보는, 머리 쓸어 올리며, 어떻게 해야 할 바를 모르겠는, 반대로
가는)

씬 46. 해진 병원 일각, 밤.

해진, 배를 부여잡고, '감독님, 감독님' 하며 마구 뛰는, 그러다 에스컬레이터
에서 멈춰, 내려가는 규호와 수경에게 소리치는,

해 진 (좋은) 감독님!

규호, 수경 (가다, 보면) ?!

해 진 저, 정말 열심히 할게요! 공분이 역 제가 확실히 띄울게요! 시청률 40! 제가
책임질게요!

수 경 (웃으며) 소품 칼이긴 해도 뱃가죽이 찔렸는데, 어떻게 저렇게 멀쩡해. (규호
보면) 장이나가 무서워 도망가니까, 쟤가 신났네요. 일개 단역에서 주연으로.

규 호 (생각이 많은)

해 진 이제부터 저 감독님이 죽으람 죽을게요! 이 은혜 절대 안 잊을게요! 저 전지
현보다 이쁘게, 이영애보다 섹시하게 연기할게요! 감독님한테 충성할게요!
(소리치는) 고맙습니다, 고맙습니다! 감독님! 사랑해요!

규 호 (가며, 수경에게) 대본 아직 안 나왔지?

수 경 네.

규 호 작갈 갈던지 수를 내야지, 이거..

씬 47. 지오의 집 안, 밤.

지오, 커필 타고, 준영, 의자에 앉아, 지오를 꼬나보며 화나 말을 하고 있는,

준 영	내가 뭐가 쉽냐고, 물었어?
지 오	(준영 안 보고, 커피잔 준비하며) 다짜고짜 얘가 왜 이.. (준영 보며, 달래듯) 앉아, 앉아서 커피 마시고 천천히 얘기해. 나, 어제 마신 술이 아직 안 깨가지고, 커피 마시고, 우리 천천히,
준 영	커피 안 마셔. 내가 뭐가 쉬워? 선배 니가 쉽지? 내가 뭐가 쉬워?
지 오	(말꼬리 자르며, 돌아보며) 너, 어제 강준기랑 무슨 일 있었어?
준 영	(아랑곳없이, 화난) 연희선배 엄마가 아프셔서 돌봐드릴 사람이 없다고 돌봐야 한다고 전화 한 통 하고, 사라지고 난 이후에, 선배 너 나한테 어떻게 했어?
지 오	(답답해, 소리치는) 앤서링에 수천 번도 더 남겼어! 이해해달라고!
준 영	(눈가 붉어 보며, 소리치는) 이해해달라 그럼 내가 이해해! 그렇게 전화만 하면 다야, 찾아오진 않고!
지 오	(기운 빠지는, 답답한 듯) 그래, 취소 취소... 너 안 쉬워. 너 어려워. 그것도 보통이 아니라, 무지 어려워. 이제 됐냐?
준 영	다들 그러는 거 아냐, 내가 진지하질 못해?
지 오	진지하지 못하다곤 안 했다?
준 영	강준기가 그러드라.
지 오	(기분 상하는) ?!
준 영	내가 다시 만나재서 안 만난다니까, 진지하지 못하다고.. 나는 할 만큼... 강준기랑은 만난 시간보다, 안 만난 시간이 더 많았고..... 선배 너랑은.. 정말 나는 안 쉬웠어, 그때 나한테 전화는 필요 없었어, 그냥 선배 니가 나한테 와줌.. (힘든, 숨을 후 하고 쉬고, 눈물 손등으로 닦는)
지 오	(화나는) 야야야, 너 지금 니가 이렇게 화나는 이유가 뭐야? 나야? 강준기야?
준 영	(말하다가, 이상한) 뭐라는 거야?
지 오	내가 진짜 쪼잔해서 그냥 넘어갈라니까.. 도저히.. 너, 강준기 왜 만났어? 너 어제 분명히 나랑 있었는데.. 대체 언제(순간 확 깨는 듯) 너 어제 일 있다고 한 게.. 그럼 걔 만날.. (버럭) 야, 너 그때 시간이 몇 신데? 그 시간에 남잘,
준 영	(당황하는) 저기 있잖어.. (딴소리하는, 커피 따르러 가며) 커피가 다 됐네.
지 오	(준영 잡아채며) 너 걔 어디서 만났냐? 설마.. 니네 집? (어색하게 웃으며) 그건 아니지? 그 야밤에 헤어진 남녀가 단둘이 집에서.. 그건 절대 아닐 거야, 그지?
준 영	(커피 마시고, 과장되게) 당근 그건 아니지, 헤어진 남자랑.. 아냐, 나 그런

애. 그, 그리고, 나.. 나, 남자 집에 잘.. 안 오게 해. (하고, 거실로 가서 앉는)

지 오 (따라가며) 웃기지 마. 니가 무슨 남잘 집에 안 오게 해. 너 지난번 내가 니네 집에, 전화했을 때, 강준기가 거기 있드만. (하고, 준영 앞에 앉는)

준 영 (가방에서 대본 꺼내며, 아무 데나 펴며) 선배 이 뜻 뭐야?

지 오 (대본 보고, 대본 보여주며) 이건 스텝 전화번호야. (팽개치고) 너 어제 어딨 었어?

준 영 (외면하며, 일어나) 갑자기 배고프네, 라면 먹자. (하고, 주방으로 가 준비하는)

지 오 야, 너 이렇게 말꼬리 돌리고 피한다고 모든 게 끝나는 게 아니거든. (준영 옆에 가며) 너 말해봐, 어제.. 그래, 너 술집에서 나간 게 그때가 1시경이었지, 그때 이후로 뭐했는지, 지금부터 하나도 빠트리지 말고 싹 다 얘기해, 어서, 자식아!

준 영 (라면 끓일 그릇을 찾으며) 어딨냐, 냄비가.. 라면은 또 어딨지?

준 영 (N) 지금 이 새로운 사랑을 시작하는 시점에서 나의 아킬레스건은... 인정하기 싫지만, 내가 너무 사랑을 정리하는 것도, 사랑을 시작하는 것도, 쉬운 애라는 거다. 하지만, 이 순간 그것보다 더 중요한 건, 내가 이 사랑을 더는 쉽게 끝내고 싶지 않다는 거다. 그렇다면 이제부터 나는 어떻게 해야 되는 것일까?

지오, 계속 '너 말 안 하냐, 나 열 받게, 너 나 집요한 거 알지? 나 오늘 날 샌다' 하고 말하고, 준영, 냄비에 물을 받다가, 갑자기 돌아서며,

준 영 미안해. 집에 왔었어. 근데 선배,

지 오 (옷 들고, 나가) 너 혼자 라면 백 개 먹어.

준 영 (눈치 보며, 난감한, 라면을 찾고, 물을 끓이며, N) 지난날처럼 쉽게 오해하지 않고, 쉽게 포기하지 않고, 지루하더라도 다시 그와 긴 얘길 시작한다면 이번 사랑은 결코 지난 사랑과 같지 않을 수 있을까? (소리 치는) 선배 밖에 있지, 들어와봐, 계란이 없어. (하며, 냉장고의 계란을 딴 데 숨기는) 어, 선배!

지 오 (밖에서 들어와, 냉장고 보며) 계란이 왜 없어. 낮에 샀는데.

준 영 (웃고, 애교 떠는) 우리 손잡고 계란 사러 가자. (하고, 지오 손잡고, 가며) 가자.

지 오 (손 뿌리치며) 일단 손 놓고, 아까 하던 말이나 계속 ..

준 영 (다시 손잡고) 배고파. 계란 사러 가자, 어? 빨리.. (하고, 나가는)

지 오 너 뭐든 대충 애교 부리며 얼렁뚱땅 넘어가려고 하는데, 난 너처럼 쉬운 놈 아니다.

준 영 알어, 선밴 나처럼 안 쉽고, 어려운 놈인 거!

지 오 뭐, 놈?

씬 48. 지오네 평상, 밤.

　　지오, 준영, 별 보며, 누워 있는,

지 오 마트에서 니 기분 알아채지 못하고 나만 좋았던 건, 나중에 생각하니까, 좀 그렇드라.

준 영 좀 그렇드라는 뭐야? 미안함 미안하다 그러지.

지 오 그냥 알아들어라.

준 영 시청률 삼십이, 그렇게 신났어.

지 오 (기대에 찬, 웃음 지으며) 낼 마지막 방송 나가봐야지, 아직 27이야.

준 영 (웃고, 편안한) 으이... (별 보고) 엄마가 아빠한테.. 천박하단 말을 들었을 때 어땠을까 싶은 게, 맘이 짠했어. 그런 말을 하면서 왜 살까 싶기도 하고..

지 오 으른들은 그러며 살드라.

준 영 선배, 우리 다시 만나서는... 상처 주는 말 같은 거 하지 말자. 그리고 쉽게 헤어지지 말자, 전처럼. 싸우지도 말고.

지 오 싸우자. 연희랑은 못 그랬거든. (하고, 준영 보면)

준 영 (보면)

지 오 서로 너무 말을 안 했어. 싸울 일이란 게 늘 너무 작은 일이잖어. 쪼잔하고, 쪽 팔리고, 괜히 존심 상하고, 근데 그래서 말 안 함.. 나중에.. 정말 돌이킬 수 없게 일이 크게 되는 거 같애. (그러다, 벌떡 일어나 앉으며, 목소리 바꾸고) 그래서 말인데, 너 강준기한테 나 다시 만난다고 말했냐, 안 했냐?

준 영 (놀리듯, 슬슬 도망가며) 그걸 어떻게 말해, 쉬워 보이게.

지 오 (잡으려 하며) 야, 너 이리 와.

준 영 (도망치며) 사실 그렇잖아, 사람이라는 게 쉽게 안 변하는데 내가 또 선배랑 헤어짐, 그땐 혹시 또 강준기랑..

지 오 너 오늘 죽었어, (하고, 잡으러 다니는, 그리고 잡아서는 평상 위에서 레슬링을 하는) 암바!

준 영 악! (하고, 지오 발 같은 델 무는)

지 오 악!

DIS.

씬 49. 드라마국 안, 다른 날 낮.

지오, 철이 게시판의 시청률표를 보고 있는, 뭔가 답답한,

철 이 (답답한) 난 삼십 칠 줄 알았는데.. 23이 뭐냐? (지오 보며) 프로덕션에서 콜받기엔 넘 약하지, 23은?

지 오 (철이 보며, 거짓말(?)하는) 누가 프리로 나간대, 누가?! 나는 드라마가 좋아서 드라마 찍어, 너처럼 프리로 나가서 떼돈 벌 욕심 없.. 자식이.. 내가 지 같은 줄 아나? (하고, 가는데, 답답한)

씬 50. 준영의 집, 낮.

준영, 차분하게 전화를 받고 있는,

준 영 잘 지내.

화면 분할되며,

준 기 (락커실에서) 너도. (웃으며) 그리고 만약 아프면... 연락해.

준 영 (웃는) 악담 같다?

준 기 아프지 마.

준 영 술 마시지 마. 술 체질 아냐.

준 기 (어색하게 웃는)

말 없는 두 사람의 모습 위로,

준 영   (N) 새로운 사랑은 지난 사랑을 잘 정리할 수 있을 때에만 시작할 수 있다고 한다. 하지만 나는, 그에게 마지막 인사를 하지 않았다. 다만, 고맙다고 했다.

준 영   고마워.

준 기   (맘 아픈)

준 영   (N) 아마도 그는 그로 인해 내가 얼마나 많이 성숙했는지 알지 못할 것이다.

준 기   (시계 보고) 수술 들어간다.

준 영   잘해.

준 기   응. (하고, 전화기 끄면, 화면 사라지는)

준 영   (그때, 다시 전화 오면, 지오다, 가만 핸드폰 보고, 웃으며) 정지오씨, 너무 서두시네. 우리 조금만 천천히 갑시다. 멀미 나. (하고, 차 마시며, 음악을 틀고, 노래 부르는 걸 흉내 내듯, 립싱크 하며, 기분 좋게 몸을 흔들며, 대본을 보는) 그런 준영의 모습에서 엔딩.

••• 지오 드라마 마지막회 엔딩 씬(참고) •••

씬 43, 길, 낮, 몽타주성.

경민, 영우 각자 자전거 타고 작게 웃음 띠고 가는.
경민, 앞서서 가며,

경 민   빨리 오세요.

영우, 그 옆 스쳐 지나가며,

영 우   내가 질 줄 알고. (하고, 가며) 오늘 경주도 내가 이길걸. (하고, 가는)

경 민   (웃으며, 가는) 오늘은 안 질 거야.

영우, 앞서 가고, 경민 뒤처져 가는.

시간 경과.

영우, 앞서 가며 아무것도 모르고 기분 좋게 '빨리 와요, 빨리' 하고. 카메라, 뒤로 가면,

경민, 뒤처져 가다 멈추는, 얼굴에 온통 땀이 흐르는. 서서, 영우 쪽 보며 '갈 게, 먼저 가'

영우, 경민이 아픈 것 모르고 가며 '빨리 와, 빨리요, 안 그러면 먼저 간다' 경민, 뒤에 서서 힘든, 영우의 뒷모습을 보는데, 희뿌연.

느린 화면.

영우, 즐겁게 가는 모습 보이고,

경민, 그런 영우를 힘들게 보고 있는.

회상-인서트.

영우와 즐거웠던 시간들, 지나가는.

현실, 언덕 내리막길.

영우, 즐겁게 자전거 타고 가다가, 멈춰, 뒤돌아보면,

경민, 보이지 않는.

영 우   (편하게 부르는) 조경민씨!

카메라, 길가 쪽에 보면, 경민 보이지 않는.

영 우   안 와요!

카메라, 길가 쪽 보면, 경민 보이지 않는.

영 우   (느낌이 이상한, 눈가 그렁해지는, 가라앉은, 가슴 떨리는, 길가 쪽 보며, 천천히 부르는) 조경민씨.. 정아야.. (크게) 정아야!

카메라, 길가 쪽 보여주면, 언덕길에서 경민, 힘들게 자전거 타고 오르는 모습
보이는.
영우, 눈물 그렁해지며 작게 웃음 번지는,
경민, 영우 옆에 서며, 땀 흘리며 숨 고르며 웃음 띤.

경 민   내가 졌다, 같이 가자.
영 우   (눈가 그렁해, 웃음 띤, 애써 담담하게) 거봐, 내가 이긴댔지. 이제 천천히 가
         요.
경 민   그래.
영 우   자, 그럼 다시 출발합니다.

두 사람, 자전거 타고 출발하는 데서 엔딩.

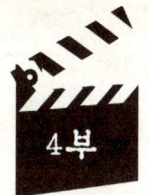

4부

내가 이해할 수 없는
그녀들의 이야기

이상하다. 당신을 이해할 수 없어. 이 말은 엊그제까지만 해도
내게 상당히 부정적인 의미였는데, 절대 이해할 수 없는 준영일 안고 있는 지금은
그 말이 참 매력적이란 생각이 든다.

… 이해하기 때문에 사랑하는 건 아니구나. 또 하나 배워간다.

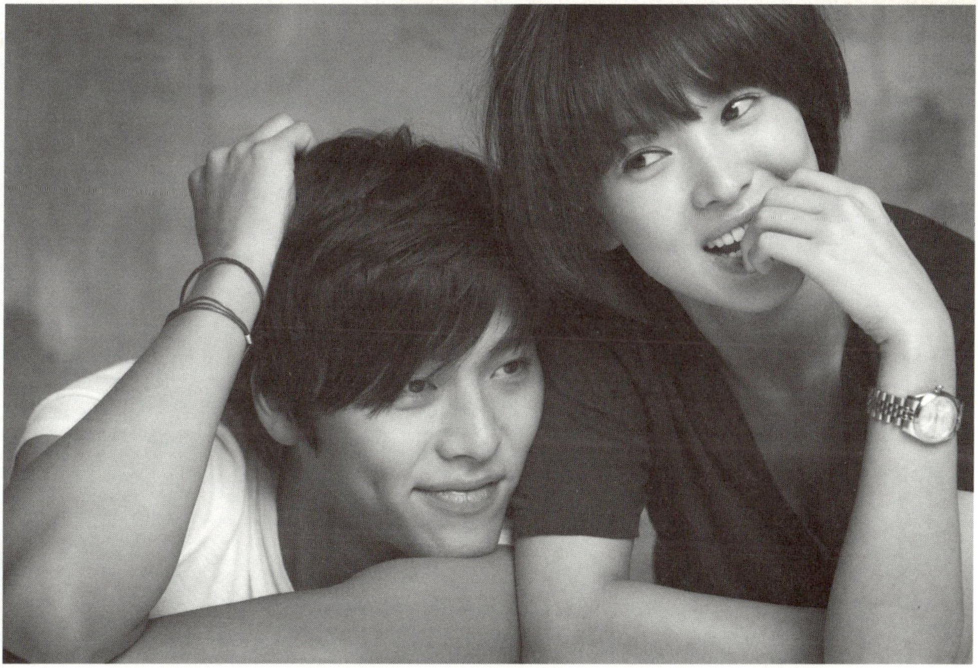

그 들 이   사 는   세 상

WORLDs Within...

씬1. 프롤로그.

1, 도심 거리, 낮.
준영, 지오, 사람들이 많은 곳을 걸어가며 얘길 하고 있는,

준 영 아무리 생각하고 생각해도 도대체가 이해도 안 가고 긴장감도 없는 거야. 남자랑 남자랑 마주 보고 있는 씬을 상상하면, 기운이 쭉 빠지면서, 내가 왜 이런 머리 아픈 소젤 잡았나 하는 생각이 들면서.. 선배, 나 아무래도 소젤 잘못 잡은 거 같애.

지 오 (웃으며) 너는 맨날 작품 할 때마다 그렇게 같은 소리 하는 게 지겹지도 않냐? 작품 시작하기 전 울렁증이야, 괜찮아.

준 영 (지오 앞으로 와, 마주 보고, 뒷걸음질치며) 작가한테 얘기해서 다른 얘기하자 그럼, 날 죽이겠지? 분명히 죽일 거야. (하고, 머릴 쓸어 올리고, 지오 외면하고, 한숨 쉬고, 돌아서서 가는)

지오, 준영의 한숨 쉬는 옆모습에 가슴이 설레는, 준영을 따라가는,

지 오 (N) 감독에게 있어서 새 작품을 만난다는 건, 한 번도 가보지 않은 새로운 세계를 만나는 것만큼이나 두려운 일이다. 그러나 그 두려움의 실체를 찾아내 직면하지 않으면, 작품은 시작부터 실패다. 왜 이 작품을 반드시 해야만 하는지, 내가 찍어내는 캐릭터들은 어떤 삶의 가치관을 가지고 살아가는지,

2, 야외 카페, 낮.

지오, 준영, 의자에 앉아 샌드위치와 커필 마시며 얘기하는,

지 오 (N) 왜 외로운지, 왜 깊은 잠을 못 자고 설치는지, 사랑 얘길 할 땐 캐릭터들의 성적 취향까지도 고민해야 한다. 시청자들이야 별 볼일 없는 드라마라고 생각할 수 있겠지만, 적어도 작품을 만드는 우리에게 작품 속 캐릭터는 때론 나 자신이거나, 내 형제, 내 친구, 내 주변 누군가와 다름없기 때문이다.

준 영 (샌드위칠 크게 한 입 먹으며) 내가 이해하는 건, 원석이랑 영혜까지. 원석인 회사도 짤릴 위기에 있고, 영헨 뭐 잠자리도 시원찮으니까,

지 오 (진지하게 듣다가, 샌드위치 먹으며) 말하는 본새 봐라, 잠자리가 시원찮은 게 뭐냐?

준 영 내가 싫지?

지 오 (준영 보고, 작게 웃으며, 입가에 묻은 소스를 닦아주며) 동성애에 대한 편견이 아무래도 자꾸 니 발목을 잡나보다?

준 영 영준이가 믿었던 애인한테 배신당하고, 마지막 보루 같은 형은 실종되고.. 그래서, 원석에게 위로받고 싶었다는 건 너무 작위적이야. 사실 동성애라는 코드가 무서워 쓸데없는 장치를 두는 거지, 결국은 두 사람 사이에 오가는 필 아냐? (지오 보며, 작게 웃으며) 우리처럼? (하고, 커피를 마시며, 지오에게 윙크하고, 시선을 다른 데로 돌리는)

지 오 (준영이 귀여운, 자꾸 딴생각(?) 나는, 어이없이 웃으며) 그럼 원석이랑 영준이 키스 씬에서 심의에 걸릴 정도로 화끈하게 들이대보든가. (하고, 커피를 마시는)

준 영 자기 사는 건 비도덕적, 비윤리적이면서, 남이 사는 건 도덕적, 윤리적 잣댈 가차 없이 들이대는 이 나라에서? 미쳤어, 내가. 여기 너무 산만하다. (불편하지만, 짐짓 편한 척) 우리 집 갈래?

지 오 (커피 마시며, 준영을 보는) ?!

3. 준영의 집 안, 밤.

준영, 주방에서 와인잔을 꺼내는,
지오, 준영의 집 안을 걸어 다니며, 한쪽에 놓인, 울면서 찍은 귀여운 준영의 어릴 적 사진 보고, 웃는, 사진을 제자리에 놓고, 와인바 쪽으로 가서, 와인을 보며, 조금 놀라, 혼잣말로 구시렁 '별 게 다 있네' 하고, 준영을 보고, 하나 들어보는,

준영, 주방 쪽에서, 와인잔과 치즈를 가지고, 소파 쪽으로 오는,

준 영 (지오에게) 그건 안 돼. 장식용이야.

지 오 (와인을 보며) 장식용?

준 영 엄마 취미. 맨 아래 줄에 있는 거 하나만 가져와.

지 오 (조금 당황한) 그, 그래. (하고, 들고 있던 것을 제자리에 놓고, 다른 것을 하나 들고 소파로 와 앉으며, 아무렇지 않은 척) 너 부자야?

준 영 엄마, 아빠. 난 아니고. (하고, 병따개 주는)

· 점프컷 1 〉〉
지오와 준영 잔을 부딪히고, 단숨에 마셔버리는,

· 점프컷 2 〉〉
준영, 바닥에 누워, 와인을 마셔가며, 메모하며 말하고 있고,
지오, 소파 밑에 앉아, 와인을 마시며, 얘기하는,

준 영 머리 아프다. 이성애자니, 동성애자니를 떠나 그냥 난 사람 애길 하고 싶은 건데... 그게 왜 이렇게 어렵냐?

지 오 대체 자꾸 뭐가 어렵다는 거야? 동성애에 대한 이해가 안 돼서 어렵다는 거야? 캇트가 어렵다는 거야?

준 영 (지오를 멋있게 생각하며, 보는, 입가에 작게 미소 띤) 캇트가 어렵담 알려줄라고?

지 오 (준영을 보며, 웃으며) 알켜주면 받아먹기나 하고? (하고, 술 마시는)

준 영 (작게 웃고, 생각하니) 원석이기 불쌍해. 영준이 보낼 때 기껏 손만 잡아주고 마는 게..

지 오 영혜 놓치지 마. 대본 속에 영혜가 비중이 작아도 영혜가 안 살면, 진짜 삼류된다. 인간애로 가.

준 영 포장 같다, 그 말이. 진짜로는 원석인 영준을 사랑하는 건데, 그래서 안고 싶고... 그래도 사람들 편견이 있으니까.. 인간애로 포장하는 게 낫겠지? 개인의 삶에 이 사회가 너무 나대는 거지. 지들이 언제부터 그렇게 남의 인생에 관심이 있었다고.

지 오 포장이 아니라... 편견에 싸인 사람들을 설득하는 방법이라고 생각해.

준 영 (웃음 띠고, 지오를 보는) 오우, 가만 보면 말 참 잘해?

지 오 얌마, 말이 아니라, 올바른 가치관. (하고, 와인 마시는)

준 영 (지오 보며, 웃으며, 와인 마시고, 드러누워, 지오 보며) 참 나 첫 씬 안개 낀 도로에서 시작할 거다.

지 오 (준영을 보며) 무슨 의미?

준 영 (가만 보고, 웃는)

지 오 (가만 보다, 어색하게 웃으며) 너는 가끔 왜 그렇게 사람을 빤히 봐, 무안하게.

준 영 (작게 웃으며) 내 눈으로 내가 보지도 못해?

지 오 (눈치 보며, 조금 조심스레) 너 나한테.. 물어볼 거 더 있냐?

준 영 (서운한 맘, 감추고) 왜?.. 가, 게?

지 오 아니, 물어볼 거 더 있음.. (입맛을 다시며) 아, 근데 왜 자꾸 이렇게 입이 텁텁하고.. 혹시 새 칫솔,

준 영 (재빠르게 일어나) 잠깐만 기다려봐, 새 칫솔 줄게. (하고, 뛰어가다, 넘어지고, 벌떡 일어나 다시 화장실로 가는)

지 오 저저저저 하는 짓 봐라. (하며, 괜히, 와인을 마시는)

지 오 (N) 그리고 고민이 끝날 즘 비로소 우린 새로운 사랑을 시작하는 연인들처럼 새로운 작품에 온몸을 던질 준비를 마치게 된다.

그때, 준영 칫솔 가지고 나오며,

준 영 여깄어. (하고, 주며, 대본을 보는 척하는)

지 오 (목을 괜히 돌리며) 아, 어떻게 몸이 찌뿌두둥.. 피곤하네... (하며, 칫솔 받아서 화장실로 들어가는)

준 영 (대본 보다, 지오 화장실로 들어간 것을 확인하고, 조금 가슴이 떨리는, 드러눕고, 후 하고 한숨 내쉬고, 화장실 쪽 보는)

그때, 화장실 문 열리며, 지오, 양치를 하며 편하게 말하는,

지 오 준영아, 내 청바지가 넘 불편해서 그런데, 나 입을 만한 옷 뭐 없냐?

준 영 (순간 멍한, 벌떡 일어나며) ... 줄게. 잠깐만. (하고, 방으로 가는)

지 오 (별스럽지 않은 듯, 화장실 문을 닫는)

씬 2. 화장실 안, 밤.

지오, 편하게 문을 닫고, 세면대에 양치물을 뱉고, 거울 보며, 깊게 한숨 쉬고, 거울을 보며 제 얼굴을 손으로 탁 치며,

지 오 야, 너 뻔뻔스럽다, 뻔뻔스러, 어떻게 옷 좀 주지란 말이 그렇게 쉽게.. 니가 선수냐? 이게 아주.. 미쳤어. .. 야, 정지오 진짜 너, 웃기.. (하고, 거울 보고 이를 박박 닦고, 문 쪽을 힐끔거리는)

씬 3. 준영의 옷방 안, 밤.

준영, 마음이 급한, 서랍을 열며 옷을 마구마구 흩뜨리며 뒤지며,

준 영 옷이 어딨냐? 옷이.. (치마를 들어보거나, 스타킹을 들어보며) 뭐야, 이건... (하며, 옷을 펴 보고 한쪽에 던지다가, 문득 하나 집어서 펴 보고, 괜찮다 싶은, 일어나서 나가려다, 옷을 던지고, 다른 옷을 찾으며) 이게 이게 무슨.... 돌았지, 내가.. 지나간 애인 옷을 현재 애인한테.. 주준영 너는 미친 게 분명해.. 니가 지금 정신이... 어디 딴 곳에.. 곱게 숨겨둬도 모자랄 걸 제 발로 제 손으로 들이대실라고. 뭐든 하는 짓 보면 암튼.. (하고, 옷 하나를 집어서 일어나 나가려는데, 순간 놀라는) 엄마야! (하며, 벽에 기대는)

지 오 (문지방에 서서, 어색하게 보는)

준 영 (어색하게 웃으며) 오, 옷 찾았.. 는데.. 내가 지금 막 가지고 가려던 참,

지 오 (입을 맞추는)

준 영 (옷을 떨어뜨리고, 입을 맞추는)

* 점프컷 1〉〉
지오, 준영의 입을 맞추며, 거실을 지나쳐, 침실로 들어가는,

* 점프컷 2〉〉

열려진, 침실, 밤.

준 영 (E) 저기 있잖아, 선배, 나, 아직 양치도 안 했.. 잠깐만. 선배, 어..
지 오 (E) 그래? 그래, 양치해야지, 양치는 해야..

이리저리 부딪히는 소리 쿵쿵 나고, 준영, '아, 무릎에 멍들었다',
'어디, 어디?' 하고 '간지러' 하는 소리 들리는.

씬4. 윤영의 집 안, 밤.

민숙, 수진(노랠 끝없이 흥얼거리는), 앉아서 술을 마시고, 윤영, 새 술병을
따서, 가져오는,

윤 영 (수진에게) 선생님이 좋으신가보네, 주말 끝내서.
민 숙 얘가 언제 안 좋은 적 있니.
윤 영 (웃으며) 화났어? 선생님은 맨날 뭐가 그렇게 화가 나요?
민 숙 너처럼 이놈 저놈 못 만나 화가 난다, 왜?
윤 영 (낄낄대고 웃는)
수 진 (노래 끊고, 윤영에게) 윤영아, 너도 참 팔자 그렇다. 뭐한다고, 맨날 너한테
칼 물고 뎀비는 선배를 이 비싼 술을 사줘가며.. 웃고, 애교 떨고.. (하며, 와인
을 마시며) 남자한테 그럼 이쁨이나 받지, 기집애야.. 그 꽃다운 나이에 같이
놀 사람도 없어서 늙은이들한테 니가 하는 양을 보면, 내가 가슴이 다 애려.
민 숙 너는 니 살 궁리나 잘해, 남 일에 왜 니 가슴이 애..... (혹시나 싶은) 너, 또 식
구들 속 썩여?
수 진 (쓸쓸히, 웃으며) 언니, 난 배우가 넘 좋다.
윤영, 민숙 (재밌다는 듯 보는)
수 진 엊그젠 내가 주말드라마에서 애가 죽어 울고, 또 그제는 월화드라마에서 남편
이 바람 펴서 울고.., 야, 정말 일주일 내내 화장터에서 엉엉, 길거리에서 엉
엉, 주방에서 엉엉.. 이러다 내가 죽지 싶드라고, 골이 딩딩거리고. 그런데 울
다 문득 그런 생각이 들드라. 야.. 내 팔자도 괜찮다. 드라마 아님 내가 어디서
이렇게 펑펑 울어보나 싶은 게, 이젠 정말 열심히 배우 일을 해야겠단 생각이,

민 숙 그래 넌 좀 열심히 해, 30년 연기 생활하면서 너처럼 연기 안 느는 애 없는 거 알지, 너?

윤 영 (낄낄대고 웃는, 수진 보며) 미안해, 선생님 넘 웃겨서.

수 진 (민숙 보며, 깔깔대고, 웃으며) 언니, 내가 그래도 언니보다 연긴 못해도, 인기는 있잖어.

윤 영 왜 그래, 선생님 팬들도 많어, (민숙에게, 애교 떨며) 그지, 선생님.

민 숙 너 그 많은 사내놈들, 지금 그 표정으로 꼬셨지?

윤 영 (웃으며) 이 정도론 아니지. (하고, 와인 마시는)

수 진 (그때, 전화 오고, 받으며 딴 데로 가는) 네, 박수진입니다.

민 숙 너 솔직히 말해, 쟤 연기 좋아?

윤 영 (웃고, 민숙 팔에 손을 올리며) 선생님이 좋아. (하고, 잔을 내밀면)

민 숙 (부딪히며) 너도 조심해 이년아, 말년에 나처럼 인기 없이 되지 말고. 성질 죽이고, 너랑 나랑 사람들이 마귀할멈이라고 하는 건 알지?

윤 영 (귀엽게 보는, 고마운)

그때, 수진 오며, 서두르며, 옷이며, 가방 챙기며, 허둥지둥하는,

수 진 언니, 언니, 나, 나 지금 집 가야 돼, 집... 내 가방 어딨니, 내 가방.. (가방 집으며) 아이고, 여깄네.

민 숙 (이상한, 순간 가방 뺏으며) 니 남편 또 일 쳤니?!

수 진 (가방 뺏으며) 공장에 차압 들어왔대. (하고, 나가는)

민 숙 (술 마시며) 미친년, 그렇게 도와주지 말래도...

윤 영 (아무렇지도 않은 듯, 치즈를 집어먹는)

씬5. 준영의 침실, 아침.

지오, 창가 쪽으로 얼굴 돌리고 엎드려 누워 있고, 환한 아침 햇살이 얼굴에 비춰지는,

지 오 (N) 일어나야 되는데.. 근데, 어떻게 일어나지? 그냥 확? 그리고 그 담엔 뭐라고 말을 꺼내? 어젯밤 어땠냐고?.. 그래서 싫었다 그럼, 니가 어쩔 거야? 미친

놈... 좋은 아침, 굿모닝... 그럴까, 아니야, 넘 상투적이야. 아, 숨 막혀, 바로
눕고 싶은데... 빛은 왜 이렇게 따거...

그때, 준영(세수를 다 한), 문 열고,

준 영   (아무렇지 않은 듯, 편하게) 선배, 밥 먹자.
지 오   (준영과 반대방향으로 고개 돌리고 있는, 자는 척 눈을 꼭 감는)
준 영   일어나. 어서.
지 오   ...
준 영   으이, 정말. (하면서, 갑자기 이불을 확 들추고, 지오의 엉덩이를 때리고) 빨리.
지 오   (순간 너무 과감한 준영 행동에 황당해, 벌떡 일어나, 이불로 아래를 가리고,
        눈을 동그랗게 뜬)
준 영   열 시야, 열 시. 나와. (하고, 문 닫는)
지 오   (그대로 굳은 듯, 준영 나간 쪽을 보며, 이게 뭔 일인가 싶어, 눈만 껌벅이는)

        *** 플래시컷 》》(4부 씬 20. 노래방 복도 지오의 상상 있음/ 촬영 요)
        준영, 침대 시트로 몸을 감싸고, 침대 위에 있던 지오를 보고, 부끄럽게 웃는
        모습

씬6.   준영의 주방, 아침.

        준영, 전자레인지에서 냉동밥을 꺼내고, 김치와 반찬들을 두 개 정도만 통째
        로 내고 있는,
        지오, 부스스한 모습으로 그 앞에 앉는, 조금 멋쩍은,

준 영   (반찬을 챙기며, 무심하게) 선배 코 곪드라. 덕분에 잠 한숨도 못 잤다. 오늘
        싱가폴 촬영 가서 피곤해서 일남 다 선배 책임인 줄이나 알어.
지 오   (어떻게 저렇게 편한가 싶은) ?!
준 영   (준비하며, 웃으며) 반찬이 넘 없지? 시장을 못 가가지고.. (하고, 앉아, 밥 먹
        으며) 뭐해, 밥 먹지?
지 오   (어색한) 어, 어, 그래 그래. (하고, 밥을 먹는)

준 영 참 화장실에 선배, 팬티랑 양말이랑 사다놨어. 갈아입고 가.

지 오 (밥 먹다가, 사레가 걸리는, 켁켁대고)

준 영 (밥 먹으며, 너무 편안하게 웃으며) 천천히 먹어.. (하고, 물 주며) 마셔. (하고, 다시 밥을 먹으며, 대본을 보는)

지 오 (물을 마시며, 준영 보고, 다시 밥 먹는, N) 이건 아니다. 어제까지 내가 아는 준영이는 오늘 같은 아침에 수줍어하며 얼굴도 못 들고, 전전긍긍하는 그런 아이였다. 그러면 나는 경험 많은 남자처럼 느긋하게 어색해 말라고 이 모든 건 우리가 정말 친해지는 과정인 거라고 어깨를 안고 다독여주고 싶었는데,

지 오 (순간 화난, 일어나, 화장실로 가는)

준 영 벌써 밥 다 먹었어?

지 오 (그냥 화장실로 들어가고)

준 영 (대본을 보며, 밥을 먹는)

씬7. 준영의 집, 주차장, 아침.

준영(촬영 준비한 트렁크 들고), 지오 준영의 차로 걸어오는,

준 영 정말 같이 안 갈 거야?

지 오 싱가폴 가서 봐. 그리고 도착해서 전화하고.

준 영 (웃으며) 헌팅 한 군데 갔다 가니까, 시간 못 맞출 거야. 그리고 촬영지에서 보면 되지, 무슨 전화. (하며, 차를 타는)

지 오 (서운한, 준영 보며, N) 감독이 작품 속의 캐릭터를 완벽하게 이해했다고 자만할 때 작품은 본궤도를 잃고 방황하게 된다. 어쩌면 우리의 일상도 마찬가지다. 내 앞의 상대를 다 안다고 생각한 그 순간 뒤통수 맞는 일이 일어나고 만다. 지금처럼.

준 영 (차에 타, 나가다가, 멈춰 서는)

지 오 (멈춰 서서, 준영의 차를 보는, N) 설마... 니가.. 거기까지...

준 영 (차 창문으로 얼굴을 빼고, 웃으며, 윙크하며) 어젯밤.. (하고, 웃으며, 손 흔들고, 운전해 가는)

지 오 (머릴 벅벅 긁고, 가는 준영의 차를 보는) 뭐야... 지가 무슨.. 그렇게.. 경험이.. 많다고.. 별로 있지도 않으면서 선수 흉내를, 뭐 저런 게 있.. (하고, 준영

이 차를 몰고 나간 쪽과 반대편으로 가는, 화난 듯 보이는, 전화 오고, 받으며)
어, 엄마... 나 지금 가는.. 또또 마중 나올라고.. 그러지 마.. 에헤, 내가 무슨
애냐...

자막 - 내가 이해할 수 없는 그녀들의 이야기

씬8.　도로를 가는 준영의 차, 낮.

준영의 차, 달리다가, 갑자기 멈춰 서고, 준영, 차에서 나와 한쪽 편의점으로
들어가는, 이내 곧 음료를 들고 나와 벌컥벌컥 마시고,

준　영　(앞과는 다르게, 상기된 얼굴로, 차로 가서 차에 타, 안전벨트 매고, 운전해 가
기까지 구시렁대는) 미친.. 니가 무슨 선수라고.. 민망함 그냥 민망한 채로 있
지, 나사 빠진 애처럼 실실대기는 왜 그렇게 실실... 정지오가 널 뭐라고 생각
하겠... 거기서 얼굴은 왜 디밀.. 손은 또 왜 흔들.. (제 머릴 때리듯 툭툭 치
며) 맞어, 니가 맞어야 정신이 들지, 맞어! 으이, 맘에 안 들어. (하고, 가는)

씬9.　본부장 회의실, 낮.

본부장과 예능국, 교양 다큐 등의 국장들과 팀장들이 회의를 하고 있는, 민철,
참담하고, 현섭, 화난,

예능국　(민철에게 소릴 지르는) 정말 사람이 말을 안 하니까, 해도 너무하네, 김국장
님 눈엔 우리 예능국이, 아무나 두들기는 동네북으로 보입니까? 드라마 빵꾸
나게 생겼음 드라마국에서 책임을 져야지, 지난주 나간 축구 중곌 왜 또 틀어
요, 왜? 시청자 우롱하는 겁니까?
현　섭　(탁자 탁 치며, 일어나며, 화난) 시청자 우롱 안 할라고 이러는 거 아냐, 지금?!
보도국　(서류로 탁자를 탁탁 치며) 고만들 좀 하세요, 고만들 좀!
현　섭　오국장님도 그러는 거 아니지. 일일드라마 죽음 뉴스도 죽어! 일일 살려서 뉴
스 살려내고, 월화 살려내서 다큐 살려내고, 주말 그만그만해서, 쇼 프로 안
잡아먹었음, 우리 드라마국을 위해서 다들 한마음 한뜻으로,

예능국 말씀을 제대로 하세요. 주말 죽은 거 우리가 쇼 잘나가서 그만큼 버티는 거지. 지금 누가 누굴 살려요!

민 철 (답답한)

현 섭 (어이없는) 뭐 쇼가 우리 드라말 살려? 말은 바로 해! 지금 주말 박기 전에 시청률 12프로에 나왔지, 근데 지금 몇 프로야!

민 철 (생각하다, 일어나 나가는)

본부장 (말꼬리 자르며, 버럭) 잘하는 짓이다! 회의 시간에 쌈질이나 하고, 잘하는 짓이야!

씬 10. 산타마리오, 낮.

송부장, 민철, 마주 앉아 있는,

민 철 (송부장 보며, 진지한) 미니 드릴게요.

송부장 (차 마시다, 민철을 보는)

민 철 오선생 고료도 1.5로 쳐주고, 선배님은 내년 하반기에 미니 편성,

송부장 (답답한) 그 양반이 지금껏 일하면서 돈 땜에 연장하는 거 봤나?

민 철 그래도 오선생이 선배님 말씀이라면,

송부장 의리 빌미로 누 되게 하고 싶지 않다. (찻잔만 만지며) 그 양반 작품 잘 썼어. 사람들 입맛이 변해 그렇지. 김국장은 시청률 안 나와서 인정 못해도, 나름 괜찮은 작품이야. 늘림... 그나마 작품도 망가져.

민 철 선배 입장만 챙기쇼, 뭐 작가까지..

송부장 (서글프게 웃으며) 후배 애들 내가 데스크 안 앉고 일하는 거 싫어하지?

민 철 말해 뭐해요.

송부장 나도 이제 연출 관두고, 책상머리 앉을 때 됐지.. (속상해, 민철 보며) 에이, 근데 연출이 촬영장을 떠남 그게 연출이냐?

민 철 (답답한, 차 마시고) 저 갈랍니다.

송부장 규호, 지 뜻대로 안 됨 퍽이나 지랄할 건데?

민 철 (웃으며) 내 지랄도 만만찮은 거 알잖우. 간만에 몸 좀 풀지 뭐. (하고, 송부장 어깨 쳐주고, 가는)

송부장 (차 마시는)

그때, 미진, 혼자 흥얼거리며 노래를 부르며, 양주 한 잔을 들고 와서 송부장
에게 주고, 가며, 계속 노랠 부르는,

송부장 (가는 미진에게) 나.. 좀 있다가 녹화 있.... (그러다, 에라, 모르겠다 싶은 심
정으로 그냥 마시는)

씬 11. 강가 집(2부에 나왔던), 낮.

민희, 집을 구경하고 있고, 준영, 강가 집을 보며, 상상하는,
강가 집, 낮과 밤을 바꿔가며, 부감, 전면, 옆, 여러 면에서 컷이 보이는,
준영, 맘에 드는지, 웃으며, 민희에게,

준 영 여기서 원석이랑 영준이 처음 손잡는 씬 찍음 죽이겠지? 가자. (하고, 차에 타
고)
민 희 (준영의 차, 운전석에 타며) 지오선배가 나중에 작품한다고 찜해둔 거라며,
어떻게 그걸. 차라리 친구 남편을 빌려달래지, 감독한테 헌팅지를.. 그게 무슨
무개념한 짓,
준 영 (꼬나보며) 운전이나 하지.
민 희 네! (하고, 운전해 가는)

씬 12. 규호의 촬영장, 낮.

해진과 영웅, 맨손으로 대련을 하고 있는,
규호, 홍삼을 뜯으며 모니터 보다 벌떡 일어나며,

규 호 야, 야, 야, 야, 야!
봉 균 (배우들에게) 다시 간다!

▪ 점프컷 1 〉〉
민철과 수경, 촬영장에서 멀찍이 떨어진 곳에서 애길 하고 있는,

수 경 (어이없고, 황당한 듯 웃으며) 손규호가 방송을 빵꾸 내요? 내가 여잘 싫다고 하지, 말도 안 되는 소리 하지들 마세요.

민 철 (꼬나보며, 진지한) 대본 몇 부 나왔어?

수 경 다른 작가 짱박은 바람에 일주일에 두 권씩 꼬박꼬박 나와요. 구린 새끼, 어떻게 작가 뒤통술 까도 이렇게 까? 차수련씨 알면, 방송국에 폭탄 안고, 자폭할 일이에요.

민 철 (생각 많은) 근데 손규호는 왜 한 달씩이나 미뤄달라고 엄살인 거야?

수 경 손규호 스타일 몰라요? 오늘 우리가 새벽 2시에 집합해서, 헌팅지, 그것도 손규호 지가 좋다 그래서 잡은 헌팅지를 세 군데나 바꿨어요, 이 산이 아니다, 저 산이다, 저 산이 아니다, 요 산이다 그러면서. 손규호 스타일이 뭐냐면요. 스탭들이 장비 이십 킬로 삼십 킬로씩 지고, 빵일 치든 말든 꼭 지 맘에 드는 멋진 씬만 찍고, 나머지 허접한 씬들은 시간에 몰리게 해갖고, 다른 연출 붙여달라고 해서, 그 연출이 싹 다 찍게 만드는 거예요. 그래 놓고 방송 나갈 때 이름은 지 이름만 쏙 넣고. 오늘도 저 1분짜리 대련 씬을 세 시간째 스물두 번째 NG를 내가며... 보세요, 나중에는 저보고 찍으랄 겁니다. 어림없지. (하고, 침을 탁 뱉는)

민 철 나, 저 밑에 있을게, 손규호 보고 좀 오라 그래. (하고, 가는)

수 경 내가 꼰지른 거 말함 안 되는 거 알죠?

* 점프컷 2 〉〉
촬영장, 일각.
민철, 규호 서서 팽팽하게 서로를 보고 있는,

민 철 (진지하게 꼬나보며) 주준영 끼 나가고, 송부장님 작년 말에 특집 해서 상 탄 거 특별방송으로 2부작 나가고, 나머진 니가 책임진다.

규 호 (어이없게 웃으며, 꼬나보며) 한 달 달렸습니다, 저는.

민 철 못 준다고 했다, 나는.

규 호 (주머니에 손 넣고, 꼬나보며) 그럼 배째세요. 난 못하니까.

민 철 어떻게 째줄까?

규 호 (답답한) 이번 작품 저 정말 잘해서 시청률 대박 날 거거든요! 그런데, 얼렁뚱땅 대충은 못 찍죠!

민 철 (꼬나보며) 시청률 포기하지 뭐. 방송만 내보내. (하고, 가면)

규 호 (어이없는 웃음 짓고, 가는 민철 보며) 지오 주세요!

민 철 (돌아보면) 뭐?!

규 호 정지오 B팀 주세요.

민 철 (뭐 이런 놈이 있나 싶게 보다가, 규호에게로 와, 꼬나보며) 걔가 왜 니 밑에 겨들어가서 B팀을 찍어? 이제 막 일 끝내고, 주준영 작품 프로듀서 가서 코 빠지게 일하는 애를.. 너.. 한 달 연장이 아니라, 종국엔 그게 본심이었냐? 정 지오?

규 호 정지오ㄹ 주시든, 제 사퓰 받으시든... 저 우리 방송사 아니래도 갈 데 많습니다. 다 아시겠지만. (하고, 가는)

민 철 (화나 보는)

씬 13. 시골 정류장, 낮.

지오모, 버스정류장 건너편에서 정류장으로 가다가, 버스에서 내리는 지오 보며,

지오모 (반가운) 지오야!

지 오 (돌아보면)

지오모, 건너편에서 도로를 지나쳐오며,

지오모 (반가운) 우리 지오 왔네, 우리 지오.

지 오 (걱정스러, 소리치는) 엄마, 미쳤.. 오지 마, 차 오잖아!

지오모, 건너오다 그 말에 한쪽을 보면,
트럭, 지오모 앞을 횡 하고 지나가는,

지 오 (놀라) 엄마!

이내 트럭 지나가고,

지오모, 웃으며, 지오에게 달려오는,

지 오 (놀란, 한숨 쉬며, 화난) 엄만 미쳤어? 차 오는데, 거길.. 그러다 다침 어쩔려..
지오모 (팔짱 끼며) 가자, 가. 어서, 가자, 어서.
지 오 (답답한, 가며) 내가 정말 못 산다.

씬 14. 몽타주.

1, 인천공항, 낮.

공항에 모인 여러 스태프들과 준영, 보이고, 진행이 '여권, 여권' 소릴 질러가며, 여권을 달라고 하고, 경래, 장비들을 다시 확인하는,

2, 지오의 시골집, 부엌, 낮.

지오, 땀을 흘리며, 작업복 차림으로 전동 드라이버로, 싱크대의 덜렁거리는 문짝을 뽑고, 다시 박는,

3, 인천공항, 낮.

스태프들, 커다란 카트에 짐들을 산더미처럼 올리는, 준영, 대본에 콘티를 짜는, 그러다, 한쪽 보면, 윤영이 창주와 들어오는 게 보이는, 준영, 윤영 본체만체 대본을 보고, 윤영, 준영을 보다가, 귀엽다는 듯 웃고, 출국장으로 들어가는,

준 영 재수 없이 웃긴.

그때, 경래, 그 말을 듣고, 준영을 맘에 안 들게 보는,

4, 지오의 시골집, 낮.

지오, 우사의 똥을 치우는, 지오모, 과자 먹으며 구경하면서 '똥 저기도 있다'

하는, 지오, 서운한 듯 보고, 일하며 '아주 아들을 무슨 봉으로 알아' 하고 일
하는,

5, 싱가포르, 공항, 낮.

준영과 일행들, 짐을 산더미처럼 지고 나오는,

6, 지오의 시골집 마당, 낮.

지오, 등목을 하고, 지오모, 지오를 씻기며, 좋은,

지 오 어우, 시원해, 어우 시원해,
지오모 더 해줘?
지 오 조금만 더.
지오모 (물을 머리에 확 뿌리는)
지 오 (놀라, 일어서며) 앗, 차거!
지오모 (웃으며) 니가 해달랬잖어?
지 오 내가 언제 머리에..
지오모 시원하고 좋잖아.
지 오 어, 그래 그럼 엄마도 한번 당해봐. (하며, 큰 통의 물을 세숫대야에 떠서 들고
　　　는, 지오모에게 뿌리려는)
지오모 (도망가며) 그러지 말어.
지 오 뭘 그러지 마! 뭘. (하고, 확 물을 뿌리는데)

그때, 들어오던, 지오부와 지오모가 한꺼번에 물벼락을 맞는,

지오부 (손에 봉지 들고, 버럭) 뭐하는 짓이냐?!
지오모 (놀라, 빨랫줄의 수건을 가져다 지오부 닦아주는) 장에 갔다 와요?
지오부 (수건을 확 낚아채, 버리며, 지오모에게) 온 나라가 에너지가 어쩌네, 저쩌네,
　　　물 한 방울도 아껴야 된다고, 난리법석인데, 물을 바가지로 퍼다가 찌끄리고,
　　　(지오모에게) 어이고, 생각 없는 여편네.

지오모 (수건 빨며, 편하게) 미안해요. (하다가, 지오부 손에 들린 봉지 보며) 근데 그
　　　　거 뭐야?

지오부 (가며) 낙지다!

지오모 (애교 떨듯) 그거 소 줄라 그러지, 나 좀 먹자.

지오부 (돌아보며) 니가 뭐 하는 일이 있다고 낙질 먹냐?!

지 오 (속상해, 소리치는) 엄마가 뭐가 하는 일이 없어요, 뭐가! 농사고 집안일이고,
　　　　전부 엄마가, (한숨 푹 쉬고, 지오모 보며) 낙지 먹고 싶어? 장에 가자. (하고,
　　　　윗옷 입고, 자전거 타고, 지오모에게) 타.

지오부 내 자전거 타지 말어, 자식아!

지 오 (화를 참으며, 가라앉은) 이거 내가 내 돈 주고 샀거든요.

지오부 니가 나 쓰랬잖어 그럼 내 꺼지, 자식아.

지 오 (가만 보다가, 자전거에서 내려와 자전거를 팽개치듯 버리고 나가는)

지오모 지오야, 지오야! (하다가, 지오부 보며, 서운한) 왜 애들을 그렇게 못 잡아먹
　　　　어 난리야, 간만에 온 애를.

지오부 너도 말을 할람 바로 해, 이 여편네야! 내가 지금 저 자식을 못 잡아먹어 그러
　　　　냐, 저 자식이 나를.

지오모 낙지 죽어요, 소 갖다 줘. (하고, 나가는)

지오부 (봉지 보며) 이런.. (하고, 우사로 뛰어가는)

씬 15. 시골 버스 안, 낮.

　　　　지오, 앞좌석에 화난 채 앉아 있고,
　　　　지오모, 맨 뒷좌석에서 지오 머리 만지며,

지오모 어디, 우리 지오 머리에 이가 있나 보자.

지 오 (어이없이 웃으며, 지오모 보며) 뭐가 그렇게 좋냐?

지오모 (웃고) 넌 뭐가 그렇게 안 좋냐?

지 오 (서글프게 웃으며) 시청률 삼십 나옴 프로덕션 가갖고 엄마가 기절할 만큼 큰
　　　　돈가방 갖다 줄라 그랬는데.. 시청률이 쫌밖에 안 나왔어.

지오모 (지오 따뜻하게 보며) 난 방송국이 좋은데, 딴 회사 가지 말지. 방송국 아무나
　　　　들어가는 것도 아닌데.

지 오   (귀엽게 보고, 웃으며) 방송국이 뭐가 대단해, 돈이 좋지.

지오모   (따뜻하게) 너무 돈돈 함 못써. (옆으로 오란 뜻으로, 좌석을 손으로 탁탁 치는)

지 오   (그 옆에 가서, 지오모 어깨에 손 올리고 앉으며) 우리 오늘 장에 가서, 맛난 거 많이많이 먹자.

지오모   (어깨에 걸쳐진 지오의 손 잡고) 그래, 실컷 놀다 오자, 니 아부지 밥도 주지 말고. (하고, 편하게 창가 보는)

지 오   (거친 엄마의 손을 보며, 맘 짠한, 외면해버리는)

씬 16. 싱가포르, 옷 매장, 낮.

윤영, 매장에서 옷을 구경하는 게 보이고,
레일을 깔고 촬영하는 경래 보이는,
준영, 모니터를 보며,

준 영   컷! (하고, 윤영을 맘에 안 들게 보는)

분장, 달려들어, 윤영의 메이크업을 고치는,

윤 영   (담담하게, 메이크업 받으며) 주감독, 내 꺼 너무 성의 없이 찍는 거 아니야. 거리 씬 빼고, 혼자 식당에서 밥 먹는 씬 빼고, 싱가폴 촬영까지 와서 기껏 찍는 게, 옷가게랑 영준이 애인이랑 스쳐가는 것밖에 없는데, 이 씬이라도 좀 잘 찍어주지.

경 래   (준영에게, 작게) 주감독, 한 번 더 가.

준 영   (윤영 보며, 웃으며) 워낙 씬이 잘 나와서 필요 없어요, 이쁘시잖아요. (아무렇지도 않게) 피팅룸으로 이동합니다. (하고, 일어나 가는)

경래, 가는 준영을 맘에 안 들게 보는, 그러다, 윤영을 보면,
윤영, 준영이 재밌다는 듯 웃고, 메이크업 마저 받는,

＊**점프컷 1**〉〉
피팅룸 밖, 스태프들, 피팅룸 문 위로 카메라를 대기 위해 준비하는,

*점프컷 2>>

피팅룸 안, 윤영, 문을 열고 들어와, 옷을 안고, 의자에 앉아, 눈가가 붉어 서글프게 머릴 기대면,

*점프컷 3>>

준영, 모니터로 윤영을 보며,

준영 다시 갑니다.

*점프컷 4>>

피팅룸 안, 윤영, 문을 열고 들어와, 옷을 안고, 의자에 앉아, 벽에 머릴 기대면,

준영 한 번만 더 가겠습니다.

*점프컷 5>>

준영, 피팅룸 밖, 모니터를 보면, 모니터에 윤영이 다시 들어와 앉는 게 보이는,

준영 선배님, 고개 좀 오른쪽으로 좀만 돌려주세요.

화면 속의 윤영, 준영을 빤히 보는(서글픈 것 같기도 한, 째려보는 느낌은 아니다),

경래 (준영에게, 짜증 나는) 느낌 좋은데, 왜 그래?
준영 (무전기에 대고, 담담히) 선배님 한 번 더 갑니다. 들어오셔서, 서글픈 표정으로 고개 약간만 돌려주세요.
윤영 (화면 속, 준영을 보듯 모니터를 뚫어지게 보며, 어이없이 작게 웃으며) 지금 뭐해?

피팅룸 밖, 경래와 민희 외 스태프들 모두 준영을 보는,

준영 (모니터를 보며, 지지 않고, 목소리는 예의 바르게) 죄송합니다, 자꾸 조명이

선배님 얼굴을 가려서요.

경래, 성곤 (어이없단 듯 준영을 보는)

준 영 한 번만 딱, 한 번만 더 가요. 선배님.

모니터 속의 윤영,

윤 영 (담담히 보는, 편안한) 프론 줄 알았는데, 애네.

준 영 (긴장해 보는, 화 참는)

윤 영 (준영 보며) 지금 여기 작품 하러 왔어, 나랑 싸우러 왔어? 작품 생각 좀 하지.

스태프들 (긴장하는)

준 영 (가만 보며, 기죽지 않고) 저는 지금 작품 생각해서 그러는 건데요.

윤 영 (가만 보는, 편안한) ...

준 영 (지지 않고, 보는) ...

윤 영 (웃고) 좋다, 자기 맘에 들 때까지 한번 찍어보자. (일어나 나가는)

준 영 (작게 이겼다는 미소를 짓고, 작게 구시렁) 당신만 엿 먹이는 거 알어, 나도 엿 먹이는 거 알어. 어디 감히 감독한테.

이내, 윤영 피팅룸에서 나와, 준영 보고, 준비하는,

준 영 (모니터만 보며) 레디 큐! (하고, 가는)

윤 영 (다시, 피팅룸으로 들어가고)

경 래 (준영, 싫게 보고, 촬영하는)

씬 17. 싱가포르, 도심, 밤.

영준, 눈가 그렁해 운전을 하고 있고,
준영, 렉카 차 위에서 모니터를 보며, 가고 있는,

지 오 (F) 내가 그렇게 좋냐?

씬 18. 읍내 허름한 노래방 복도 앞, 밤.

지오, 복도 벽에 기대 전화를 하고 있고, 방 안에선 지오모, 신나게 혼자서 노래를 부르고 있는,

민 희   (F) 네?
지 오   (웃음 띤) 주감독, 촬영은 잘하고 있냐?

씬 19. 싱가포르, 촬영지 근처 마트, 밤.

민희와 스태프 한 명, 스태프들 줄 빵이며, 우유를 사고 있는,

민 희   난립니다. 저 지금 28시간 동안... 쌀 한 톨을 못 먹고 물만 먹고 버티고 있습니다.. 서울에서 촬영 준비할 때도 밥 못 먹고.. 언제 오십니까? (사이, 떼쓰듯) 오늘 오시지, 그냥.

씬 20. 읍내 허름한 노래방 복도, 밤.

지 오   (웃으며) 7개월 만에 단 며칠이다, 나도 좀 쉬자, 자식아. (사이) 엄살은.. 임마 난 전에 대하 사극 조연출할 때 3일 동안 김밥 한 줄 먹고 버틴 적도 있다. 야, 너 설마 여자라고 봐달라는 거야, 뭐야? 아님, 근처에 주준영이나 있음 좀 바꿔봐.
민 희   (F) 현장에 있어요. 전 스탭들 저녁 사러 나왔거든요.
지 오   (서운한) 알았다.. 빵 먹지 말고, 주먹밥이라도 먹고, 어, 어, 낼 보자. (하고, 전화 끊는데)

  ·플래시컷 〉〉
  준영, 침대 시트로 몸을 감싸고, 침대 위에 있던 지오를 보고, 부끄럽게 웃던 모습 *(4부 씬 5. 준영의 침실에 없으니, 촬영 요)*

지 오   (순간, 제 빰을 확 치는)

그때, 지오모, 문 열고,

지오모 뭐해?

지 오 (놀라 보며) 어어, 어, 저기 뺨에 모기가 붙어가지고, 노래 안 하고, 왜 나왔
어, 들어가자, 들어가.

씬 21. 읍내 허름한 노래방 안, 밤.

지오, 신나는 요즘 노랠 부르며, 테이블에 올라서, 춤을 추는, 지오모, 박수를
치며, 좋아하는,

* 점프컷 〉〉
지오모, 지오, 신나는 뽕짝을 같이 부르는,

씬 22. 지오의 시골집 방 안, 밤.

지오부, 쪼그리고 벽에 기대 앉아 텔레비전을 이리저리 신경질적으로 돌리다,
시곌 보면, 10시가 넘은, 다시 리모컨을 이리저리 돌리는데, 리모컨이 안 되
는, 리모컨을 손으로 때려보고, 다시 리모컨을 눌러보지만, 안 되는, 리모컨을
확 던지는,

씬 23. 규호의 드라마(사극) 촬영장, 밤.

한쪽에 주막을 촬영하기 위해 준비하고 있고, 민숙, 영웅, 호걸 대본을 보고
있는, 모두들 빵이나, 피잘 먹으며, 일하는,
규호, 한쪽에서 피잘 먹으며, 핸드폰으로 영화 〈영웅〉을 보는,

규 호 (다시 보며) 이걸 어떻게 잘 베껴먹나, 티 안 나게..

해 진 (대본 들고, 옆에 와 앉으며) 감독님, 강기가 뭐예요?

규 호 ?

해 진 (대본 보여주며) 여기 대본에 강기라는 말이 나와서,

규 호 (빠르게) 강기란, 기체를 체외로 뿜어내서 하나의 보이지 않는 벽을 자신의
몸 주위에 형성하는 경지로서, 공분이는 할 수 없는 경지고, 호걸이는 연마하
는 경지고, 대연 선생은 이미 숙달된 경지다. 됐냐? 가. (하는데, 전화 오는)
네. (사이, 얼굴 굳어지는) 내가 왜 니 형이세요?

해 진 (옆에 앉아서, 규호를 빤히 보는) ?!

씬 24. 경찰서, 밤.

규민, 얼굴이 온통 깨져서, 수갑 차고 전화를 하는, 뒤쪽에 피해자로 보이는
남자 씩씩대고 있는,

규 민 (웃으며, 형사와 등지고) 아부진 요즘 잘나가대, (한쪽에 펼쳐진, 신문에 규호
부(손동근 의원)가 환하게 시장 사람들과 악수하며 웃는 사진을 보며) 정말 나
중엔 대선 나갈라나.. (웃으며) 형, 나 애들하고 좀 싸웠는데, 와서 좀 빼주라.

씬 25. 규호의 촬영장, 밤.

규 호 (화나는 참는) ...

규 민 (F) 형 아님 엄마한테 전화해야 되는데, 엄마 불쌍하잖아, 그러니까, 형이,

규 호 (그냥 전화기를 꺼버리는)

해 진 (규호를 보며) 누구예요?

규 호 (한숨 쉬고, 그냥 가며, 촬영 준비하는 쪽에 대고 말하는) 야, 야, 야, 오늘 밤
촬영 없어, 철수해! 양수경 내 차로 오고!

해 진 (기는 규호 서운하게 보다가, 일어나서 가는)

씬 26. 규호의 촬영장, 밤.

수경, 스태프들 투덜거리며 장비를 정리하는,

수 경 뭐, 삑하면 촬영 철수야, 삑함. 그리고 나서 방송 시작됨 누굴 죽일라고,

진 범 (정리하며) 아마도 지오선배 투입될 거 같다. 난 투입된다에 십만 원, 형은 어

따 걸래?

수 경   (놀라) 맞다, 저게 어디서 꼼수를.. (하며, 전화기 들어, 번호 누르는)?

민 숙   (수경의 핸드폰을 확 뺏는)

수 경   (놀라 보며, 버럭) 왜 그래요?!

민 숙   (째려보는)

수 경   (답답해, 소리치는) 아, 진짜 핸드폰 주세요.

민 숙   못 주면.

수 경   아.. 진짜.. 그래요, 내가 내가 내가 잘못했어요, 선생님 선생님 선생님 이제부터 선생님이라고 부를 테니까, 전화기 주세요, 네?

민 숙   (보는)

수 경   (포기하듯, 절하며) 죄송합니다. 정말 정말 죄송합니다. (손 내밀며, 애원조) 그러니까, 선생님 전화 주세요, 어서!

민 숙   너 정말 나한테 잘못했어?

수 경   (머리 벅벅 긁으며, 한숨 쉬고, 마지못해) 네.

민 숙   오늘 우리 기사가 일이 있어 먼저 갔어. 너 내 차 좀 운전해.

수 경   (화난 것 참고) 전화기 먼저 주세요. 그 담에 제가..

민 숙   전화는 우리 집 도착해서 줄게. 와. (하고, 가는)

수 경   (혼잣말) 저, 악질... (따라가며) 저기 있잖아요, 선생님, 제가요, 선생님, 감독님 차 운전해야 하거든요, 그래서 선생님.

해 진   (잡으며) 키 주세요.

수 경   넌 뭐야?

해 진   감독님 차 제가 운전할게요. 그러니까 키, 주세요, 예?

씬 27. 주차장, 규호의 차 앞, 밤.

규호, 차에 기대 생각 많은데, 그때 차로 오는 해진 보이는,

규 호   너 뭐야?

해 진   (밝게) 제가 모셔다 드릴게요, 타세요. (하고, 차에 타려 하면)

규 호   (해진을 잡아 밀치고, 키를 뺏으며, 키를 해진의 눈앞에 흔들며) 너 내 눈앞에서 고만 깔짝댈래? 어?

해 진   ?

규 호   쪼그만 게, 어디서 몸으로 뎀비는 기술을 배워가지고, 연기나 잘해, 자식아! 너 내가 두고 보는 중이다, 어? 방영 전에 까낼 수도 있단 얘기야, 알어? 오늘 너 대사 NG 세 번이나 냈지? 감정도 아니고, 대살 하날 못 외워서,

해 진   (가만 보다, 돌아서서 가는, 기죽지 않는)

규 호   야, 너 어디 감독님이 말씀하시는데 등을 보여, 자식아?!

해 진   (돌아보며) 대사 외우러, 가요! (속상한) 피곤하게 보여서, 좀 잘해줄라 그런 건데.. 사람 성일 어떻게 그렇게.. 감독님 소문보다 훨 더 못됐어요! 모르죠?! (하고, 가는)

규 호   (가는 해진 보며, 황당한 웃음) 야.. 저거는 미쳤지, 애가.. 아, 뭐 저런 게 다 별 해괴망측한.. 아으... (하고, 차 타고 가는)

씬 28. 민숙의 차 안, 밤.

수경, 울상 짓고, 운전을 해 가는,
민숙, 뒷좌석에 앉아,

민 숙   배 안 고프니?

수 경   (울상, 짜증 나는) 네, 선생님.

민 숙   난 고파. 우리 서울 가서 밥 먹자.

수 경   저 선생님 모셔다드리고 방송국 들어가 오늘 못 찍은 거까지 합해서 싹 다 스케줄 다시 짜야 되거든,

민 숙   청담동이다.

수 경   (화난, 울먹이며) 선생님은 정말 왜 그렇게 사세요?!

민 숙   (보면)

수 경   왜 그렇게 연출부를 못 잡아먹어서.. 선생님 저요, 58시간 동안 네 시간 자고, 밥은 무슨... 제발.. 식사는 집에 가서 혼자 하시고, 저 좀 보내주세요, 예?

민 숙   밥 먹어야 돼, 몸 상해. (하고, 창가 보는)

수 경   (버럭) 제 몸은 선생님 땜에 더 상해요, 제가요, 이판사판이에요, 정말, 선생님 땜에 제가요, 촬영장 오기가 무섭다고요, 왜 그렇게 절 못 잡아먹어서 그러세요, 왜?! 제가 대체 뭘 잘못했다고 자꾸,

민 숙 (수경 보며, 껌을 씹는)

수 경 (룸미러로 민숙 보며, 두려운, 금세 풀 죽어) 갑니다, 청담동.

씬 29. 지오의 시골집 부엌, 희뿌연, 새벽.

지오, 양동이에 끓인 소죽을 퍼 담고 있는, 지오모, 소죽 통을 잡고 있는,

지 오 (일하다가 보며) 뭐? 소똥기계?

지오모 너는 신경 쓰지 마, 누나가 해준대. (하고, 통 들고 나가는)

지 오 (답답한)

씬 30. 지오의 시골집 마당, 아침.

지오, 세수를 하고 있고,
지오모, 부엌에서 대야에 더운물을 받아서 나오고,

지 오 날도 더운데 웬 더운물?

지오모 니 아버지, 찬물 싫어하잖어.

지 오 (답답한)

그때, 지오부, 머리에 까치집을 짓고, 졸린 채 나와서 수돗가의 칫솔을 들어 치약을 묻히려다가, 인상을 찡그리며, 더운물에 찬물을 섞고 있는 지오모에게 말하는,

지오부 너 내 칫솔로 뭐했냐?

지오모 ?

지 오 (세수하다가 지오부 보는) ?

지오부 (지오모에게) 너 내 칫솔로 (한쪽에 놓인, 고무신들 가리키며) 저거 닦았나?

지오모 (왜 이러나 싶은, 억울한) 아이고, 정말 왜 저렇게 떼를 쓸까? 되지도 않는 말을 하면서.

지오부 니가 내 칫솔로 고무신짝을 안 닦았음 내 칫솔이 왜 이렇게 까마나? (옆에 있

는 지오모의 칫솔 들어 보이며) 니 꺼랑 내 꺼랑 같이 샀는데, 니 껀 이렇게 하
얗고, 내 껀 왜 이렇게 검.

지 오 (수건으로 얼굴을 닦다가, 버럭 소리치는) 그만 좀 해요, 좀!

지오부 이, 이놈이 어디서 애비 앞에서!

지오모 (지오 올려다보며, 속상한) 왜 또 그러까. 지오야, 먼 데 출장 간다며, 어여 준
비하고 너 가.

지 오 (화나, 대거리하는) 제가 아버지 몰라요? 엄마 들들 볶아서 자식들 맘 아프게
한 담에 기어이 자기 갖고 싶은 거 얻어내는... 이번엔 뭐, 소똥기계라면서요?

지오부 내가 자식아, 낼모레면 일흔이야?! 그래 소 키우기가 힘에 부쳐, 니 누이한테
소똥기계 좀 사달라 그랬다. 그게 그렇게 잘못이냐? 자식아?

지오모 (속상한) 기어이 둘이 붙네. (하고, 부엌으로 들어가는)

지 오 제가 소농사 짓지 말랬잖아요! 그냥, 제가 드리는 돈으로 아버지 좋아하는 노
인정에 가서 화투나 치시랬잖아요! 소 키운다, 우사 짓는다, 감당도 못할 농
협 대출받아서, 누나는 신용불량자 만들고 나는.. 월급 차압시키고.. 일은 죄
다 엄마 차지고.

지오부 이 자식이..

지 오 (아랑곳없이) 이천만 원이 누구 애 이름이에요?! 백 마리, 이백 마리도 아니
고 고작 열댓 마리 소 키우면서! 무슨 허세예요!

지오부 (화나고 할 말 없는, 한쪽에 놓인, 부엌으로 가며) 야, 이 여편네야, 새 칫솔
안 주냐? 밥은 낭중에 하고, 새 칫솔 하나 내, 어서!

지 오 (답답하고, 속상해, 얼굴을 부비고) 어우... (하며, 방으로 들어가는)

씬31. 시골 논둑길, 낮.

지오, 가방을 둘러메고, 화나서 씩씩거리며 걸어가는,
지오모(해가리개 모자 쓴), 쭈볏쭈볏 뒤따라오며, 눈치 보며 말하는,

지오모 엄마가 소똥기계 못 산다 할게. 그러니까, 화 풀어, 어?

지 오 (가는) ...

지오모 얼굴 보고 웃고 가. 일 년에 대여섯 번 보는데 이리 가면 엄마가 속상하잖어.

지 오 (멈춰 서서, 돌아보며) 엄마 나랑 서울 가서 살래?

지오모 (따뜻하게 웃으며, 농담처럼) 너보다 니 아버지가 좋은데?

지 오 뭐?!

지오모 (발로 땅을 톡톡 차며, 작게 웃으며) 괜히 쏘가지 피울 땐 미워도, 엄말 얼마나 위한다고, (모자 만지며) 햇빛에 얼굴 탄다고 이것도 사다주고.. 너는 엄마 이런 거 안 사주잖어?

지 오 (속상하게 보며) 아우, 아우, 그게 그렇게 좋냐? 내가 진짜 엄말 이해할래야 이해할 수가 없,

지오부, 멀리서 자전거 타고 소리치는,

지오부 (지오의 말꼬리 끊으며) 야, 여편네야?! 밭에 안 가냐?!

지오모 (지오부 쪽에 대고) 가요!

지오부 (버럭) 가요는 무슨 얼렁 안 걸어!

지 오 (지오부 속상하게 보는데)

지오모 알았어요, 진짜 가요, 가. (하고, 지오에게) 엄마가 또 전화할게.

지오부 빨리 안 뛰어?!

지 오 (버럭) 곧 간다잖,

지오모 (말꼬리 자르고, 지오를 안고, 웃으며, 토닥여주며) 애기 잘 가. (하고, 지오부에게 가며) 어이고, 성질도 별나. 내가 그렇게 좋나, 어떻게 그렇게 나를 밝혀, 밝히길.

지 오 (속상하게, 가는 지오모를 보다, 돌아서서 가는, N) 누나는 엄마가 단 한순간도 이해되지 않은 적이 없다고 한다. 그러나, 나는 세상 그 누구보다 엄마를 이해할 수가 없다. 아니, 이해하고 싶지도 않다. 다만 내가 바라.. 는 건.. (하고, 돌아서서 보면)

지오모, 지오부의 자전거에 올라타서 가는, 지오모, 웃으며, '어여, 가' 하며 손을 흔드는, *(13부 씬 1. 지오 회상 있음)*

지 오 (눈가 그렁한, N) 그녀가 내 곁에 아주 오래오래 머물러주었으면.. (돌아서서 가는)

씬 32. 규호의 촬영장, 계곡(혹은 폭포 밑), 낮.

규호, 모니터를 보며, 심각하게 육포를 먹고 있고,
영웅이 혼자서, 호걸과 미려가 공격을 하는 걸 막아내는 대련을 하고 있는,
봉균, 카메라 2, 스태프들 물에 젖어가며 카메라를 어깨에 들고, 영웅과 호걸
사이에서 촬영을 하고 있는,
해진, 한쪽에서 촬영하는 규호를 보고, 수경, 그 옆에 와서 앉으며,

수 경 너 팔자 사납게 되기 싫음, 좋아할 인간 제대로 골라라.

해 진 (보면)?

수 경 너 (규호를 턱으로 가리키며) 쟤 좋아하잖어. 스탭들은 새벽같이 이 산중에
와서 아침부터 지금까지 굶고 있는데, 지 혼자만 육포 사들고 와서 씹어대는
인간을 (해진 보며) 너는 어떻게 좋아할 수가 있냐, 어?

해 진 감독이 지치면 안 되잖아요. 감독이 젤 힘든데.. 체력 관리 잘하는 거 아닌가?

수 경 얘가 얘가 미치셨네, 미치셨어. 너, 나쁜 놈한테 끌리는 병 있지?

해 진 (웃으며) 여자들 다 그럴걸요.

수 경 니가 여자냐, 애지. 손규호 여자 킬러야, 알고나 들이대, 자식아. 에우.. (그때,
전화 오고, 받으며) 네, (사이, 버럭) 형은 내가 몇 번을 전화했는데, 왜 이제..
(하다, 해진 보며) 넌 거깄지 말고 차에 가서 대사나 외워,

해 진 다 외웠어요.

수 경 이게 왜 꼬박꼬박 말대꾸,

해 진 (아랑곳없이, 웃으며, 촬영 끝나고 나오는 호걸에게로 가며) 오빠,
(하며, 반갑게 마구 뛰어가, 호걸을 안고, 물속으로 풍덩하는)

수 경 (보기 싫게 보며) 논다. (하고, 전화하고 가며) 아,

스태프들, '야, 물에 처박어, 처박어' 하며 웃으며, 좋아하고, 스태프들, 서로
서로 물에 빠지며, 장난치는, 그러다, 규호에게 물이 튀고, 규호, '앗 차거' 하
는데, 해진, 어느새 와서, 규호를 안고, 물로 들어가는, 규호, 첨엔 화를 내다
가, 같이 장난치고 노는,

* 점프컷 >>

촬영장, 일각.

수 경 (전화하는) 형, 웃어넘길 일이 아니래니까, 그러네.

씬 33. 싱가포르, 공항 일각, 낮.

지오, 정류장에서 차를 기다리며 전화를 하고 있는,

지 오 (어이없는) 규호가 정말 그랬어?

  • 화면 분할되는 〉〉

수 경 (주변 살피며, 조용히) 절대 안 된다, 형. 누가 뭐래도 안 되는 건 안 되는 거
야, 알지? 아무리 형이 착해도 이건 아니라구. 내가 오늘도 손규호한테 스케
줄 스무 씬 짜줬거든, 근데 열 씬만 찍겠다는 거야, 손규호가. 나중에 B팀으로
형이 들어오면, 찍을 게 없음 서운하다나.. 개자식, 진짜, 아우..
지 오 (어이없어, 웃는) 걔는 내가 봉으로 보이나?
수 경 형이 봉 짓을 해요, 번번이 형이 이 팀 저 팀 도와주고 그러니까.. 그래도 이건
아니다, 형. 어?
지 오 나도 죽겠어, 몸이 말이 아니라고, 지난 7개월간 얼마나 쌩고생을 했는지, 속
도 더부룩하고, 어깻죽지도 아프고, 난리다, 난리.
수 경 그러니까 하면 안 된다고.
지 오 알았어, 전화 끊어.
수 경 약속하는 거다, 나 형이 이번에 정말 손규호 작품 찍음 꼭지 돈다.
지 오 (웃고)
수 경 자식이, 상식이 없잖아. 방송가의 상식이 뭔질 이번 기회에 손규호한테 제대로
갈치지 않음, 후배들의 창창한 앞길에 지대한 차질이 생겨. 진범인, 이번에 단
막 데뷔 군번인데, 손규호 작품 차출 돼갖고, 데뷔 시기도 밀렸잖아. 이게 단순
히 개인의 일이 아니라고, 내가 노조를 등에 업고, 손규호 이걸 아주 박살을,
지 오 양언니, 너는 그러니까 양언니란 소릴 들어 자식아, 내가 됐다잖아. 그럼 전활
끊어야지, 무슨 기집애처럼 말이 그렇게 많아, 자식이. (하고, 전화 끊는)

수 경   형, 형,

수경의 화면 사라지고,
지오, 껌을 씹으며, 어이없이 웃으며,

지 오   손규호.. 니 꺼는 니가 찍으셔.. 싸가지 없는 놈의 새끼가...

그때, 민희, 오며,

민 희   선배님.
지 오   (보고, 웃으며 가는) 빨리빨리 오지 좀.

씬 34. 싱가포르, 시내 달리는 버스 안, 낮.

지오, 바깥 풍경을 보다가, 무심히 한쪽을 보면, 기저귀 세트와 생수병들이
있는,

지 오   (민희 툭 치며) 뭐냐, 저건?
민 희   (자다, 벌떡 일어나며) 다 왔어요?
지 오   기저귀 저거 뭐냐고?
민 희   (손으로 눈을 부비며) 내 꺼. 화장실 가기가 그래갖고,
지 오   (민희 가만 보다가, 기저귀 가만 보는, 그러다 민희 보며) 안됐다. 타국에서.
민 희   (좌석에 기대) 여자는 연출을 하기엔 너무 핸디캡이 많은 거 같습니다.
시 오   (웃으며) 동감힌디.
민 희   촬영장에서 볼일 볼 때 없어갖고 방광에 무리 가서 오줌소태 걸린 게 벌써 입
           사 2년 만에 여섯 번입니다. 요즘처럼 날 더운데 생리 때, (기저귀 턱으로 가
           리키며) 저거 차면 죽음인 거 아시죠? 땀띠에 냄새에..
지 오   (어색하고, 어이없이 웃으며) 너 너무 노골적이다?
민 희   울 엄마가 제 선자릴 알아봤는데, 방송국 여자감독은 어부 다음으로 시장성이
           없답니다.
지 오   어부도 여자가 있냐?

민 희 없죠. 드럽게 시장성 없단 걸 예를 들어 말하는 거죠, 하긴 내가 남자래도 싫
겠다. 일 들어감 집에 한 달에 두어 번도 못 들어가고 거지 사촌처럼 해가지고
다니는데.. 엄마 말대로 검사나 될걸. 내가 뭐한다고 여기 들어와서 잠 못 자,
밥 못 먹어, 난생처음 듣는 온갖 욕 처먹어, 어젠 촬영 감독님한테 쌈 싸먹을
기집애란 소리까지 들었습니다.

지 오 (웃으며) 아직도 그런 말에 맘 다치냐? 욕을 더 처먹어야 그런 말로 징징대질
않지. (마치 아무렇지도 않은 척) 주준영 촬영은 잘하냐?

민 희 (보며) 윤영선배랑 대판 붙었습니다.

지 오 ?

씬 35. 싱가포르, 도심 촬영 현장, 낮.

경래(스테디캠을 든), 남자배우 2가 두들겨 맞는(3부 씬 15-3. 준영의 상상
씬) 씬을 찍고 있는, 준영, 모니터를 보며 있고,

준 영 (모니터를 보며) 한 번 더 갑니다.

경 래 (짜증스레 보는) 벌써 몇 번째,

준 영 (말꼬리 자르며, 조명 쪽에) 얼굴에 그늘졌어요.

성 곤 (모니터를 보며) 막내야, 반사판 아래로 좀만 내려.

경 래 (준영 보다가, 얼굴 돌리고, 한숨 쉬는)

그때, 지오, 스태프 사이에 몰래 끼고, 스태프들 인사하면, 조용히 하라고 쉿
소리 하며, 준영을 보는데(준영의 모습 클로즈업), 좋은,

　• 점프컷 〉〉
남자배우 2, 두들겨 맞아, 벽에 기대 주저앉으면, 경래, 땀이 범벅이 돼 스테
디캠을 들고, 카메라를 출구 쪽으로 돌리고, 윤영, 지나가는 걸 잡는,

준 영 (모니터 보며) 캇! 다시 한 번요.

경 래 (크게 한숨 쉬고, 다시 준비하는데, 너무 힘이 든)

준 영 카메라가 넘 흔들려요!

경 래 (스태프들에게) 야, 이 카메라 좀 받아!

지오, 준영 ?!

경 래 (준영 보며) 보자보자 하니까, 정말 해도 너무하네! 지금 사람 똥개 훈련 시켜?!

그때, 스태프들 뛰어와 경래의 카메라를 푸는,

경 래 (준영에게 소리치는) 주감독, 자기가 한번 이 카메라 들고 한 시간째 촬영해 봐?! 카메라가 흔들리나 안 흔들리나. 염병 사람을 말이야 부려먹어도 정도껏 이어야지, 나 더는 일 못해. 내가 이 일로 회사에 사푤 내드라도, 더는 너랑은 일 못해! (하고, 가며) 입사 6년차가 감히 사람 알길 개밥그릇으로 알고, 지랄 진짜.. (하고, 가는)

지 오 형, 형.. (하며, 쫓아가는)

준 영 (가는 지오 보다가, 고개 돌리는데, 윤영과 눈이 마주치는)

윤 영 (준영을 보고, 작게 웃고 가는)

준 영 (가는 윤영을 꼬나보는)

민 희 (옆에 와서) 가보셔야죠.

준 영 후...... (하고, 고개 모로 돌리는)

씬 36. 싱가포르, 선술집 안, 낮.

경래, 지오, 윤영 술을 먹고 있는, 한쪽에 창주 다른 테이블에 앉아 있는,

윤 영 (밀 없이 술만 미시는)

경 래 기집애만 아니었음 내가 벌써 아구를 돌려도 몇 번을 돌렸어, 싸가지가 없어 도 유분수지, 어디서, 이게..

지 오 (술을 따라주며, 웃으며) 구경났네, 구경났어, 어린 여자감독 아구를 돌림, 형 꼴이 뭐가 되냐?

경 래 편들어? 같은 감독이라고?

지 오 나도 주준영이 일하는 거 맘에 안 들어요. 나는 여자감독들 방송사에 입사 시 킨 거 자체가 문제 있다고 보는 입장이야, 왜 그래. 진짜 남자들끼리 여의도에

모여 살 때가 좋았는데, 그지, 형? (윤영에게) 배운 빼고요.

윤영 나 신경 쓰지 말고 하던 얘기해.

경래 스테디캠 하나가 삼십 킬로야. 그걸 들고 한 시간 동안.. 내 옷 꼴 좀 봐라. 땀을 하두 흘려 소금기가 바작바작해. 근데 별것도 아닌 거 갖고, 계속 NG를 내고, 무슨 드라마 하나 찍으면서 예술해? 드라마의 묘민 찍고 또 찍는 게 아니라, 빠른 판단력 아니야? 여기 윤영씨도 있지만, 배우한테도 이게 너무 함부로, 지가 감히 윤영씨한테 연기 지도를 할 군번이야! 감정 해석이 극과 극도 아니고, 세상에 어젠 고갤 드네 마네를 가지고,

윤영 왜 날 끌고 들어가, 감독님. 난 재밌었는데. 간만에 머리카락이 삐죽 서게 짜증이 나는 게 일하는 거 같든데, 뭐.

경래 정말 윤영씨나 되니까, 참어. 나 같음 맞짱떠 그냥. 피라미 감독 주제에, 지가 무슨.. 대단한 줄 알고 깝죽을 떨어.

그때, 준영, 옆자리에 와서 앉아, 경래의 잔에 있는 술을 마시며,

준영 깝죽 떨어, 죄송합니다.

경래 (싫게 보다, 외면하는)

윤영 (웃으며, 술 마시고, 준영 보며) 자리 비켜줘?

준영 (경래만 보며) 상관없어요.

지오 (재밌는) 오우, 진정한 파이터의 모습이네.

준영 (째려보면)

지오 아, 무서. (하고, 웃으며, 술 마시는)

윤영 (두 사람을 보며, 뭔가 눈칠 채는, 재밌단 듯 작게 웃으며, 가며, 종업원에게 영어로) 이쪽에 맥주 좀 가져다 줘요!

지오 (따뜻하게 웃으며) 둘 중에 이기는 편이 내 편. (하고, 일어나 가며, 경래의 팔뚝을 툭 치고 가는)

종업원, 술 가져오면,

준영 (경래에게 술 따라주는)

경래 나 주감독이랑 술 먹기 싫거든?

준 영   죄송해요.

경 래   (술 마시며) 입바른 소리 그만하고, 오늘 촬영 접어. 그리고 회사에 연락해서
        다른 카메라 감독 불러.

준 영   (술 마시고, 경래 서운하고, 속상하게, 보며) 진짜 너무 징징대신다.

경 래   ?

준 영   솔직히 깨놓고 심하게 징징대시잖아요!

씬 37. 싱가포르, 선술집 앞, 낮.

        지오, 윤영, 걸어가고, 창주, 뒤에서 쫓아가는,

지 오   공기가 얼마나 좋은지, 코가 뻥뻥 뚫리고, 가슴이 시원하네.

윤 영   자긴 가봐야 되지 않어?

지 오   (편안한) 둘 다 일 그르칠 아마추어들 아니에요.

윤 영   주준영은 아마 같은데?

지 오   그건 선배가 몰라서 그래. (하고, 앞서 가면)

윤 영   자기 주준영이랑 사겨?

지 오   (멈춰 서서, 윤영을 보면)

윤 영   (웃으며) 살짝 사이가 뜨네. (하고, 앞장서 가는)

지 오   (조금 뻘쭘하게 따라가며) 같이 가요.

씬 38. 싱가포르, 선술집, 낮.

경 래   (화닌) 내기 언제?!

준 영   (서운하고, 속상한, 지지 않고 당차게 말하는) 언제긴 언제예요, 번번이 그러
        시지, 저도 치사해서 말 안 할라 그랬는데, 정말 서운해요. 촬영하고 연출은
        부부나 다름없는데, 지난번 헌팅 왔을 때도 계속 식사 땜에 투덜투덜.. 술 먹
        자고 투덜투덜.. 우리가 언제부터 현장에서 뜨신 밥 챙겨 먹었어요? 그리고
        저두요, 술 할 줄 알아요, 그런데 어떡해요. 일단 씬은 찍고 술을 마시든, 말
        든.. 국내도 아니고, 해외까지 나와서, 그만한 각오도 안 하셨어요?

경 래   (화나, 꼬나보는)

준 영 그래요, 저 경력 별로 없어요, 그렇다고 스탭들 앞에서, 이 정도면 그냥 가도 된다 어쩐다 있는 대로 쪽 주고.. 가뜩이나 스탭들 전부 여자감독 나오면 좀 더 도와줄 생각은커녕 어디 니가 잘하나 보자 하고 벼르고 벼르는데... (머리 쓸어 올리고, 술 마시고, 잔을 탁 하고 내려놓으며) 선배님이 감독 체면 안 살려줌 저 현장에서 오늘처럼 찬밥되는 거 시간 문제 아니에요?

경 래 (화를 삭히며) 주감독은 내가 지금 밥 한 끼 안 먹었다고, 술 안 사줬다고 이러는 거 같냐?

준 영 아니에요, 그럼?!

경 래 (버럭) 말 한 마디야!

그때, 주변 사람들 모두 준영과 경래를 보는,

준 영 ?

경 래 나도 프로야. 작품 나감 주감독 이름만 나가? 나도 내 이름 나가! 그까짓 스테디캠, 젠장 나 그거 메고 사막에서 열 시간도 굴러본 놈이야?

준 영 열 시간도 굴러본 분이 그럼 왜 이번엔 한 시간도 못 굴러요, 제가 그렇게 같잖아요?!

경 래 선배님, 힘드신데 죄송하지만, 한 번만 더 가겠습니다. 내가 그 말만 들었어도, 했어!

준 영 ?!

경 래 지 이름 걸고, 일하는 프로가 힘들다고 일 안 하냐? 일하다보면 NG 백 번 천 번도 나지. 그런데, 주감독 너 그때마다 어쨌냐? 미안하다 죄송하다 말 한 마디 했나? 나한테도 내 밑에 애들한테도, (속상한, 한숨 쉬는) 후.... 내가 내 밑에 애들한테는 아버지야. 근데, 걔들 앞에서 내가 자기한테 미안한단 말 한 마디 못 듣고, 기계처럼 왔다리 갔다리.. 나도 쪽이 있다, 어? (하고, 눈가 붉어져, 술을 마시는)

준 영 (미안한, 고개 돌리는, 그러다 다시 보며, 용기 내어 말하는) 씬이 너무 많잖아요, 나는 빨리 찍고 싶은,

경 래 (말꼬리 자르며) 말 한 마디 하는데 몇 시간 걸려? 애들 해외라고 기분 들떠 있다고 뭐랄 게 아니야. 술 한잔 멕여주고, 야... 술 마신 대가로 날밤이다, 그럼 애들.. 군소리 없이 날밤 새. 왜냐, 걔들도 프로니까. 자기만 프로가 아니

라고.

준 영 (미안한, 고개 숙인) ... 듣고 보니.. 그러네.. 요. (고개 틀고 한숨 쉬는) 후...

경 래 (괜히 멋쩍어, 머리 긁으며) 가자.

준 영 (보면) ?

경 래 성질냈더니, 좀 낫네. 일하자. 일당 주고 놀릴 순 없잖아. (하고, 일어나는)

준 영 (고마운, 가는 경래 보다가, 한쪽 보면)

사람들 준영과 경래를 이상하게 보는,

준 영 (영어로) 한국사람들은 화도 잘 내고, 화해도 잘해요. (하고, 웃고, 가는)

씬 39. 싱가포르, 도심 건물 계단, 낮.

창주는 전화를 받으며 먼 곳에, 윤영(주변 구경하는)과 지오는 하드를 먹으며 한쪽에 앉아 있는, 지오, 전화를 받고 있는,

지 오 (웃으며) 어떻게 설득했냐?

씬 40. 싱가포르, 항구, 낮.

스태프들, 차에서 짐을 꺼내는, 경래, 스태프들에게 '조심해라, 조심, 왜 그렇게 가방을 탁탁 놔!' 등등 말을 하는,
준영, 한쪽에서 전화를 하는,

준 영 (웃으며) 설득은 무슨. 내가 무릎 제대로 꿇었지.

씬 41. 싱가포르, 도심 건물 계단, 낮.

지 오 아팠겠다.

씬 42. 싱가포르, 항구, 촬영장, 낮.

준영   (웃으며) 무지무지. 근데 이제 이리로 좀 오시지. 외간 여자랑 그만 바람피시
       고.

       그때, 민희, '주선배! 배 도착했습니다!' 하는,

준영   열 셀 동안 와. (하고, 끊고, 가며) 두 대 다 왔니?

씬 43. 싱가포르, 도심 건물 계단, 낮.

지오   (하드 먹으며) 선배 씬은 낼로 넘기고, 팀들 다 항구 쪽으로 이동했다네.
윤영   (하드 먹으며, 안 보고) 주준영이랑 언제부터 그렇고 그런 사이가 됐어.
지오   또또또 몰아가기 시작한다. 아니라니까. (하고, 하드 먹는)
윤영   (보며) 연기 안 되잖아, 그만하지.
지오   (손가락으로 자길 가리키며) 난 독신주의. 몇 번 말했을 건데 그러네.
윤영   (웃고, 다른 데 보며) 야, 정지오도 쇼할 줄 아네.
지오   아, 쓸데없는 말하지 말고, 아까 하던 김민철 국장님 얘기나 좀 해봐요.
윤영   (주변 구경하며) 무슨 얘기?
지오   내가 진짜 궁금해서 그래. 방송가 최대의 비극적 러브스토리란 얘긴 들었는
       데.. 결말이 어떻게 된 거예요? 가끔 국장님 뵈면, 윤영선배하고의 일이 과거
       형이 아니라, 현재형처럼 느껴지는데, 윤영선밴 어떤지도 알고 싶고.
윤영   (생각하며) 글쎄... 너무 오래된 일이라 기억이 가물가물하네.
지오   오로지 과거형이다? 눈꼽만큼의 미련도 없이?
윤영   (깔끔하게) 모르겠네. 한 번도 생각을 안 해봐서.
지오   무섭다.
윤영   (킥킥대며 웃고) 근데, 자기 주준영이랑 되도록이면 사귀지 말지.
지오   안 사귄다니까,
윤영   연기 안 된다고 했을 텐데..
지오   (웃으며) 하고 싶은 말이 뭐야?
윤영   주준영, 자기한테 만족 못해.

지 오 (가는 윤영 보며, 구시렁) 어린애가 쫌 괴롭혔다고 그러지 말어.

윤 영 나는 주준영 좋아해. 맹맹한 애보다, 칼칼한 게 배포가 맞다고 말했을 건데,

지 오 (어이없이 웃으며) 내 그릇이 작다 소리야?

윤 영 (귀여운 듯, 머리 흩뜨리며) 넌 여려. (하고, 가는)

지 오 안 그렇거든.

윤 영 그럼 무시함 되겠네. (하고, 가는)

지 오 (일어나) 나 항구 갈 건데, 선밴 어디 가요?

윤 영 나 알아보는 사람 없는 이 자유로운 거릴 그냥 두고, 호텔 가긴 그렇잖아. 좀 걸을래. (하고, 가는)

지 오 (가만 보다, 머뭇대며) 저기, 선배.. 주.. 준영이랑 나랑 저, 정말 암 사이도 아니니까, 말 만들지 마요, 네?

윤 영 (뒤돌아보고, 걸어가며, 웃으며) 그렇게 귀여운 짓은 대체 어디서 누구한테 배웠어? (하고, 다시 앞 보고 가는)

지 오 (하드 씹어 먹으며, 어쩌지 싶은)

씬 44. 싱가포르, 바다, 낮(혹은 일몰 즈음).

두 척의 배가 떠 있는, 준영과 지오, 민희와 카메라팀이 탄 배와, 영준과 남자 배우 2가 탄 배가 떠 있다.

영준과 남자배우 2의 행복한 회상 씬을 찍는 중이다.

준영과 지오, 모니터를 심각하게 보고 있고, 영준 등이 탄 배를 빙글빙글 돌며, 찍거나, 타이트하게 두 사람의 웃는 모습 등이 컷컷 빠르게 보여지는,

준영, '선배님, 뒤집어서 한 번 더 갑니다!' 하며 자신 있게 지시하고, 지오, 그린 준영의 모습을 보며, 기특하고 이쁜, 준영의 귀에 대고, '캇 좋다' 말하고,

준영, 기분 좋게 웃으며, 지오를 보는데, 순간 지오의 모습이 느린 화면으로 변하는, 잠자리에서의 지오가 생각나 아찔한, 흠흠 하며 목을 가다듬고, 이내 모니터를 보며, 진지한, 지오, 왜 그러나 싶은, 이상한,

* 점프컷 1〉〉

준영, 모니터 보며 경래에게 '선배님, 죄송하지만, 한 번만 더 가겠습니다' 하고,

경래, 기분 좋게 '오케이' 하고, 지오랑 눈 마주치면, 지오, 경래에게 윙크를 하는,

* 점프컷 2〉〉
배우들이 탄 보트 옆에서 준영, 경래 촬영을 하는, 준영, 모니터를 보다, 활짝 웃으며 '캇! 투데이, 디 엔드!' 하고, 입으로 빰빠바바밤 하며 노래를 부르며, 일어나 춤을 추는, 민희, 놀라, 준영의 다릴 잡고, '미치셨습니까?' 하지만, 준영, 아랑곳없이 춤을 추고, 지오, 황당한 듯 보고, 경래, 성곤, 스태프들 웃는,

씬 45. 싱가포르, 호텔 전경, 밤.

경래와 성곤, 스태프들 깔끔하게 옷을 차려입고 기분 좋게 삼삼오오 나오는, 경래, '우린 저 아래 정종집 갈 건데, 니들 쇼핑 좀만 하고 와라' 등등 말을 하는,

씬 46. 싱가포르, 지오의 호텔방 안, 밤.

테이블에서 핸드폰 울리는, 지오, 머리를 감다가 급하게 나와, 전화 받는,

지오 여보세요?
준영 (F) 나 미치셔.
지오 왜?
준영 (작게 말하는, F) 몇 층?
지오 나, 8층. 넌?

씬 47. 싱가포르, 준영의 호텔방 안, 밤.

준영, 옷도 못 갈아입고, 소파에 앉아 전화하는, 화장실 쪽에서 물소리 나는,

준영 6층. 게다가.. 독방도 아냐. 방을.. 김군이랑.. 같이 잡았어.

* 화면 분할 〉〉

지오, 창가에 기대서서, 서운한,

지 오 아니, 무슨 감독을.. 독방을 안 주냐. 피곤해서 혼자 자고 싶다고 말하지.
준 영 말했지... 근데 김군이 그렇게 됨 지가 새로 온 의상 언니들하고 같이 방 써야
      된다고.. 주제에 지가 낯을 가린다나 어쩐다나.. 아, 몰라, 몰라.. 김군 쟤 잠도
      없는데. 선배 쟤는 남몰래 무슨 뽕 맞나봐. 애가 버스나 비행기로 이동하는 시
      간 외엔 잠을 안 자. 약국 가서 수면제 사다 물에 타 멕일까? (힘든) 보고.. 싶
      은데.
지 오 (서운한, 맘에 없는 말) 뭐가 보고 싶어, 아까도 봤는데...
준 영 (서운한) 그렇게 말해라. 나 믿는다.
지 오 내가 김군 불러서 술 좀 멕일까?
준 영 김군이 더 세거든요. 아씨.. 나 선배한테 꼭 얼굴 보고 할 얘기 있는데..

그때, 민희, 이쁜 잠옷을 입고 수건으로 머리를 말리며 나오며,

민 희 선배 뭐하십니까?
준 영 (보고, 힘없이 작게 말하는) 전화 꺼놓지 마.

지오, 서운한 모습으로 전화 끊으며, 화면에서 사라지는,

준 영 (시큰둥하게, 민희 보며) 너는.. 쇼핑 안 가? 돈 없음 내가 좀 꿔.. 줄까?
민 희 취미 없습니다.
준 영 엔간하면 그런 데 취미 좀 붙이지. (하고, 화장실로 들어가려다) 근데 넌 그런
      요상한 잠옷은 왜 입는 거니?
민 희 (침대에 누우며) 굳이 말하면 여자란 저의 정체성을 잃지 않기 위한 피나는
      몸부림?
준 영 (황당한, 화장실로 가는)
민 희 저 오늘은 넘 피곤해서 먼저 잡니다. (하고, 이불 뒤집어쓰는)
준 영 (민희 돌아보며, 좋아서, 혀를 쏙 빼는)

씬 48. 바닷가, 깊은 밤.

지오, 자다 만 얼굴로 뛰어와, 주변을 두리번거리는, 그러다, 한쪽 벤치에 준
영이 앉아 있는 모습을 보고, 그리로 가서 앉는,

지 오 미안, 미안, 내가 너무 늦었지?

준 영 (벤치에 무릎을 세워, 무릎을 안고, 졸린) 왜 이렇게 늦게 왔어?

지 오 막 나오려는데, 경래형이랑 성곤이형이 술 사가지고 들이닥쳤드라고, 다들 술
먹다 죽은 귀신이 붙었나... 얼마나 기다렸어?

준 영 (졸린) 몰라... 한 시간?

지 오 (귀여운 듯이 보는, 맘에 없는 말) 가서.. 잘래? 닐 여덟 시 기상이라며?

준 영 (졸린) 싫어, 그냥 선배랑 있을래.

지 오 (준영처럼 무릎을 세우고, 앉아) 바닷가 씬 찍을 때 너 좀 멋있드라? 제법 감
독이 갖춰야 할 카리스마가 풍기든데.

준 영 (졸린, 웃으며) 왜 낮에 촬영장에 와서 나 아는 체 안 했어?

지 오 가자마자, 니가 경래형이랑 붙는데, 내가 푼수냐? 아는 척을 하게. 근데 나한
테 꼭 해야 할 말이 뭐야?

준 영 (지오 쪽으로 고개 돌리고, 눈 감고, 졸린) 그게.. 있잖아. 내가.

지 오 (귀여운) 아이고, 졸려라.. 우리 준영이, 아이고, 졸려.

준 영 (너무 졸린) 내가.. 선배 우리 집에.. 와서.. 잔 담에.. (작게 한숨) 후.. 속옷 사
논 거.. 그거는.. 샤워하고 나서 입었던 옷 입음 찝찝하니.. (너무 졸린) 기분
좋게.. 새 옷 입으... 내가.. 무슨 경험이.. 많아서...

지 오 (보며, 작게) 뭐라고 그래?

준 영 (졸린) 나도... 막 부끄러운데.. 들키기는 싫고.. 근데, 시골집에 잘 다녀왔...
(자버리는)

지 오 (웃으며) 너, 자지?

준 영 (눈 감고, 자는)..

지 오 (귀여운, 졸린, 준영을 안아주며) 아무래도 너랑 나랑 연애하는 게 쉽지 않을
거 같다.

준 영 (비몽사몽) 우리... 여기서 같이 해 뜨는 거.. 첨 둘이 외국에..... 5분만 자고...

지 오 (준영이 귀여운, 머리 넘겨주며, 눈 감고) 그래, 그래, 일단 자자.. 그리고 나서,

지오 (N) 이상하다. 당신을 이해할 수 없어. 이 말은 엊그제까지만 해도 내게 상당히 부정적인 의미였는데, 절대 이해할 수 없는 준영일 안고 있는 지금은 그 말이 참 매력적이란 생각이 든다. 이해할 수 없기 때문에 우린 더 얘기할 수 있고, 이해할 수 없기 때문에 우린 지금 몸 안의 온 감각을 곤두세워야만 한다. 이해하기 때문에 사랑하는 건 아니구나. 또 하나 배워간다.

지오, 준영, 서로 안고, 자는데, 해가 떠오르는, 아무도 없던 바닷가에 조깅을 나온 몇몇 사람들 그들을 보고, 그 그림에서 엔딩.

5부

내겐 너무도 버거운 순정

왜, 나는 상대가 나를 사랑하는 것보다 내가 상대를 더 사랑하는 게
그렇게 자존심이 상했을까? 내가 이렇게 달려오면 되는데. 뛰어오는 저 남자를 그냥 믿음 되는데,
무엇이 두려웠을까? 그날 나는 처음으로 이 남자에게 순정을 다짐했다.

그가 지키지 못해도 내가 지키면 그뿐인 것 아닌가?

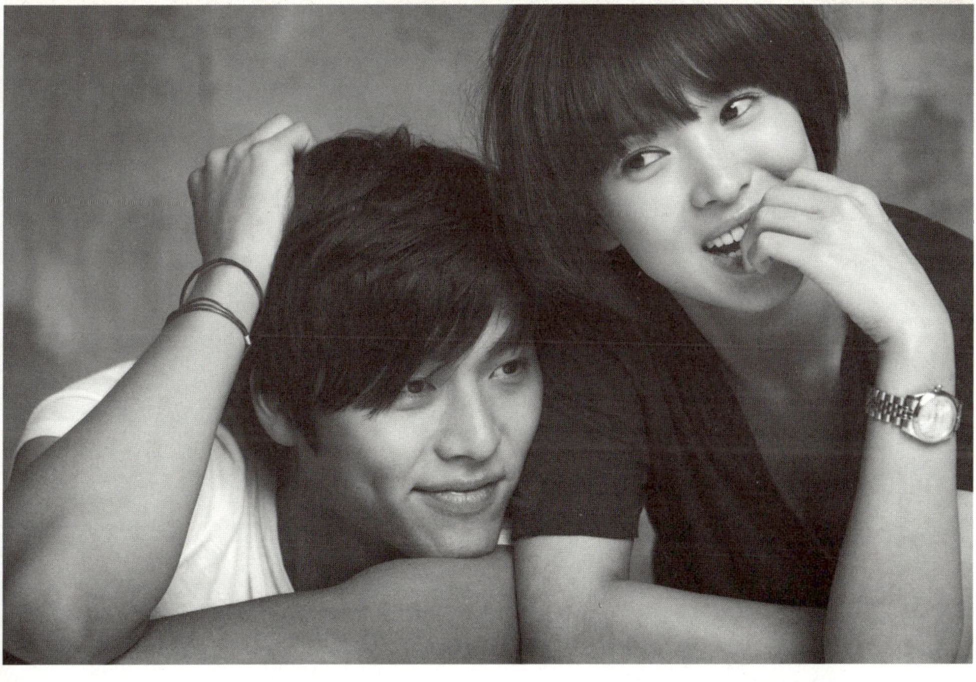

그 들 이 사 는 세 상

WORLDs Within...

씬 1. 프롤로그.

회상의 씬들이 이어지며, 그 그림 위로 현섭의 이야기가 들리는, 민철과 윤영의 과거 이야기가 그림에선 지오와 준영의 모습으로 대체된,

1. 80년대, 촬영장, 낮.

준영(윤영 대역), 남자배우 한 명과 대본을 보며 즐겁게 이야기를 하고 있고, 스태프들, 레일을 깔고 있는, 카메라 한쪽으로 가면, 지오(민철 대역), 의자에 앉아 대본을 보며, 준영을 보고 있는, 스태프들, 조명 준비를 하며, 지오를 힐끔거리고, 동료들과 수군거리는(김민철이가 윤영을 좋아한다. 어쩐다 말하는),

현 섭 (N) 얌전한 고양이가 부뚜막에 먼저 올라간다고 촌구석 장남으로 태어나 평생 공부하고 일밖에 모르고 산 김민철이가, 윤영이한테 빠져서 그렇게 허우적댈 줄을 정말 누가 알았겠어.

준영, 남자배우와 장난치다. 지오를 힐끔 보고, 아무도 모르게 작게 윙크를 하는,

2. 현실, 드라마국 안, 밤.

현섭, 준영, 지오, 철이, 민희, 병욱, 두성, 감독 2, 그 외 스크립터와 스태프들 피자, 오징어 등과 캔 맥주 먹으며 얘기를 하고 있는, 주변에 자거나, 컴퓨터를 보는, 너댓 명의 드라마국 사람들이 보이는,

준 영 내가 들은 말은 다른데, 윤영선배가 먼저 꼬셨다 그러든데,

지 오   (준영이 귀여운, 괜히 웃음이 실실 나는) 꼬신 게 뭐니? 꼬신 게.

준 영   (어이없이 웃으며) 이 사이에 낀 피자나 어떻게 해라, 추접게 아으..

지 오   (손톱으로 이 사이를 긁으며) 뭐 그럴 수도 있지, 이게 추저워. 너는 어때서?

준 영   (싫은) 어우.. 드러, 진짜. 왜 그래, 멀쩡하게 생겨갖고.. (하고, 콤팩트 주고)
         아무데나 쑤시긴, 좀 보고 쑤셔.

지 오   (콤팩트 받아서 보며) 니가 언제부터 그렇게 깨끗했어,

민 희   (버럭) 아, 그만 좀 얘기 좀 들읍시다!

모두들   (짜증 나는) 그래, 얘기 좀 듣자. 자식들이..

준영, 지오 (뻘쭘해지는, 서로 괜히 툭툭 치며, 상대에게 웃지 마, 너나 웃지 마, 하며,
         남들 모르게 장난치는)

현 섭   (박수 치며) 자자자, (목소리 가라앉히고) 누가 먼저 꼬셨건, 암튼, 비극의 그
         사건이 있을 때까지 방송가에선 둘이 사귄다는 사실을 새까맣게 아무도 몰랐
         어.

지 오   사건이요?

         3. 회상, 작은 주택 거실, 창밖에 눈이 오는, 밤.

         지오, 맘 아프게 전화를 하는, 화면 분할되면, 준영, 집에서 와인을 마시며, 무
         선전화를 하는,

지 오   낼 아침에 떠나는 거 안 잊었지.

준 영   (창가 보며, 덤덤한) 그걸 어떻게 잊어.

지 오   아침 7시, 첫 비행기다.

준 영   어.

지 오   (눈가 그렁해) 사랑해.

준 영   (덤덤히) 어. (하고, 전화 끊으면)

         지오, 화면에서 사라지고, 준영, 창가에서 고개 돌려 소파 쪽을 보면, 남자가
         맨등을 보이고 자고 있는 모습이 보이는, 준영, 덤덤히 와인만 마시는,

현 섭   (N) 그때 알았어야 했지. 미친놈. 나중에 일 다 터지고 민철이가 그러드라고,

그날 밤 윤영이 목소리가 이상했다고, 뭐랄까 설레임도 없고, 미련도 없고, 종 잇장처럼 바삭바삭한 느낌이 싸늘했대나. 늘 윤영이가 먼저 사랑한다고 했는 데, 그날은 어어, 그러기만 하드래.

4, 회상, 작은 주택 침실, 밤.

연희, 아이를 안고 자고 있고,

현 섭 (N) 사실 남자도 마누라 몰라도 애는 참 아프거든. 발길이 안 떨어지드래. 천근 만근이드래. 그래도 결국엔 이 앙다물고, 가게 되드란다. 사랑이 무섭지, 젠장.

5, 회상, 주택가, 새벽.

지오, 울며, 이를 앙다물고 가방을 둘러메고, 마구 뛰어가는,

현 섭 (N) 살아선 애도 아내도 보지 말자, 이를 앙다물고, 새벽길을 달렸드랜다. 뒤 돌아보지 말자, 나는 개새끼다, 개새끼, 그렇게 울며불며 뛰었더랜다. 근데, 공항에 윤영이가, 안 왔드랜다.

6, 현실, 드라마국 안, 밤.

준영, 지오, 모두 심각하게 얘길 듣는,

지오 외 준영 포함한 모두 뭐야!
현 섭 아니, 안 오기만 하면 차라리 낫지.
지 오 (긴장해, 침을 꼴깍 삼키는)

7, 회상, 공항, 아침.

지오, 공중전화를 내려놓고, 답답한 모습으로 좌석이 있는 곳으로 가서 앉아, 주변을 둘러보다 뭔가 이상해, 한쪽으로 시선을 고정하면, 텔레비전 근처에

사람들이 모이고, 텔레비전 안에서 준영과 준기가 서로 볼에 입을 맞추며, 결혼 발표 기자회견을 갖는 모습이 보이는, 기자가 언제 만났냐? 물으면, 준영, 1년 전에 친구 소개로 만나, 그때부터 불같은 사랑을 했다, 등등 말하는,

현 섭 (N) 하늘이 노랗드래. 윤영이가 1년이나 자길 속였단 사실을 첨 듣는데도, 화는커녕 멍하드래. 그냥 그런 생각이 들더라네. 아, 윤영이가 안 오는구나, 그럼 나는 여기 있을 필요가 없지, 가야지. 근데, 그때 마지막 비수가,

지오, 가방을 둘러메고, 일어서서 가다가, 순간 멈춰서, 다시 텔레비전을 보는데, 준영 웃으며, 말하는,

준 영 이 사람은 이 세상에서 나를 첨으로 사랑해준 사람이에요. (에코 처리되어, 반복해 들리는)

지오, 눈가 붉어져, '악!' 하고 소릴 지르며 사람 사일 헤집고 들어가, 가방으로 텔레비전을 쳐, 떨어뜨리고, 박살을 내는,

현 섭 (N) 넘 심한 거지. 그 말은. 오죽하면 나도 그 말 듣고 정말 윤영일 찾아가, 물어보고 싶드래니까. 그 남자가 첨이면 김민철의 사랑은 그럼 뭐냐고?

씬 2. 현재, 노래방, 밤.

민철, 서우, 술에 조금 취해, 둘이 같이 갈대의 순정을 부르는,

현 섭 (N) 민철이 지금 오피스텔도 아마 그거 전셋걸, 그 일로 이혼장에 도장 찍고 마누라한테 집 주고, 골까게 된 거지.

씬 3. 윤영모의 병원, 밤.

윤영, 에스컬레이터를 오르는,

현 섭 (N) 윤영이가 첫 남자하고 1년도 못 살고 헤어졌을 때, 난 윤영이가 민철이한
        테 다시 갈 줄 알았어. 근데 안 가드라. 변호사에서 사업가, 사업가에서 다시
        검사로 계속 바뀌가면서, 파란만장한 인생을.. 아마, 그 여자 머릿속에 김민철
        은 지나가는 바람 정도? 정말 미운 여자야.

준 영 (N) 거짓말. 부장님 윤영선배 좋아하잖아요.

        윤영, 병실 유리문으로, 화투를 치는, 윤영모를 보며, 귀엽다는 듯 웃고 있는,

씬 4. 드라마국 안, 밤.

현 섭 (캔 맥주 마시며) 얘가 얘가, 사람 잡을 일 있나. 너 그런 소리 어디 가서 하지
        말어, 우리 마누라 알면, 야 난 그날로 소박이야. 웃겨, 정말, 기집애.

민 희 마누라님은 절대 모른단 전제가 깔리면?

현 섭 인생 한 번 살지 두 번 사냐, 당근, 그럼 윤영이랑 스캔들 감수하고, 그냥 콱
        온몸과 맘을 던져서,

        준영, 민희, 스크립터 '아아아아, 넘 싫어, 넘 싫어' 하고 야유하고, 남자들은
        박수를 치며, 큰소리로 '멋있다, 죽인다' 하며 맞장구를 치는,

현 섭 (피자 먹으며, 기분 좋은) 근데 참 이게 뭔지 몰라. 불과 삼사 년 전만 해도 진
        짜 김민철이 안쓰럽고, 멋지고, 윤영이가 죽일 엑스엑스더니, 요즘은 반대로
        김민철이가 좀 돌은 새끼지 하는 생각이 드는 거야.

모두들 (현섭 보면) 무슨 소리예요?

현 섭 아무리 남녀관계가 애절하다 그래도 일이 년 그럼 되지, 십오 년을 넘게, 죽어
        라 애달파 하는 거 이거는 정신병 수준 아니냐?

지 오 (걱정스런) 요즘도 심각해요?

준영 외 모두 요즘도야? 설마.. 요즘도?

        그때, 규호와 수경 촬영장에서 돌아왔는지, 무리에 끼며,

수 경 (달려와) 뭐야, 뭐야, 뭐야? (하며, 준영이 먹으려는 피자를 뺏어, 한입에 다

넣어버리는, 그리고, 다른 남은 피자도 한입에 다 넣어버리는)

준 영   (수경 등을 치며) 야!

모두들   (어이없어 수경 보는)

수 경   (웃고, 트림하고, 맥주를 벌컥벌컥 마시며) 누구 뒷담화 중?

두 성   김국장님. 낼 몇 시 출발?

수 경   2시간 자고 바로, 출발.

규 호   (앉아, 준영이 마시는 캔을 뺏어) 선배 좀 챙겨라. (하고, 마시는)

준 영   (째려보는) 정말.

그 사이들, 말을 하는,

민 희   (오징어를 뜯으며) 근데, 사랑에 쩔면 누구나 다 그렇게 되지 않습니까?

준 영   (오징어 뺏으며, 눈 흘기며) 밤에 오징어는 독약이라 했지.

지 오   국장님 보면 가끔 다른 게 복수가 아니지, 이게 복수지 싶을 때가 있어.

다들 보면,

지 오   (김치를 먹으며) 왜 그런 거 있잖아, 니가 내 청춘을 짓밟고 그렇게 가겠다고, 그럼 나는 너를 사랑하다 피 말라 죽어주마. 너 어느 날 걸어가는 길 위에 자 갈들마저도 내 피로 선명하게, 발라주마. 뭐 그런..... 왜 폭풍의 언덕 히드클 리프의 핏빛 순정 같은 그런 거.

현 섭   (술을 들이키며) 크... 오랜만에 듣는다, 순정!

민 희   (수경에게) 선배는 순정에 대해 어떻게 생각해요?

수 경   (오징어를 뜯어 먹으며) 남자한테 필요 없고, 여자한텐 반드시, 절대로, 기필 코 있어야 되는 거.

민 희   (못마땅한) 남성우월주의자.

수경 외, 모든 남자들 일제히 민희를 보며, '여성우월주의자',

준 영   (사과 먹으며, 민희에게 웃으며) 너랑 나랑 여기서 꿋꿋이 살아남아야 하는 거 알지, 상처받지 마. (하고, 규호에게) 선배 말 좀 들어보자, 프리섹스주의

자에게 순정은 뭐야? (하며, 지오가 뜯는 오징어를 뺏어, 수경 주는)

수 경 (오징어 받으며) 먹고 죽어?

준 영 어. (규호에게) 말해봐봐.

지 오 (음식 먹으며, 규호를 꼬나보듯 보며, 웃는) 말해봐라, 좀 듣자.

규 호 (먹기만 하며, 편하게) 글쎄...

현 섭 저 자식이 그런 고귀한 말을 알기나 하고, 준영이 너도 물을 데 가서 물어라.

철 이 왜요, 도덕과 윤리와 사회적 이목에 시달리는 우리한테 규호형이 얼마나 신선한 대체 방안적 삶을 보여주는데,

규 호 (말꼬리 자르며) 난 김민철 국장님보다 윤영선배가 더 안됐다 싶을 때가 많아.

민 희 그건 또 무슨 개소리입니까? 법대 나온 사람이 가해자 피해자 구분도 못하십니까?

규 호 (제 잔에 술 따르고) 내가 잘해준 사람은 잊어도, 내가 상처 준 사람은 절대 못잊는 게 사람이다. 그게 순정과 관계가 있는진 모르겠지만. (하고, 맥주 마시고, 일어나는)

수경과 지오만 빼고, 모두 자기 자리에서 칫솔 가지고 나가는 규호를 보며 '오우 오우'... 하며 대단하단 듯 소릴 치는.

현 섭 그게 순정과 관계가 있는진 모르겠지만, 야, 그 말이 내 맘을 꽉 쩔게 한다, 야.

지 오 (가는 규호 보며, 웃으며) 자식, 꼭 한칼 날리고 자릴 뜨지, (수경에게) 쟤 저거 설정 같지 않냐?

수 경 말해 뭐해, 설정이지. (하고, 가고)

지 오 (술 마시고, 따라가는)

순 영 어디 가!

현 섭 너는 쟬 왜 그렇게 밝혀, 보면 몰라, 쉬하러 간다잖아. 술 따러.

준 영 (눈치 보며, 멋쩍은) 제가 뭘.. 밝힌다고.. 안 밝히는데.. (하고, 술 따르는)

씬 5. 화장실 안, 밤.

지오, 수경 소변을 보며 얘기하는,

지오 니가 잘못한 거야, 오민숙 선생 차 바퀴 밑에 누워서라도 못 가게 했어야지, 짜샤, 내가 규호면 꿀밤이 아니라, 니 팔다릴 분질러놨을 거다. 어디 촬영 남겨두고 배울 보내.

수경 형 같음 차 밑에 누울 수 있냐? 목숨 걸고?.

지오 내가 한 짓이야. 3년 전에. (하고, 손을 씻으러 세면대로 가는)

수경 형 맘 변했지? 내가 이제 싫지?

지오 (물 끄고, 세면대에 기대, 수경 보며, 답답한) 진범이가 그러는데, 너 니네 대본도 잘 안 읽는다며? 너 대체, 왜 그,

수경 (말꼬리 자르며) 읽을 게 있냐, 뻔히 다 아는 얘긴데?

지오 ?

수경 (껄렁껄렁하게 빠르게 말하는) 영웅이란 남자랑 호걸이란 남자가 있어. 그 남자 둘은 절친한 친구 사이고 그들에겐 아버지 같은 사부가 있어, 그 사부에겐 미려라는 딸이 있다. 둘은 그 여잘 좋아하고, 그 여잔 영웅만을 좋아해, 그래 갖고 호걸이 질투심에 사불 치지, 사부는 자신이 만든, 무림세겔 지키려 미려를 호걸에게 넘겨. 거기 또 다른 여자, 공분이가 끼지. 어쨌든 그래 갖고 네 남녀가 울고불고하는 이야기.

지오 (어이없이, 수경을 보며, 실소가 나는)

수경 이야기의 대부분은, 네 남녀가 만났다 헤어졌다 하는 얘기로 전개돼. 나중엔 모두 다 죽어버리지. 내가 왜 시놉도 안 읽고 4부밖에 안 나온 대본을 이렇게 잘 아냐? 이 이야긴, 시대만 바뀄지, 지난날 손규호가 한 드라마, 그대가 보고 싶다와 똑같아서. 그때는 무림고수 사부가 기업 총수였고, 두 남자친구는 이름만 바뀌고 고대로야. 이제 됐어? 이게 무슨 이 시대 최고의 인텔리전트인 우리들이 할 드라마냐? 나, 새벽 촬영 준비하러 가. 언젠가 또 봐, 형. (하고, 나가는)

지오 (어이없이 보며) 미친놈.. (하는데, 누군가 몸을 치며, 옆으로 오고, 지오 놀라, 소스라치는데)

규호 (손 씻으며) 미친 양언니가 제법이다. 16부작 얘길 단숨에 한 줄로 꿰네.

지오 난 아무 말 안 했다.

규호 (씩 웃고) 니 드라만 너무 어려워, 자식아.

지오 (큰소리로) 그래, 니 똥 (팔뚝 내밀며) 이따만치 굵어 새끼야! (하고, 가는)

규호 (거울 보고, 손에 물 묻혀, 머리 만지며) 양수경... 양양, 수수, 경경... (하고,

웃으며 나가는)

씬6. 편집실 안+밖, 비 오는 밤.

준영, 편집기 앞에서 편집 안 된 싱가포르 촬영분을 보고 있는, 그때, 지오 들어와 편집기 뒤쪽에 있는 소파에 앉는,

지 오　밖에 비 오는 거 알어?

준 영　정말? (하고, 창가 보는) 와.. 이쁜 비다. (하고, 일어나, 창문 열고, 비를 보며, 호들갑스레 좋아하며) 넘 이쁘다, 넘 이뻐.

지 오　(옆에 서서, 비를 보는) 진짜 이쁘게 온다.

준 영　(수줍게 보며, 지오 보며) 우리 첨 같이 잤을 때도 비 왔는데? 그지?

지 오　(창가 보며) 무슨 그날 비가 와. 맑았지.

준 영　맑긴 뭐가 맑아, 비 왔지. 내가 촬영지 헌팅 갔다 우리 둘이.. 비 오는 정류장에서.. 설마.. 기억 못,

지 오　남잔 그냥 잔 날은 잤다고 안 그래, (준영 보고, 윙크하며, 장난스레) 역사가 이뤄진 날 잤다 그러지.

준 영　(웃으며) 솔직히 자기가 그런 말하면서도 쑥스럽지?

지 오　(웃고) 어. (하고, 자리로 가서 앉는)

준 영　(자리로 가서, 지오 보며) 우리 서로 뚫어지게 1분만 보고, 각자 할 일하자. 이번주, 담주는 얼굴 보기 힘든데.

지 오　(준영 귀여운 듯, 머릴 흩트리고, 보며) 촬영 잘해, 사고 조심하고.

준 영　(갑자기 고개 숙이며) 짜증 나.

지 오　왜?

준 영　(고개 숙인 채) 같이 있고 싶어서. (그러다 갑자기 고개 들고, 편집기 앞에 앉으며) 안 되겠다, 가. 나 이러다 일 친다. (하고, 일만 하는)

지 오　아으, 이 여우, 여우, 너 일 할라고 일부러.. 지금 잔머리 쓰는 거 내가 모를 줄 아냐, 이 여우야?

준 영　(민망해 웃으며, 휙 돌아보고, 지오의 볼에 입 맞추고)

지 오　(놀라 주변 돌아보며) 누가 봐, 임마.

준 영　(돌아보며, 여우처럼) 그 말은.. 만약 누가 안 봄 날 어쩌겠단 얘긴(가),

지 오   (확 입을 맞추고, 일어나 가며, 창가로 준영에게 윙크하고 가는)
준 영   (웃고, 일하며) 후... 이제야 일 좀 하겠네.

1. • 점프컷 〉〉
편집실 복도,
지오, 복도를 가다, 작은 이불 들고 어슬렁거리며 방 찾는(편집실 방이 다 찬)
수경의 엉덩일 있는 힘껏 때리는,

수 경   (놀라, 돌아보며) 어머!
지 오   (웃고, 가며) 빵빵하다.
수 경   (지오 보며, 화난) 저 우라질 치한 같은 놈! (하고, 준영의 편집실로 들어와 눕
        는)
준 영   (일하며, 짜증스런) 다른 데 가서 자라, 누나 일한다.
수 경   (누워, 준영의 등을 보며, 웃으며) 야, 너 몰랐는데, 일하는 뒷자태가 무지 섹
        끈타. 오우.. 나, 느낀다, 느껴.
준 영   (진지하게 일하며) 변태 짓 그만해.
수 경   크크, 야, 주준영, 니가 하는 드라마는 안 그러지?
준 영   (일만 하며) 뭘?
수 경   주인공이 손만 들면 택시 서, 주차장에는 항상 빈자리가 있어, 화장실도 안
        가, 죽도록 맞아도 안 죽어, 지구상 어느 곳에서도 주인공은 우연히 꼭 만나...
        다른 사람은 몰라도 너는 그러지 마라, 어? 리얼리티가 없잖아, 리얼리티가,
준 영   (일하며) 너나 이 다음에 그런 리얼리티 살려가며 드라마 찍으세요. 주인공
        도 싸우다 맞으면 죽고, 남자주인공이 여자주인공 만나러 가는데 택시 못 잡
        아 못 만나고, 1시간마다 주인공들이 화장실 드나들고 (보며, 으름장 놓는)
        너 그렇게 드라마 안 찍음 내 손에 죽는다. (하고, 다시 모니터 보며, 조그셔
        틀 만지는데)
수 경   (웃으며) 야, 드라마와 현실의 이 야멸찬 한계성을 진짜 어쩜 좋니?
준 영   (순간, 생각난 듯) 아참.. 헌팅지!.(그러다, 문득 생각난 듯, 창문을 열고, 아래
        를 내려다보는)

2. • 인서트 〉〉

건물 아래, 사람들 지나가는 모습이 보이는,
그때, 건물 안에서 지오가 머리에 신문지를 쓰고 나오는 모습이 보이는,

준 영　(반가운) 선배! 지오선배, 나, 강가 집 주(라).. (그러다, 말을 멈추고, 뭔가 이
상해 아래를 내려다보는)

＊인서트 〉〉
우산을 쓴 연희가 지오에게 다가와 뭔가 말하는 모습이 보이고, 지오, 그런 연
희를 보고, 그냥 지나쳐가는, 연희, 우산을 쓰고, 따라가는,
준영, 어이없고, 화가 나고, 기분이 조금 이상한,

민 희　(편집실 들어와, 앉으며, 수경에게) 왜 여기.. 여기 내 자린데,

수 경　(이불을 뒤집어쓰는)

준 영　(창가에서, 떨어져, 화나는 것 참고, 모니터를 진지하게 보며, 조그셔틀을 만
지며, 민희에게) 테입 7번 빠졌드라, 챙겨 와. 경흰 아직도 양치하니, 걘 칫
솔로 이를 가니? 왜 이렇게 늦어?

민 희　곧 올 겁니다, 근데, 선배, 이 시대에 정말 순정이란 게 있을,

준 영　(버럭) 샤랍!

민 희　(그 바람에 놀라 벌렁 넘어지고)

준 영　일이 산더미처럼 쌓였구만.. 별 말 같지도 않은 말을 가지고.. 순정은 무슨 개
뿔! 뭘 봐, 테입 안 찾아와!

민 희　가요. (하고, 가고)

수 경　(웃으며) 준영아, 너 애인 없음 나랑 한번 만나볼래?

준 영　(일어나, 옆의 베개로, 수경을 가차 없이 두어 대 때리고, 다시 자리에 앉아,
머릴 움켜쥐고, 모니터만 보는, 속상한)

수 경　(준영을 멋있단 듯 보고, 웃으며) 아, 기집애, 디게 폭력적이네.. 쏠리게 (하
고, 이불 뒤집어쓰는)

준 영　(N) 누가 우리나라 드라마의 한계성에 대해 단 한마디로 정의를 내려달라고
한다면 나는 단연코 순정에의 강요라고 말하겠다.

씬7. 방송국 주차장, 비 오는 밤.

규호, 우산 쓰고, 테이프를 들고 자기 차로 가다가, 지오(자기 차로 가던 중)
를 보고, 휘파람을 부는,
지오, 차문을 열다가 규호 보고, 뒤쪽을 보면,
연희, 규호를 의식해서 서 있는,

규 호   (웃음 띤) 야, 너 나한테 언제 합류할 거야?

지 오   입 닥쳐. (하고, 차문을 열면)

규 호   일주일만 쉬어. 아니 15일 쉴래?

지 오   (어이없이 보는데, 핸드폰이 오는, 받으며, 차에 타는) 네. 부장님. (답답한) 어
디 계시대요? 부장님은 어디 계세요? 알았어요. (하고, 차의 시동을 거는데)

규 호   (차문 두들기며) 야, 나랑 말 좀 하고 가, 어? 야, 문 좀 열어봐봐.

지 오   (주먹으로 팰 듯이 하고, 그냥 차를 몰아 연희를 지나쳐가는)

규 호   (가는 지오의 차 보며) 아, 자식 정말. (하고, 차로 가려다가, 이상해 다시 돌
아보면)

연희, 지오의 차가 간 곳을 보고 있는,

규 호   (이상하단 듯 보며, 자기 차로 가는)

준 영   (N) 십대 소녀도 아닌 이십 대, 삼십 대의 드라마 주인공들이 늘 우연히 만난
지난날의 첫사랑 땜에 목을 메는 한국드라마에 난 정말 신물이 난다.

씬8. 달리는 지오의 차, 밤.

현섭, 조수석에 앉아, 물기를 털며,

현 섭   무슨 비가 이렇게 와.

지 오   (답답한, 씨디를 크게 트는)

현 섭   (놀라, 보는)

지 오   (속상하고, 답답한, 전화를 하는) 너 아직도 거깄냐?!

1. * 화면 분할 〉〉
거리, 연희 걸어가다 멈추고, 전화 받는,

지 오 가! 제발 가라! 그만하자고! 제발! (하고, 전화 끊는)

연 희 (전화기 내려놓고, 화면에서 사라지고)

현 섭 (지오 보며) 너는 무슨 전화를 그렇게 하.. 여자냐?

지 오 (화나, 소리치는) 국장님은 무슨 술을 그렇게 마신대요! 내가 뭐 지 기사야! 술만 마심 사람을 불러대고, 에으..

현 섭 환자라고 생각해라. (하고, 창가 보며) 난 덕분에 집에 안 가서 좋다. 우리 마 누라가 국장한테 잘 보이라고, 늘 신신당부 아니냐. 비가 그칠려나보네..

씬9. 윤영모의 병원, 밤.

윤영, 칼로 과일을 깎아, 윤영모 한번 주고, 자기도 먹으며, 텔레비전만 보는,

윤영모 (과일을 마구 먹으며, 윤영을 보며, 말하는) 이년아, 남자들이 행여 니가 진짜 좋아서, 옷 사주고 차 사주고 그러겠다. 다 이년아, 너 어떻게 한번 자빠트릴 까, 그래 그러는 거지.

윤 영 (텔레비전만 보며, 과일 먹으며, 아무렇지 않게, 웃으며) 엄마, 이 드라마 봐, 요즘 물올라서 재밌는데?

윤영모 애아빠하고 헤어질 때 너 돈 얼마나 받았어? 너 백 장 받아놓고, 나한텐 열 장 받았다고 뺑쳤지? 에미도 속이는 못된 년. (하고, 과일을 마구 먹는)

윤 영 (텔레비전만 보며) 쟤 연기 제법 늘었네,

윤영모 멍청한 년, 딸년 유학은 왜 보내, 돈 쓰게! 픽이나 니 딸년이 나중에 너한테 고 맙다 하겠다. 돈맛 들어, 돈이나 더 달라 그러지.

윤 영 (웃고, 윤영모의 다릴 베고 누워, 텔레비전 보며, 과일 먹으며) 담주엔 못 와.

윤영모 이번에 이혼할 땐 위자료 단단히 챙겨, 니 삼촌 빌딩 산다는데 좀 보태게 알 았지.

윤 영 (몸을 돌려 윤영모를 보며, 머릴 귀 뒤로 넘겨주며, 아무렇지 않게) 엄마, 머 리 파마해야겠다.

씬 10. 병원 현관, 밤.

윤영, 나와서, 주차장 쪽으로 가려다가 뭔가 이상해, 한쪽을 보면, 민철, 술에
취해 벽에 기대서 있는, 윤영, 그런 민철을 보고, 작게 어이없단 듯 웃음 띠고
선, 옆으로 가서 벽에 기대서는,

민 철 (술에 취해, 천천히 고개 들고, 윤영을 보는)

윤 영 (편하게, 가만 보다가) 말 시켜두 되나?

민 철 (힘이 든지, 눈을 부비는)

윤 영 이모가 가끔 온다드니, 이렇게 보네. 눈이 좀 풀렸네, 취했어?

민 철 너 왜 나한테... 미안하다고 안 그래?

윤 영 (순간 피식 웃음이 나는, 왜 또 이러나 싶어, 주변을 둘러보다, 민철을 다시 보
며, 작게 웃는)

민 철 (보는) 안 미안해서 미안하다고 못해? 그럼 묻자, 왜 안 미안해?

윤 영 (편안하게) 헤어지고 나서 한 반년 정도 되게 미안했는데, 이후엔 좀 시들해
지드라. 그럼.. 안 돼? 계속 그때부터 지금까지 십오 년 넘게 쭉 미안해야 되
는 거야?

민 철 너는... 나쁜 년이야.

윤 영 (웃으며) 누가 뭐래? (하고, 가는)

민 철 (가는 윤영 보며, 맘 아프고, 화나고, 초라하고, 어쩔 줄을 모르겠는)

그때, 서우, 술 깨는 약 사가지고 오다가, 민철과 가는 윤영의 뒷모습을 보고,
덤덤한, 민철의 앞으로 와서 드링크제를 따서 주며,

서 우 왜 그러고 살어?

민 철 (간신히 몸을 추스르고, 약을 마시려다, 그냥 주저앉는)

서 우 추하다. 추해. (그때, 느낌 이상해, 돌아보면)

지오의 차 와서, 서고, 현섭과 지오 내려, 민철을 부축하는,

현 섭 너를 누가 방송국 국장으로 보냐, 노숙자도 이런 노숙자가 없네. 수고했어, 이

작가.

서 우 같은 오피스텔에만 안 살았어도 안 보고 싶다, 진짜. (하고, 지오의 차 조수석
에 타는)

지 오 (휘청이는 민철의 팔을 제 어깨에 두르고) 아, 좀 몸 좀 바로 해요!

씬 11. 몽타주.

1. 편집실, 어두운 새벽.

준영, 민희, 경희, 모두 책상에 엎드려 자고, 수경, 소파에 누워 자는데,
갑자기, 자명종(새벽 4시 반) 시끄럽게 울리면, 동시에 다들 벌떡 일어나는,
준영이 맨 먼저 나가고,

2. 복도, 어두운 새벽.

자명종과 함께, 각 사무실에서 부시시 나오는 남자 여자 스태프들.

3. 여자 화장실, 어두운 새벽.

준영, 경희, 다른 팀의 여자 스태프들 양치를 하고 있고,
민희, 변기에 앉아 화장실 문 열고, 양치를 하며, 말하는,

민 희 경희씨, 훈성이한테 종합 예술팀 출발 확인 좀 하라, 그래줘.

그때, 여자들 우르르 들어오며, 각자 화장실로 가거나, 이를 닦는,
준영, '밀지 마!' 하고 폼 클렌징으로 세수하는,

4. 도로, 규호의 달리는 조명팀 차, 보이고, 스태프들 탄 대형버스 보이고, 소
품 차 보이고, 의상 차 보이는,
머리가 떡이 된 수경이 운전하는 규호의 차 보이는, 규호, 뒤에서 콘티를 짜고
있는,

수 경   (무전기로 각 차에 지시하는) 석구 어딨냐? 석구?

　　　5, 버스 안, 어두운 새벽.

석 구   (졸린) 네, 석구 버스에 있습니다.
수 경   (E) 졸려죽겠다, 노래 불러.
석 구   (신나게 크게, 노래를 부르는)

　　　6, 조명팀 차 안, 어두운 새벽.

재 훈   (무전기로 웃으며) 곡 바꿔, 나 그 노래 싫다.

　　　7, 버스 안, 어두운 새벽.

　　　석구, 그냥 노래를 바꿔 부르는, 자던 스태프들, '좀 자자' 하고 애원하는,

　　　8, 규호의 차 안, 어두운 새벽.

규 호   (수경에게) 야, 그렇게 해서 잠이 깨냐? 어제 한 시간 이상 잔 사람 합창하라
　　　그래!
수 경   한 시간 이상 잔 배신자들 합창이라신다. (하며, 노래를 같이 부르는)
규 호   너 몇 시간 잤어?
수 경   한 시간 40분이요. (하고, 노래를 부르는)
규 호   (꼬나보며) 조연출이 감독보다 20분을 더 자야? 간이 부었네, 얘가. (하고, 맘
　　　에 안 들게 고개 젓고, 콘티 보는)

씬 12. 세트장, 희뿌연 새벽.

　　　인부들 빠르게, 집을 짓는,
　　　준영, 한쪽에서 콘티를 짜고 있고, 민희, 전화를 하고 있는,

민 희 매니저한테 말은 들었죠. 그래도, 촬영이 급한데, 어떻게,

준 영 (콘티 짜다, 민희를 보는)

민 희 물론 힘드십니다. 압니다. 저도. 하지만,

준 영 (화가 나, 걸어와, 핸드폰 뺏으며) 선배님 저 주준영이에요.

씬 13. 윤영의 집 안 거실, 희뿌연 새벽.

윤영, 슬립 차림으로 커피를 따르며, 전화를 받고 있는,

윤 영 (경직되지 않은, 편안한) 일 한두 번 해, 누가 새벽에 여배우 씬을 첫 씬으로 빼?

1. • 화면 분할 》》

준 영 (화나는, 참으며) 누구는 새벽 씬 잡고 싶어서, 잡.. 아니, 그럼 첨부터 새벽 씬은 안 되니까, 낮으로 넘기라 그러시든가, 이제 와서,

윤 영 (편하게, 커피 마시며) 자기들이 당하지 않으면 그 버릇 고쳐? 여배우 메이컵 시간 최소 2시간이야, 새벽 6시 촬영 시작이면, 우린 새벽 3시 기상이야.

준 영 저희도 간밤에 한숨도 못 자고.

윤 영 자기들은 카메라에 얼굴 안 디밀잖아. (하고, 전화 끊는, 차를 마시는)

준 영 (화나, 씩씩거리는, 다시 전화 거는)

윤 영 (받으며, 다시 말하는) 뭐야, 또?

준 영 지금 나오세요, 안 그러면, 오늘 촬영 접,

민 희 (손을 뻗어, 핸드폰 송화기 가리고)

일하던 스태프들 모두, 준영을 보고 있는,

민 희 (옆에서 작게, 울상) 참으십시오, 제작비 생각 좀... 스탭들 다 불러놓고.. 참 으십시오, 네.

준 영 (화나, 숨을 후후 고르는)

윤 영 (편안하게, 웃음 띤) 스케줄 몇 시간 뒤로 미루자는데,

준 영   ... (경래를 보면)

경 래   (준영이 안쓰러운, 참으란 듯이 고개 젓는)

윤 영   촬영을 접자구? 언제까지 성질부리고, 일 안 할래? 지금 나랑 붙어보잔 얘기야?

준 영   (잠시 참다가, 힘들게 말하는) 11시엔.. 나오실 수 있으세요?

2. 그때, 소유 운동복 차림으로 들어서며 '운동 가요!' 하는,

윤 영   (핸드폰 송화기 가리고, 소유에게) 가. 다신 오지 마.

소 유   (웃으며) 왜 그래요, 또?

윤 영   (옆에 있는 팩스 종이 주는) gop 쪽에 계약하고, 우리 쪽에 소송 준비한다고? 너 내가 만만해 보이니?

소 유   (착잡한) 회사 일은 회사 일이고, 당신이랑 나랑은,

윤 영   니가 언제부터 그렇게 공과 사가 분명했어?

준 영   (이상한) 여보세요, 여보세요?

윤 영   (전화기에 대고) 11시 30분. (하고, 전화 끊고, 준영, 사라지면, 방으로 가는)

소 유   (답답한, 나가는)

3. ⁕점프컷 〉〉

준 영   (화나, 걸어가다가, 돌아보며, 민희에게 소리치는) 넌 스케줄을 왜 이따위로 짜!

민 희   (고개 떨군 채, 있는)

준 영   여배우들 번번이 새벽 촬영 때마다 이 난린 거 알면서, 넌 머리 폼으로 달고 다녀?!

민 희   (말꼬리 자르며, 억울한) 배우들 사정만 사정이에요?! 원석선배님은 씨에프 촬영 땜에 오후에 지방 가셔야 된다 그러고, 영준이네는 오늘 세트가 죽어도 안 지어진다 그러고, 낼은 여기 세트장에 주말드라마 들어와서 스케줄을 미룰 수도 없는데, 그럼 나보고, 어떻게,

준 영   (화나, 소리치는) 어디서 말대꾸야, 너! 내가 콘티 짜고 편집하고, 니 넋두리까지 들어야 돼!

민 희 (버럭 소리치는) 무조건 잘못했습니다! 그럼 됐죠! (그때, 전화 오는, 화나 소리치는) 네, 여보세..

준 영 (화난, 한숨 쉬고, 머리 쓸어 올리는데)

민 희 네? (하고, 이상한 듯, 준영을 보고) ... 네. (하고, 끊고) 윤영선배.. 오신다는데요?

준 영 (보며, 화난) 장난치나, 이 여자가?!

씬 14. 산기슭, 낮.

수경 외 스태프들 모두 촬영 장비를 들고, 산을 올라가는, 모두 땀을 흘리거나 숨을 헉헉 쉬며, 힘이 든, 규호는 뒤에서 짐 없이 걸어가는, 규호, 그러다 잠시 숨을 고르며 주변을 휘 둘러보면, 풍광이 한눈에 들어오는, 규호, 순간 뭔가 생각이 스치는, 주변을 둘러보는,

1. * 플래시백, 상상 》
주변에 꽃들이 만발한, 그 사이를 뛰어가는, 공분과 호걸의 모습이 보이는, 따사로운 빛들이 보이고,

* 현실 》

규 호 멈춰!

수경 외, 스태프들 모두 멈추는,

규 호 (수경에게) 모레 아침 공분이 호걸이 몽타주 찍는다.

수 경 (헉헉대며) 그 씬은 저 아래 풀밭에서..

규 호 (수경 쪽으로 가며) 여기서 찍는댔지.

스태프들, 전부 답답한, 멍한,

수 경 (화 참으며, 또박또박 말하는) ..... 알, 겠, 습, 니, 다. (하고, 가려는데)

규 호 (수경을 지나가며) 넌 여기 남아, 꽃 깔아야지.

수 경 (황당한) 예? 무슨.. 꽃이요?

규 호 (보며) 이쁜 꽃.

수 경 얼.. 마나? 설마.. (손을 펼쳐서, 크게 원을 그리며) 전부... 다는 아니겠죠?

규 호 (웃음 띠고, 수경의 뒤통수를 툭툭 치며) 수고해. (하고, 가는)

수 경 ? (어이없는 웃음 지으며, 옆의 진범에게) 농담이겠지?

진 범 (한숨 쉬고, 규호 따라가며) 갔다올게.

수경, 가는 스태프들을 보며, 울상 돼서, 주변을 보면, 한도 끝도 없는 들판이다. 수경, 멍한.

씬 15. 민철의 오피스텔, 낮.

민철, 파자마 차림으로 '내 이멜로 회의 자료 보내고, 일일 시청률은?' 하며 전화를 하고 있고, 현섭, 김치를 볶으며 노래를 흥얼거리며, 밥솥에서 밥을 푸고 있는, 지오에게 말하는,

현 섭 (민철 보고, 지오에게) 재 저럴 때 보면 멀쩡하지?

지 오 (어이없이 보며, 턱으로, 한쪽을 가리키며) 저걸 보고도 그런 말이 나와요.

현 섭 (지오가 가리킨 쪽 보면 잡지의 윤영의 갖은 사진들이 조악하게 붙어 있는) 오 마이, 오 마이, 오 마이.. 돌은 놈.

지 오 징그러, 정말. 동생 같음 한 대 팼다.

현 섭 너는 어떻게 그렇게 내가 하고 싶은 말을. 싸가지라곤 없는 이 진실성(하고, 지오 볼에 입을 맞추는)

지 오 (볼을 박박 닦으며) 따거요!

1. * 점프컷 〉〉
서우, 계란말이를 해서, 상에 놓으며, 주방 탁자에 앉는, 모두 앉아 있는,

서 우 꼴들 좋다, 남자 셋이서, 그래도 살겠다고 밥을 해 처먹고, 혼자 보긴 아깝다, 정말.

민 철 (웃으며) 어제 고생했지?

서 우 이사 가라.

현 섭 (계란말이 손으로 먹으며) 나는 이거 잘 안 되는데, 이렇게 이쁘게 돌돌돌 어떻게 말어?

서 우 발로 말어.

현 섭 크크크...

서 우 뭐가 그렇게 좋아, 박부장님은?

지 오 (밥을 식탁에 놓고, 앉으며) 집에만 안 들어감 좋잖아요. 어디 가요?

서 우 (밥 먹으며) 주감독이 촬영장 오래.

민 철 걔는 왜 건방지게 뻑하면 작가님을 오라 가라야.

서 우 그렇게 키워놓고, 무슨.. (하다, 윤영의 사진을 보는) 그새 또 새 거 붙였네. 그냥 윤영언니랑 살지.

민 철 (밥 먹다, 서우 보는)

현 섭 (조금 놀라, 민철 눈치 보고, 서우 보며) 반말하지 마. 나이도 한참 어리면서.

서 우 남자로 태어나, 기껏 여자한테.. 그런 뚝심으로 정칠 해라, 찍어줄게. (지오 보며) 어제 그 병원에서 기어이는 쪽팔리게 윤영언니랑 부딪혔다.

지 오 (답답하게 민철을 보는)

민 철 (밥만 먹는)

서 우 (민철에게) 스토커도 아니고, 술만 취함 주위를 빙빙 돌면서.. 차라리 그럴 거면 과감히 대쉬해서 다시 만나든가?

지 오 (밥을 입에 물고, 소리치는) 남녀 사이 한번 끝났음 끝이지, 뭘 다시 만나, 왜 말도 안 되는 소릴,

민 철 (밥 먹으며, 아무렇지 않게, 말꼬리 끊으며) 나 윤영이 다시 만날 거야.

현 섭 (딸꾹질을 하는)

지 오 (답답한, 수저 탁 소리나게 놓고, 민철 어이없이 보며, 점점 화가 상승하는) 참내 어이가 없어서... 언젠 우리 후배들 보고 제발 운명적 사랑입네, 어쩌네 하며 첫눈에 반해 철학도 없이 울고불고하는 시시한 사랑 얘기 같은 건 소재로 잡지도 말라며? 한 입 갖고 두말해요? 드라마랑 인생이랑 따로 노는 감독, 역겹다며? 그런데 정작 본인이 그렇게 살라고?

민 철 (보면)

지 오 애들도 아니고, 어른한테 운명적, 숙명적, 첫사랑, 첫순정은 솔직히 포장 아

냐?! (큰소리로) 결국은 안고 싶냐, 안 안고 싶냐, 아니냐구요? 딱 까놓고 식
지 않는 욕정이지, 무슨, 순정!

민 철   (이상한) 연희란.. 애 또 연락 왔냐?

서우, 현섭(계속 딸국질)   (보면)

지 오   (새로운에 강조) 새로운 사람 만나, 우리 (강조) 새로운 사람하고 (강조) 새롭
게 좀 살자, 형. (하고, 나가는)

민 철   (밥 먹고)

서 우   (민철 밉게 보며) 속이 다 시원하네.

현 섭   (딸꾹질하고)

씬 16. 민철의 오피스텔 엘리베이터, 낮.

지오, 엘리베이터 타는데, 전화 오고,

지 오   (받으며) 네. (사이, 답답한, 짐짓 괜찮은 척) 어, 미연아... 언니? 아니 연락
못 받았는데..

씬 17. 준영의 세트장, 낮.

윤영, 원석과 침대 위에서 키스 씬을 진하게 하고,
준영, 모니터를 보고, 민희 그 옆에서 침을 꼴깍 소리 나게 삼키는,
경희, 민희를 툭 치고,
윤영, 원석을 안으며, 눈가 그렁해 힘들게 숨을 몰아쉬는,
경래, 카메라를 아래에서 위로 틸업해가는,
점프컷으로 위에서 옆에서 카메라가 찍는 준영의 모습이 컷컷 보여지는,

준 영   (맘에 드는, 가만 진지하게 모니터를 보다) 캇!

경 래   (준영 보며, 작게, 웃으며) 좋지? 칭찬 한번 해줘.

민 희   (준영 보며)

준 영   뒤집어서 한번 더 갑니다!

경 래   (준영 보고, 작게 한숨 쉬고, 스태프에게) 담 씬 준비.

1. * 점프컷 》

코디들 와서, 침대에 앉은 윤영에게 옷으로 몸을 감싸주는,
그때, 준영, 윤영 쪽에 와서, 침대 밑에 걸터앉으며,

준 영   (조금 떨떠름한) 오전에 안 나오신다더니, 어떻게 나오셨.. 어요?
윤 영   (아무렇지 않게) 나는 정말 새벽 씬이 부담돼서 말한 건데, 주감독은 내가 일
        부러 싸우자고 그러는 줄 알고 속 좁게 오해할 거 같아서. 대본 보니까, 잠자
        리씬이라 미용실 안 가도 되길래, 그냥 왔어.
준 영   (그랬구나, 이해가 가지만, 짐짓 표 안 내고, 어이없단 듯 웃으며) 저 그렇게
        까지... 속 안 좁아..
윤 영   (웃으며 보다가, 옷으로 몸을 감싸며) 화해하자.
준 영   싸운 적 없는데..
윤 영   (웃으며) 감독들은 배우랑 싸웠다 그럼 쪽팔린가봐? (하고, 가는)
준 영   (구시렁) 저럴 때 보면 화끈하게 멋진 데도 있는 거 같은데.. 또 어쩔 때 보면
        완전 쌈마니 마녀 같고, 뭐가 진짜야. (하고, 대본을 보며 가는)

씬 18. 세트장 밖, 낮.

경래 외 스태프들, 나오는, 훈성, 사람들에게 메뉴를 물어보는, 훈성, 경래에
게 '감독님 김치, 된장 중에 뭐요?', '짜장면', '된장은?' 하면 '짜장면' 하고,
훈성, '중국요리로 바꿉니다. 짜장면, 짬뽕, 우동만 받습니다' 하고, 사람들 나
는 짜장 하며 손들고, 누구는 짬뽕 하며 손들고 난리가 난,

씬 19. 윤영의 대기실, 낮.

준영, 민희 스시를 먹다가 놀라, 윤영을 보면,

윤 영   (웃으며, 서우에게) 뭐?
서 우   (아무렇지 않게 먹으며, 윤영에게) 김민철 국장하고 다시 엮일 맘 있냐고?
윤 영   (스시 먹으며, 웃으며) 왜 민철씨가 아직 나.. 좋대?
민 희   (준영 귀에 대고) 어떻게 저렇게 말을 하나.

준 영 (차 마시며, 떠보듯, 윤영에게) 그렇다 그럼 그럴 맘은 있나보다?

윤 영 (웃으며) 그럴 맘이 있다기보다, 재밌겠단 생각은 드... (하다, 갑자기 킥킥대고 웃는)

민 희 (어이없게 윤영을 보는)

서 우 미쳤어요? 왜 웃어?

윤 영 (깔깔대고 웃으며, 수건으로 괜히 눈가에 물기를 닦으며) 몰라, 자꾸 웃음이 나. 어우, 눈물까지 나네..

　　　　민희, 서우 윤영을 보는, 서로 황당한 듯 보는,
　　　　준영, 윤영이 어이없고, 재밌단 듯 보는,

씬 20. 변호사 사무실 복도, 낮.

　　　　지오, 답답한 얼굴로 사무실에서 나와, 전화를 걸며, 답답하지만, 애써 웃으며,

지 오 무슨 전활 그렇게 받어, 내가 임마 너한테 꼭 무슨 일이 있어야 전활하나?

씬 21. 세트장 일각, 낮.

준 영 (벽에 기대서 있는, 작게 웃고, 자리에 쪼그려 앉아, 전화 받는, 조금 탐색하듯) 어제... 비 많이 왔는데, 가는 길.. 어땠어?

　　　　1. *화면 분할되는,

지 오 (걸어가며, 웃음 띤) 괜찮았어, (하다, 앞을 보면, 한쪽에 연희가 오다, 서 있는, 굳어지는, 연희를 스쳐지나가며) 촬영 감은 어때? 잘 나오는 거 같애?

준 영 (짐짓 아무렇지 않은 듯) 어제 집에 몇 시에 갔어?

지 오 집에 못 갔어.

준 영 (이것 봐라 싶은) ..왜?

지 오 (놀리려는) 그냥 안 갔다 왜?

준 영 (화나지만, 참고, 애써 웃으며) 안 가고 어디 갔는데, 나 몰래 옛날 애인이라

도 만났냐?

지 오　그랬담 어쩌게?

준 영　죽지, 나한테.

지 오　(장난스레, 웃으며) 죽여줘.

준 영　(화나는 것 참고, 짐짓 아무렇지 않은 척) 어디 갔었어?

지 오　나.. 촬영장 갈까? 프로듀서가 넘 안 가는 것도 좀 이상하잖아.

준 영　(연희 얘기 안 하는 게 자꾸 걸리는) 프로듀서로서 올 거면 오지 말고, 보고 싶음 오고.

지 오　(어색하게 웃으며, 차 있는 데로 가서, 차에 기대 전화하는) 보고 싶긴 열두 시간 전에 봤는데, 무슨. (어색하게) 참 근데 너 집에.. 오래 안 들어가서 옷이 그렇겠다. 낼도 촬영 이어진다며, 내가 옷 좀.. 갖다주랴?

준 영　우리 집에서?

지 오　(어색한) 아니.. 야, 임마 주인 없는 집엘 어떻게.. 사가지고,

준 영　0708.

지 오　?

준 영　우리 집 번호 키, 0708이라고. 옷방 가면 맨 아랫 서랍에 양말이랑, 속옷 한 벌씩만. 그리고 다른 덴 뒤지지 말기다.

지 오　(어이없단 듯 웃으며) 야, 내가 니 방을 왜 뒤져. 사람 이상하게 만드네, 애가. (갑자기 웃음 가신) 근데 너 설마 아무한테나 집 키 번호 갈쳐주는 건 아니지?

준 영　그건 모르지. (하고, 전화 끊고) 야... 이연희 얘길 끝까지 안 한다, 이거지. (어이없고, 속상하게 웃으며) 이 능구렁이.

준영, 화면에서 사라지는,
지오, 준영이 그리운 듯 웃다가, 전화를 끊고, 차 키로 차문을 열다가, 뭔가 이상해 보면,
연희가 한쪽에 서 있는,

연 희　(편안하게) 고마워. 난감했는데. 미연이가 언제 같이 한잔하재.

지 오　(가만 보기만 하는, 답답한)

연 희　음주운전까지는 맞는데, 차선 위반은 상대편 쪽에서 한 걸 미연이 혼자 뒤집 어쓰게 놔둘 수가 없었어. 돈도 없고.

지 오 (보기만 하는, 답답한)

연 희 우리.. 어디 가서.. 차라도 한잔할래?

지 오 마지막이라고 생각하고, 속아준 거야.

연 희 (보면)

지 오 너도 아는 변호사 있을 거잖아? 근데도 내가 모르는 척하고 나서준 거는,

연 희 아기 가진 적 없어.

지 오 (보는)

연 희 니가 날 너무 힘들어하니까, 진짜 떠나야겠다 싶어서, 거짓말한 거야, 자존심
       도 상하고,

지 오 (말꼬리 자르며, 맘 아픈) 나 준영이 만나.

연 희 (눈가 붉어 보면, 참담한) .. 드디어.. 용기를 냈네.

지 오 어. (맘 아프지만, 작심하고) 연희야, 나는 걔를 만나서, 참 행복하고, 좋고,
       설레고, 걔한테 잘 보이고 싶어서, 잠도 안 와. 그런데 니가 방해를 해. 화가
       나 죽겠어. 지금 내 머릿속엔 한 가지 생각뿐이야, 대체 얼마만큼 너한테 잔인
       하게 해야 니가 나를 다신 찾지 않을,

연 희 (맘 아프게 보다, 돌아서는)

지 오 (맘 아픈) 행복하라고 해줘라.

연 희 (가는)

지 오 (눈가 붉어, 맘 아픈) 제발 잘살어. 어?!

연 희 (눈가 닦으며, 참담히, 가는)

지 오 (맘 아픈, 차의 문을 열려다가, 다시 연희에게 갈까 말까 하다가, 그냥 차에 타
       서, 연희를 스쳐지나가는)

씬 22. 세트장 일각, 낮.

       서우, 준영 한쪽 의자에 앉아 있으면, 민희, 커피를 가져와 서우를 주고, 옆에
       앉는,

민 희 (생각하듯) 어떻게 그렇게 웃을까? 깔깔깔깔..

서 우 (담담하게, 어이없이 웃으며) 누구한텐 목매는 사랑이 누구한텐 웃음거리니,
       참내.

준 영 왜 그래요, 나는 오늘 첨으로 윤영선배 멋있든데.

서우, 민희 (보면)

준 영 사실 십오 년 전에 끝난 사랑을 다시 이어보겠다는 김국장이 코미디지, 성숙한 인간이라면 윤영선배처럼 헤어지고 만나는 게 자유로워야 되는 거 아니에요?

1. *플래시백 〉〉

지오를 보던 우산 쓴 연희의 처연한 모습.

준 영 (순간 화가 나는 듯) 비 오는 날 청승을 떨면서... 그런 면에서 이작가님 드라마도 넘 작위적이에요.

서 우 (황당하게 보는)

민 희 왜 불똥이 그리 튑니까?

준 영 맨날 한 남자, 한 여자에 목매는 사랑 이야기 왕짱나. 우리 이제 그만 미드 같은 쿨한 사랑 얘기 좀 하자. 걔들 얼마나 쿨해, 만나면 만나고, 헤어짐 헤어지고.. 그걸 통해 인간의 욕정이나 비속함을 말하고, 나만 해도, 무슨 첫사랑의 순정? 짜증 나. 나이가 몇인데.. 내가 남자들한테 받는 질문 중 젤 싫은 게 뭔 줄 알아요? (남자 목소리 흉내) 내가 몇 번째야. (버럭) 그거 알아서 뭐하게, 지들이?!

민 희 (순간 피하는)

준 영 인간은 인간을 통해서 성숙해지는 거라고, 모든 만남 뒤에 이별은 넘 자연스러운 거라고 이제 좀 당당히 말할 때도 되지 않았어요? 언제까지 유아적으로 이래야 돼요? 언제까지?

민 희 (보며) 누가 뭐라 그랬습니까? (하고, 서우를 보며) 그죠?

시 우 (편안하게 웃으며) 맞는 말이다

준 영 맞는 말이다 말로만 말고, 드라마도 좀 그렇게 써.

서 우 (편안히, 웃으며) 근데 그레이 아나토미의 그레이도, 섹스 앤 시티의 캐리도 결국엔 극 중의 첫 번째 남자들한테 돌아가는 건 어떻게 생각해?

준 영 (서우 보는) ?!

서 우 난 인간이 순정에 허덕이는 건 본능이라고 본다. 순정에 대한 무수한 향수. 너무들 착하고 싶은 거지. (하고, 차 마시는)

민 희 (수긍하는) 아...

준 영 (답답한, 기운 빠지는) 아.. 는 무슨.. 일해. (하고, 일어나 가며) 잘 가요, 이작 가님.

서 우 참 나 왜 오랬어?

준 영 (뒤로 걸어가며, 장난스레) 나만 일하기 배아퍼서요. 자꾸자꾸 봐야, 정들고.. 그래야 담 작품 같이하죠.

서 우 우리 또 일해?

준 영 (웃고, 손 흔들고 돌아서 가는데 기분이 안 좋은)

씬 23. 몽타주.

1, 양재동, 낮.
소품 담당, 전화를 하며 '지금 출발할라고 합니다, 1톤은 어떻게 구했는데, 나머진 CG로 가야 될 거 같아요, 네, 네', 인부들 들꽃 조화를 큰 트럭에 싣고있는,

2, 규호의 촬영장, 낮.
규호, 한쪽에 뚝 떨어져서 두 손으로 귀를 가리고 진지하게 대본을 읽고 있는, 가슴에 칼 상처가 난 영웅을 분장하는 분장사의 모습이 보이는, 멀쩡한 얼굴과 몸이, 상처 난 얼굴과 몸으로 변해가는, 한쪽으로 가면, 민숙과 해진, 수진 연습을 하고 있는, 미용사들 세 사람의 머릴 만지는, 민숙과 수진은 사과를 먹고 있고, 해진은 진땀 나게 연습 중이다.

해 진 (땀을 흘리며, 대본 보며, 진지한) 어머니, 그거는 아니지.. 아이, 알았어, 알았어, 내가 잘못했어.

수진, 민숙 (사과 먹으며, 해진을 꼬나보는)

2-1. • 점프컷 〉〉

해 진 (땀을 흘리며, 대본 보며, 진지) 어머니, 그거는 아니지.. 아이고, 알았어, 알았,

수 진 (버럭, 지친 듯) 야, 너,

그때, 민숙, 해진을 계속 꼬나보는,

해 진 (울상 돼서 보면)

수 진 너 지금 대사 한 줄로 밤샐 거야? 너랑 여기 오선생님이랑도 그렇고 나랑도
그렇고, 오늘 대사 맞출 게 주구지 장지진데, 아우, 정말 내가 열불나 못살
겠..(다시 달래는) 야, 주눅 들지 말고, 다시 한번 대사 뜻을 생각해가면서 좀,

민 숙 (불쑥, 해진만 꼬나보며) 뭘 잘못했어?

수진, 해진 ?!

민 숙 뭘 잘못해서, 니가 지금 나한테 잘못했다 그래?

해 진 (땀을 흘리며, 버버대는) 그게.. 그게.. 호걸이 오빠랑 논 거랑,

민 숙 니가 호걸이랑 놀아서, 해장국 끓이는 장작불 안 봐갖고, 오늘 장사는 물론 시
장에서 빌린 고릿대도 못 갚았지? 그래서 내가 너를 쥐패고, 그런 담에 니가
하는 대사지, 지금? 근데 너 지금 어떻게 읽어? 입으로만 잘못했지, 맘은 없
잖아? 고릿대를 못 갚는 건, 없는 사람들한테 목숨이 위태한 긴박한 사정인데
도.. 아무런 마음 없이 입으로만, 그렇게 입으로만 대살 외니까, 연기가 돼?
연기가 마음인지도 모르고.. (하고, 가는)

해 진 (눈가 그렁한)

수 진 (안쓰런) 오선생님 말이 맞어, 입으로 말고, 맘으로 해봐봐, 다시 해.

2-2. ＊점프컷 〉〉
규호, 해진을 보고, 재밌단 듯 웃는, 해진 연습하는 걸 기특한 듯 보는,

2-3. ＊점프컷 〉〉
해진과 수진 연습을 하는,

해 진 (울면서) 나는 어머니 골탕 먹일라고 그런 거는 아니고, 오빠가,

수 진 (버럭) 안하무인 천방지축 니 캐릭터 어디 갔어?

해 진 (울다, 제 뺨을 확 치는)

수 진 ?!

해 진 (버럭버럭 소리치며, 말하는) 어머니, 잘못했어. 나는 어머니 골탕 먹일라고
그런 거는 아니고, 오빠가 아프다고 해서,

규 호 (귀여워 웃음이 나는, 참고, 해진 쪽으로 가서 앉으며) 더 크게!

해 진 (소리치며, 연습하는, 엉엉 울며) 그래도 어머니 제가 잘못했어요! 어머니 힘
드신데 도와드리지도 않고, 놀러나 다니고, 어머니 미안해.

수 진 이제 됐네, 그 감정 잊지 말어. (하고, 가는)

규 호 (웃으며) 30분 후에 슛 간다. (하고, 가면서, 좋은)

해 진 (눈물 쓱 닦고)

2-4. ▪ 점프컷 〉〉
수진, 대본 보는 민숙에게로 와서 앉으며,

수 진 (웃으며) 해진이 쟤 연기자 되겠다.

민 숙 가봐야 알지, 지금 어떻게 알어?

수 진 애들이 그렇지 뭐. 사실로 말해서, 쟤들이 젊고 이쁘고, 연기까지 잘함 우리가
뭐 먹고사니?

민 숙 (어이없이 보면)

수 진 (웃으며, 해진 보며) 언니도 애들한테 좀 관대해져라.

민 숙 난 애들 싫어. (하고, 대본 보는)

수 진 그럼 전번날 수경인 청담동까지 델고 가서 밥을 왜 사줘? 애들이 좋으니까,
사주지, 안 그래?

그때, 진행 와서, 수진에게

진 행 엄마, 슛 들어가요. (하고, 민숙에게) 선생님 슛 갑니다.

수 진 어. (하고, 민숙에게) 가요. (하고, 가며, 진행을 끌어안으며) 우리 아들 밥 먹
었나? 무슨 반찬하고 밥 먹었나..

민 숙 (부러운, 구시렁) 나는 선생님이고, 쟤는 엄마야?.. (하고, 대본 보는)

3, 산기슭, 낮.

수경과 진범, 그 외 스태프들 몇몇 꽃을 심고 있는,

수 경 (화난, 일만 열심히 하며, 구시렁) 울 엄마는 모르실 거다. 울 엄마는 모르실 거야. 울 엄마는 내가 에어콘 나오는 스튜디오에서 (손가락을 튕기며) 컷, 큐 하며 전쟁터의 장군처럼 호령하며 일하고 있는지 알지, 여기서 밭 매고, 꽃 심 고 있는지.. 정말 울 엄마는 모르실 거다.

진 범 (웃으며) 이건 약과야.

수 경 (보면)

진 범 예전에 김국장님이 사극할 때, 한겨울이었거든, 김국장님이 난 여름 씬을 찍 어야겠다. 그러는 거야.

수 경 ?

진 범 사방에 갈대만 우거져 있는데.. 여름 씬이라니, 말도 안 되잖아. 지금처럼 CG가 훌륭한 것도 아니고.. 그때 규호선배가 조연출이었는데, 어떻게 했는지 알어?

수 경 날렸겠지. 그 자식이 얍삽 떠는 거밖엔 뭐 하는 게 있냐?

진 범 (고개 젓고) 결국은.. 여름 씬을 찍게 했어.

수 경 또 구라깐다.

진 범 갈대밭에 녹색 식용염료를 바른 거야. 일일이, 밤에는 렌턴을 키고, 붓으로, (흉내 내며) 이렇게, 이렇게.

수 경 ?

진 범 그리고, 동네사람들이 고소해 구류 살았잖아. 드라말 위해 빵에 간 조연출, 멋 지지?

수 경 (울상, 꽃을 심으며) 몇 개나 더 심어야 되냐?

진 범 오천 송이쯤.

수 경 (가만 보다, 울상) 흑.. (하고, 꽃 심는)

씬 24. 준영의 옷방, 낮.

지오, 마구 헝클어져 있는 옷장 서랍을 보며, 답답한, 그곳에서 구겨진 양말과 팬티를 집어내며,

지 오 살림하는 꼴 봐라, 양말이랑 팬티랑 한꺼번에... (하고, 서랍을 닫고, 일어나 가려다가, 차마 안 되겠는지, 다시 앉아, 서랍을 다 꺼내 옷을 부려놓고, 하나 씩 개는)

1. *점프컷 〉〉

준영의 침실, 낮.

지오, 문을 열고, 주위를 둘러보면, 너무나 깨끗한, 지오, 문을 닫고 가려다, 뭔가 이상해 들어와 뭔가 볼록한 침대보를 들춰보면, 잠옷과 속옷이 구겨져 있는, 어이없는, 그러다, 화장대를 손으로 훅 훑으면 깨끗한, 지오, 이상한, 그러다 제 발을 보면, 시꺼먼,

지 오 이게 보이는 데만... 아우, 아우, 드러, 드러, 얼굴만 이뻤지, 이게 아주 순.... 아, 드러! (하고, 커튼을 확 치고, 이불을 들고, 나가는)

2. *점프컷 〉〉

세탁실 안, 낮.

지오, 이불을 넣고, 버튼을 누르고,

3. *점프컷 〉〉

욕실 안, 낮.

지오, 고무장갑을 끼고, 수세미로 욕실을 박박 닦는,

4. *점프컷 〉〉

주방, 낮.

지오, 샤워한 채, 기분 좋게 욕실에서 나오며 '이제 다 끝났지, 냉커피 한 잔을 마셔볼까' 하며 냉동실에서 커피를 꺼내, 커피머신에 넣고, 컵을 꺼내려 싱크대를 열어보면, 아무것도 없는, 이상한, 여기저기 열어보지만 아무것도 없는, 이상한, 그러다 싱크대 밑을 열면, 온통 설거지감이 가득한, 지오, 주저앉아, 그것들을 보며, 황당하고, 어이없는 웃음이 나는,

지 오 주준영, 너 왜 이러고 사니? (하고, 일어나, 식기세척기에 그릇 넣는)

씬 25. 윤영의 집 앞, 밤.

민철, 괜히 발로 땅을 툭툭 차고, 손에 봉지를 하나 든,

그때, 윤영, 집에서 나와, 주변을 두리번거리다, 민철을 발견하고, 그런 민철을 재밌다는 듯 보고, 옆에 가서 서며,

윤 영 웬일이야?

민 철 (윤영을 보고, 어색한, 괜히 후후 하고 한숨을 두어 번 쉬다가, 불쑥) 너 괜찮음.. 집에 들어가서, 나 와인이나 한 잔 줘.

윤 영 싫은데.

민 철 (불쑥 말하는) 우리 다시 만나자.

윤 영 (웃으며) 대체 머릿속에 뭐가 있어?

민 철 (보면)

윤 영 (웃으며) ... 가, 그만하자. 나는.. 있잖아요. 이렇게 살다 죽을래. 혼자. 연애나 하면서.

민 철 나랑도... 연애만 해.

윤 영 재미없어. 목숨 거는 스타일. (하고, 집으로 들어가려는데)

민 철 (손목 잡는)

윤 영 (편하게) 경찰 부른다.

민 철 (팔 놓고, 힘든, 그러나 자신감 있게 말하는) 저기 있잖아. 내가.. 있어도.. 딴놈 만나도 돼.

윤 영 (가만 보는)

민 철 (짐짓 편하게) 나도 이제 세상 살 만큼 살았고, 그 정도는... 그냥 자주는 나도 싫고, 일주일, 아니 한 달에 두어 번 만나서 밥이나 먹자.. 내가 아직 힘이 있잖아. 너, 일하는데 도움도 줄 수 있을걸.

윤 영 (어이없는 듯 작게 웃으며, 달래듯) 가.

민 철 전화할게.

윤 영 하지 마.

민 철 어머니 폐가 많이 안 좋다드라. 맘 준비하고 있어. 그리고, 일단 만나보자. 만나보고, 나도 뭐 니가 만나보니 별로일 수도 있잖아, 그럼 그때 또 안 만나면 되지 뭐. 비싸게 굴지 마, 늙어서. 참 (하고, 손에 든 봉지를 윤영 손에 쥐어주며) 이거 아직도 좋아하는지 모르겠다. 전화할게. (하고, 가는, 설레는, 후 하고 숨을 몰아쉬며 바쁘게 가는)

윤 영 김민철씨!

민 철 (순간 멈춰 서서, 돌아보면)

윤 영 (센베를 꺼내 씹어 먹으며) 11시 전엔 전화하지 마. 내 기상시간 12신 거 알지? (하고, 안으로 들어가는)

민 철 (서서히 웃음이 번지는, 좋은, 뛰어가며) 아후!

씬 26. 도로, 밤.

    1, 도로를 차단하는 스태프들, 서로 무전기를 하며, 차를 차단하고 있는,
사방에서, 차를 차단하기 위해 애쓰는 스태프들 보이고, '무슨 일이냐고' 하는
운전자들과 실랑이하는 스태프들이 보이는,

    2, 8차선 도로에서 양복 입은 두 남자 원석과 영준이 뛰어가는 씬을 찍기 위해, 땀을 분장하는, 성곤, 크레인에 조명 설치하는, 경래, 크레인에 카메라 설치하는,
8차선에 서서 민희, 무전기로 스태프와 통화하는,

민 희 (버럭) 미치겠네, 야, 이 미친놈아? 허가를 왜 안 받어? 8차선 도로 찍으면서 허가 안 받음, 어떻게 일을 할라고,

지 오 왜 걔한테 성질이야? 조연출인 넌 뭐했어?

민 희 내가 몇 번이나 말을 해도 훈성이 애가,

    그때, 준영 와, 무전기를 뺏어 들고 말하는,

준 영 소품 부장님한테 경찰복 두 개 가져오라 그래서, 니가 입고 거기 서 있어! 그러다 걸림 경찰서에서 하루 잠 되지, 뭐가 문제야?! (하고, 민희에게 무전기 주고) 뛰어!

민 희 (뛰며, 스태프에게) 렉카 준비, 렉카 준비!

지 오 (준영이 이쁜, 옆에 서서 담담한 척) 앗쌀하다.

준 영 (보며, 주변 사람들 모르게) 언제까지 내가 자기 조연출이세요.

지 오 (웃으면)

준 영 이제 그만 연출 대접 좀 해주지.

지 오   오케이, 안 나설게.

준 영   맘에 들어. (하고, 윙크하고, 가며, 스태프에게) 반장님, 반장님, 보조출연자 들 도로에 넘 몰려 있게 하지 말고, 좀 떼어놔요, 짜고 고스톱 티 내지 말고, 부탁해요! (하고, 렉카 차에 오르는)

지 오   (옆으로 가서, 주변의 눈치 보며, 살짝 말하는) 버스에 니 가방에 옷 넣어놨다.

준 영   (대본 보며, 말하는) 특집 4부작 스케줄이 장난 아니다, 집에 갈 거야?

지 오   (눈치 보며, 살짝) 너 일하는데 혼자 놀기 미안해서 강가 집 갈 거야.

준 영   (고개 젓고, 대본 보며) 일중독자... 가서 이상한 대본 쓰며 혼자 히죽거림 재 밌어?

지 오   (웃는) 무지.

준 영   (떠보듯) 근데, 나한테 할 말 없어?

지 오   (이상한, 주변을 둘러보며) 무슨 말?

준 영   (대본 보다) 아니, 무슨 말이라기보다.. 할 말이 있을 것도 같.. (보며, 떠보듯) 우리 사귀는 거 맞지?

지 오   (어색하게 웃으며) 왜 이래?

준 영   (떠보듯) 할 말 정말 없어?

지 오   (모르겠는) 뭐?

준 영   사귄다는 말에 함께 모든 정보를 공유한다란 뜻이 있는 건 알지?

그때, 경래 오며,

경 래   (웃으며) 야, 프로듀서가 야식도 안 사 오면서 왜 와?

지 오   (주머니에서 소시지 많이 꺼내, 경래 주머니에 넣어주며) 형만 먹어.

경 래   (웃으며, 끼 먹는) 치즈 든 게 맛있던데.

그때, 촬영 스태프 '감독님!' 하고 경래를 부르고, 경래 가는,

준 영   (대본 보며) 전화기 켜둬.

지 오   너 애타게 꺼둘 거야.

준 영   묘하게 뺀질대는 스타일인 거 본인 스스로는 알어?

지 오   어. (하고, 가는)

준영   이 씬 보고 가, 멋질 건데.

지오   (가며) 나도 다 찍어본 씬들이거든.

준영   (서운한, 지오 보며, 스태프들에게) 왜 이렇게 일이 늦어, 일 좀 하자, 일 좀!

2-1. ▪점프컷 〉〉
원석과 영준, 도로 중간을 땀을 흘리며 전력 질주하는,
달리는 렉카 차 위에서 준영, 모니터를 보는,

2-2. ▪점프컷 〉〉
보도 쪽으로 가면, 지오, 건물 한쪽에 숨어서, 준영의 모습을 보며, 대견하단
듯 웃고, 가는, 새벽녘까지 이어지는 촬영의 느낌, DIS.

2-3. 촬영을 철수하는 스태프들의 모습, 버스에서 자는 준영의 모습이 보이
고, DIS.

2-4. 새벽녘 도시 풍경과 오버랩 되면서 차들 소통하는 모습, DIS.

씬 27. 드라마국 안 + 국장실, 낮.

민철, 기분 좋게 드라마국으로 들어서며, '좋은 아침' 하며 인사하고, 국장실로
들어가는, 현섭 외 부장들, 회의실에 있고, '늦었습니다' 하며 회의 자리로 가
서 앉고, 현섭, 심부장 외 간부들 회의를 하러 들어와 자리에 앉으며 말하는,

현섭   (시청률표 보며) 아니, (턱으로 창밖을 가리키며) 쟤네들은 왜 이러는 거야?
        어제 왜 갑자기 방송을 85분을 내보내. 이것들이 아주 죽을라고 빽을 써. 그
        렇게 회의해서 방송 시간 지키자고, 삼사 국장 모여 사인도 모자라, 지장까지
        찍고... 아주 100분 방송을 하지?

오부장   (심부장에게) 걔들 시청률 얼마나 올랐어?

심부장   (답답한) 5프로. (현섭에게) 우리도 방송 늘리자, 이러다 우리만 죽어.

오부장   광고주들 난리 나, 제시간에 광고 못 나감. 그리고 찍는 사람 생각도 해야지,
        하루 10시간 꼬박 찍어야 방송 십 분 분량 나오는데, 애들 죽어요.

민 철   수목은 뒤로 가면서 좀 올라요?

심부장   도도도예요.

민 철   안 떨어짐 됐어요.

현 섭   오늘 기분이 좋다? 화 안 내네? 전 같음 (턱으로 창가를 가리키며) 저것들한테 전화해갖고 이럴 거면 왜 바쁜 국장들끼리 만나 약속했냐고 난릴 칠 건데?

민 철   배우 계약 어때요?

현 섭   (얼굴 부비며) 매니저들 난리다. 프로는 돈이 곧 자존심이라는 개 같은 말은 누가 지어낸 건지 죄다 그 말을 떠들어대며 돈돈 하고. 스탭들도 돈돈, 연출들도 돈돈, 배우들도 돈돈, 작가들도 돈돈. (민철에게) 나도 돈 좀 줘라.

　　　　민철, 그 외 부장들 깔깔대고 웃으며 차 마시는,

씬 28. 방송국 주차장, 낮.

　　　　민철, 있는 힘껏 뛰어가는, 그때, 현섭 뛰어오며,

현 섭   김국장님, 김국장!

　　　　민철, 키로 차문을 열며, 돌아보면,

현 섭   (헉헉) 미안, 미안, 그거 우리 집 열쇠다. (열쇠 주며) 이거 가져가!

민 철   에으.. (하고, 키를 바꿔 차문 열고, 차에 타면)

　　　　현섭, 차문을 잡고,

현 섭   근데 뭔 일이야? 어디 가?

민 철   윤영이 어머니가 위독하대. (하고, 문 닫고, 시동 걸고 가는)

현 섭   (멍하니, 보는)

씬 29. 강가, 낮.

지오, 강가를 걸어가며, 웃음 띠고 한쪽을 보면(다음에 할 드라마를 생각하고 있는, 지오와 준영이 주인공으로 분한 모습), 강가 집이 유리 카페로 보이고, 카페 난간에 지오와 청순하게 옷을 입은 준영이가 벤치에 앉아 말을 하는 게 보이는, 한쪽에 피크닉 바구니가 보이고, 멀리 스포츠카도 보이는, 얘기하는,

1. *상상〉〉

지 오   (쓸쓸하게 웃음 띤) 너는 사는 게 재밌니?

준 영   (순박하게 보며) 그럼 재미없어요?

지 오   (차를 마시고) 좋겠다, 사는 게 재미있어서. (강가를 보는)

준 영   (뭔가 말하려다가, 차를 마시는)

지 오   너랑 있음 재밌을 거 같은데, 역시 별로네. 가자. (하고, 가는)

준 영   .. 나두 재밌어요..

지 오   (돌아보면)

준 영   (용기를 내며, 버벅대는) 첨엔.. 다들 별로라고 하는데, 사귀다 보면.. 재밌대요. (자신 없는) 다.. 들.

지 오   (웃으며) 그래서, 지금 너랑 나랑 사귀자고?

2. *현실〉〉

지 오   (멋쩍은 듯 웃으며, 머리 긁으며) 아.. 좀 느끼하네.. 이작가님이 말할 땐 괜찮았는데.. (하고, 걷는)

카메라, 한쪽으로 돌아가면, 강 건너편에 준영(피곤한, 가방을 멘, 촬영 가기 전)이 서서, 지오를 보고 있는, 지오를 보는 게 편하기도 하고, 좋기도 하게 보이는, 잠시 보다, 손으로 확성기처럼 해서 말을 하는,

준 영   내 생각해?!

지 오   (못 듣고 가는)

준 영 헤이!

지 오 (보는) ?!

준 영 (웃으며, 손 흔들고) 나 피곤해 죽을 거 같애.

지 오 (웬일인가 싶은, 좋지만 안 좋은 척, 소리치는) 야, 얌마, 너, 너 어떻게.. 촬영
은?!

준 영 버스서 두 시간 자고, 선배 보러 왔어! 또 촬영장 가야 돼, 빨리 와! (시계 보
고) 출발 사십 분 전!

지 오 잠깐이라도 잠을 자지, 왜 와, 자식아!

준 영 출발 삼십구 분 오십 초 전!

지 오 잠깐, 잠깐... 야, 야.. 그러지 마, 간다고! (하며, 뛰어가는)

준 영 (웃으며) 출발 삼십구 분 사십오 초 전!

지오, 있는 힘껏 강을 끼고 다리 쪽으로 뛰어가는 모습, 느린 화면,
준영, 그런 지오를 웃으며, 장난치듯 시간을 계속 말하는 모습이 느린 화면으
로 보이면서,

준 영 (N) 생각해보면 나는 순정을 강요하는 한국 드라마에 화가 난 것이 아니라,
단 한 번도 순정적이지 못했던 내가 싫었다. 왜, 나는 상대가 나를 사랑하는
것보다 내가 더 상대를 사랑하는 게 그렇게 자존심이 상했을까? 내가 이렇게
달려오면 되는데, 뛰어오는 저 남자를 그냥 믿음 되는데, 무엇이 두려웠을까?

지오, '왔어, 왔어, 왔어' 하고 달려와 몸을 굽히고, 헉헉대는, 준영, 그런 지오
를 사랑스레 보고 꼭 안고, 몸을 조금 흔드는, 지오, 헉헉대며, 준영을 안고,

지 오 (헉헉대며) 니가 오람.. 내가 갈 건데... 뭐하러.. 내가 갈 건데..

준 영 (N) 그날 나는 처음으로 이 남자에게 순정을 다짐했다. 그가 지키지 못해도
내가 지키면 그뿐인 것 아닌가?

씬 30. 병원, 중환자실 앞, 낮.

카메라, 중환자실 안을 보면, 윤영모 산소호흡기 쓰고 누워 있고, 이모 곁에

있는, 벤치 쪽에 민철, 윤영 앉아 있는, 윤영 편안한 느낌이다.

민 철 (걱정스런, 윤영의 눈치 보며) 폐혈증이 무섭다든데, (윤영 보며) 촬영 가봐.

윤 영 (민철을 보며, 편하게) 내가 뭐가 좋아?

민 철 (괜히 딴청하는) 내가 회사 갔다가, 밤에 다시 와볼게. 너는 일해. 노친네 돌아가시기 전까지 가슴 철렁하는 일 열댓 번은 반복될 거야. 현장으로 연락 가도 넘 놀라지 말.

윤 영 (말꼬리 끊으며, 담담하게 웃으며, 민철에게) 나한테 또 당하면 어쩔라고?

민 철 (보면)

윤 영 (따뜻하게, 조금 농담처럼) 한 남자하고 살림 차려 알콩달콩 살 여자가 아니래니까, 난. 배신이 체질이라고요.

민 철 (어색하게 웃으며, 농담처럼) 만나시라니까. 늙어 죽을 때까지 이 남자 저 남자 만나셔.

윤 영 (웃으며) 솔직히 말해, 사랑을 가장해서, 내 옆에서 실실 웃으며 나 피 말려 죽일라 그러지?

민 철 가. 혹시나 몰라, 일 보고 현섭 형 오랬는데, 둘이 부딪힘 쫌 그렇잖아.

윤 영 (웃으며) 자기 무덤을 자기가 파. 아주. (하고, 일어나, 가다가, 오는 현섭을 보며) 안 와도 되는데 (하고, 그냥 가는)

현섭, 멈춰 서서, 가는 윤영과 창주를 보는, 느린 화면, 현섭의 눈가가 서글픈, 그러다, 돌아서서, 민철이 앉아 있는 의자로 와 앉는,

민 철 (가는 윤영을 이쁘고, 수줍게 보는)

현 섭 (가는 윤영 보다, 의자에 앉으며, 힘없는) 순정의 승린가? 늙어 추태다, 자식아.

민 철 어머니 한번 더 보고 올게. (하고, 중환자실 들어가는)

현 섭 (착잡한, 벽에 기대 있는, 외롭고, 초라한, 괜히 두 발을 툭툭 부딪히는)

씬 31. 강가, 낮.

준영, 지오 강가에 앉아 있는, 지오, 어렵게 말을 꺼내는,

지 오 (어렵지만, 짐짓 가볍게 말하려 하는) 어떻게 말을 시작해야 할지 모르겠다. (보며, 미안한) 사실 말 안 할라고 했는데,

준 영 (작게 웃으며, 물끄러미 보는) 무슨 얘길 할려고 이러시나.

지 오 (안 보고, 강가 보며) 알아서 좋을 거 뭐 있나, 그냥 모르면 모르는 대로 놔둬 두 될걸. 괜히 말했다 오해서.. 그 오해 풀려다 더 오해가 쌓이고,

준 영 (따뜻하게 작게 웃으며, 좀 놀리듯) 대체 무슨 얘길 하세요? 뜬금없이.

지 오 (불쑥) 연희가 찾아왔었어.

준 영 (어이없단 듯 웃고) 잠 못 자고 택시 대절해, 1시간 길을 달려왔는데, 기껏 한 단 얘기가, 나 일하는 사이에 지나간 애인 봤다고? 그래서 무슨 얘기했어? 왜, 다시 보재?

지 오 동생이 음주운전을 하는 중에, 차선 위반한 차량이 부딪혀 사고가 났는데, 변 호사 선임을 부탁,

준 영 (질투가 나는) 그걸 왜 비 오는 날 밤에 청승맞게 방송국까지 찾아와 얘기해, 전화로 함 되지?

지 오 (이상한, 보는) ?

준 영 그날 봤어, 편집실에서.. 밑에 내려다보니까, 둘이.. 설마 아직도 좋아?

지 오 (답답한) 내가 걔랑 다시 봐서 좋을 거 같음 헤어졌겠냐? 안 좋으니까 헤어 졌.. 난 이런 거 정말 싫은데, 지금 애인이랑 지나간 애인 얘기하다 보면 어쩔 수 없이 지나간 애인 뒷담화하게 되고, (한숨 쉬고) 진짜 그런 인간 젤 재수 없는데, 근데 우리가 앞으로 만나면서 작은 거라도 말 안 하기 시작함 그게 자 꾸.. 쌓이고.. 그러다 봄 혹시라도 사이가 벌어지고 그래선 안 될 거 같아서..

준 영 됐어, 그렇게 다 말할 필요 없어, 우리가 그런 말 안 했다고 뭐, 사이가 나빠지 겠냐? 별일 아님 넘어가도 돼. (순간, 짜증 나는) 갑자기 화나네. 대체 선밴 우 리 사일 어떻게 생각해?

지 오 뭐가?

준 영 전에 연희선배가 자기 남자동료랑 술 마시고, 모텔 갔을 때, 내가 우연히 그거 보고 선배한테 물었지? 그런 사실 아느냐? 그랬더니, 선배가 그랬지? 몰랐지 만, 괜찮다, 별일 아니니까 말 안 했을 거다, 설사 무슨 일이 있다 쳐도 우린 그 정도로 위협받는 사이가 아니라고, 그랬지? 그건 무슨 뜻이야? 연희선밴 남자랑 모텔을 가도 흔들리지 않는 믿음이 있고, 나하고는 이런 작은 것도 오 해가 되니까, 시시콜콜 말해야 한다 뭐 그런 말이야? 그래? 말해봐, 그래?

지 오   (황당한) 야야, 그 그건... (갑자기 이상한) 근데 정말 내가 그런 말했어?

준 영   내가 없는 말 지어내? (하고, 가는)

지 오   넌 그럴 수 있는 애지. (하고, 따라가는)

준 영   (가며) 관두자, 내가 너랑 말을 말아야지.

지 오   (준영 팔 잡으며) 뭐, 너?

준 영   (뿌리치며) 놔! (하고, 가고)

지 오   (웃으며, 미안한, 달래는) 야, 말하고 가, 사실 그때 내가 폼 잡은 거지, 뭐 그렇게 편해서..

준 영   (가며) 웃기지 마, 넌 나한테 믿음 없잖아,

지 오   (웃으며, 뛰어가, 준영 돌려세우며, 입 맞추고)

준 영   (밀치고, 때리며) 입 맞추는 걸로 얼렁뚱땅 넘어갈라고, 왜 그래, 진짜. (하고, 가는)

지 오   (준영의 앞에서, 뒷걸음치고, 준영 보고, 놀리듯 웃으며) 화났어?

준 영   (안 웃으려 하지만, 웃음이 나는) 바보, 뭐가 그렇게 좋냐?

지 오   너도 웃으면서.

준 영   난 안 웃었거든,

지 오   웃잖아,

그렇게 투닥거리며, 가는 두 사람의 모습에서 엔딩.

6부

산다는 것

어머니가 말씀하셨다. 산다는 건, 늘 뒤통수를 맞는 거라고.
인생이란 놈은 참으로 어처구니가 없어서 절대로 우리가 알게 앞통수를 치는 법은 없다고…
나만이 아니라, 누구나 뒤통수를 맞는 거라고. 그러니 억울해 말라고.

하지만 그건 육십 인생을 산 어머니 말씀이고, 아직 너무도 젊은 우리는 모든 게 다 별일이다.

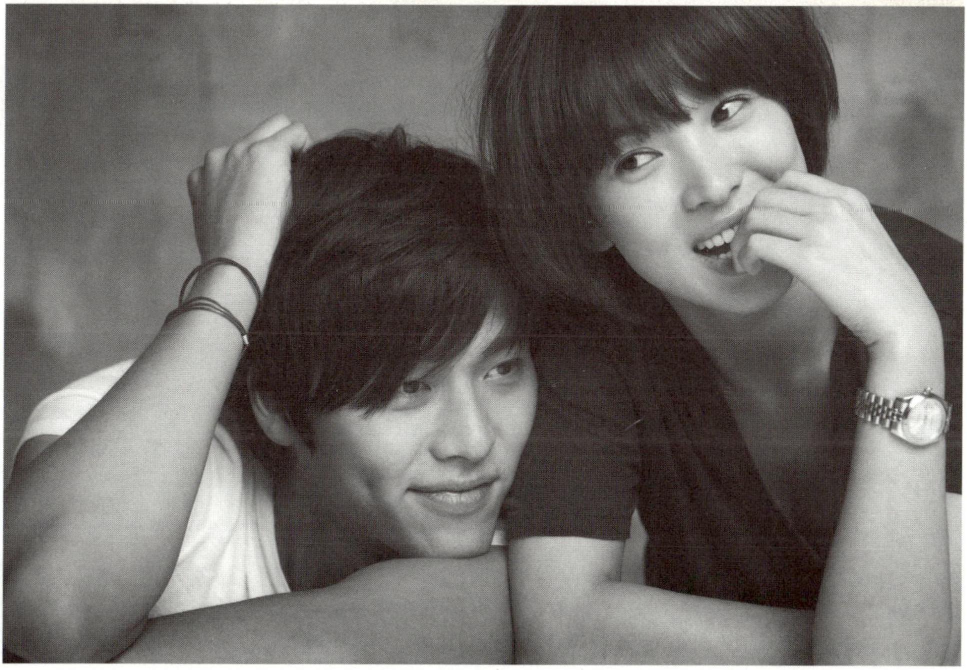

그 들 이 사 는 세 상

WORLDs Within...

씬 1. 광고 사진 찍는, 스튜디오, 낮.

윤영, 옷 광고 사진을 찍고 있는,
여러 벌의 옷을 갈아입으며, 빠른 템포로 갖가지, 포즈를 취하며, 사진을 찍
는, 컷컷 빠르게 윤영의 모습이 보여지는,

씬 2. 준영의 세트장, 낮.

스태프들, 소품을 챙기고, 전기를 연결하고, 선 정리를 하는 등 부산한, 경래,
레일을 까는 스태프들에게 '조금 더 앞쪽부터 깔아라' 하며, 지시하는,
준영, 성곤(조명감독)과 이야기하다 창문 쪽을 향해,

준 영 최실장님(일하시는 담당자) 창문 열려야 해요. 클로즈업 장면 있으니까!
스태프 (움직이며) 알았어요.
준 영 (성곤에게) 영혜가 침대에서 일어나 화장실로 들어갈 때까지 카메라가 따라
갈 거예요. 지난번 보니까, 사실감은 좋은데, 너무 어두워서 동선이,
성 곤 (말꼬리 자르며) 창문 뒤에 조명 하나 쏘지 뭐, 막내야, 창문 뒤에 조명 하나
쏴!

경래, 일하다, 준영 쪽에 대고 말하는,

경 래 (조심스레) 주감독, 배우들한테 뭐라고 하고 재촬영하자 그랬냐?
준 영 (무심하게) 카메라가 흔들렸다고.
경 래 (어이없는) 뭐? 야, 자기가 콘티 잘못 짜놓고 그런 법이 어딧,
준 영 (못 들은 척 괜히 말꼬리 돌리는, 침대 스탠드를 가리키며) 이거 불빛이 세서,
인물 얼굴에 그림자 진다고 바꾸랬는데..

성 곤 막내야, 소품 팀에 말해서 갓 좀 바꿔!

경 래 (어이없이 준영 보고, 스태프에게, 버럭) 야야, 레일 밑에 선 깔렸잖아.

그때, 전화 오고, 준영, 받으며,

준 영 네. (하고, 가며) 어, 아직 숏 들어갈람 2, 30분은 더 있어야 돼, (주변 눈치 보며 나가는, 들뜬) 계획은.. 좀 짰어?

씬 3. 드라마국 안, 낮.

지오, 자리에 앉아, 컴퓨터를 보며, 전화를 하고 있는, 컴퓨터에 스케줄표 같은 게 짜져 있는, 주변 눈치를 보며, 빠르게 말하는,

지 오 일단, 니가 일이 끝나기 전에 내가 그리로 가서 널 텍고 홍은동으로 가. 그래서 너 좋아하는 아저씨 칼국수 먹고, 그 담에 서대문 임형인베이커릴 가.

씬 4. 세트 밖 일각, 낮.

준 영 (벽에 기대앉아, 좋은) 코코넛칩이랑 초코머핀 사?

지 오 (E) 허브아이스크림도.

준 영 크크, 그 담엔?

씬 5. 드라마국 안, 낮.

지 오 그 담엔 마트 가서, 장을 봐. 이박 삼일 먹을 걸 산더미처럼 산 담에 DVD점에 가서 영화 두 편을 빌려, 니가 좋아하는 거 하나, 내 꺼 하나,

씬 6. 세트 밖 일각, 낮.

준 영 (벽에 기대앉아, 손톱을 물어뜯으며, 기대에 찬, 좋은) 와우~그래 갖고?

씬 7. 드라마국 안, 낮.

지 오 집에 와서 다시 야식하고, 영화 두 편 보고 12시 넘으면 김포가도 드라이브. 강화까지 죽 밟아서.

씬 8. 세트 밖 일각, 낮.

준 영 영화 본 후, (김포가도에 실망한) 김포.. 가도? 아, 안 자고?

씬 9. 드라마국 안, 밤.

지 오 (좋은) 히히. 자긴 시간 아깝게. 그리고 집에 와서, 한 네 시간만 잔 담에 벌떡 일어나서 북한산 초입에 우거지해장국 먹으러 가는 거야?

씬 10. 세트 밖 일각, 낮.

준 영 (떨떠름한, 불쑥) 해장, 국?

씬 11. 드라마국 안, 낮.

지 오 그런 담에 종로로.. 참 종로 막히니까 차는 가져가지 말고, 지하철 타자.

씬 12. 세트 밖 일각, 낮.

준 영 (떨떠름한, 작게 구시렁, 아무도 안 듣게) 얼러리오.

씬 13. 드라마국 안, 낮.

지 오 그런 후, 종로 영화관 가서 타란티노 꺼 보고, 가회동 나단 가서 70년대 영화 퍼레이드 하는 거 본 담에, 집으로 오면 한 아홉 시 되니까,

씬 14. 세트 밖 일각, 낮.

준 영　(덤덤한) 아홉 시 뉴스 봄 되겠네.

　　　* 화면 분할 》

지 오　뭐?

준 영　피곤해 죽겠는데.. 무슨 세미나 하냐, 70년대 영화 퍼레이드는 무슨... (하며, 짜증스레, 괜히 뒤돌아, 벽을 박박 긁는) 이박 삼일 동시에 둘이 같이 쉬는 날이 얼마나 된다고... 아이디어가 그렇게 없어?

지 오　(좀 서운한) 얌마, 그래도 나는 이거 짠다고 아침부터 회사 나와서... 얼마나 머릴 굴렸는데,

준 영　(서운한) 그래도 넌 빡세잖아. 피곤한데.

지 오　(서운한) 아, 아, 그럼 니가 짜든가. 짜증 나게.

준 영　(조르듯) 선배가 짜기로 했잖아, 나 일하잖아.

지 오　(짐짓 화난 척) 됐어, 됐어. 또 짜면 그건 아니라고 또 궁시렁댈라고 그냥 대충 지내, 암것도 하지 말고, 샤워도 세수도 하지 말고 이빨도 피곤하니까 닦지 말고, 디리디리 먹을 거나 산더미처럼 쌓는 담에 개돼지처럼 방구석을 뒹굴뒹굴 굴러다니면서, 이박 삼일 내내 잠이나 처자면서,

준 영　(좋은) 야, 그거 넌 좋다! 넌 좋아! 그래, 바로 그거다. 그거!

지 오　뭐?

준 영　나 7시면 촬영 끝나니까 선배 늦지 말고, 우리 집 가 있어, (하고, 전화 끊으려다가) 참 옷 편한 거 가져와. (하고, 전화 끊고, 지오 사라지는, 지오 사라지며 '야, 야' 하고 준영 부르는) 계획을 그렇게 짜야지, 붕아. 무슨 예술영화? 귀한 시간 나 텍고 강의하실라고? 드럽게 갈치는 거 좋아해, 암튼. 어림없지. 어림없어, 크크. (하고, 신나서, 세트장으로 들어가는데)

　　　민희, 뛰어오며,

민 희　(답답한) 선배, 촬영 두 시간 뒤로 밀렸습니다!

준 영　?!

민 희 윤영선배네 광고가 늦어진다고,

준 영 쩐다 쩔어, 진짜.... (하며, 가면서 핸드폰 문자 찍는)

씬 15. 드라마국 안, 낮.

지 오 (문자 보는)

* 인서트 – 문자 내용

마귀할멈이 태클, 늦는대. 9시에 만나자. ㅜㅜ

지 오 (웃으며, 백 커서로 계획을 지우며, 웃음 띤) 52시간 같이 있는데, 두 시간쯤 늦는 거야, 뭐. 히히.

그때, 철이 와서 앉아, 지오를 돌려세우며,

철 이 (조금 흥분한, 진지한) 형,

지 오 (보면) ?

철 이 (빠르게 말하는) 이번에 러브스토리. 여자와 남자는 연상연하야. 남자의 직업은 우체부고, 여자는 강남 텐프로. 그 남자는 아픈 노모의 병원비 땜에 새벽에 우유 배달을 해. 투잡이지. 어느 날 그가 여자 집으로 우유 배달을 하면서 둘은 만나게 되는데, 남자는 첫눈에 여자한테 반해. 그래서 어느 날부턴가 그 여자 앞으로 온 우편물을 숨기게 되지, 여자가 우편물을 찾으러 남잘 찾게 되면서 이야기는 서서히 점입가경을 맞,

그때, 현섭, 철이의 뒤통수를 까며,

현 섭 키에슬롭스키! (하고, 지오에게 손을 내밀며)

지 오 (손바닥을 벌려, 현섭의 손을 치며) 십계, 사랑에 관한 짧은 필름.

철 이 (머리 긁으며) 어쩐지 술술 풀리드라. (하고, 가는)

현 섭 (웃으며) 작가 구해, 니가 뭔 글을 쓴다고, 김수희 작가 어때?

철 이 (제자리에 앉으며, 지오에게) 형, 이서우 작가 나 줘.

지 오   (보며, 어르는) 차라리 마누랄 달래라. 이게 어디서..

그때, 민철 나오며,

민 철   갑시다. (하고, 가는)
현 섭   (지오의 목을 감고) 서우 보러 가자.
지 오   안 가요, 나 바뻐!
현 섭   바빠도 가!
지 오   (켁켁대며, 끌려가는) 아, 놔봐요! 아씨, 좀 어디든 혼자 좀 다녀요. 나 좀 빼고.

현섭, 지오를 끌고 가는,

씬 16. 사진 스튜디오 앞, 밤.

윤영, 코트를 걸치고, 화장을 진하게 한 채, 스튜디오 계단을 뛰어 내려오는,
코디와 미용, 그 뒤따라 뛰어 내려오고, 그때, 창주, 차를 가지고 앞으로 오고,
코디와 미용 문을 열어, 윤영을 타게 하는,

씬 17. 윤영의 차 안(벤), 밤.

윤영, 옷을 훌훌 벗고(운전하는 창주와의 사이에 커튼 쳐져 있는), 옷을 갈아
입고, 코디, 윤영 챙겨주고,
미용, 콜드크림 주면, 윤영, 얼굴에 발라 화장을 지우며,

윤 영   (화난, 창주에게) 창주 너 스케줄 이따위로 짤래? 새벽부터 촬영을 잡아서 지
금 이 시간까지,
창 주   (운전하며, 난감한) 그게요, 선생님, 사진작가가 서너 시간 만에 다 찍을 수
있다고 해가지고,
윤 영   아직도 걔들 말을 믿어? 일단 갖은 말로 사람 잡아놓고 세월아 네월아 하는
애들 말을, 광고 촬영은 하루 단독으로 빼라고 내가 몇 번을 말해?!
창 주   (답답한) ...

윤 영 (코디가 주는 주먹밥을 입으로 받아먹고, 화장 지우며) 니들은 뭐 먹었어?

코디, 미용 해물탕.

윤 영 (밥 씹으며, 밉게 보는)

씬 18. 산타마리오 안, 밤.

현섭, 민철, 서우, 지오 맥주를 마시고 있는,

현 섭 (밉게 보고, 민철에게) 야, 자신할 걸 자신해, 윤영이가 지금처럼 살아도 니가 정말 걜 사랑할 수 있다고? 윤영이가 우리 본부장하고도 한때 썸씽 있었던 거 알 만한 사람은 안다? 윤영이 회사 주식 상장할 때 그 배후에 케스 건물 정회장 있었다? 너 그게 정말 괜찮아?

민 철 (아무렇지 않게 작게 웃으며, 술 마시는)

지 오 (현섭의 말꼬리 자르며, 따분한) 아.. 나 이런 얘기 싫은데, (하고, 머리 긁으며) 나 감 안 돼?

현 섭 (칠 듯이) 콱!

지 오 (싫은, 외면) 아, 정말.. 여자들 수다도 질리지만, 남자들 수다도 싫다고 나는,

현 섭 (아랑곳없이, 민철 보며) 너는 그냥 보통 사람이야. 윤영이 보통 여자?.. 아니지! 임마, 왜 가시밭길을 가냐? 왜? 니가 뭐가 아쉬워서? 윤영이 얼굴 반반한 거, 옛날 말이야, 정신 차리고 자세히 봐봐, 여자 사십 중반, 맛이 가도 한참 간 나이야.

서 우 딱 사십은?

현 섭 (보며) 혼날래?

서 우 (웃고)

현 섭 (민철 보며) 너를 너무 과대평가 말어라. 너 주준영이가,

지 오 (보면)

현 섭 드라마국 왔을 때 기집애가 겁 없다 그랬지? 그게 너야, 그렇게 고리타분한 가치관의 소유자가 김민철인데, 이 남자 저 남자를 아무런 죄의식 없이 옮겨다니는 윤영일 니가.. (맘 아픈) 감당할 수 있다고?

지 오 있다잖아요, 본인이. 본인이, 당사자가 있다는데.. 무슨 말이 그렇게 많아요, 부장님은?

현 섭 (주먹 들고) 고만 안 해?

지 오 (머리 디밀며) 아, 패패, 그리고 집에 좀 보내주라, 나!

민 철 (웃으며, 시계 보며) 아홉 시 뉴스 봐야겠다. (일어서며, 서우에게) 계약하고
가.

서 우 나 딴 데랑 할 거라니까.

현 섭 (민철에게) 너 안 앉나?

민 철 (현섭에게) 이서우 사인 안 함 감금해요. (하고, 가는)

현 섭 야! 야!

지 오 나도 가요. (하고, 일어나면)

현 섭 (지오 잡고) 어딜..

1. ▪점프컷 〉〉
민철, 미진에게, '계산 내 앞으로' 하고 가는,

2. ▪점프컷〉〉

서 우 (불쑥, 현섭 빤히 보며) 십오 년 전 안개 낀 김포공항,

현 섭 (물 마시고, 보면) ?

지 오 (서우 보는) ?

서 우 (현섭 빤히 보며, 탐색하듯, 웃으며) 홍콩행 비행기가 9시에 뜨기로 한 그날,
부장님 거기.. 있었지?

현 섭 (물 마시는, 서우 눈을 빤히 보며, 피하지 않는) ?

서 우 김민철 국장이 윤영선배의 기자회견을 보고, 1층 라운지에서 텔레비전을 부
수고 광분하던 그날,

지 오 (눈을 굴리며, 두 사람을 이리저리 살피는)

서 우 부장님은 거기 있었어. 왜냐? 떠나는 윤영선배 뒷모습이라도 한번 더 볼까 싶
어서.

현 섭 (빤히 보는)

지 오 (둘을 번갈아 보는)

서 우 본 사람들이 있어.

현 섭 (보며, 쉽게) 그랬다. 그게 뭐?

지 오 (어이없고, 놀라는) 야, 이게 무슨... 엽기적인, 선후배 사이의 가당찮은 치정이야. 아우, 나 갈래.

서 우 (현섭만 보며, 웃으며) 부인은 아냐?

현 섭 (술 마시려다가, 물 마시며) 알든가 말든가.

서 우 (웃으며) 아우 아우 아우..

현 섭 (웃으며, 계약서 꺼내며) 사인해라. (계약서의 금액 보여주며) 돈 봐봐, 많아.

서 우 (술 마시며, 웃으며) 딴 데랑 계약한다고.

현 섭 (어이없게 웃으며) 전에보다 10프로나 올렸다. 그만 재라.

씬 19. 세트장, 주차장, 밤.

윤영의 차, 서고, 윤영, 슬립 위에 코트를 걸치고, 코디와 미용과 차에서 내려 세트장으로 서둘러 뛰어 들어가는, 창주, 가는 윤영을 보고, 차를 돌리는데, 전화가 오는,

창 주 (운전하며, 편하게) 네, 여보세요.

씬 20. 세트장 안, 밤.

윤영, 침대에 앉아, 대본을 보는,
준영과 스태프들 분주하게 조율하는,
준영, 성곤과 경래에게 말하는,

준 영 풀 부감에서 틸다운한 담에, 옆에서 빅 클로즈업 따고, 화장실 씬부터 화장대까지 이동은 원 캇트. (하고, 경래 보면)

경 래 사이즈는 내가 생각해논 게 있어, 나중에 한번 봐.

준 영 굿!

성 곤 (스태프에게) 좀 더 조명 땡겨라. 한 발짝만, 그래그래.

준 영 (모니터 앞에 앉고)

민 희 (두 사람을 보고 있다, 손뼉 치며, 스태프에게) 자자자, 갑니다!

1. * 점프컷 〉〉
윤영, 위에 있던 가운을 벗고, 슬립의 끈을 내리는,
창주, '선생님' 하며 뛰어오는,
모두, 창주 보면,
윤영, 무심히 창주를 보는데,

씬 21. 지하철, 계단, 밤.

민철, 계단을 바쁘게 내려가며, 가라앉은, 핸드폰으로 빠르게 말하는,

민 철　나 충무로, 버스 타고 가다 차 막혀, 지하철로 갈라고, 형은 어디예요?

씬 22. 도로, 밤.

현섭, 서우를 태우고, 차를 돌리는,

현 섭　(스피커폰으로, 다급한) 난 강남 넘어가다 지금 막 차 돌려, 간다!
서 우　(차가 급하게 돌려지는, 바람에 몸이 휘청하는, 손잡이를 잡고) 천천히 가!
현 섭　야, 근데 나 옷이 알록달록한데 괜찮겠지?

씬 23. 지하철, 계단 + 지하철 밖 도로, 밤.

지오, 지하철을 뛰어 올라가며, 전화 받는,

지 오　소식 듣고 벌써 조치했지, 기자를 왜 불러? 매니저한테 전화해서 단속했어요, 부고는 낼 연합에서 낼 거고, 철이한테 같이 일했던 스탭들 연락 맡겼어요. 준영이네도 당근 촬영 접고 오겠지, 옷은요? 나는 그냥 가도. 국장님은 옷 갈아입어야지, 말 좀 들어라! (사이) 알았어 그냥 가요, 내가 챙겨갈게. (하고, 도로에서 차 부르는) 택시!

씬24. 세트장 안, 밤.

준영과 스태프들 모두 멍하게 윤영을 보는,
윤영(위에 옷 걸친) 멍한,
윤영의 코디와 미용, 한쪽에서 눈물 나는, 등 돌리고, 눈물 닦는,
장민, 안쓰레 윤영의 손을 잡고 있는,

장 민   (답답한) 뭐라고 할 말이.. 없다.. (창주에게) 차 대기시켜라.
창 주   (맘 아픈, 가고)
윤 영   (준영 보며, 담담히) 나 가면.. 이 씬은?
준 영   (안쓰레 보며, 담담히) 지난번 거로 그냥.. (속상함, 애써 숨기고) 가면 돼요.
윤 영   (담담한, 보며) 카메라 흔들렸다며, 다른 씬도 아니고, 돕부 씬을 어떻게 그걸
        써?
민 희   (윤영에게 오며) 신경 쓰지 말고, 가세요.
장 민   (준영에게) 주감독 담에 스케줄 줄게. 담에 찍자.
준 영   (어색한 웃음 짓고, 스태프들에게 눈치 주는)

경래, 성곤 스태프들에게 턱짓으로 접으라고 신호하고, 스태프, 움직이는,

윤 영   (민희에게) 다른 날 언제 찍을라 그래?

스태프들, 멈추는,

윤 영   세트장 스케줄 꽉 차서 굳이 오늘로 뺀 거 아냐?
민 희   (안쓰런) 지금 그게 뭐가 대숩니까. 그냥 가십시오, 선배.
윤 영   (준영 보며) 찍자.

준영, 그 외, 윤영을 보면,

윤 영   (코디에게, 옷을 벗어 주는)
코 디   (울며, 옷 가져가는)

윤 영   (장민에게) 한 번에 가자, 선배.

장 민   윤영아.

경래, 성곤, 경희   (준영 보며, 안 된다고 고개 젓는)

준 영   (답답한) 선배 그러지 말고요,

윤 영   (경래 보며) 풀샷 부감이랬죠. (하고, 자리 잡는)

준 영   (윤영을 보는)

윤 영   삼오제 치르고 나도 지금이랑 사정 다르지 않아. 그렇다고 사십구제까지 나
         땜에 방송 미루고 기다려주진 않을 거잖아.. 가자, 주감독.

         스태프들 모두, 준영을 보면,

준 영   (윤영을 보다, 잠시 생각하고, 크게 스태프에게) 삼십 분 안에 끝냅시다! (민
         희에게) 안 움직여? 선배님이 가신대잖아! 그럼 가야지! (스태프들에게, 조급
         하게) 빨리빨리 움직입시다!

민 희   (작심하고, 스태프들에게, 박수 치며, 큰소리로) 갑시다, 갑시다!

경 래   (진지하게, 카메라 초점을 맞추고)

         1. * 점프컷 〉〉
         윤영, 정민과 격렬한 키스 씬이 부감으로 보이는, 준영, 모니터를 긴장해 보
         고, 스태프들, NG가 나지 않게 모두 긴장하는,

지 오   (N) 어머니가 말씀하셨다. 산다는 건, 늘 뒤통수를 맞는 거라고. 인생이란 놈
         은 참으로 어처구니가 없어서 절대로 우리가 알게 앞통수를 치는 법은 없다고.

         2. * 점프컷 〉〉
         지하철 안의 초조한 민철,

지 오   (N) 나만이 아니라, 누구나 뒤통수를 맞는 거라고. 그러니 억울해 말라고.

         3. * 점프컷 〉〉
         클로즈업된, 장민과 안고 있으면서도 축축한 윤영의 눈빛,

지 오   (N) 어머니는 또 말씀하셨다. 그러니 다 별일 아니라고.

         4. *점프컷 》
         지오, 민철의 집에서 옷을 들고 나와 뛰는,

지 오   (N) 하지만, 그건 육십 인생을 산 어머니 말씀이고,

         5. *점프컷 》
         준영, 모니터를 보는, 화장대에 앉아 덤덤히 화장을 지우는, 윤영 모습 보이는,

경 희   (내레이션을 거의 안 들리게 웅얼거리는)
준 영   (모니터 보다가, 작고 힘 있게) .. 캇!

         스태프들, 모두 윤영을 보면,
         코디, 옷을 가져와, 윤영을 안 듯이 하고, 윤영, 담담히 나가는,

지 오   (N) 아직 너무도 젊은 우리는 모든 게 다 별일이다. 젠장.
준 영   (가는 윤영 보다) 나 차 대기시켜줘! (하고, 나가는)

         경래, 소품팀장에게 '실장님, 소품실에 상복 우리 입을 거 있나?' 하고, 스태
         프 중 한 명 '저흰 뒤처리하고 갈게요!' 하며 모두들 바삐 움직이는,

씬 25. 병원, 장례식장 전경, 밤.

         윤영의 회사 간부로 보이는 사람들이며, 스태프들로 보이는 사람들이 연이어
         들어가고, 화환 차가 줄을 잇는, 매니저와 보디가드들 기자들 막는,
         '상갓집에 못 오게 하는 게 어딨냐?', '카메라 들고는 안 됩니다, 죄송합니
         다' 등등 말하는,

씬 26. 접견실, 밤.

준영, 오부장, 심부장, 규호, 수경, 경래, 성곤, 그 외 스태프들과 회사 간부들로 보이는 사람들이 술을 마시며, 와글와글하다. 우는 다른 쪽에서 작가들과 술을 마시는,
민희, 훈성, 사람들이 벗어논 신발들을 정리하고 있는, 진범과 윤영의 회사 사람들로 보이는 젊은애들이 도우미 아줌마들을 도와 시중을 드는,

준 영   (규호에게) 차 어디서 돌려 온 거야?

규 호   (밥 먹으며) 이천에서. 삼박 사일 촬영 가는 길에.

수 경   (술 마시며, 준영 보고, 웃으며) 촬영 다 끝나가냐?

준 영   (술 마시며) 그렇담 어쩔래?

수 경   (웃으며) 오빠 보고 싶었나? 오빤 보고 싶든데?

준 영   으이그, (하며, 수경의 얼굴을 손바닥으로 밀어버리는)

수 경   (웃으며) 나 일 끝나고 우리 만나볼래?

준 영   (보다가, 규호 보며) 선배 앤 좀 돌았지?

규 호   아마도.

오부장   (웃으며) 니가 수경이 말려 죽일 거란 괴담이 돌든데? 들었냐?

규 호   (웃으며) 내가 퍼트렸잖아요.

수 경   (웃으며, 술 마시는) 술만 주면 내가 이깟 농담이야, 들어주지.

준 영   (황당하게 주변 보며) 첫날인데, 야, 사람들 무지 온다. (하고, 시계 보면 12시다, 술 마시며, 수경에게) 지오선배 못 봤냐?

수 경   (웃으며) 내 눈엔 너만 보여.

준 영   (술을 마시고, 규호 보며) 애 죽일 때 나도 불러, 팔 걷어붙이고 거들게.

수 경   (준영의 말에 웃고, 한쪽에 앉아 있는 해진에게) 꼬맹이 이리 와!

해 진   네! (하고, 와서, 앉는)

수 경   여기 부장님들 인사하고 전부 술 한잔 따르고,

해 진   네. (하고, 일어나, '저는 신인배우 장해진입니다. 잘 부탁드립니다' 하며 술 따르는)

준 영   (수경 보며) 꼴값, (규호 보며) 저건 어떻게 된 게 못된 것만 배웠어.

규 호   (해진이 웃으며 술 따르는 게 싫은, 수경 밉게 보는)

씬 27. 분향실, 안.

　　　손님들, 분향하는, 매니저와 회사 간부들과 윤영 죽 서 있는,
　　　윤영, 손님들이 절하는 모습을 보고, 회사 사람들과 함께 손님과 맞절을 하는,
　　　한쪽에 민숙(담담히), 이모(눈물 닦는) 앉아 있는,

씬 28. 장례식장의 용품점 안, 밤.

　　　민철, 현섭, 점원이 주는 검은 넥타일 거울 보고 매며,

현 섭　(넥타이 매며, 민철에게) 나서지도 못하고, 안 나서지도 못하고, 니 팔자도 참.
민 철　(넥타이만 매는)
현섭처　(문 열고, 밝게, 약간 푼수기 있는) 여보.
현섭, 민철　(보는) ?

씬 29. 몽타주.

　　　1. 접견실, 밤.

　　　현섭, 다른 방송사 국장과 소릴 지르며 말하고, 술을 마시는,

현 섭　그딴 식으로 일하지 말자고, 60분물 방송 70분물로 만든 것도 당신네고, 이제
　　　80분으로 만들려고 하는 것도 당신네 방송사잖아?
남 자　(웃으며) 술이나 해요.
현 섭　술이 먹히냐? (술을 마시는)

　　　2. 수경, 취한, 술병을 들고, 자리에서 일어나, 차수련 옆으로 가며,

수 경　(웃으며, 반가운, 수련을 안고) 작가님, 작가님, 작가님..
수 련　(등 쳐주며) 반가워, 수경씨, 요즘 고생 많지.

카메라, 한쪽으로 가면, 규호, 술 마시다가, 수경과 수련을 보고 뭔가 예감이 안 좋은,

수 경 (수련 귀에 대고) 작가님 모르지? 손규호가 따로 작가 뒤에 두고, 글 수정해서 찍는 거?

수 련 (놀라, 규호 보면)

규 호 (재빠르게 얼굴 돌리는, 당황해, 어쩔 줄 모르겠는)

3, 장례식장 일각, 밤.

준 영 (주저하며) 나 넘 피곤한데, 우리 가면.. 안 되겠지?

지 오 (얼굴 부비며, 주변 살피며, 조금 어색한) 안 되긴, 삼일장인데.. 또 오드라도 가야지.

준 영 그지? 그래야겠지? 또 올 거니까, 가야겠지? (하며, 시계 보면)

지 오 몇 시?

준 영 (시계 보며) 4시 5분.

지 오 5시에 요 앞 사거리에서 보자.

준 영 정말?

그때, 민희, 욱욱대는 수경을 어깨에 끼고, 화장실 쪽으로 가며,

민 희 비켜요, 비켜!

두 사람 보고, 피하면, 민희, 수경을 데리고 화장실로 가는,

수 경 (들어가며) 정지오 너 들어와. (하고, 가는)

지 오 어우, 저거 새벽에 촬영 간다는 놈이.. (준영에게) 있다 봐. (하고, 화장실로 가려 하면)

준 영 (팔 잡으며) 끼지 마.

지 오 오라잖아, 얼굴만 보고 갈 거야.

준 영 얼굴만 보게 돼? 다른 애도 아니고, 양수경인데, 그냥 술자리에 있다, 윤영선

배 보고 가자.

지 오 알았다니까. (하고, 가는)

준 영 늦음 화낸다.

지 오 알았어, 알았어, 가. (하고, 화장실로 가는)

준 영 (지오에게) 정각 5시! (하고, 고개 저으며) 미친 양언니, 저거 진짜. (하며, 가는데)

* 점프컷 >>

4, 화장실 근처, 밤.

수련과 규호가 싸우는, 서우, '왜 이래, 알 만큼 아는 사람들이..' 하며 그 사이에서 둘을 말리는,

수 련 (규호에게) 너 미쳤지? 나한테 24시간 진행 붙여놓고, 내 뒤에서 딴 작가 시켜서 내 글을 고쳐?! 이게 정말,

규 호 (답답한, 화난) 어디서 반말이야?! 그럼 방송 이십 일도 안 남았는데, 이제 3부 대본을 쪼가리로 주는, 너는 잘했냐? 그러다, 방송 빵꾸 남 책임질 거야?!

수 련 미친 새끼 아냐, 이거?

규 호 뭐, 미친 새끼?

서 우 남의 장례식장에서 웬 쌍말들이야? (규호를 밀며) 손감독님 가!

규 호 (수련 보고) 계약했음 쓰는 거지, 작품을 왜 못 써?!

수 련 그깟 돈 돌려줌 그뿐이야?!

시 우 치작가, 낼 얘기해, 맑은 정신에.. (그러다, 준영 보고) 주감독 이 사람들 좀 말려.

준 영 (지나가다 보고, 멍, 모르는 척 그냥 가는)

서 우 저 얌체.

수 련 (삿대질하며) 인생 그렇게 살지 말어?! 그래서 행여 사람 심금 울리는 작품 찍겠다?!

규 호 (화나, 소리치는) 글이나 시간에 맞춰 써?! 쪼가리 대본 주는 주제에 말이 많어, 쌍!

서우, 수련　뭐 썅!

규 호　(자꾸 뒤로 밀리며, 어리둥절)

　　5, 남자 화장실 안, 밤.

　　지오, 구토하는 수경의 얼굴을 물로 닦이고 있는, 민희, 한쪽에 서서 수경을
　　한심하고 걱정스레 보는,

지 오　아우, 드러, 이 새끼, 진짜.. (수경의 코를 잡고) 코 힝 해!

수 경　(코를 힝 하고, 민희 보며) 그래, 내가 말했다, 그게 어째서?

민 희　진짜 미친 양언니란 별명이 맞구나?

지 오　야, 김민희 너 고만 말해. (수경에게) 야, 옷 벗어봐봐, 좀 빨게. (하고, 옷을
　　　　벗기려 하는)

수 경　(탁 치며, 민희 보며, 화난) 너 손규호 모르지? 그 개자식이 지난주에 날 얼마
　　　　나 뺑이치게 했는지 너 아냐? 내가 오천 평 밭에 이틀을 꼬박 꽃 심었다, 알
　　　　어?

민 희　나는 1킬로 대로에 혼자서 은행잎 5톤 깐 적도 있습니다.

지 오　(수경의 옷을 벗기려 하며) 옷 좀 벗어! 냄새나 죽겠다, 자식아!

수 경　(지오를 치며, 아랑곳없이) 난 사흘 동안, 세 시간 잤다.

민 희　일주일간 누워본 적이 없었던 적도 있습니다.

수 경　난, 아침마다 코피 터진다!

민 희　과로로 생리 보름씩 해봤습니까?

수 경　이게 어디서 빠락빠락,

　　그때, 규호 쾅 하고 문 열고 들어와, 냅다 수경의 턱을 날리는,
　　수경, 입이 터져, 나동그라지는,

지 오　아으 정말, 새끼들.., 주접떠네, 진짜. 난 여기서 아웃! 둘이 계속 개지랄들 해
　　　　라, 개지랄들 해! 아우, 미친놈들.. (하고, 나가는)

규 호　(가는 지오에게) 입 닥쳐, 새끼야! (먹살 잡고, 수경 끌고 나가는) 너 나와!
　　　　(하고, 수경 끌고 가는)

수 경 (나가며, 웃으며) 오, 좋아, 오늘 붙어봐, 썅,!

민 희 저 꼴통들.. (하고, 따라 나가는)

씬 30. 병원 일각, 밤.

규호, 수경을 패고, 수경, 염병 하고 규호를 때리려 하지만, 규호 피해서, 다시
수경을 패는, 민희, 달려와, 규호를 안고,

민 희 선배, 그만합시다, 그만.

규 호 (몸부림치며, 버럭) 나와, 저 개새끼, 내가 그냥 죽이고, 나, 연출 관둔다, 내
가, 일어나 새끼야?!

수 경 (실실대고, 웃으며, 일어나며) 니가 말 안 해도 나 지금 일어나, 새끼야, 보면
몰라. 너 좀 전에 니 입으로 한 말 지켜라? 너 죽인댔지? 너 나 안 죽임 니가
죽는다? 나, 별로 안 살고 싶어, 왜냐? 내가 니 드라마 찍는 동안 사는 게 사는
게 아니었거덩? 여기저기 세상 모든 영화 온갖 것 짜깁기해서 드라마 만들고,
뻑함 주인공이 쌈질하고, 디지고, 인생의 숭고한 고민은 간데없이, 연애질만
하는 니 드라마 나 정말 싫었거든. 나, 죽여라, 그리고 너 연출 관둬.

말이 끝나자마자, 수경, 규호에게 달려들어 패고, 규호, 넘어지고, '죽었어,
너' 하며 둘이 엎치락뒤치락하고, 민희, '아, 정말, 그만들 해요' 하며 소리치
는데,

1.* 점프컷 ≫

지오, 가방 메고, 한쪽에서 ㄱ 무습 보고 있는, 주영을 만나러 가야 하나, 쌈에
끼어야 하나 고민하다, '에우' 하며 가방 던지고, 쌈 난 쪽으로 가, 멱살 잡은
두 사람 사이에 끼어, 말리며,

지 오 그만 좀 해라, 그만, 새끼들아!

규 호 (지오에게) 쇼치고 있네, 새끼. 끼지 말고 가, 새끼야, 넌?

지 오 너도 입 닥쳐, 콱 밟아버리기 전에! (하고, 수경을 규호에게서 밀치며) 고만해
라, 너, 형 진짜 돈다, 자꾸 이럼.. 가, 어서,

수 경 (입가 닦으며) 아씨.. 입주가리 터졌네, 여기 응급실 어디야. (그러다, 다시 규
호한테 주먹질하는) 야, 이 개새끼!

규호, 수경 난타전이 되고, 지오, 놀라, 얼결에 말리다, 규호에게 언어맞고, 지
오, 아파서 나딩굴고, 여전히 민희가 말리는데, 규호와 수경은 주먹질을 하며
난리가 아닌, 지오, 벌떡 일어나, 수경을 잡아서, 머리통을 마구 때리고, '고만
해, 고만, 고만, 고만, 새끼야!' 하고,

씬31. 병원 앞 도로, 새벽.

준영, 병원 입구 쪽에서 나와 도로 쪽으로 마구 뛰어가는,

씬32. 접견실, 새벽.

현섭, 꼬부라져 자고 있고, 사람들 드문드문 있는,
현섭처('결혼하지 마요, 작가님은..' 하며 수다 떠는), 서우 재밌게 얘기하고,
민철 그 얘길 듣다가, 웃으며, 분향실의 윤영 쪽 보면, 송부장(일복 차림) 들
어가 영단에 절을 하고, 윤영, 서서 그런 송부장 보는,

송부장 (절을 다 하고, 윤영 보며) 너 힘들다, 우린 절하지 말자.
윤 영 (눈가 그렁해, 송부장을 안고, 울음 참는)
송부장 (꼭 안아주는)

1. ▪ 점프컷 〉〉
송부장, 영정사진을 보고 앉아 있는, 윤영, 창주가 갖다주는 커피를 마시는,

송부장 (영정사진 보고, 맘 아프게 웃으며) 니 어머니가.. 너 배우 시켜달라고 나한테
미역 갖다 줄 때가,
윤 영 (짠하게 웃으며, 영정사진 보며, 차 마시며) 나 스물하나, 울 엄마 마흔넷. 이
런.. 몰랐는데, 꼭 지금 내 나이였네.
송부장 (어이없이 웃으며) 믿기질 않네, 그때 니네 어머닌 완전 중늙은이었는데?

윤 영 (서글프게 웃으며) …

송부장 (따뜻하게, 웃으며) 근데 왜 하필 그때 미역을 가져왔냐?

윤 영 (무릎에 얼굴 괴고, 영정만 보는, 편하고, 엄마가 그리운) 울 엄마 미역 장사 했잖아. 보따리에 미역 넣고, 전엔 왜 집집마다 다니면서, 미역이며 젓갈이며 파는 사람들 있었잖아요?

송부장 (고개 끄덕이다, 안쓰런) 왜 안 울어? 좀 울지.

윤 영 평생을 넘 시끄럽게 사셔서 보낼 때라도 조용히 보낼라고. (서글프게 웃으며, 차 마시는)

씬 33. 도로, 새벽.

지오, 눈두덩에 약을 바른 느낌으로, 죽기살기로 뛰는, 그러다, 횡단보도에 멈춰 서서, 시곌 보면, 새벽 5시 45분이다. 신호등 켜지고, 지오, 뛰어가다, 뭔가 이상해, 뒤돌아보면, 준영, 뒤쪽 건물 계단에 앉아, 화가 나, 지오를 보고 있는, 지오, 작게 웃으며, 준영, 옆으로 가서 앉는,

지 오 (머리 디밀며) 화 풀릴 때까지, 때려?

준 영 또 남 일에 꼈지?

지 오 (웃으면)

준 영 끼지 말랬지, 내가?

지 오 (웃으며, 고개 끄덕이는)

준 영 웃음 다 돼? 대체 시간이 몇 시야, 새벽에 바깥에서 추워 죽겠구만. 내가 그랬어봐, 정신이 있네 없네, 시간 관념이 없네, 온갖 소리 다 할.. (하고, 머리 쓸어 올리며, 외면하다, 순간 지오 다시 보며, 눈이 확 뜨이는, 지오의 상처 만지며) 이거 왜 그래?

지 오 (이르듯) 수경이랑 규호가.

준 영 (상처 보며, 버럭) 미친놈들 아냐?! 감히 누굴. (하고 가려 하는)

지 오 (놀라, 준영 안으며) 에헤헤, 참어, 참어.

준 영 놔봐, 내가 이것들 가만 안 둔다.

지 오 (안고, 웃으며) 워워.

준 영 놔봐. (하다, 지오 상처 다시 보며) 뭐야? 잘생긴 얼굴에 기스 내고. (상처에

침 발라주고) 아퍼?

씬 34. 달리는 택시 안, 아침.

현섭처, 현섭 싸우는,

현섭처 (조금 술이 취한) 야, 인간아, 좀 솔직해져라. 너 윤영이 정말 안 좋아했어?

현 섭 고만해, 기사 아저씨 운전에 방해돼.

현섭처 내가 니가 윤영이 그 여자 평생을 가슴에 품고 사는 거 모를 줄 아니? 그 여자 프로면 애들 공부하는데도 아랑곳않고 테레비 볼륨 있는 대로 켜놓고, 입이 헤 벌어져서는..

현 섭 (화나, 보며) 그런 너는 이놈 저놈 바꿔가며 사는 거 내가 모를 줄 아냐?

기 사 (백미러로 두 사람 보는)

현 섭 젊어선 최민수, 한석규에 나이 들어선 장동건, 이병헌, 너 요즘은 배용준이지? (가슴을 치며, 침 튀기며, 말하는) 그런 널 보는 내 속은, 내 속은, 편한 줄 알어?!

씬 35. 24시간 DVD점 앞, 아침.

준영, 웃으며, DVD를 10개 정도 계산하고 나와, 주변을 두리번거리면,
지오, 빵이며, 음료수들을 한아름 사서 안고, 뛰어오며,

지 오 가자. (하고, 손을 하나 내밀고, 가면)

준 영 (뛰어가며, 좋은, 지오의 손을 잡고, 뛰며) 치즈랑, 녹두라면, 아일랜드 소스 샀어?

지 오 (뛰며) 샀어. 샀어.

준 영 (좋은, 시계 보고, 뛰며) 42시간 남았다!

지 오 (뛰어가며, 시계 보며) 42시간 15분! 깎지 마!

준 영 (뛰며) 곰보빵 샀어?

지 오 아, 먹는 거 무지 밝혀. 샀어, 샀어.

씬 36. 준영의 오피스텔, 현관, 아침.

지오, 혼자 마구 뛰어와, 엘리베이터를 누르고, 타고, 다시 밖을 보며, 헉헉대며, 시계 보고 소리치는,

지 오 띠띠띠띠띠, 42시간 1분 남았다!

준영, 땀을 흘리며, 헉헉대고, 뛰어와, 엘리베이터를 타는, 문 닫히는,

씬 37. 엘리베이터 안 + 밖, 아침.

지오, 준영, 입을 살짝 맞추고, 헉헉대며, 기분 좋게, 서로 어깨동무하고, 땅소리 나면, 집으로 뛰어가는, 준영, 키 번호를 누르는데, 문을 열려 있어, 안 열리는,

준 영 뭐지? (하고, 다시 열려 하는데)
지 오 (벽에 기대, 헉헉대며) 서둘지 말고 천천히 해.
준 영 어. (하고, 버튼을 다시 누르는데)

준영모, 현관으로 나오는 소리 들리는,

지 오 (이상한) 뭐야?
준 영 몰라?

그때, 준영모, 문을 열고, 술을 마신 채, 잠을 잔 얼굴이다.

준영모 (졸린, 하품하며) 촬영 이제 끝났니?
준 영 (놀라고 어이없는) 어, 엄마.
지 오 (놀라, 바로 서는)
준영모 (지오에게, 무덤덤) 누구?
지 오 (인사하고) 예, 저저, 저기 전 주준영이 회사 선,

준영모	들어와요.
지 오	(준영 눈치 보며) 아, 아니 저는 그냥 집에 가도,
준영모	어른 말 안 듣는 스타일?
지 오	(어색하게 웃으며) 아, 아닙니다. (하고, 준영 눈치 보고, 들어가는)
준 영	(화나.. 후후... 한숨만 쉬는)
준영모	넌 여기서 살래? (하고, 들어가는)
준 영	(벽에 기대, 화가 나 심호흡을 하며 어쩔 줄을 모르겠는)

씬 38. 준영의 집 안, 아침.

준영모, 이어 지오 들어오면,
집 안에 포커 치던 판이 깔려 있고, 여기저기 맥주병이며 재떨이가 나뒹구는,
준영모, 자는 친구 1, 2에게 '야, 기집애야, 일어나!' 하고, 친구 1, '아, 기집애'
하며 일어나고 친구 2, '어우, 나 집에 가야 되는데' 하며, 부산히 그냥 나가버
리는, 준영모, 포커판 치우며, 가는 친구 2에게 '야, 전화해!' 하고, 지오, 당황
한, 친구 2에게 얼결에 인사하고, 다시 준영모 보면, 준영모, 물 먹는 친구 1에
게 '야, 커피 물 좀 올려' 하는데, 그때, 준영, 화가 나 들어와 방으로 문 쾅 닫고
들어가는,

준영모	(문 쪽 보며) 기집애 쏘가지 하고는.

1. * 시간 경과 >>
친구 1, 커피를 끓여서 한쪽에 뻘쭘하게 앉아 있는, 지오에게, 가져다 주며,

친구1	(지오를 살피듯 보고, 웃으며) 준영이 선배라고?
지 오	(어색한 웃음 지으며) 네.
친구1	(떠보듯) 친구는.. 애인이지?
지 오	(흠칫 놀라, 커피를 마시다, 흘리는, 얼결에, 큰소리) 아니에요.
친구1	(웃으며, 가볍게) 애인이지?
지 오	(난감한)
친구1	난 준영이 엄마 어릴 적 동네 친구. 어제 동네 친구들 계모임 하다, 필받아서..

서너 시간만 놀자는 게 이렇게 됐네.

지 오 (어색하게 웃으며) 아..네. (하고, 커피 마시는)

씬 39. 준영의 방 안, 아침.

준영, 침대에 앉아 준영모를 화나서 보고 있는,
준영모, 세수한 얼굴로 화장대에 앉아, 로션 바르며 준영에게 말하고 있는,

준영모 그러다 눈 찢어져.

준 영 (속상한) 엄만 왜 연락도 없이,

준영모 니가 연락함 어서 오세요 해. 일 있다고 피하지. 저 남잔 누구야?

준 영 (말하기 싫은) 회사 선배야.

준영모 회사 선밴데, 집에 왜 들락거려?

준 영 들락거리긴, 뭘 들락.. 내가 뭐 산 게 많으니까 들어준다고.. 저 아줌마랑 놀지
말랬지, 내가?

준영모 저 아줌마밖에 나랑 아무도 안 놀아주잖아.

준 영 왜 넓은 엄마 집 놔두고 딸 집에 와서 놀아?! 아무리 엄마래도 주인 없는 집에
들어와서,

준영모 (황당한) 야, 이게 니 집이야? 내 돈 들여 샀어?!

준 영 (눈가 붉어져, 속상해) 원금에 이자까지 주고 살잖아, 내가 거저 살어?

준영모 우리 집에서 화투치다 경찰 떴어. 진숙이 남편이 꼰질러서 거기서 못해.

준 영 (도저히 이해가 안 된단 듯, 입을 딱 벌리고 보다) 가, 저 아줌마 덱고 제발 빨
리 가!

준영모 (아랑곳없이) 쟤 돈 많은 집 애니? 너처럼 공부는 잘했겠다. 방송국 다니면?

씬 40. 해장국집 안, 아침.

벤츠 같은 자가용 그 앞에 서 있는,
지오, 밥을 맛나게 먹고 있고, 준영, 화나, 밥을 깨작거리고, 준영모, 친구 1,
신이 나 밥을 먹으며, 얘기하는,

친구1 (의자에 신발 벗고, 발을 올려놓고, 앉아, 밥을 아구지게 먹으며) 야, 이년아, 너 미쳤니, 기껏 봉 잡고, 미쳐가지고, 따블을 몇 번을 쳐?!

준영모 (깔깔대고 웃으며) 내가 개가 그림인 줄 알았니? 액면에 크로바가 다 깔려 있는데,

준 영 (꼬나보는)

지 오 (밥만 먹는)

친구1 미친년. 그래도 봉 잡고, 렐리는 심했지, 기집애야.

준영모 (깔깔대고, 웃으며) 덕분에 재밌게 놀았음 됐지, 말이 많아, 기집애.

준 영 (준영모 밉게 보다가, 눈가 붉어져, 화나, 나가는)

지 오 (우거지 물고, 보는)

준영모 (속상하게, 나간 준영 보다 밥 먹는)

친구1 (준영모 보며) 준영이네 강남에 십 층짜리 빌딩이 두 동이나 되는 거 알어?

지 오 (음식 씹으며, 멍하니, 보면)

준영모 (지오에게) 나가봐.

지 오 아..네. (하고, 나가는)

친구1 (웃으며) 귀티는 난다..

준영모 (밥 먹으며) 귀티는 몰라도 허우댄 좋네.

씬 41. 해장국집 앞 거리, 아침.

　　준영, 화나고, 속상해, 걸어가면,
　　지오, 뛰어와 팔 잡아 돌려세우면,

준 영 (속상해, 눈물 나는, 참으며, 지오 보며, 어쩔 줄을 모르겠는) 나 건들지 마, 나 지금 선배한테 쪽팔려 돌아버릴 거 같으니까, 건들지... (울컥하는) 늘 저런 식이야, 늘.. 노름 얘기할 거면 가라고 하니까, 안 한다고... 밥 먹자고 해놓고.. 내가 좋아하는 선배니까, 내 체면 생각해달라고 내가 그렇게 부탁을 했는데, 어떻게.. (눈가 닦으며) 선배 미안해, 나 지금.. 말하기 정말 싫다. 가. (하고, 가는)

지 오 (가는 준영 보며, 안쓰런) 준영아.

준 영 (울며, 손등으로 눈가 닦으며, 속상해, 가는)

지 오 준영.. (부르다, 마는, 돌아서서 가는)

씬 42. 해장국집 안, 아침.

지오, 들어서서, 테이블을 보면, 준영모와 친구가 없는, 주인, 그릇을 치우다 지오 보고 말하는,

주 인 거기 손님 좀 전에 가셨는데...
지 오 (작게 한숨 쉬며, 나가는)

씬 43. 몽타주, 낮.

1, 규호의 촬영장(넓은 들에 한없이 무명천이 걸려 있는), 의상팀, 한쪽에 의상을 꺼내 바쁘게 한쪽에 커다란 옷걸이를 내놓고, 죽 늘어놓는, 그 양이 엄청난.

2, 촬영감독, 킹크레인에 자기 몸을 묶고 있는,
규호, 대본을 보며, 콘티 짜는,

3, 규호의 상상.
영웅과 호걸과 몇 명의 자객이 칼싸움을 하고 있는,
영웅과 호걸, 칼을 피하고, 위로 튀어 올라와, 줄(줄타기하는 줄)을 타고, 자객들 줄에 오르면, 그들과 줄에서 다시 칼싸움을 하는,

4, 규호, 기분이 좋은 콘티를 짜다가, 그러다, 뭔가 이상해, 한쪽을 보면, 해진, 분장을 끝낸 채, 한쪽에서 발목에 한 붕대를 풀고 있는, 규호, 콘티를 다시 짜며,

규 호 (대본만 보며) 꼬맹이 이리 와봐!
해 진 (누군가 싶어, 주변을 두리번거리다, 규호 보며) 저요?
규 호 (대본만 보며)

해 진 (붕대를 풀다, 절름거리며, 규호 옆으로 와서, 의자에 앉으며, 웃으며) 왜요?

규 호 (대본만 보며) 연기는 못하는 게 맨날 다치기는.. 발목 돌려봐.

해 진 (발목을 돌리려는데, 안 돌아가는) 안 돌아가요.

규 호 (아무렇지 않게) 야, 저기 뒤에 뭐냐?

해 진 (순간, 고개 돌리면)

규 호 (얼른 발목을 뚝 소리 나게 꺾어버리는)

해 진 악! (하고, 규호의 머리를 냅다 쳐버리는)

규 호 ?!

해 진 그러게 왜.. 말도 안 하고, (무안해, 발목 돌리면 돌아가는) 어. 신기하네.

규 호 아프단 핑계로 안 나올 줄 알았는데, 어떻게 나왔냐?

해 진 감독님 볼라구요.

규 호 넌 여기 촬영을 나오는 거냐? 날 꼬시러 나오는 거냐?

해 진 (보며) 배우가 잘나감 감독 정도는 우스운 거 알아요? 제가 뭐한다고 감독님을 꼬셔요. 저 오늘 인터뷰도 했거든요.

규 호 (보면)

해 진 (웃으며) 윤영 선생님 회사에서 나온 사람도 만나고, 저 계약할지도 몰라요. 그럼 이제 촬영버스 안 얻어 타고, 벤 타고 촬영장 나올 거예요. (규호 귀에 대고, 작게) 저 영화 시나리오도 하나 받았어요. (하고, 킥킥대며, 맑게 웃는)

규 호 (어이없는, 귀여운, 넋이 나간 듯, 가만 보는) ...

해 진 왜 또 뭐 맘에 안 드세요?

규 호 (대본 보며) 가. 그리고, 너 널 호걸이랑 수중 키스 씬 한 방에 가라. 안 그럼 혼난다.

해 진 (웃으며, 빤히 보는)

규 호 뭘 봐?

해 진 귀여워서요. (하고, 일어나가는)

규 호 저게.. 보통이 아니네. (하고, 웃으며) 에이고, 어린 기집애는 먹고살겠다고 발모가지가 접질려도 나오는데, 이 미친 양은, 안 온다 이거지. 그래, 그래 봐라. 누구 손핸가. (하고, 다시 해진 쪽을 보는)

씬 44. 산타마리오 안, 낮.

　　수경(눈이며, 입가며, 제법 다친, 숨을 고르며, 씩씩대는) 외, 조연출들이 모여 격렬하게 회의(?)하는 분위기다.

조연출1 (흥분한) 이건 직장 폭력이야! 조연출이 샌드백이야? 왜 빽함 조연출들을 쳐?

조연출2 과잉반응이야, 뭐가 빽함 쳐? 어쩌다 일어난 일 갖고.

철 이 (흥분한) 쌍, 진짜.. 야, 더 말할 것도 없어, 단체행동 들어가. 감독이면 다야, 지들이 조연출 없음 일해? 야, 야, 석필이 자식 불러.

조연출1 (전화 들고, 나가며) 알았어, (사이) 야, 너 왜 안 와. 일단 와 임마, 비상이야!

민 희 (철이에게 뭔가 말하려는) 선배님, 제가 좀 드릴 말씀이,

철 이 넌 좀 가만있어!

조연출4 (조용한 톤으로, 철이에게) 저 형.. 그래도 말로 풀어야지, 우리가 단체행동할게 뭐가 있다고,

수 경 (보며) 너 몇 기야?

조연출4 28기입니다.

수 경 그럼 넌 빠져.

철 이 내가 지난번에 회의 때 말했다고 선배들한테, 이제 좀 주먹 갖고 욕 갖고 일하지 말자고, 말로 해도 다 알아듣는다고, 근데 쌍.. 지들만 성질 있어? 지들은 예술가고 우린 뭐, 꼴리면 짓밟아도 되는 쓰레기냐? 내가 정말, 이런 꼴 당할 줄 알았음 드라마국 지망 안 했다. 쇼 프로, 보도국 내 동기들, 걔들은 정말 인간 대접 받으면서,

민 희 (말꼬리 자르며, 담담한) 그건 선배 생각이십니다.

철 이 넌 여자라고 선배들이 봐주니까, 살 만하지?

민 희 (꼬나보며) 저 여자라고 득본 거 없습니다? 제가 생리휴갈 찾아먹었습니까? 선배들만큼 일을 안 했습니까?

　　그때, 지오 와, 앉으며,

지 오 니들끼리도 싸워? 니들 한 편 아니야? (자리에 앉으며, 수경과 눈빛 팽팽히 주고받는)

철 이   여기 형 낄 자리 아니지.

민 희   제가 모셨습니다.

수경 외, 모두 민희 보면,

민 희   지오선배님은 펑 피디 대푠데, 당근 이런 일에 불러야잖습니까?

지 오   나도 여기 오기 싫었어, 그리고 니들이 뭔 짓을 하든, 상관도 없,

철 이   (버럭) 형도 나뻐! 왜 주먹질이야?! (수경 가리키며) 수경이형 얼굴 이게 뭐야? 작품 하면서 형이 나 팬 건 참을 수 있어, 내가 일을 잘못했으니까, 근데 손규호가 애 때린 건, 지극히 감정적이야! 술자리에서 시비 걸어, 이렇게 사람을 곤죽이 되게,

지 오   (손을 내밀어, 입 닫으라고 표시하고, 민희에게) 말 안 했어?

민 희   할라고 했는데.. 기회를 안 줘서 못했습니다.

지 오   (눈가 상처 보이며) 이거 수경이가 나 팬 거다.

민 희   (입가 보이며) 이것돕니다.

철이 외, 모두 멍한,

수 경   (딴 데 보는, 떨떠름한)

지 오   규호는 (턱으로 수경이 가리키며) 쟤한테 맞아서, 어금니 금니 해 박은 거 나갔다. 그래도 촬영 갔다, 걔는. 쟤는 놀지만.

철 이   (수경에게, 황당한) 형 ...

지 오   차수련 작가한테 지가 뭐라고 규호가 작가 뒤에 놓고 있는 거 말해서, 일이 이 지경이 된 건 아냐? 아무리 감독이 잘못됐어도, 조감독은 같은 배 탄 사람 아냐? 지가 생각이 있음 손규호한테 말을 해서 일을 처리하게 해야지, 작가한테 감독 뒷담화? 말 되냐? 3기나 위에 선배한테 개새끼, 미친 새끼 욕해대고, 그래도 선배만 잘못했냐?

철 이   (수경에게) 정말이야? 지금 지오형이 한 얘기?

조연출들, 답답한 듯, 수경에게 '형이 얘기해봐, 대체 무슨 일이야? 지오형 말이 다 사실이야?' 등등 말하는,

그들이 사는 세상

수 경 (지오 꼬나보며, 차분히) 회사 관둔다.

지오 외, 모두 (수경을 보면)

수 경 (지오 보며) 그리고 나 이제 형이랑도 끝이야.

모두들 (긴장해, 두 사람을 보는)

지 오 (보며) 잘해주면, 헤헤거리고, 못해줌 지가 존경한다는 선배도 끝이고. 그게 너냐?

수 경 (보면)

지 오 (답답하고, 화 참고) .. 그게 너래도, 넌 내가 아끼는 후배다, 이 개새끼야. (하고, 나가는)

수 경 (순간 멍해지는, 참담한, 답답해, 얼굴 부비는)

철 이 (수경을 어이없이 보며) 어으 어으.. 남자들끼리 치고받은 거 갖고, 구타라고 말함 쪽팔리지 않냐? (하고, 가고)

조연출1 지오형한테 사과해요. (하고, 가는)

연이어, 다른 조연출들 우르르 가는,

민 희 (수경에게) 회사 그만두는 것도 전 나쁘지 않다고 생각합니다.

수 경 (창가만 보는)

민 희 (그런 수경 보며, 맘이 짠한) 저도 이 일 말고 다른 일로 먹고살 거 있음 회사 관둡니다. 근데... 다른 일거리 찾기 쉽지 않지 않습니까. (하고, 키 놓아주며) 제 오토바이 방송국 주차장에 있습니다. 촬영장 가실 거면, 타고 가십시오. 차보다 빠를 겁니다. (하고, 가는)

수 경 (키 보다, 외면하는, 막막한)

씬 45. 편집실 가는 드라마국, 복도, 낮.

현섭, 지오 걸어가며, 말하는,

현 섭 그래서, 애들 단체행동은 물 건너간 거냐?

지 오 몰라요. 김국장님은요?

현 섭 상가에서 궁상맞게 윤영이나 보며 있지 뭐. 너 규호 꺼는 언제 들어갈래?

지 오   (가며, 듣기 싫다는 듯이, 손사래 치는)

현 섭   (따라가며) 니가 못 쉰 거는 내가 알지? 재작년부터 대하 사극 프로듀서에, 니 작품 들어가서 곤죽 나고, 지금도 주준영 꺼 프로듀서에, 내가 너 힘든 거는 알지. 근데 차작가가 오늘부로 대본 못 준댄다.

지 오   (멈추며, 황당히 보며) 안 듣고 싶어요!

현 섭   (아랑곳없이 말하는) 딴 작가들은 차작가 꺼에 살 붙이는 것밖에는 못하는데. 일주일 안에 여유 대본 쫑난다고. 차작가는 내가 어떻게든 달래서 쓰게 할 건데, 그렇게 됨 촬영 대본 쪼가리야. 규호 혼자 못 찍어.

지 오   잘됐네요. 그 자식은 한번 그렇게 되게 당해봐야 돼요. (하고, 가는)

현 섭   (서서, 가는 지오 보며) 지오야, 나 좀 살려주라, 임마, 어?!

지 오   (가며) 아, 정말 왜 저래..

씬 46. 편집실, 낮.

준영, 혜옥 편집 화면을 보고 있다.
한 장면을 계속 리와인드해서 보고 있는, 준영, 마음에 들지 않는,

준 영   선배, 앞 씬에서 두 프레임 정도만 잘라서 다시 한 번 돌려볼래?

혜 옥   (버튼을 누르며 작업해서 다시 돌리는)

그때, 지오 들어와, 뒤에 앉는,

준 영   (아랑곳않고, 모니터 보는)

혜 옥   (테이프를 돌리며) 어디, 여기?

준 영   (뭔가 이상한, 답답한) .. 모르겠네, 거기도 아니네. 벌써 몇 번째 보는데, 뭐가 뭔지.

혜 옥   (답답한) 나는 그만그만한 거 같은데, 대체 뭐가 맘에 안 드는데?

지 오   (아무 생각 없이) 점핑해서 스피든 있는데, 너무 좀 급하다. 혜옥언니, 디졸브 그림 멋지게 잘 만들잖아, 여기서 한번 몽타주 디졸브로 해주,

준영, 혜옥, 지오를 보는,

지 오 (아차 싶은, 어색한) 그냥 나는 생각이 나서.. 물 마실래? 가져올게. (하고, 나 가는)

씬 47. 편집실 복도, 낮.

지오, 준영, 벽에 기대서서, 물을 마시는,
편십실 안의 혜옥은 몽타주를 만드는,

준 영 난 왜 못 찾아낸 거야?

지 오 (웃으며) 무슨 생각을 그렇게 골똘히 하나 했는데, 그 생각하고 있었냐? 정지 오는 어떻게 금방 찾았을까? 난 하루 종일 고민했는데. 대체 왜? 어떻게? 뭣 때문에?

준 영 (보면)

지 오 훈수가 삼단이잖아. 나도 내 껀 안 보여.

준 영 (작게 웃으며) 잘난 척 안 할라고 무지 애쓴다. (하고, 차 마시는)

지 오 (웃고, 지나가는 연출들과 눈인사하고) 그림 잘 찍었드라. 그림만 붙여서 저 정도면, 더빙하고, 음악 깔고 그럼 꽤 괜찮겠어.

준 영 (좋은, 웃지 않으려고 해도 웃음이 나는, 차 마시는)

지 오 임마, 좋음 웃어. 뭘 참냐?

준 영 (안 웃으려, 짐짓 더 굳은 척, 지오 안 보고) 점수로 치면 몇 점.

지 오 (웃음 나는) 넌 섹시하단 말보다 연출 잘했다는 말이 좋지?

준 영 인간성 좋단 말보다 연출 잘한다 말이 더 좋다, 왜?

지 오 (웃고, 준영 눈치 보며) 어머니가 귀여우시드라. 디게 피부도 좋고, 우리 누나 정도로밖에 안 보이드.. (눈치 보며, 차 마시며) 엄마하고는 전화라두.. 했어?

준 영 (차 마시며, 피하고 싶은, 웃으며) 몇 점이냐고, 물었을 텐데?

지 오 (웃고, 차 마시고, 시계 보며) 83점. 그리고 우리한텐 31시간 05분 남았다.

준 영 (순간 아차 싶은) 이런.. (일어나, 혜옥 쪽에 대고) 선배, 재석이 선배네 꺼 해.

혜 옥 이, 이거 급하다며?

준 영 (어색한) 괜찮을 거 같애. 미안. (하고, 지오 지나쳐 그냥 나가며) 나와.

혜 옥 (화나, 구시렁) 이기주의자, 별로 급한 것도 아닌데, 왜.. 암튼 ..

지 오 (웃으며, 따라가며, 머리 긁으며 지나가는 후배의 뒤통수의 냄새를 맡으며)

머리 좀 감고 다녀? 일하는 티를 왜 그렇게 내?

씬 48. 몽타주.

1, 윤영의 상가, 윤영, 이대표와 직원 1과 한쪽에서 서류를 보며, 윤영 '명에서 요구하는 게 뭐야', '배우 공조뿐만이 아니라 제작에 참여하길 원한다', '선정하고 같이 공동제작하기로 했는데, 거기까지 껴줄 순 없지', '그럼 자기들 배우 빼간데요' '관두자 그래', '그럼 이번에 딴 편성이 건너갈 수도..' '손해도 볼 땐 봐야지' 등등의 얘길 하는,

2, 민철, 한 켠에서 초라하게 생각 많은,

씬 49. 규호의 촬영장, 밤.

봉균(카메라를 안고 있는), 와이어에 매달려 하늘에 떠 있는,
규호, 모니터 쪽에 서 있는, 조명들, 온통 주위를 감싸듯 많이 있는,

봉 균 안 돼! 카메라가 너무 흔들려!
규 호 와이어 다시 조여!
스태프 예!
봉 균 어, 됐다, 됐다, 됐어!
진 범 (와이어 잡은, 스태프 쪽에 대고) 준비됐습니까?
스태프 와이어 내립니다!

모니터를 보면, 규호를 향해 있던 카메라 심하게 흔들리면서 서서히 규호의 눈높이로 내려오는,
카메라 돌아가면 봉균, 카메라를 앞에 달고 몸에는 와이어가 부착된 상태로 땅에 착지하는,

봉 균 (힘든) 후.. 너무 조이면 몸이 아프긴 한데 그래도 와이어는 더 타이트하게 해서 쫙 잡아당겨야 될 거 같애. 안 그러면 그림이 흔들리겠어.

규 호 격투 씬인데 약간 흔들림 효과가 더 있긴 하지.

봉 균 (스태프에게) 가자.

진 범 자자, (스태프에게) 와이어 올리자?!

스태프 네! (하며, 와이어를 올리는)

민숙, 수진, 한쪽에서 투덜대며,

수 진 젊은 애들 와이어 타는 것도 모자라, 이제 언니랑 나두 태운대.

민 숙 저 높이에서 우리가 떨어지는 거래?

수 진 어.

민 숙 젊은 것들도 와이어 탐 삭신이 쑤신다는데, 드라마 찍으며 초상나겠네.

수 진 윤영인 괜찮어? 주말 찍느라 가보지도 못하고, 여기서 밤샘하면... 발인도 못 보겠네. 뭔 누무 팔자가 인간 도리도 못하고 사니.

민 숙 우리 팔자 그런지 이제 알았나?

수 진 하긴 언닌, 전에 섬에 들어가 촬영하느라, 어머니 장례 하나도 못 봤지?

민 숙 (쓸쓸한)

그때, 정일우 오며,

일 우 (웃으며) 둘이 나 가운데 두고 삼각인데, 이렇게 사이좋음 카메라에서 들키지. 싸우며 지내, 싸우며.

수 진 언니 땜에 촬영 못 나온다드니?

일 우 (서글프게 웃으며) 뭐 맨날 그런 걸 뭐. 또 한 고비 넘겼어. (하고, 수진을 보며, 차잡한) 이번엔 다 들어머은,

그때, 민숙 가는,

일 우 어디 가?

민 숙 수진이나 챙겨, 나까지 챙길라고 말고. (하며, 가는)

일 우 쟤는 내가 그렇게 싫은가?

수 진 (서글프게 웃으며) 좋아서 그러지, 싫은 사람한텐 말도 안 해, 언니 성격 몰

라. (규호에게) 야, 손감독 너 노친네들 죽일 일 있니? 우리 그거 못 타? 오십
견 있는 사람들한테 웬 와이어?! 팔 빠짐 책임질 거야?!

규 호 (웃는) 에이 재밌잖아요, 한 컷만 찍을게, 한 컷만.

그때, 진범 규호를 툭 치는,

진 범 형.

규 호 (보면)

진 범 (턱으로 한쪽을 가리키는)

규 호 (보면)

한쪽에 수경, 발로 땅을 차며, 답답하게 서 있는,

1. *점프컷 >>
수경, 규호 서 있는,

규 호 (어이없단 듯 웃으며) 곱게 보내줄 때, 가지?

수 경 (이를 앙다물고) 잘못.. 했습니다.

규 호 하! (어이없고, 웃고) 가세요. 있잖아요, 제가 당신을 보면 살의가 느껴져. 가
세요.

수 경 (보며) 먹고살라고 왔습니다. 봐주십시오,

규 호 (보고, 웃으며) 이제야 먹고살 게 걱정돼? 그냥 드라마국 관두고 다른 파트
가서 먹고 살지? 그렇게 해달라고 내가 국장님께 말해줄까?

수 경 여기서 먹고살 겁니다.

규 호 못 그럴 건데.. 왜냐면, 내가 널 가만 안 둘 거거든.

수 경 견딜 수 있습니다.

규 호 견딜 수 없게 만들 건데? (웃으며, 가는)

수 경 (가려고 하는데)

그때, 진범 와서 수경의 앞을 가로막는,

진 범　(화난) 뭐야?

수 경　(이상한) 그런 넌 뭐야?

진 범　오늘 하루 진종일 와이어 타는데, 말도 없이 촬영장을 빠져? 오늘 연출부 죽
　　　　어난 거 알어? 몰라?

수 경　(화나고, 속상한) 건들지 마라, 나, 지금 있는 자존심, 없는 자존심 다 죽이고
　　　　살아볼라고 나온 거니까, 너까지 새끼야.

진 범　(속상한, 화난) 아직도 자존심 갖고 현장 나와?

수 경　?

진 범　나는 곧 애가 둘이야. 마누라가 두 번째 애 배고 입덧으로 병원 신세야? 근데
　　　　거기도 한번 가보지 못하고, 한 달 내 현장에서 기어다녀?! 근데 뭐 자존심이
　　　　상해서 현장을 안 나와? 경고하는데, 한 번만 더 형 기분 꼴리는 대로 함, 내
　　　　가 형 빼달라고 손선배 앞에 드러눕는다, 형만 성질 있는 거 아니라고?! (하
　　　　고, 수경의 어깨를 제 어깨로 치고, 가는)

수 경　(보기만 하는, 어이없고, 화나는)

　　　　그때, 민숙 와서 껌 주는,

수 경　(보면)

민 숙　(윗옷에 넣어주고, 가는)

수 경　(뭔가 싶어, 주머니에서 꺼내보면 껌이다. 민숙 보고, 씹고 가는)

　　　　그때, 규호, 모니터 앞에서 '양수경!' 하는,
　　　　수경, 규호 쪽 돌아보는,

　　　　2. ˙점프컷 ≫
　　　　규호, 수경이가 옆에 앉으면,
　　　　규호, 웃으며,

규 호　재밌겠지?

수 경　(난감하고, 좀 놀라 보는)

규 호　지금 시야 컷 찍거든. 민숙과 수진의 난타전을 와이어 촬영하는 거야.

수 경 (긴장한)

규 호 넌 날 등신, 천치, 베끼기에 일인자, 능력 없는 놈이 그저 운이 좋아, 뻑하면
      연출상 거머쥐고, 시청률 40은 모두 다른 방송사들이 알아서 망해주는 바람
      에 얻은 거 같지?

수 경 (보면)

규 호 그 말이 맞어. 난 그런 놈이야. 그럼 난 가서 잔다. 이 씬 잘 찍어라. (하고, 스
      태프에게) 오늘 촬영은 미친 양언니가 찍습니다. (하고, 가는)

      스태프들 모두, 황당한, '감독님' 하며 규호 쪽 보고,
      수경, 멍한,

      3. ＊점프컷 ≫

수 경 (모니터 앞에 앉아, 땀나는, 스크립터에게) 어디서부터 가?

스크립터 (대본만 보며, 화난, 퉁명스레) 카메라 부감으로 죽 빠지는 시야 컷이요.

수 경 (땀이 비 오듯 오는, 생각하는) 시야 컷... (스크립터 보며) 시야 컷이면..

진 범 (짜증 나는) 주인공 시야, 눈. 카메라 캇 시점이 주인공 시야라고, 주인공 없
      이 시야만 간다고.

수 경 (보고, 모니터 보며) 자자자, 위에서 아래로 갑니다.

진 범 그건 찍었거덩.

수 경 (땀을 닦고 보고) 그럼 아래서 위로.

진 범 그건 다 했다구, 와이어면 평행이지. 그것도 모르고 어떻게.. (하고, 가는)

수 경 (땀나는, 박수 치며) 자자, 갑니다, 가. 내 쪽으로 빠르게 오세요.

      한쪽에서,

민 숙 (그런 수경을 보며, 스태프에게) 양수경한테, 난 한 시간만 기다린다고 해라.
      안 그럼 간다고.

스태프 (답답한) 저, 선생님.

민 숙 난 한다면 하니까, 빨리 찍으라 그래.

스태프 좀만 봐주세요. 첨인데,

민 숙 내가 여기 누구 봐주러 나왔니? 찍으러 나왔지?

스태프 (난감해 가고)

민 숙 (스태프에게 말 전해 듣는 수경을 보는)

수 경 (땀 흘리며, 민숙 보고, 모니터를 보는, 눈빛이 불안한)

씬 50. 지오의 집 안, 밤.

〈러브 액추얼리〉에서 가수가 나와, 춤을 추는 씬을 보는,
지오와 준영(둘 다 평상복 차림), 큰 베개 놓고, 누워서 보는, 주변에 물잔이
며, 휴지며, 만화책이며, 온통 널브러져 있는,
준영, 맥주와 피자를 먹으며, 깔깔대며 웃고, 지오, 그런 준영이 재밌는지 보
고 웃는, 준영, 웃으며,

준 영 잠깐만, 잠깐만.. 리모콘 어딨어, 저거, 다시 한 번 보자.

지 오 (일어서면)

준 영 (발로 탁 지오를 치고) 누워 있어. (하고는, 눈으로 리모콘이 멀리 있는 것을
확인하고, 발을 뻗어서, 간신히 리모콘을 집어서는, 직.. 끌어와서는, 리모콘
을 돌리는)

지 오 (어이없이 보며) 넌 진짜 별 재주가 다 있다.

준 영 (웃으며) 새록새록 새롭지, 나란 애가? (하고는, TV 보며, 영화에 나오는 가
수의 노랠 립싱크하는)

지 오 야, 그게 뭐냐, 할람 좀 제대로 해야지. 이렇게 (립싱크를 하며, 노래 부르는)

준 영 (깔깔대고 웃는)

1. * 점프컷 〉〉
준영, 지오의 배에 누워 만화책을 보고, 지오는, 그대로 누운 채 책을 보는,
온통 어질러진 집 안,
준영, 여전히 과자를 먹다가, 책을 내팽개치고,

준 영 3권 어딨어?

지 오 (주변을 살피면)

준 영   저깄다. (하고는, 한쪽에 놓인 만화책을 보고, 지오를 보는)

지 오   (어이없이 준영을 보며) 나보고 가란 소리?

준 영   너무 멀어서 가기 싫어. (하며, 과자 먹다가, 봉지를 입 안에 대고 털며) 다 먹었네.

지 오   야야야, 과자가루.. (하다, 천장 보며, 허탈한) 집 안을 돼지우리처럼 만들어 놓고, 이게 무슨 짓인지.

준 영   (몸을 안 일으키고, 누워서 등짝으로 등걸음을 해서, 지오의 옆에 와서) 청소 할래?

지 오   (좋은, 책 내려놓고) 그러자?

준 영   (웃으며) 선밴 가만 있어, 내가 다~ 해줄게.

지 오   ?

준 영   (몸을 죽 피고, 방을 굴러다니는)

지 오   (앉아서) 뭐해?

준 영   청소해. (하고, 방을 굴러다니다, 뭔가 잡히면, 던지며) 넌 저리 가! (하고, 다시 굴러다니고, 방바닥에서 등으로 헤엄치다, 멍한 지오를 보고, 웃으며, 손으로 방바닥을 만져보고) 깨끗해졌다.

지 오   (울상, 일어나) 도저히 못 참겠다, 아우 드런 것, 진짜! (하며, 이불 탁탁 털며) 이게 무슨 사랑하는 연인들이 만나 할 짓이야, 이렇게 드럽게?!

준 영   아, 먼지다! (하고, 바닥에 엎드리는)

지 오   (준영을 일으켜 세우며) 너도 같이 청소 좀 하자, 청소 좀.

준 영   (공처럼 몸을 말고) 힘들어.

지 오   (공처럼 된 준영을 들고) 이걸 어따 버려, 이걸.

2. · 점프컷 〉〉
지오, 준영을 업고, 청소기를 돌리는, 준영, TV 한 쪽에 놓인 저금통(1달러의 사랑이라고 쓰여진)을 들어보는,

준 영   1달러의 사랑? 내 꺼야?

지 오   (청소만 하며) 없는 애들 줄 거야, 너도 좀 하지.

준 영   (TV 위에 놓으며) 싫어.

지 오   으그그그 싫은 것도 많아요, 우리 다람쥐.

준 영   저기, 저기 먼지 있다.

지 오   (가서 치우는) 입만 살아갖고.

준 영   (순간, 지오의 어린 시절(귀여운) 사진을 살짝 집어들어 가슴에 넣으며) 저기
       도 있다. 저기도..

지 오   (일하며) 여기 먼저 치우고?! 근데 너 정말 42킬로 맞어, 왜 이렇게 무,

준 영   (지오의 입을 손으로 가리고, 웃으며) 저쪽에도 먼지 있다. (말 타듯 흔들며)
       가자, 가자, 가!

3. ▪ 점프컷 〉〉
화장실.
준영, 변기에 앉아 있고, 지오, 준영의 이를 닦이는,

지 오   별걸 다 해달래, 별걸 다.

준 영   (애기처럼 퉁퉁대는, 치약 거품 튀기며) 남들은 사랑하는 여자한테 별도 달도
       따준다는데.. 이게 뭐 그렇게 대단한 거라고 구박을 해.

지 오   (얼굴에 치약 거품 묻고) 에헤헤.. 고만 말하고, 입이나 쩍 벌려?!

준 영   (아기처럼 웃으며) 네. (하며, 입을 앙 하고 벌리는)

지 오   (열심히 닦이다, 등을 펴며, 준영의 입가를 닦아주고) 두 팔 올리고!

준 영   (지오 흉내 내며) 두 팔 올리고!

지오, 준영의 윗옷을 벗기려다가 준영의 머리가 옷에 끼어 낑낑대는,

지 오   야, 너 머리가 이렇게 컸나?

준 영   (옷에 머리 낀 채) 잘해봐.

지 오   (웃긴) 그냥 이러고 살아라.

준 영   빨리 벗겨줘.

지오, '알았어, 알았어' 하며 힘껏 잡아당기고, 준영, 그 힘에 몸이 일으켜 세워
지며, '어어어어' 하며 아파하는, 그렇게 실랑이를 하는 두 사람의 그림 보이는,

씬51. 지오의 집 안, 새벽.

준영, 한쪽에서 자고, 지오, 냉장고에서 물을 따라 마시는데,

1. * 플래시백 〉〉 (6부 씬 37.)

준 영 (놀라고 어이없는) 어, 엄마.
지 오 (놀라, 바로 서는)
준영모 (지오에게, 무덤덤) 누구?

* 현실 〉〉
지오, 물잔을 놓고, 심란한 그러다 준영의 곁으로 가서, 졸음에 몸부림치는 준
영을 꼭 안고 다독여주는, 준영, 지오의 품에서 아이처럼 자는, 지오, 맘이 그
닥 편치만은 않다.

씬52. 드라마국 안, 낮.

창가로 보면, 민철, 상복 벗은, 창가를 멀멀하게 보고 있는,
그때, 지오(상복을 입은) 옆으로 오는,

지 오 발인 잘하고, 화장도 잘하고, 윤영선배는 집으로 갔습니다.
민 철 (바깥만 보며) 그래.
지 오 오시지 그랬어요?
민 철 윤영이.. 웬만한 남자보다 낫드라.
지 오 (웃으며) 난, 그만한 남자 지금껏 보질 못했네.
민 철 (서글프게, 웃고)
지 오 (창가만 보며, 답답하고, 착잡한) 강남에 빌딩이 십 층짜리 두 동이면 시가로
치면 그게 얼마나 되려나..
민 철 낮술 먹었나? 무슨 소리야.
지 오 비나 주룩주룩 왔음 좋겠는데.. (하고, 가는)
민 철 (가는 지오 보다가, 다시 창가를 보는)

씬 53. 지하철 계단, 낮.

민철, 터덜터덜 계단을 내려오는,

1. *플래시백 >> (4부 씬 18.)
윤영모, 책을 읽던 모습.
민철, 계단 내려가는데, 전화 오고, 민철 받으며,

민 철   어디냐?

씬 54. 여의도 강변, 달리는 윤영의 차 전경, 밤.

민철, 운전을 하고, 윤영 조수석에 탄, 라디오 채널을 맞추는.
신나는 음악 소리, 다른 채널 돌리면, 뉴스다.

씬 55. 여의도 강변, 달리는 윤영의 차 안, 밤.

민 철   (채널을 돌리며) 뭐가 이렇게 시끄러운지..
윤 영   (창가만 보는, 덤덤하게) 뭐해?
민 철   너 음악이나 들려줄랬드니, 사방 천지 시끄럽네. (하고, 다시 채널을 돌리면,
          스포츠 중계 나오는) 이런..
윤 영   놔둬. 그게 낫다. 음악보다.
민 철   (윤영 보다, 채널 놔두는)
윤 영   (창가만 보며, 멀뚱한) 이모가 그러는데 이만함 호상이래. 호상에 울면 재수
          없대.
민 철   (앞만 보며, 답답한) 지랄... 부모가 죽었는데 호상은 무슨. 그래서 울고 싶은
          것도 못 울고 그러고 사흘을 지내냐? 너도 참 니가 임마 언제부터 그렇게 남
          의 말을 잘 들었다고,
윤 영   (작게 서글프게 웃으며) 그러게.
민 철   (보면)
윤 영   (눈가 그렁해, 서글픈, 혼잣말) 내가 언제부터.. 엄마 말도 처 안 듣고, 이혼을

서너 번씩 하며 산 년이 무슨.. 이모 말을 듣는다고.. 웃기고 자빠졌지. (눈물 참고, 맘 아픈) 답답해. 차 세워줘.

민철, 도로, 갓길에 차를 세우는,
윤영, 차에서 내려, 차에 등을 기대고, 맘 아퍼, 고갤 외로 틀면,
민철, 차에서 나와, 그런 윤영을 보는,

윤 영 (착잡한, 울고 싶지만, 애써 작게 웃으며) 내가 생각해도 울 엄만 너무 극악스러웠어. 막말로 못돼 처먹었지.

민 철 ... (착잡하게 보며)

윤 영 (민철 보며, 어이없단 듯 웃으며, 짐짓 담담히) 평생을 같이 산 이모도, 저러다 지옥 간다고 매일 악담을 할 정도였으니까. 딸년한테 위자료 잘 챙기라고.. 자식도 믿지 말라고.. (왈칵 울음 나는, 맘 아픈) 그래도... 나는 엄마가 있어서 (맘 아픈) 좋았... 열 놈 스무 놈 바꿔 만나도.. 엄마 곁은 단 한 번도 떠나본 적이 없었...

민 철 (담담히 보면)

윤 영 (어이없이 웃으려 하지만, 안 되는) 많이 위급하다고 해도 안 믿었는데... 나만큼 독하니까, 독하디독하게 정말 오래 살 줄 알았..

윤영, 서서히 흐느끼다가, 엉엉 울며, 쪼그려 앉으며, 우는,
민철, 앉아 우는 윤영을 가만 맘 아프게 보다가, 차에 기대 다른 곳으로 시선을 트는, 그런 두 사람 모습에서 엔딩.

7부

드라마트루기

드라마국에 와서 내가 또 하나 내 귀에 못이 박히게 들은 애기는
드라마는 인생이라는 말이다. … 드라마의 갈등은 늘 준비된 화해의 결말이 있는 법이니까.
갈등만 만들 수 있다면, 싸워도 두려울 게 없다.

그러나 인생에선 준비된 화해의 결말은커녕, 새로운 갈등만이 난무할 뿐이다.

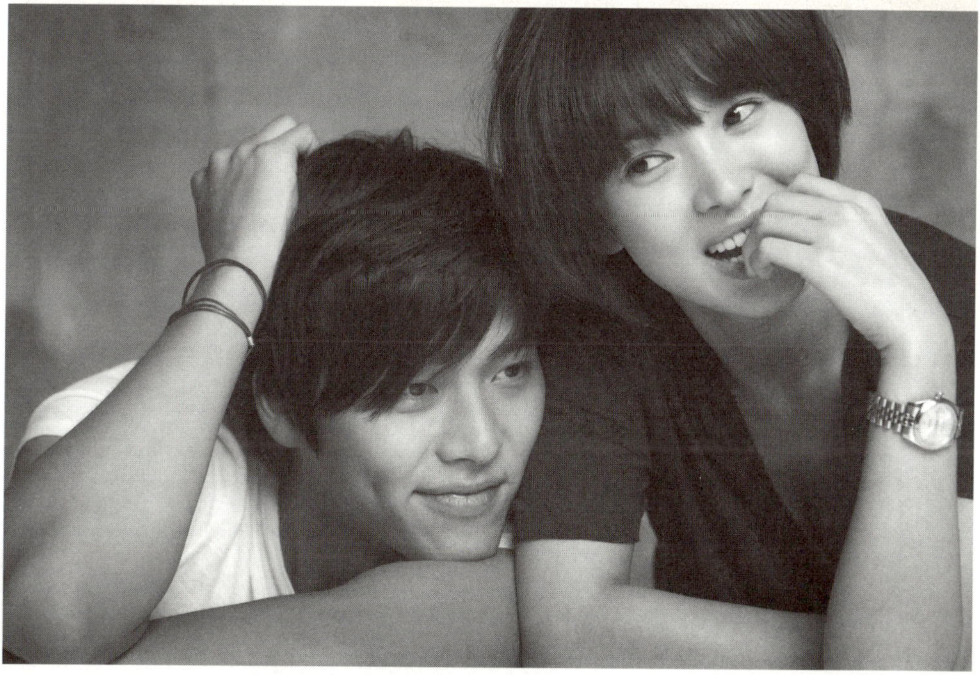

그 들 이   사 는   세 상

WORLDs Within...

씬 1. 블랙 화면.

자막 – 드라마트루기

씬 2. 준영의 옷방, 낮.

준영, 턱과 어깨 사이에 전화기를 끼고 화장대에 앉아, 콤팩트를 바르며,

준 영 (짜증 나고, 어이없는) 길 가는 사람한테 물어봐. 엄마가 잘했나? 내가 존경
       하고 좋아하는 선배니까 말조심해달라고 신신당부했는데, 거기서 친구랑 포
       커 얘기하는 게 그럼 잘한 거냐?! (하고, 일어나, 옷장의 옷을 고르고, 옷장 문
       을 쾅 닫는)

       * 화면 분할 – 준영모의 집 앞 〉〉
       준영모, 집 대문 열고 나와, 차로 가며, 전화하는, 화난,

준영모 그럼 거기서 무슨 말을 했어야 되는데? 니 아버지처럼 정치 얘기하며, 이 놈
       도 맘에 안 들고 저 놈도 맘에 안 든다, 뭐 그런 얘길 해야 돼? 그러면 니 체면
       이 서?
준 영 (주방 쪽으로 가서, 물을 마시며) 엄마, 그냥 미안하단 말 한 마디면 돼. 엄마
       도 잘 알잖아, 미안한 짓 한 거. 왜 우겨?
준영모 내가 뭘 우겨?! 기어이 애미한테 미안하단 말을 들어야 속이 풀리는 니가, 이
       상한 거지.
준 영 엄마 딸이 이상함 퍽이나 좋겠다? 전화 끊어, 나 나가야 돼.
준영모 너 그 선배란 애, 그냥 선배 아니지? 걔 집안이 어떤 애야? 돈 많어? 니 아버
       지처럼 돈 없는 집안 애 아냐?

준 영   (답답하고 짜증 난, 발을 동동 구르며) 엄마!

준영모   소 키운다며? 미쳤어, 얘가. 너 그런 가난한 집안에 시집가서 니가 어떻게 살
라고,

준 영   소 키움 다 돈 없냐? 소가 천 마리 만 마리면 돈 많은 거지, 소가 얼마나 비싼
데?

준영모   정말 소가 만 마리야?

준 영   (답답한) 몰라, 끊어, 나가야 된다고! 엄마!

준영모   정신 차려, 기집애야! (하고 차 타고 가는, 화면 사라지고)

준 영   어후, 어후.. (화나, 전화기 팽개치고, 숨을 고르며, 씩씩대는)

씬 3.   윤영의 집 주방, 낮.

민철, 밥을 하고, 된장찌개를 끓이고, 야채를 썰어 넣는 모습들이 컷컷 빠르게
보이는,

잠시 후, 윤영(세수한 얼굴) 욕실에서 나와, 주방 탁자에 앉아 한쪽에 놓인 과
일을 먹으며, 민철을 보고, 편안하게 웃는,

준 영   (E) 선배나 이해하라고! 나는 이해 못한다고!

씬 4.   길거리, 낮.

준영과 지오, 테이크아웃점에서 샌드위치를 사려고 기다리며 얘기하는,

준 영   내가 울 엄말 이해할 거 같으면 벌써, 옛날 고리짝에, 이해했다고?

지 오   부모 자식 간에 이해하고 못할 게 뭐,

준 영   (말꼬리 자르며, 주인에게) 아뇨, 아뇨, 전 케찹, 마요네즈 소스 넣지 말고, 야
채만 주세요.

주 인   (샌드위칠 두 사람에게 주고, 커피 주면)

지 오   (돈 주고)

준영, 지오, 받아서 걸어가며 먹는,

준 영 (먹으며) 선밴 울 엄마가 어떤 사람인지 몰라서 그래. 초등학교 때 나랑 아주 아주 친한 친구가 있었어. 근데 걔네 엄마가 새엄마라고 나보고 놀지 말래. 그게 엄마로서 말 돼?

지 오 (준영 보며, 그건 좀 심했다 싶은, 샌드위치 먹으며, 가는) 정말 그랬어?

준 영 내가 그딴 거짓말을 왜 해?

씬 5. **윤영의 주방, 낮.**

　　　민철, 밥 맛있게 먹고 윤영, 밥 먹으며 민철을 귀엽다는 듯 보며,

윤 영 (민철을 귀엽다는 듯 보며) 내가 그렇게 좋아?

민 철 (밥만 먹는) 어.

윤 영 (재밌다는 듯, 민철을 보며, 장난치는) 섹스 파트너가 필요한 건 아니고?

민 철 (밥 먹으며, 웃고) 넌 여전하다, 사람 갖고 노는 건.

윤 영 (웃고, 신기한) 오우.. 제법이다, 옛날 같음 그딴 식으로 말한다고 성질내며 갔을 건데,

민 철 (편안하게 웃으며) 나두 늙었다.

윤 영 (웃고) 그래 보여. 딸애 지금 몇 살? 애는 가끔 봐?

민 철 딴 얘기해.

윤 영 방송국 편성 어떻게 돼 있어?

민 철 (보면)

윤 영 (웃으며) 딴 얘기하라며?

　　　그때, 초인종 소리 ㅣ나고,

민 철 ?

윤 영 (냅킨으로 입가 닦고, 일어나 나가며, 아무렇지 않게) 가. 회사 사람들하고 회의 있어.

민 철 ?

준 영 (E, 짜증난) 자식이 잘못된 생각을 가지고,

드라마트루기 **299**

씬 6. 화장품 매장, 낮.

지오(와플 같은 걸 먹는) 의자에 앉아, 준영이가 의자에 앉아 직원의 테스트
를 받는 걸 보며 둘이 얘기하는,

준 영   어쩌다 그런 애를 놀리고 그러면, 엄마로서 '얘, 그러면 못쓴다, 세상을 그렇
게 편협하게 살면 안 돼, 너는 늘 약자의 편에 서서, 정의롭고 의리 있게...'
(직원에게) 상쾌하다, 이거 주세요. (하고, 신용카드 꺼내며) 그렇게 바른 생
각을 말해야지. 그렇게 공부 못하는 애랑 놀지 말고, 공부 잘하는 애들만 집에
데려와라? 그게 엄마로서 할 말이야?!

지 오   그래도 니네 엄만 귀엽다 야.

준 영   뭐?

지 오   (의자에서 일어나며) 적어도 자기가 하고 싶은 말은 대놓고 하잖아. 울 아버
진 어떤 줄 아냐? 자식한텐 절대 말 안 해, 그리고 죄 없는 엄마를 뒤에서 들
들들들... 이번에도 결국 소똥기곌 사줬다.

준 영   소똥기계?

지 오   말했잖아, 소똥 치우는 기계를 사달라고 땡깡 피우신다고, 덕분에 퇴직금 중
간정산했다.

준 영   (직원이 주는 물건 받으며, 인사하고, 나가며) 그깟 돈이야 또 벌면 되지, 뭐
가 문제야?

지 오   (서운한, 보다, 따라가는) ?!

씬 7. 지오, 준영의 거리, 낮.

준 영   (걸어가며) 내가 진짜 이 말은 안 할라고 했는데, 울 엄마가 나 중학교 땐 또
어땠는 줄 알어?

지 오   (기분 안 좋은, 준영 옆으로 가 걸어가며, 와플 먹는데)

준 영   (지오의 와플 뺏어서 먹으며) 학교 선생님한테 나 총학생회 회장 시켜달라고
촌지 찔러서, 학교가 발칵... 내가 울 선생님은 청렴하신 분이라고 그러지 말
라고 그러니까, 내 머릴 쥐박으며 돈 싫어하는 사람이 어딨냐고, 세상물정 모
르는 소리 한다고, 나중에 선생님이 나한테 돈봉투 돌려주시며 하신 말씀이

내가 지금도 귀에 쟁쟁해. 엄마한테 가져다 주렴 그리고 전해주렴, 세상에 돈이 전부가 아닌 사람도 있다고. (멈춰 서며, 와플을 입에 다 넣고, 백에서 손수건을 찾으며) 생애 최대의 개쪽이었다, 진짜.

지 오 (그런 준영 가만 보며, 서운한, 수건 주며) 너는 돈이 우습냐?

준 영 (입 한가득 와플 물고, 무심히) 뭐?

준 영 (N) 내가 드라마국에 와서, 귀에 못이 박히게 들은 드라마트루기.

씬8. 윤영의 집 정원 마당, 낮.

민철, 현관을 나와, 거실 쪽을 보면 윤영, 윤영 회사 대표와 직원들과 커피를 마시며 서류를 보며 얘기하는 모습이 보이는, 민철, 그런 윤영을 잠시 보다가, 초라하게 나가는,

준 영 (N) 다른 말로, 연출법의 기본은, 드라마는 갈등이라는 것이다.

씬9. 지오, 준영의 거리, 낮.

지 오 (화난, 참으며) 돈이 우스우니까, 그런 말하는 거 아냐? (어이없이 웃으며) 야, 부잣집 딸은 역시 다르다.

준 영 ?

지 오 직장인한테 퇴직금 정산이 어떤 건지... 가난한 농군 집안의 장남이 어떤 건지.. 너는 그딴 게 다 그냥 구질스런.. 관두자, 관둬, 내가 널 두고 무슨 얘길 하냐, 알아듣지도 못하는데.. (하고, 가는)

준 영 (가는 지오 보며, 뭔가 싶은) ?!

준영의 내레이션이 시작되고, 준영, 지오에게로 가며, '내가 그런 식으로 말한 게 아니잖아, 선배가 아무것도 모르고, 엄마한테 자꾸 찾아가서 미안하다 그러라니까' 하며 변명하며 가고, 지오는 손사래 치며 '됐어, 됐어' 하며 가는, 준영, '되긴 뭐가 돼?' 하며 지오를 달래며 가는,

준 영 (N) 갈등 없는 드라마는 있을 수도 없고, 있어서도 안 된다. 최대한 갈등을 만

들고, 그 갈등을 어설프게 풀지 말고, 점입가경이 되게 상승시킬 것. 그것이 드라마의 기본이다.

* 카메라, 지오와 준영에게 가면, 준영, 화가 나 돌아서 가며,

준 영 맘대로 해, 맘대로, 무슨 남자가.. 그만큼 말했음 좀 져주면 어디가 덧나.

지 오 (뛰어와 준영의 팔을 잡으며) 어디 가? 친구들 만나기로 약속해놓고?

준 영 이런 기분으로 무슨 친구를 만나, 됐어?

지 오 (팔 잡으며) 너 정말 니 성질대로 할래?!

준 영 (화가 나서 보는)

지 오 (손잡아 끌며) 가, 가자고.

준 영 그럼 화 풀어.

그렇게 실랑이하는,

준 영 (N) 드라마국에 와서 내가 또 하나 내 귀에 못이 박히게 들은 얘기는 드라마는 인생이라는 말이다. 그런데, 이 시점에서 드라마와 인생은 확실한 차이점을 보인다. 현실과 달리 드라마 속에서 갈등을 만나면 감독은 신이 난다. 드라마의 갈등은 늘 준비된 화해의 결말이 있는 법이니까, 갈등만 만들 수 있다면, 싸워도 두려울 게 없다. 그러나 인생에선 준비된 화해의 결말은커녕, 새로운 갈등만이 난무할 뿐이다.

진 범 (E) 야, 야, 준비 다 됐냐?!

씬 10. 해진 수영장, 낮.

해진, 다리에 납을 달고 있고, 호걸, 분장하고 있고,
수중촬영팀, 수중카메라를 들고, 규호와 얘기하는, 스태프들 수영장 물 위에서 조명을 때리고, 수경, 한쪽에서 조명선을 만지며 조금 기죽은 듯, 모니터 쪽의 규호와 진범을 보는,

진 범 (해진 쪽 보고) 공분아, 준비됐냐구?

스 탭 (해진을 도와주며) 네, 잠시만요. 납 하나만 더 달면 돼요!

해 진 (진범에게) 근데 이걸 왜 달아요?

진 범 사람이 물에 수직으로 가라앉냐, 뜨지? 강제로 가라앉히는 거야. (스태프에게) 빨리 빨리 해, 빨리빨리!

수 경 (부러운, 선을 정리하는)

규호, 봉균과 얘기하는,

수중촬영감독 내가 여러 각도로 찍을게. 공분이 타이트 바스트, 바스트, 풀, 호걸이랑 투 샷, 풀, 되는 대로.

규 호 캇트마다 선배도 나도 느리게 다섯 이상 세가며, 길게 길게 가자고요,

수중촬영감독 배우가 고생이겠네. 나야, 산소통 메고 들어가지만,

규 호 (웃으며) 괜히 돈 줘? 가보자! (하며, 모니터 보는)

씬 11. 해진 수영장 속 수중, 낮.

해진, 기절한 듯 수직으로 물에 빠지는,
수중촬영감독, 그런 해진을 기다리다가 찍는,

*화면 분할 》
규호, 모니터를 보며, 진범에게 턱으로 싸인을 주면,
진범, 호걸에게 턱짓하고, 호걸 들어가는,
해진, 물에 깊이 깊이 빠지고,
그때, 호걸이 물을 가로질러 들어와, 해진을 보고, 놀라, 해진을 안고, 끌어올리려 하면, 해진, 웃으며 눈을 뜨고, 호걸의 얼굴을 잡아, 키스를 하는,
규호, 모니터를 보며 재밌는, '자식' 하며 웃는데,
키스 씬 이어지는,
스크립터, 웃으며 '넘 길게 한다'
호걸, 발버둥치고, 해진, 계속 입을 맞추는,
스태프들, 킥킥대며 웃고, 진범, '씬 재미게 나오겠네' 하는,

그때, 호걸, 힘이 들어, 해진을 뿌리치고, 도망치듯 위로 올라와, 숨을 헉헉 몰아쉬는,

호 걸 (헉헉대며) 쟤 뭐야.

해진, 웃으며, 수영을 하는, 느린 화면으로 보여지는,
규호, 해진이 넘 이쁘단 생각이 드는, 입가에 웃음이 번지는,

규 호 자자, 뒤집어서 한 번 더 갑니다!

씬 12. 차작가 오피스텔 앞, 낮.

현섭, 문을 쾅쾅 두들기고, 버튼을 누르며,

현 섭 차작가, 차작가, 이러지 말고, 나랑 얼굴 보고 얘기 좀 해, 어? (문을 두드리며) 차작가, 차작가?!

씬 13. 해진 수영장 일각, 낮.

규호, 전화를 받고 있는,

규 호 (답답하지만, 웃는) 참내 어이가 없네. 그래서 지금 어디예요?

씬 14. 차작가 오피스텔 앞, 낮.

현섭, 쪼그려 앉아, 전화하는,

현 섭 어디긴, 작가 집 앞이지. 그러게, 숨겨논 작가를 왜 들켜? 야 임마, 너 이제 어쩔래? 당장 오늘 밤부터는 찍을 대본이 없어서 놀게 생겼는데, 이 일을 어쩔래, 너?
규 호 (F) 몰라요, 나도! (하고, 전화를 끊는)

현 섭   야, 야... (하다, 전화 끊고, 힘든, 구시렁) 사채업자도 아니고, 남의 집 앞에
　　　　 서, 진을 치고 앉아.. (일어나며, 다시 집 문을 두드리며) 안에 있는 거 알어,
　　　　 좀 열어라!

씬 15. 해진 수영장 일각, 낮.

규호, 일하던 수경을 보고 말하는, 스태프들 모두, 일하며, 두 사람 걱정스레
보는,

규 호   말해봐봐, 넌 기분 째지잖아?
수 경   (고개 숙인)
규 호   (수경을 보며, 비아냥대는) 니가 차작가한테 꼰지른 바람에 작가가 대본 안 주
　　　　 고, 다른 작가는 날러버리고, 준영이 꺼, 오늘 낼 방송 나감, 방송이 한 주분밖
　　　　 에 안 남은 이 시점에서... 너랑 나랑은 놀게 생겼으니까, 기분 째지지, 그지?
수 경   (눈치 보며) 찍어는 거 좀 있지.. 않나요?
규 호   (어이없이 보다가, 비아냥 섞인) 말발만큼 일도 좀 하지, 지난번 촬영, 그따위
　　　　 로 해놓고, 말이 나와, 어?

스태프들, 모두 눈치 보며, 일하는,

규 호   내가 너람 주둥이는 이제 그만 닫고 일하겠다, 남자답게, 남자답게 말이야.
　　　　 (하고, 제 어깨로 수경의 어깰 툭 치고 가는)
수 경   (고개 숙인 채, 화나는 것 참고 있다가, 일하는)
진 범   (그런 수경 보며, 일히는)

씬 16. 수영장 일각 주차장 안, 낮.

규호, 차로 가서, 키로 문 따며, 제 차에 기대서 있는 해진을 보고 말하는,

규 호   넌 또 뭐냐?
해 진   (웃으며) 저 대본 분석 좀 해주세요, 제가 이해가 안 가는 게 있어서, (하며,

조수석에 타는)

규 호 (어이없는, 한숨 쉬며, 힘든 듯 혼잣말) 지쳐서 말도 하기 싫다. (하고, 타고, 가는)

씬 17. 카페 안(밖에 정원이 있는), 낮.

1부에 나왔던 준영의 친구와 임신한 친구, 그 친구 남편과 돌배기 아이를 데려온, 모두 한 6명 정도(남자는 남편 포함 두 명, 여자들 네 명) 시끌벅적하게 얘기를 하고 있는, 커피나 맥주를 마시며, '기수 자식은 왜 연락을 해도 연락을 안 받나?', '걔 마누라하고 소송 중이다', '내가 그럴 줄 알았다, 그 자식 마누라한테 넘 함부로 하드라', '걔만 문제가 아니다, 마누라도 문제다' 등등의 얘길 하는, 그때, 준영과 지오가 들어서는,

준 영 (밝게) 야, 야, 야, 미안해, 미안. 내가 좀 늦었지?

여자들 (동시에) 기집애, 너 왜 이렇게 늦었어?

준 영 (여친 1의 볼에 입 맞추며) 미안, 미안, 날 죽여도 할 말 없다.

남친1 내가 너한테 전화 몇 번을 넣은 줄 알어? 기집애 하여튼 이번 달은 지가 연락책이면서,

준 영 (남친 1의 볼을 두 손으로 잡고, 마치 입을 맞추려 하듯) 미안, 미안, 미안,

남친1 (준영을 밀며, 화내는) 이게 왜 이래?! 저리 가!

친구들 (서로 눈치 보며, 지오 보고) 누구?

지 오 (웃으며, 인사하며) 정지옵니다. 준영이 애인입니다.

친구들 (당당한 지오를 보고, 놀란) 와.. 애인...

준 영 (웃으며) 멋지지.

＊시간 경과 - 동 카페 안 밤 》

지오, 맥주를 마시다, 여자친구 2를 보는,

지 오 (조금 놀란) 결혼이요? (어색하게 웃으며) 그게.. 지금은 좀 다시 만난 지가 얼마 안 돼가지고.. (하고, 준영을 보면)

준 영 (맥주를 마시며, 친구의 아이 안고) 어이없어, 무슨 말을 그렇게 해? 결혼해

야지.

친구들 (모두, 준영 보며) 정말?

지 오 (황당한, 준영 보면) ?!

준 영 (웃으며, 지오 보며) 왜 놀래? 그럼 나랑 연애만 할라 그랬어? 결혼은 안 하고?
(하며, 애기를 지오에게 주며) 애 안아봐, 보송보송한 게 기분 킹왕짱 좋아.

지 오 (좋은, 애기 받으며) 아니.. 그건 아니고..

준 영 그럼 오케이 한 거다? 나랑 결혼하기로?

친구들, '우우우' 하며 '야, 무슨 프로포즐 여자가 해?', '여자는 하면 안 되
냐?' '그건 아니지만, 저따위로 하면 안 되지' 하며 놀리는,

지 오 (좋은, 웃음 참으며, 안주 먹고)

임신한 친구 (웃으며) 준영이랑 지오씨 사이에 애 낳으면, 정말 이쁘겠다. (남편에게)
그지, 여보? (준영에게) 야, 너 결혼함 다른 거 다 뒤로 미루고, 젤 먼저 애부터
나. 울 언니처럼 늦어 애 낳아서, 산후우울증 걸려 고생 말고.

준 영 (지오가 안고 있는 친구 애 볼에 입 맞추고, 장난하다, 아무렇지 않게, 말꼬리
자르며) 누가 애를 낳아? 내가? 미쳤니? 내가 앨 낳게!

지 오 (맥주를 얼결에 삼키다, 놀라, 켁켁대는) ?!

씬18. 규호의 집안, 밤.

해진, 집 구경하고,
규호, 물을 벌컥벌컥 마시고,

해 진 (주변 둘러보며) 여기서 혼자 살아요?

규 호 (웃으며) 그럼 혼자 살지, 누구랑 살아?

해 진 엄마, 아빠, 형제들?

규 호 일할 때 방해돼서 어떻게 같이 사니?

해 진 (고개 끄덕이며) 아.. (가족사진 보고, 이상한) 어, 나 이 아저씨 아는데.. 이
아저씨.. 아빠예요?

규 호 아빠? (웃고) 그래, 아빠다.

해 진   (사진만 보며) 근데 나 이 아저씨 어디서 봤는데... TV에 나왔.. 맞다, 뉴스에
        자주 나온다. (규호 보며) 감독님, 이 아저씨 장관이죠?

규 호   (웃으며) 국회의원.

해 진   야.. 뭐야.. 기죽어. 집안 전체가 잘났나보네.

규 호   (웃고)

해 진   (주변 보고, 부러운 그러나 짐짓 아무렇지 않은 척) 나도 돈 많이 벌어 이런
        집에 살아야지.

규 호   (물을 가져와, 소파에 앉으며) 어느 세월에,

해 진   (주변 둘러보며) 뜨기만 떠봐요, 한 방이면 끝이지. 근데, 엄마 아빠랑 언니랑
        다 같이 살람 이 집은 좀 좁겠다. 이 건물에 이거보다 평수 큰 거 있나 모르겠
        네. 우리 가족들이 다 살람 한 40평은 돼야,

규 호   (어이없는, 웃으며) 이 집이 40평이거든.

해 진   아...

규 호   물을 거나 묻고 가지.

해 진   ?

규 호   대본에 이해 안 가는 데가 어디,

        그때, 욕실 쪽에서 규민, 샤워한 채, 아랫도릴 수건으로 가리고 나오는, 얼굴
        이며 몸에 상처가 여러 개 나 있다.

규 민   형 왔어?

규호, 해진   (놀라, 문 쪽 보면)

규 민   (아무렇지 않게, 주방으로 가서, 싱크대 뒤지며) 라면이 있나..

해 진   (뭔가 싶어, 규호 보고)

규 호   (규민을 화나게 보는)

씬 19. 지오, 준영 카페 밖, 정원, 밤.

        지오, 답답하게 서 있고,
        준영, 애를 안고 나와, 밝은,

준 영 왜 먼저 갈라 그래, 같이 가기로 했잖아.

지 오 (답답한, 괜히 발로 땅을 차며) 그냥.

준 영 오늘 밤에 내 드라마 같이 보기로 해놓고 무슨 말.

지 오 수경이가 전화 왔는데 집으로 오는 중(이래),

준 영 (말꼬리 자르며, 서운한) 차라리 수경이랑 사귀지 그래? 왜 맨날 걔를 어쩌지 못해서 그렇게 끌려 다녀. 정말 그 부분은 진짜로 맘에 안 들어.

지 오 (답답한, 조금 심통 난 듯) 나는 너 뭐든 다 좋은 줄 아냐?

준 영 (아이를 안고, 대수롭지 않게) 내가 뭐가 싫어?

지 오 결혼은 한다면서, 애는 왜 못 낳아?

준 영 (이상하고 어이없단 듯) 애 나면 연출 못하잖아.

지 오 연출을 왜 못해? 회사에서 짜르는 것도 아닌데?

준 영 아기 가지고 그 배를 불러, 현장을 어떻게 나가?

지 오 1년 휴직..

준 영 (말꼬리 자르며, 편하게) 1년 뒤에 그 애는 그냥 커? 울 엄마 늘상 하는 소리가 자긴 손주 못 봐준다야. 그럼 내가 다 해야 되는데.. 난 애 못 낳아. 그리고, 요즘 유행이 얼마나 잘 변하는데 연출 1년 쉬면 감각 죽기는 시간 문제야. 죽어라 조연출 생활 4년하고, 2, 3년 연출하고 그만두라고.. 난 못해, 안 해. (하고, 들어가는)

지 오 (가는 준영 보며, 어이없는)

준 영 (가다, 돌아서며) 이 일로 헤어지네 마네 하기만 해, 내가 속 좁은 남성지상주의자라고 동네방네 떠들고,

지 오 (억울한, 화난) 넌 무슨 말을 그렇게 잘해?!

주변에 야외 데이블 쪽 사람들과 준영 놀린,

지 오 남자가 애 나랑 다 이기적인 거냐?! 차라리 결혼한단 소릴 말든가?!

준 영 (달래는) 알았어, 알았어, 결혼 안 함 되잖아, 그럼. 이제 화 풀려?

지 오 (화나는, 짐짓 괜찮은 척 크게 말하지만, 서운해 버벅대는) 그래, 말어라, 말어?! 나도 뭐 너랑 굳이.. 결혼까지 해서.. 그러고 싶지는 않어, 뭐, 나, 나는 결혼 못해, 화, 환장했는 줄 아냐? 요즘 남자들 싹 다 물어봐, 뭐.. 결혼이 그렇게 하고 싶은가..

준 영 (우는 아이를 달래며, 대수롭지 않게) 그래, 그럼 맘음 되겠네, 가! 수경이한
테나.

지 오 (속상하고, 서운해서, 말이 끝나기 무섭게 확 가는)

준 영 (어이없이, 보며) 아으.. 저 쫌생이... 정말 (하고, 우는 애기를 달래며) 어어어
어.. 울지 마, 울지 마.

씬 20. 카페에서 나온 길거리, 밤.

지오, 화가 나 빠른 걸음으로 걸어가는데, 그 옆으로 아이를 안은 지오와 준영
이가 즐겁게 애를 가지고 귀여워하며, 지나가는(환상), 지오, 울 듯한 얼굴로
마구 걸어가다가, 멈춰 뒤돌며,

지 오 못된 기집애.

씬 21. 규호의 집 안 거실, 식탁, 밤.

해진, 소파에 앉아, 규호와 얘기하고 있고,
규민, 라면을 후루룩 소릴 내며, 주방 쪽의 작은 TV를 보고 있고 웃으며 맛있
게 먹고 있는,

해 진 지금은 미려가 영웅이도 좋아하고 호걸이도 좋아하잖아요.

규 호 (해진이 하는 말은 듣는 둥 마는 둥 규민이 신경 쓰이는)

해 진 근데, 내가 자꾸 호걸이한테 막 찝쩍대듯이, 그러는 게 자꾸 어색하고,

규 호 솔직히 말해, 폼 잡고 싶은데, 푼수가 싫단 거 아냐? 너 배우가 돼서, 그딴 자
세로, (자꾸 규민이 신경 쓰이는, 규민 쪽에 대고) 야야야, 좀 조용히 못 먹
어?!

규 민 (TV만 웃으며 보고, 라면 먹으며) 저것들 드럽게 웃기네.

규 호 얌마! 내 말 안 들려?!

규 민 (TV 보다, 규호 보며) 어?

규 호 (화난, 뭐 저런 게 다 있나 싶은) 조용히 먹으라고!

규 민 (아랑곳없이, 혼잣말) 밥이 있나.. (하고, 밥통을 열고) 없네. 아참.. 아까 냉장

고에.. (하며, 냉장고 열고, 밥그릇 꺼내 냄새 맡으며) 형 이거 언제 먹던 거야? 먹어도 괜찮나.

해 진 (규민, 규호의 눈치 보며) 제가 오늘은 그냥 갔다가, 감독님 편한 시간에,

규 호 (일어나, 규민 쪽으로 가서, 밥을 뺏어, 다시 냉장고에 넣고, 주머니에서 지갑 꺼내 들어 있는 돈을 다 주며, 속상한, 가라앉은) 나가.

규 민 (뭔 소린지 모르겠는) ?

규 호 니가 좋아하는 돈 줬으니까, 나가라고, 자식아?!

규 민 (어이없이 웃으며, 제 머리 긁으며, 혼잣말) 에이 쌍.. 정말.

규 호 (화난) 뭐?

규 민 (작게 웃고, 돈을 규호의 주머니에 넣어주고, 뻔뻔스레) 알았어, 조용히 할게. (하고, 해진 쪽에 대고) 미안해요. 내가 배가 고파서. (하고, 냉장고 문을 열려고 하면)

규 호 (화난, 규민의 멱살을 잡고, 끌며) 나가.

해 진 (난감해 보는)

규 민 (별일 아닌 것처럼, 웃으며) 에이 왜 그래, 형. 알았어, 갈게 갈게, 근데 저 여자분 하고 인사는 하고 가야지, 이렇게 가는 건 좀 그렇잖어.

규호, '잔말 말고, 나와' 하고 끌고 나가는,

해 진 (뻘쭘하게 일어나, 고개 숙여, 나가는 규민 보고, 인사하고, 문 닫히면, 뻘쭘하게, 사진을 보고)

씬 22. 규호의 집 앞, 밤.

규호, 규민을 끌고 나와, 벽에 몰아붙이며, 화나, 빠르게 말하는,

규 호 내가 너 연락하지 말랬다? 넌 전에 오천 해줌 다신 내 앞에 엄마 앞에 다신 안 나타난다고 했지?

규 민 (규호의 입을 예민하게 보다, 오른쪽으로 고갤 돌리는)

규 호 근데 너 또 왜 연락하고 지랄이야? 너 전번에 경찰서 갔을 때 엄마한테 연락 했지? 아버지 곧 대선인데, 너 엄마 속 타 죽는 꼴 볼라 그래?!

규 민 (바닥에 침을 탁 뱉는)

규 호 이 자식이 형이 말하는데, 어디서 고갤 돌리고, (하고, 손을 들어, 뺨을 칠라고 하면)

규 민 (규호의 팔목을 잡는)

규 호 이거 안 놔?!

규 민 형 힘 세서, 이거 맞음 나 한쪽 귀도 마저 끝나.

규 호 ?

규 민 (팔 못 놓고, 서글프게 웃으며, 벽에 기대 규호 보며) 고등학교 때 내가 첨으로 집에 있는 금송아지 들고 튈 때, 형이 나 찾아와서 열 받아갖고 싸대기 친 날.. 왼쪽 귀 완전히 나갔잖아.

규 호 ?!

규 민 (왼쪽 귀 가리키며) 이쪽으로 들음 형이 뭔 말을 해도 왱왱왱.. 파리 날라 다니는 거같이, 안 들려.

규 호 ?!

규 민 (다른 데 보며, 서글픈) 오늘 나 귀빠진 날이야. 이런 날 혼자 있기 그래서... (규호 보며, 서글픈) 집에 있는 여자분한테 미안하다 그래. (하고, 가는)

규 호 (멍하게 서 있는)

규 민 (돌아서서, 뒷걸음치고 가며, 규호 쪽에 대고, 소리치는) 참 엄마한테 전해주라! 엄마 김치 간만에 먹으니까, 젠장, 죽이게 맛있다드라고! (하고, 침 뱉고, 다시 뒤돌아가는)

두 사람의 모습 느린 화면, 카메라, 위로 올라가면, 해진, 창가에서 규호를 보고 있는,

씬 23. 지오의 옥탑 집 안, 밤.

수경, 지오, 맥주를 마시는, TV 소리는 죽은 채, 켜져 있는,

지 오 (맥주 마시며, 시계 보고, TV 쪽 보고)

수 경 준영이 꺼 아직 할람 멀었어, 그만 힐끔거려.

지 오 (버벅대며) 내가 뭘, 나 안 힐끔거렸,

수 경 (말꼬리 자르며) 난 드라마국에 여자들 들어오게 한 거, 정말 정말 잘못됐다고 생각해. 그런데,

지 오 (보며, 맥주 마시는)

수 경 (입가에 미소 번지는) 주준영 그 기집앤.. 이뻐.

지 오 (웃으며) 언젠 싸가지 없는 기집애라고 입에 침을 튀기면서 욕을 하드니, 갑자기 주준영이가 왜 그렇게 이뻐졌냐?

수 경 형 잘 몰라서 그런데, 걘 무지 섹끈하다.

지 오 ?

수 경 특히 편집할 때, (인상 쓰며, 몸으로 준영을 흉내 내는) 미간이 이렇게 돼갖고 막 열심히 고갤 갸웃대며 뭔가 생각하는 것처럼,

지 오 (농담하는) 지금 그 모습은 늙어 보이는데?

수 경 (낄낄대고 웃으며) 암튼 섹시와 지성을 겸비한 뭐 그런 묘한 매력이 있어, 걔한테. (하고, 맥주 마시고) 형 나 걔랑 사귈까봐?

지 오 (웃으며, 수경이 귀여운 듯) 걔가 그러자고 할까?

수 경 (정색하며) 걔 눈 높나?

지 오 (발로 수경을 차고, 웃으며) 으이 으이...

수 경 (낄낄대고, 웃고)

지 오 규호랑은 어때?

수 경 (착잡한) 그놈은.. 천재야. 나는 바보고.

지 오 (이상하게 보는) ?!

수 경 전번날 손규호가 나보고 와이어 시야 컷 한번 찍으라 그러드라. 좋다, 하지 뭐, 하고, 큰소리치고, 모니터 앞에 앉았는데, 모니터가 빙글빙글 돌고, 찐따 이같이 온몸에 땀이 주룩주룩... (서글프게 웃으며) 결국은 배 아프다고 핑계 대고, 진범이가 나시시 다 췄잖아.

지 오 (낄낄대고, 웃는) 괜찮아, 괜찮아. 나는 뭐 조연출 때 안 그랬겠냐? 집 전경 풀 샷 한 컷짜릴 찍는데 카메랄 이리 옮겨라, 저리 옮겨라 해가며 여기 찍고 저기 찍고 나중에 카메라 하는 형이.. 미친놈이라고 정신병원 가보라고 길길이 뛰고..

수 경 (어색하게 웃으며) 그날 편집실 가서 손규호 그림을 봤는데... 와.. 죽이드라. 자연광이며 조명이며 빛을 얼마나 잘 사용하는지, 디테일하지, 배우들 감정 죽이게 살리지, 카메라 워킹은 또 으쩌나 화려한지...

지 오 옆에서 잘 배워둬. 누가 뭐래도 우리나라에 손규호만한 애 없다.

수 경 (서운하게 보면)

지 오 내가.. 너한테만 비공식적으로 말하는데, 그 자식 배짱이랑 감각은 내가 죽었다 깨어나도 못 따라가. 작가가 튀었는데도, 웃는 감독은 개밖에 없을 거다. 그러면서도 당황하지 않고, 씬들 꼬박꼬박 욕심껏 챙기고. 그러니까 시청자도 그놈 드라마만 나오면 좋아라 하겠지. 인간성만 좋음 친구할 건데.

수 경 비공식적으론 형보다 잘하고.. 그럼 공식적으론 어때?

지 오 (버럭) 무조건 개새끼지. 베끼기, 짜깁기 일인자에, 작가 우습게 알지, 배우랑 번번이 스캔들 만들며 노닥거리지,

수 경 (좋아서 맞장구치듯 박수 치며) 형, 그래, 그거야! 그렇게 해야지, 형이랑 나랑 친한 거지. 지금처럼 그렇게 온갖 화를 담아서 (지오에게 귀를 대며) 한 번만 플리즈.

지 오 (수경의 귀에 대고 장난치는) 손규혼 개새끼야. 넌 미친 양언니고.

수 경 (몸서리치게 좋아하며 크게) 원모타임! 미친 양언니 빼고, 손규호 개새끼만! (하고, 귀를 대면)

지 오 (뒤통수 치고 웃으며) 돌은 놈. (그러다 놀라, TV 쪽으로 뛰어가, 자리에 앉으며) 이런이런 드라마 한다, 야, 너 편집실 다시 간다며, 갈 거면 빨리 가.

수 경 (일어나며) 에이 좀만 더 놀아주지. (하고, 가다가, TV에 있는 전원을 확 끄고, 가는)

지 오 야, 자식아!

수 경 (낄낄대고, 가며) 씨유 어게인.

지 오 아, 자식 저거.. (다시 전원 켜는)

씬 24. 서우의 오피스텔 안, 밤.

윤영(술을 마시고, 또 마시고 하는, 너무 급하게는 아니지만, 이야기 끝날 때까지, 두세 잔을 비우는), 서우, 민희는 와인을 마시며, 방송을 보고 있고, 준영은, 한쪽에서 과잘 오도독거리며 먹으며 만화를 보고 있는, (개는 이미 없음)

윤 영 (술을 마시며, TV 보며, 담담히) 그림이 되게 세련됐다.

준 영 (책 보며, 편안하게) 그림만 좋았단 말로 들려요, 연출은 안 좋고.

윤 영 (웃으며, 와인 마시며) 제법 말을 잘 알아듣네. (민희에게 편안하게) 시청률
     은 안 나오겠지, 넘 무겁고, 심각해?

민 희 제 생각도 그렇습니다, 근데 선배님은 무슨 술을 그렇게 홀짝홀짝 잘 마십니
     까?

준 영 (황당하고, 서운해 보면)

서 우 (진지하고, 별로 맘에 안 들게 TV만 보며, 가라앉은) 조용히 해라.

준 영 (화나지만 참자 싶어, 과자를 먹는)

     윤영과 민희 말하는 사이에 준영, 인상을 일그러뜨리며, 맘에 안 들게 TV를
     진지하고 심각하게 보는 서우를 보며, 맘이 답답하다.

윤 영 자긴 군대 갔었어? 말투가 왜 그래?

민 희 (술 마시며) 아버지가 군 장교 출신입니다.

윤 영 (고개 끄덕이며) 어. 형젠 몇이야?

민 희 밑으로 남동생, 여동생 하나씩.. 근데 저도 한 가지 물어봐도 됩니까?

윤 영 (보면)

민 희 (진지하게) 정말 제가 궁금해서 묻는 건데, 왜 그렇게 남자들을 만나고 결혼
     했다, 이혼했다, 정신없게 사십니까?

윤 영 (술 마시다, 보면)

민 희 (빤히 보며, 술 마시는)

윤 영 (웃으며) 자기 되게 웃기다, 나한테 그런 말 물으면서 가슴 안 떨려?

민 희 떨려요.

윤 영 (실실내고, 웃으며) 진짜 재밌어. (히고, 술 마시는)

준 영 (두 사람 맘에 안 드는, 과잘 오도독거리며 먹는)

서 우 (진지하게, TV 보며, 버럭) 아, 그 과자 좀 그만 오드득거려. 무슨 과잘 한 시
     간 내내 오드득거려! 이것 좀 보자, 좀!

준 영 아으, 예민하긴.. 이제 곧 엔딩인데.. 몇 씬 안 남았잖아요. (하고, 과자를 먹는)

서 우 (화나, 일어나, 준영의 과자봉지를 뺏어서, 다시 자리로 오며) 과자 못 먹어,
     환장했나, 하지 말람 하지 말어. (하고, TV 보며) 아, 또 몽타주네. 또 몽타주.
     뮤직비디오도 아니고.. 음악만 깔면 다 되나...

준 영   (기분 나쁜) 진짜.. (만화 덮고, 일어나 나가며) 저 갈래요.

민 희   선배!

윤 영   (웃으며, 민희에게) 삐졌다, 가봐.

민 희   (TV만 보며) 냅둬요.

윤 영   (웃으며, 서우에게) 우리가 넘 심했나, 초짜한테?

서 우   지 한 짓을 보라 그래, 저게 드라마야, 지랄하고 있어, 기집애가.. 어리다고 오
        냐오냐하니까, 작품 다 버려놓고.

윤 영   또 지만 잘났다.

서 우   (소심하게) 그렇게 들려?

윤 영   그렇게 들려. (하고, 와인 마시는)

서 우   그럼 그렇게 들어! (하고, TV 보는)

윤 영   (뒤에서 엄지손가락 들며, 작게) 유 윈.

씬 25. 서우 오피스텔에서 나온 길거리, 밤.

        준영, 화가 나 걸어가며 구시렁대는,

준 영   내가 뭘 그렇게 잘못했어, 내가 나 혼자 만들어 찍은 것도 아니고, 지 대본대
        로 다 찍었.. 아무리 맘에 안 들어도 그렇지 입을 오리주둥이처럼 내밀고.. (하
        다가, 멈춰 서서, 어이없게 웃고) 뭐, 그림만 좋아? 내가 진짜.. (오피스텔 쪽
        올려다보며, 버럭) 너는 뭐 퍽이나 연기가 좋은 줄 아냐? 내가 나이 대접한다
        고 말을 안 하니까, 사람 알길..

        그때, 메시지 오고, 준영, 메시지를 보면,

        인서트 – 지오의 문자 메시지 내용.

        〈방송 봤다. 정지오〉

준 영   (화가 나 돌아버리겠는 표정이다, 화나 구시렁) 방송 봤다.. 잘 봤다도 아니고
        그냥 봤..다?

이내, 다시 문자가 하나 더 오는, 준영 보면,

인서트 - 〈참 수고했다, 정지오〉

준 영 이건 뭐야? 별 볼일 없는 드라마 만드느라고 수고만 했다. 그 뜻이야? 이딴 걸 문자라고 (울 것 같은, 화가 나) 내가 진짜 이런 걸 애인이랍시.. (속상해 가며, 버럭) 내가 뭘 그렇게 잘못했어, 내가 뭘!

씬 26. 옥상의 지오와 오피스텔의 서우 분할 화면, 밤.

서우(베란다에서 화분에 물 주며)와 지오(옥상에 서서 주변을 보며), 통화를 하고 있는,

지 오 (조금 속상한, 괜히 웃으며) 경험이 너무 없어서 그래. 그래도 그렇게 어려운 주젤 그만큼 알아먹게 푼 게 어디냐? 마지막에 뭐냐? 장민 선생님, 그래 원석이랑 영준이 씬은 나도 눈물 나든데 왜.

서 우 (제 할 말만 하는) 눈물 남 다 잘된 드라마냐? 무슨 카메랄 가지고 장난치는 거도 아니고, 벽을 훑어대고, 음악은 뮤직비디오처럼 이거저거 틀어대고,

지 오 (속상한) 언제까지 투덜댈 거야?

서 우 내가 감독들하고 말을 말아야지, 지들은 작가들 멀쩡한 대본을 아주 걸레가 되게 씹어 제끼면서, 작가가 연출에 대해 말하는 건 그렇게 싫어?

지 오 (웃고) 우리 작품 캐릭터는 좀 나왔어요?

서 우 내년인데, 왜 벌써 난리야?

지 오 (답답한) 겨울에 세트 짓고, 봄엔 촬영 갈 거야, 나도 이번엔 대박 한번 치자! 그런 의미에서 캐릭터 얘기나 한번 해봐봐.

서 우 가난한 남자가 부잣집 여자를 이용하기 위해 꼬시려다, 진정한 사랑을 하게 된다는 건, 이해가 가는데, 여자애가 남자애한테 매력을 느끼는 게 이해가 안 가. 사실 남자주인공 별 볼일 없는 애잖아?

지 오 에이, 나름 카리스마가 있지?

서 우 콤플렉스나 없음 다행이다.

지 오 (준영 생각에, 조금 서글픈) 정말 둘이 좋아함 돈이나 집안이 뭐 중요한가?

서 우 반찬 없는 도시락 학교에 가져가기 챙피해서 굶기를 밥 먹듯이 한 누구랑, 아빠 손에 이끌려 어려서부터 천문대를 찾아다니며 천문학자를 꿈꾸던 누군가가 커서 만나서, 과연 거기서 오는 문화적 충돌을 쉽게 간과할 수 있을 거 같애?

지 오 (이상한) 무슨 얘기야?

서 우 내 얘기다.

지 오 (어이없게, 웃으며) 아, 늘 부딪히는 우리의 지난 과거사. 그래서 천문학잘 꿈꾸던 그 자식은 어떻게 됐어요?

서 우 (서글프게 웃으며) 발레리나를 꿈꾸던 년하고 살아.

지 오 (낄낄대고 웃으며) 정말 천문학자와 발레리나가 돼서?

서 우 내가 알게 뭐야? (하며, 베란다를 나가서 전화하며, 주변정리를 하고)

지 오 (낄낄대고 웃는)

서 우 여자 약혼자는 일단 잡았는데, 넘 상투적이네, 훈남 좀 지겹지, 않어?

지 오 (평상에 앉아, 웃음 띤, 편하게) 상투적인 게 꼭 나쁜진 않아, 보편적이란 얘기도 되잖아, 이작가님 그 문제 넘 예민하게 피해 갈라 그러드라 그래서 늘 얘기가 넘 어두워.

두 사람 그렇게 얘기하는,

씬 27. 방송국 편집실 안, 밤.

준영, 편집실에서 자기의 드라마를 심각하게 다시 보는, 전화 오면 받는,

준 영 (짜증스런) 네!

화면 분할되며,

지 오 (짐짓 밝게) 왜 그렇게 짜증스러? 너 낮에 일로 아직도 화났냐? 별것도 아닌 거 가지고, 얌마, 고만 화 풀어.

준 영 너나 풀어. (하고, 전화 확 끊는)

씬 28. 지오의 옥상, 밤.

지오, 어이없이 웃으며 핸드폰 보며,

지 오 야, 쏘가지 부리는 거 봐라, 요거요거.. 에으.. (하며, 집으로 들어가고)

씬 29. 방송국 편집실 안, 밤.

준 영 (화면 보며 속상한, 구시렁) 잘만 찍었구만, .. 뭐가 어떻다고.. (하고, 다시 조 그셔틀을 만지는)

씬 30. 몽타주.

빠른 여의도의 출근 풍경 그림들, 컷컷 보이는,

씬 31. 드라마국 안, 낮.

민철, 현섭, 오부장, 심부장, 다른 팀장들과 지오, 준영, 규호, 수경, 철이, 민 희 그 외 모든 직원들(한 40여 명 정도) 전부 회의를 하는, 책상 위에 앉거나, 모두들 자유롭게 앉아 있는, 이 회의가 어이없고, 답답한.

현 섭 (가슴을 치며) 내가 오죽이나 답답함 이렇게까지 하겠어? 오죽 답답함! 빌모 레 시사회 잡아놓고, 당장 담주면 방송 시작인데 촬영은 이제 세 개 분량에, 대 본은 고작 일곱 개기 전부고, 하루 24시간 꼬박 찍어봐야 방송 8분 분량도 못 찍는 이 상황에서.. 뭐냐, 이게 일주일 70분 두 개 방송이면 140분.. 그걸 8로.. 야야야, (수경에게) 계산해봐라, 어떻게 되냐?

민 희 (메모를 하다, 말하는) 17. 5 정도 나옵니다.

현 섭 들었지? 촬영만 그렇단 거야. 사후 편집, 믹싱 다 빼고! 그럼 뭘 의미하냐, 이 건! 3주 후엔 방송이 빵꾸 난다, 그거야?!

오부장 (떨떠름) 김국장님이 차작가랑 만나서, 대본,

현 섭 (말꼬리 자르는) 대본만 나옴 방송 나가!

감독2 (시계 보며) 회의 언제 끝나요, 나 곧 녹화 가는데?

감독3 (화나) 아, 나 몰라. (하고, 가는)

현 섭 야야야, 너 가면 어떡해?

감독3 (가다 보며) 밑에 촬영버스 40분째 대기해놓고, 있어요! 내가 정말 말을 안 할라니까, 이게 무슨 전체회의 감이에요?! 손규호 부장님네 팀이잖아. 그럼 팀에서 해결을 해야지, 왜 바쁜 사람을,

　　　　수경, '형형형, 가요, 가' 하며 감독 3을 끌고 나가는,

감독3 (끌려가며, 화나, 얘기하는) 내가 작년에 세트 무너져 촬영 지연돼서, 한 달만 촬영 지원해달라고 했을 때, 부장님 뭐라셨어요?! 어림없다 그랬죠?!

수 경 밑에 스탭들 기다려요, 가요!

현 섭 임마 그때는 사정이 지금처럼 이렇진 않았지?! 지금은 비상사태야! (앞에 있는 준영에게) 안 그러냐?

준 영 (보며, 떨떠름) 별로 잘 모르겠는데요?

현 섭 (싫은, 민철 보며) 국장님 뭐해?

민 철 이번 일은 비상이다. 자기들도 알겠지만, 사장님도 그렇고 편성본부장, 무엇 보다 광고 쪽에서도 예의 주시하고 있고,

지오, 감독2 (어이없는, 구시렁) 누군 좋겠네, 맨날 예의 주시받아서. (하고, 서로 보 며, 같은 말을 했단 뜻으로 주먹을 툭 치는)

규 호 (담담한, 입가에 미소 띠고 있는)

민 철 드라마국 전체의 일이다. 손규호에 대한 징계 문제는 차후에,

두 성 징계요? 무슨 징계요? 내 지금껏 살면서 시청률 나오는 놈이 징계받는 꼴 본 적이 없습니다.

규 호 (담담히) 형한테 도와달란 말 안 합니다.

두 성 (옆에 있는 서류 집어, 규호에게 던지고, 일어서며) 뭐 저딴 자식이 다 있어, 저거!

진 범 (두성 잡으며) 형.. 이러지 말고, 말로 합시다, 말로.

지 오 (답답한, 지루한)

두 성 (화나, 규호한테 가려 하며, 말하는) 내가 전번에 니 꺼 안 찍어줬어? 내 작품 준비하는 기간에 니가 빵꾸 내서, 니 뒤치닥거리 하느라, 결국엔 내 작품 졸속

제작해 시청률 저조로 조기종영 당하고, 내가 너 새끼야, 갈아 마셔도 시원찮
어?!

규 호 (일어나며, 붙으려는) 갈아 마셔, 그럼?!

감독들, '야, 너 무슨 말을 그따위로 해', '야, 야, 니들은 위아래도 없어, 앉
아, 자식들아!' 등등 얘기하고,

규 호 그럼 나보고 어떡하라고?!

민철, 현섭, 준영, 다른 팀장, 준영, 지오 감독 몇몇 답답한, 떨떠름한,

조연출1 할아버지... 뭐예요?
철 이 (문 쪽 보고) 무슨 일로,
지오부 (밝은) 여기 정지오 감독 있지?

모두들, 지오 보면,

지 오 (그제야, 문 쪽 보며, 멍한)
지오부 어, 지오야, 애비다! (두리번거리며) 야, 국장님 어딨냐, 국장님,
현 섭 (민철 가리키며) 여긴데..
지오부 (반갑게, 민철에게로 가며) 아이고 이런 어린 자식 놈을 맡겨놓고 찾아뵙지도
못하고.. 저, 지오 애비 됩니다.

시오, 난감하고, 준영, 황당히게, 지오를 보는,
지오부와 동네 어른들 다섯 명 서 있고 지오모, 맨 뒤쪽에서 걱정스럽고 안절
부절하는 모습으로 서 있는,

씬 32. 방송국 세트장, 낮.

지오, 화난 걸 간신히 참고 앞으로 가면, 지오부, 동네 어른들에게 그 안을 설
명하며 시끄러운,

어른들 야, 이게 이게 일일연속극에 나오는 집이구나, 이게..

지오부 이런 구경 아무나 못해? 아까 봤지, 방송국 들어오는 입구에서 수위가 몇 번을 어디 가냐 묻고, 또 묻고, 그것도 모자라, 신분증 뺏고, 철통같이 감시하는 거, 내가 여적 애 방송국에 들여보내놓고도 생전을 이런 거 구경 못했어.

어른1 왜?

지오부 바쁘니까, 그렇지. 을마나 바쁜데, 지 생일도 못 찾아먹고, 무지 바뻐. 대통령보다 바쁠걸? 아니다, (지오 보며) 야, 지오야, 대통령은 뭐해도, 국무총리보단 바쁘지?

지 오 (어색하게 웃는)

지오부 (가며, 어른들 앞장서며) 이리 와, 이리 와. (하고, 가는)

어른2 (지오의 뒤통수를 냅다 치며, 가며) 자식 컸어, 컸어.

지 오 (아픈)

어른3 (가며, 다시 뒤통수를 치며) 너 나 아냐? 내가 니 먼 당숙 되는데? (하고, 몇 번을 뒤통수 치며) 잘났다, 잘났다, 자식. (가고)

지 오 (화나, 지오부 보는)

지오부 (손으로 위를 가리키며) 저 천장 봐라, 천장! 야, 높지. 저기다 카메랄 매달고, 한 스무 놈이 막 이리 찍고 저리 찍고.. 그걸 다 누가 지휘하냐, 우리 지오가 해. 우리 지오가 머리에 싹 다 그림을 만들어가지고.. 큐.. 하면서 막 이래라 저래라 하면.. 밑에 한 오백 명 애들이 꼼짝을 못하고, 벌벌벌 떨면서 (낄낄대며, 좋아 웃는) 예예 하고.. 볼만해.

지 오 (답답해, 외면하며, 구시렁) 미친다.

씬 33. 드라마국 1층 로비 휴게실 안, 낮.

준영, 음료 캔을 가지고 한쪽에 앉아 있는, 지오모에게로 가는,

준 영 (밝게, 캔 따주며) 어머닌 왜 구경 안 가세요?

지오모 (캔을 마시며, 수줍은) 아이고 난 싫어. 서울에 종친회 있다고 가자고 성활 대서 왔는데.. 애 민망하게.. 내가 그냥 가자 그랬거든. 전화만 하고. 근데 기어이...

준 영 (웃으며, 캔 마시며) 왜요, 이럴 때 시골 어른들한테 아들 자랑도 하고 좋죠,

뭐.

지오모 (웃으며) 나야 좋지, 우리 지오가 일하는 데 옴 나야 좋지. 근데 애가 싫어라 하니까. 행색도 변변찮고. (하고, 캔 마시다, 멍한)

정일우, 지나가는,

준 영 (밝게) 아빠.

일 우 (반갑게) 어, 준영아! 잘 지내지. 야, 너 작품 할 때 나 좀 불러라. 맨날 나만 쏙 빼고 하지 말고.

준 영 네, 아빠.

지오모 (캔을 물고, 준영과 일우를 번갈아 보는)

일 우 또 봐. (하고, 가고)

지오모 ?! (좀 놀란, 준영에게) 아, 아부지야?

준 영 아니요, 드라마에서 아빠 하시니까. 그냥 아빠라고.

지오모 (수줍게 웃으며) 신기하다. 연속극 나오는 사람들이 버글버글한 게. 우리 지오도 저런 사람들하고 막 얘기하고 그래?

준 영 (맘 짠한, 지오모가 이쁜) 그럼요.

지오모 (좋은) 나처럼 모자라게 수줍게 안 그러고, 처녀처럼 다정하게 말도 붙이고, 이래라 저래라 지시도 해?

준 영 (웃으며) 그럼요. 여기선 감독이 왕이거든요. 감독한텐 저런 분들도 꼼짝 못해요.

지오모 (좋은) 나도 우리 지오한테 꼼짝 못하긴 해도 으른한테 넘 버릇없이 함 안 되는데.. (하고, 음료 마시고, 창가 보고, 지오부와 어른들, 그리고 지오 보며) 지오다. (하고, 니기며) 담에 또 봐요.

준 영 (귀엽고, 좀 부럽게 엄마를 보고, 웃으며) 어머니 담에 또 봬요!

지오모 (웃으며 가며, 손 흔들고)

준 영 (웃으며, 음료를 먹는, 창밖의 지오랑 눈 마주치는, 작게 웃으면)

지 오 (민망해, 머리 벅벅 긁는)

그때, 진범 준영에게 오며,

진 범 선배, 소집!

준 영 (일어나 가며) 군대야, 맨날 무슨 소집은.

씬 34. 방송국 앞길, 낮.

지오부, 어른들과 함께 가며, 신이 나서 떠드는,

어른들 자네 덕분에 우리가 출세했다. 촌에 살며 서울에 있는 방송국을 다 와보고,

지오부 출세했지, 그럼. 이런 거 아무나 보나. 내가 이제사 말이지만, 읍내 방앗간 놈이 지 자식 변호사 됐다고 우세떨 때 웃기지도 않았어. 우리나라 변호사가 몇 명이냐, 수천 명이야! 흔해 빠진 게 변호사, 검사야! 근데 드라마 감독은 몇이냐? 세 개 방송국 통틀어도 손에 꼽아! 자네 아까 드라마에서 나오는 춘식이가 우리 지오한테 넙죽 인사하는 거 봤지, 막 악수하고 반가워라 하는 거 봤지?!

그 뒤편에서, 지오와 지오모 얘기하는, 지오, 지갑에서 돈을 꺼내 주며,

지 오 나 일 있어 먼저 갔다고 하고, 엄마가 밥 사줘서 보내.

지오모 (눈치 보며, 돈 받고) 화났.. 어?

지 오 (지갑 넣고, 한숨을 푹 쉬는) 그러게 여길.. 왜?.. (얼굴 부비는, 답답한) 누가.. 아들 회사에 오냐고.. 누가? 일하는데.. 그것도 혼자가 아니라, 떼로 몰려서,

지오모 (속상하고, 민망한) 아버지는....니 자랑할라고,

지 오 내가 그렇게 자랑스러움, 집에 내려갈 때 말이라도 곱게 하시든가! 집에만 가면 사람을 못 잡아먹어 들들거리고, 평생을 괜한 일 벌려 돈 사고만 치고, 잔소리에, 허풍에, 내 밑에 무슨 졸개가 오백이야? 세트 천장에 조명을 달지, 무슨 카메랄 단다고, 알지도 못하면서,

지오모 (작게) 고만해.

지 오 (화나, 보면) ?

지오모 (주변 보며, 속상한, 짐짓 밝게) 니가 자꾸 아버지 싫어함 어떡해, 엄마는 같이 사는데.. 듣기 싫지.

지 오 (한숨 쉬고, 엄마가 안쓰런) .. 엄마한테 화난 거 아냐. 알지?

지오모 (서운함 감추고) 알지. 엄마는. 들어가.

지 오   엄마 먼저 가.

지오모   너 먼저 가.

     그때, 먼 길 건너, 음식점 앞에서 지오부 소리치는,

지오부   지오야, 안 오냐!

지오모   (난감한, 지오 눈치 보고, 지오부에게) 먼저 들어가요!

지오부   빨리 와, 임마! 으른들 계신데, 자식이.. (하고, 다들 식당으로 들어가는)

지오모   지오야, 들어가. 엄마 갈게. (하고, 막 뛰어가다, 오토바이랑 부딪힐 뻔하고)

오토바이   이, 늙은이가! 콱! (하고, 가는)

지오모   아이고, 죄송합니다. 죄송합니다. (하고, 가고)

지 오   (가는 오토바이에 대고 소리치는) 저게 죽을라고, 야, 너, 서 새끼야!

지오모   그러지 말어.

지 오   (속상한) 가요. (하고, 가는)

지오모   지오야.

지 오   (보면)

지오모   (짠하게 보고, 웃으며) 너 오늘 엄청 효도한 거 알어? 엄마가 너무너무 자랑
         스러가지고, 엄마가 집에 가 전화할게. (하고, 가는)

지 오   (맘 짠해 보는, 전화 오는, 받으며 가는) 네.

씬 35. 방송국 인사위원회 사무실, 낮.

     지오, 답답하게 직원을 보며 앉아 있고,
     맞은편 자리에, 인사위원회 직원, 앉아, 서류들을 뒤적이고, 말하는,

인사위원회   (자료 보며, 빠르게) 2008년 7월 31일 수목드라마 목요일 방송분, 45분
         17초경에 〈뉴저지〉라는 상표 3초간 방송, 그리고, 이후, 다시 3분 후에 〈뉴저
         지〉 상표 2초간 방송 사실에 대해, 그럼 연출 본인은 알고 있었다는 겁니까?

     *플래시백 》
     1. 1부, 자동차 전복되던, (1부 씬 3. 준영 촬영장, 한적한 도로)

2. 지오, 철이 뺨 치던, (1부 씬 1. 프롤로그 7. 지오의 촬영 현장)

3. 지오, 송출실로 죽어라 뛰던, (1부 씬 22. 송출실 앞 복도 촬영 요)

인사위원회 (빠르게, 사무적으로) 정지오씨, 모르고 있었습니까, 알고,

지 오 (OL, 답답한) 알고 있었습니다.

인사위원회 (메모하며) 경위는요?

지 오 테잎 노이즈로 재촬영하면서 사고가 나고, CG실에 보내 그림 지울 시간이 없었습니다.

인사위원회 간접광고로 방송위원회에 회부되셨습니다, 소명 기회 있으시구요. 하시려면 오는 8일까지 인사위원회 오셔서, 경위서 제출과 함께,

지 오 (OL) 인정합니다, 소명 기회 포기하겠습니다.

인사위원회 반론하지 않으시면, 인사고가 점수 0.5 삭감에 1년간 상여금 5프로 감봉되는 거 알고 계십니까?

지 오 (화난, 짧게) 네.

씬 36. 드라마국 안, 낮.

지오, 걸어와 자리에 앉는,

규 호 (지오 옆 책상에 걸터앉으며) 얼마 깐대냐?

지 오 (서류 탁탁 챙기며) 말 시키지 마, 자식아.

규 호 (보며) 넌 니가 퍽이나 정의롭고 착한 줄 알지?

지 오 (화나 보면)

규 호 이 드라마국에서 내가 왕따지?

지 오 (보며) 알긴 아네, 미친놈.

규 호 니 말이라면 후배나 선배나 할 거 없이, 예예예 하고.. 내가 말하면 다들.. 흥흥흥 콧방귀나 끼고... 넌 좋겠다, 니 편 많아서.

지 오 (어이없이 보며, 짜증 난) 자꾸 면상 들이밀고 깝죽댈래, 너?

규 호 니가 진짜 착함 왕따랑 놀아줘야지, 임마. 남들이 왕따 하는데 같이 왕따 하면서.. 인간성 좋은 척.. 웃기지 않냐?

지 오 (화나, 보면)

규 호 그러면서 작품에선 온갖 착한 척 다 하고, 야, 솔직한 말로 시청률 안 나옴 매니아 드라마냐?

지 오 (같잖은, 화나는 것 참고, 서류 챙기다 보며) 내가 지금 어디 가는 줄 아냐? 너 땜에 자식아.

규 호 (무시하며) 재식아, 밥 먹자. (하고, 책상에서, 내려오면)

지오, 발을 걸어, 규호를 넘어뜨리는,
규호, 넘어져, 화나 지오를 보면, 지오, 그냥 가고,

씬37. 산타마리오 안, 낮.

현섭, 민철, 수경, 진범, 준영, 지오, 두성만, 앉아 있는,

현 섭 (버럭) 야, 그럼 어떡해?! 니들이 전부 안 한다 그럼, 니들 정말 이러는 거 아니지, 다 같이 한솥밥 먹는 처지에,

수 경 부장님, 부장님.. (하며, 턱으로 다른 테이블 가리키는) PBC

현 섭 (수경 가리킨 곳, 보면)

다른 테이블에 다른 방송사 사람들 얘기하고 있는,

현 섭 저것들은 왜 여기서, 지들 방송사 근처에도 좋은 데 많은데.. (하고, 두성에게) 얌마, 니가 가라. 마누라 애 나서, 니가 B팀을 못 간다는 게 말 되냐?

두 성 내가 봐준다고 안 난다는 애 나라 그랬어요. 약속 안 지킴 이혼한단 말 나와요.

지오, 준영 (서로 딴 데 보며, 이 상황이 싫은)

두 성 낼모레, 단막극 촬영도 있고.

현 섭 그럼 그거 찍고 넘어감 되잖아.. 그리고 이혼이 쉽냐? 니 마누라도 괜히 뻥까는 거지, 몇 번 꽥꽥대다 봐줄 거야.

두 성 아, 나 못해, 못해!

현 섭 (얼굴 획 돌려, 준영에게) 야, 니가 가라.

준 영 (어이없는, 물 마시고, 외면하는)

민 철 정지오, 주준영 둘 중에 하나 가.

지 오   (어이없는) 차라리 날 죽여요.

민 철   (보면)

지 오   저 조연출 5년, 연출 3년 동안 하루도 편히 못 쉰 거 아시죠? 내가 조연출 때 부터 밀린 휴가만 써도 1년은 쉴 겁니다. 손규호, 남의 작품 뒤치닥거리하는 프로듀서 단 한 번도 안 하는 동안, 전 미니다, 특집이다, 일일까지 프로듀서 에 B팀까지 찍어가면서.. 더 이상은 내 인생 양보 못해요. 그리고 우리 드라 마국에서 나만큼 일한 놈 있음.. (두성 보며) 말해봐, 형, 나만큼 했어?

두 성   (외면하는)

지 오   고개 돌림 끝나냐? 제 별명이 아무리 드라마국 땜방, B팀 전문이래도.. (민철 보며) 이번엔 못합니다.

현 섭   (준영에게, 눈치 보며) 니가 해야겠다.

준 영   (민철 보며) 시험 보는데 시험 볼 시간 없다고, 옆사람이 대신 시험 봐주는 법 은 이 세상 어디도 없을걸요. 저도 아시겠지만, 내년 하반기 라인업 잡혀 있잖 아요. 못해요.

민 철   니들은 조직이 뭘로 보여?

지오, 준영   (보면)

민 철   나는 이런 조율 하고 싶어 하냐? 말이라곤 죽어라 안 듣는 놈의 새끼들 데리 고, 이리 빌고, 저리 빌고... 조직이 왜 있어? 지 좋은 일만 할 거 같음 조직이 왜 있어?! 니들 맘대로 하고 싶음 조직 떠나! 근데 못 떠날 거 같음, 말 들어야 지, 아니냐?! (하고 이어지는, 화나는)

준영, 지오   왜 우리한테 화를 내요, 손규호한테 가서 화를 내지!

민 철   방법이 없잖아, 방법이,

지 오   (버럭거리며, 소리치는) 방법이 없음 말면 되잖아요! 왜 우리한테, (말 이어 지는 느낌)

그 모습에서 카메라, 빠지는,

씬 38. 특수영상실, 밤.

규호, 모니터를 보며, 특수영상실 여직원과 CG를 하고 있는,
영상실 직원, 밤에 월담하는 장면 등을 CG로 처리하는 과정이 빠르게 보여지

고, 규호, 입가에 미소가 띤,

규 호 야, 밤엔 CG 쓰니까, 전혀 모르겠네.

여직원 (일하며) 요즘 드라마 캐릭터들이 넘 좋은 거죠. B팀 나간다 어쩐다 하드니, 나갔어요?

규 호 (그림만 보며) 난 조직이 좋아, 조직에선 안 되는 일이 없거든. 하람 해야지, 지들이 개김 어쩔 거야. 그래서 조직생활이 무서운,

여직원 (웃으며) 언젠 연출은 조직원이 아니라, 아티스트라더니..

규 호 (웃으며, 화면 보며) 거기 애들 좀 더 깔아봐요. 넘 적다.

씬 39. 여의도 포장마차 안, 밤.

지오, 현섭과 민철이랑 악을 쓰며 화를 내며 말하고 있는,

지 오 왜 나를 가지고 그래요, 왜 날 가지고, 드라마국에 감독이 수십 명인데, 왜 날 가지고 닥달을 하나구! 쉴 만큼 쉰 기민이 종구보고 가라 그래요!

민 철 사극 조연출도 안 해본 애들을 어떻게 보내냐!

지 오 이 손규호 개새끼 정말.. 내가 가서 죽여. (하고, 일어나면)

현 섭 (안아서, 앉히며) 야야야, 앉아, 앉아.

지 오 (앉아, 민철에게 소리치는) 그러니까, 형 말은 뭐야? 손규호만 끼고 돌겠단 거 아냐? 나나 주준영이나 둘 중 하나 기어이 죽이겠단 거 아냐? 막말로 책임 소재 악랄하게 따져봄, 국장님하고 부장님 책임 아냐? 드라마 빵꾸 남 두 양반 모가지 날아갈 거 같으니까, 나랑 주준영을 물고 늘어지는 거 아니냐구요?! 이게 나에 대한 형들 우정이고, 의리예요?!

씬 40. 준영의 집 안, 낮.

창가로 보면, 준영을 두고, 수경과 진범이 와 있고, 오부장이 설득하는,

진 범 선배한텐 입이 열 개라도 뭐라고 할 말이 없다.

오부장 나도 미치겠다, 내가 찍어줄 수 있음 찍어주겠다,

준 영   (버럭버럭 소리치는) 집까지 찾아와서, 정말 왜 이래요?! 안 한다고? 나도 2년
        내내, 내 작품에 남 작품 프로듀서에 뼈가 녹는다고?! 내가 한 달 내내 내 꺼
        찍느라 잠 못 자고, 어제 방송 나갔어요! 어제 방송 나간 나보고, 수고했다, 작
        품 잘했단 말은 한마디도 않고 앞으로 3개월을 더 날밤을 까라니, 말 돼요?!
        남자들도 코피 터져 쓰러지는 판에, 여자보고, 정말 넘하잖. (순간, 코밑이 이
        상한, 손 올려 만져보는)

진범, 오부장   (외면하는)

준 영   (손에 묻은 코피 보고, 펄쩍펄쩍 뛰며) 이거 봐봐, 나 코피 나잖아!

수 경   (아랑곳없이, 주변 보며, 옆의 과일을 먹으며) 야, 집 무지 좋다.

준 영   (휴지 뽑아, 코에 넣고, 수경의 과일 뺏어 던지며, 펄쩍펄쩍 뛰며, 오부장에게)
        부장님 애들 텍고 집에 가요, 좀?! 나도 좀 자자고! 어제도 밤샜단 말이야!

오부장   (답답한) 아무래도 정지오가 가야겠네..

준 영   뭐요?!

        * 화면 분할 〉〉
        지오, 화가 나서, 포장마차에서 나오며 씩씩대며 '야, 그렇게 말해도 끝까지
        손규호네, 끝까지!' 하고 가는,
        준영, '정말 안 가지, 좋아, 그럼 내가 나가면 그뿐이지, 뭐' 하고, 한쪽에 두
        었던 옷을 들고, 나가는, 수경, 아랑곳없이 주변의 물건을 만지며, 구경하는,

        * 점프컷 1 〉〉
        준영, 엘리베이터를 타고,

        * 점프컷 2 〉〉
        지오, 길거리를 씩씩대며 가는,

        * 점프컷 3 〉〉
        준영, 집 앞을 나와서, 주차장으로 가고, 이내, 차를 운전하며 나와서 가는,

        * 점프컷 4 〉〉
        지오, '택시, 택시' 하며 소릴 지르는, 택시 서고, 타는,

씬 41. 여의도 밤에서 새벽 되는, 전경.

준 영   (E) 어디 갔었어?

씬 42. 강가 집, 낮.

준영, 방에서 더러운 이불을 몸에 감고, 밖에서 코펠에 밥을 하고 있는 지오를 건너다 보며, 졸린.

지 오   (투버너의 가스레인지에 코펠에 밥이며, 국을 하며, 웃음 띤) 잘 잤냐?
준 영   (졸린, 웃음 띤, 몸에 이불 감고 나오며) 코펠이랑 렌지까지 갖다놓고 여기서 혹시 누구랑 살림을 차렸어?
지 오   (한쪽에 이불을 가리키며, 웃으며) 너랑, 차릴라고.
준 영   (웃는) 크크크.
지 오   너, 추운 거 같아. 새벽장 가서 꽃이불 사왔다. 낮에 장에 한번 더 가자. 재밌는 거 많드라.
준 영   (보고, 웃으며) 네.
지 오   (된장찌개를 떠서, 준영에게 먹이며) 여기서 한 일주일만 숨었다 가자. 그럼 규호 자식 방송 나갈 거고, 누구든 B팀 들어가 찍고 있을 거야.
준 영   아, 맛 좋다. 밥.
지 오   (밥을 떠서, 먹여주며) 너 전화 꺼놨지?
준 영   와도 안 받고 있어. 안 익었다.
지 오   뜸 더 들여야 돼.
준 영   근데, 우리 그러다 회사 짤림 어떡해?
지 오   무슨 근거로 짤러? 너나 나나 정당한 휴가 신청하고 왔고, 내 껏도 아니고 남의 꺼 안 찍는다고 짜른다는 게 말이 되냐? 누가 봐도 우리 잘못도 아닌데? 남이 찍어주는 거로, 자기 몸값 올리는 손규호 내 이 개자식.. 이번엔 내가 절대 양보 못한다. 너두 단단히 맘 먹어, 자식아. (하고, 밥을 퍼서 먹으려는데)
준 영   나, 밥. (하고, 입 벌리는)
지 오   (주며) 넌 어떻게 나 먹는 꼴을 못 보냐?

▪ 점프컷 1 〉〉

지오, 설거지를 하고 있고, 준영, 커피를 마시며 지오의 커피를 한 손에 들고, 옆으로 오는,

준 영   우리 엄마한테 거짓말했어.

지 오   (설거지하며, 담담히) 무슨 거짓말?

준 영   선배네 아버님 축산업 하는데 소가 만 마리라고.

지 오   (이상하게 보고, 손을 바지에 쓱쓱 닦고, 준영의 커피잔을 뺏어서 마시며, 한 쪽에 앉아, 준영 보면)

준 영   (의자를 가져와, 그 앞에 앉아, 미안한) 울 엄마가.. 막 그 집에 돈이 얼마나 되냐고, 사람을 못살게 들들 볶잖아, 그래가지고..

지 오   (커피 마시며, 준영 보고, 멋쩍게 웃으며, 짐짓 가볍게) 우리 집 소 스무 마린데. 나중에 알면 니네 엄마 실망하겠다.

준 영   (커피 마시며, 작게 웃으며) 이제 울 엄마 쉽게 이해하란 말 못하겠지? (부러운) 엄마 되게 좋아 보이시드라? 아버진 재밌고.

지 오   (어색한 웃음) 서울 사람들이 보면 완전 늙은이들이지 뭐. 누나 낳고 애가 안 들어서서 고생하다, 날 가졌대. 참 우리 누난 시장에서 포장마차해.

준 영   (편하게) 음식 잘해? 잘함 먹으러 가자?

지 오   (어색하게 웃으며) 못함 안 가고?

준 영   난 음식 못하는 집 넘 싫어.

지 오   (웃고, 짐짓 편하게) 너랑 나랑 난관이 한두 개가 아니다. 우리 결혼 못하겠다야.

준 영   안 하기로 했잖아? (하고, 차 마시는)

지 오   (싫지만, 지기 싫어, 괜히 말하는) 나야, 좋지, 부담 없고. 동거나 할까?

준 영   (차 마시며) 일단은 좋은 생각, 참 우리 드라마국엔 사귄다는 거 비밀이다.

지 오   왜? 양수경 땜에?

준 영   양수경?

지 오   (어이없이 웃으며) 아냐. 근데 왜?

준 영   선배랑 나랑 둘 다 잘나가는데, 잘나가는 둘이 사귀는 것도 사람들 샘날 짓이고, 만약 그렇게 됨 라인업 받을 때 혹시라도 피해 볼 수 있잖아. 능력 갖고 일하는데, 괜히 연인끼리 다 해먹냐 그럼 억울하잖아. 시장 구경 가자. (하고, 일

어나 나가는)

지 오 (가는 준영 보는데, 좀 서운한, 일어나 가며)

씬 43. 강가 집 근처 재래시장, 낮.

준영, 지오, 재래시장 구경을 하는, 준영, 강아지를 보며 귀여워하고, 지오도 좋은, 준영에게 강아지 하날 들어보게 하고, 지오, 핸드폰으로 사직을 찍는, 준영, 그 강아지 안다가 강아지가 오줌을 싸고, 준영, '어떡해' 하며, 우는 소리 하고, 즐거운,

▪ **점프컷 2**〉〉

준영, 혼자서 재래시장 구경을 하고, 지오, 혼자서 재래시장 한 켠에 할머니들 작은 TV을 놓고 드라마 보는 걸 지켜보는,

지 오 (E) 넌 드라마국에 왜 왔니? 원래 꿈이 드라마 PD였어?

준 영 (E) 어, 어려서 맨날맨날 드라마만 봤어. 근데 어쩌다 재미없는 드라마가 나오면 그게 그렇게 화가 나드라. 시간 아깝고. 그래서 화만 내지 말고, 내가 만들자 싶어가지고. 난 드라마국의 최초 여성 드라마국장이 될 거야. 나한테 잘 보여, 라인업 받을람. 선밴 학부 때 영화하고 싶다드니, 왜 드라마국에 왔어?

씬 44. 강가 집 근처 조용한 시골 거리, 낮.

지오, 준영 각자 물건을 들고, 손을 잡고 걸어가는,

지 오 먹고살라고. 영화하면 배고프잖아. 난 돈이 필요하거든.

준 영 (보면)

지 오 (서글프게 웃으며) 가난한 예술가가 되기에 난 부적격자거든. 심심산천 촌구석에 장남으로 태어난 죄지. 너 그거 아냐? 웬만한 천재들은 대부분 먹고살만 했단 거?

준 영 드라마 별로야?

지 오 울 엄마가 좋아하니까, 이젠 좋아. 새벽에 일어나 소죽 쑤고, 밭에 김매고, 채

소 팔러 시장 가고, 다시 밥 짓고, 그렇게 365일 낙이라곤 없는 양반이, 요즘은 내 드라마를 마르고 닳게 보느라, 재미나댄다, 그럼 됐지 뭐.

준 영 (웃고) 손규호한테 드라만 야망이고, 게임이고, 나한텐 재미고, 선배에겐 생계고 효도고... 참 드라마 하는 이유도 가지가지네. B팀 어떻게 됐을까?

지 오 (준영 손 놓고, 준영을 보며, 뒷걸음치고, 걸어가며, 편하게) 난 이번엔 죽어도 안 들어가. 나도 대박 한번 나야지. 그래서 여기저기 프로덕션에서 귀찮을 만큼 콜 좀 받고,

준 영 (안쓰레 보는, 그러나 작게 웃음 띤)

지 오 정말 돈 많이많이 줌 나 방송국 나갈라고, 그래서,

준 영 그래서?

지 오 니네 엄마 맘에.. 들고.. 싶다. (하고, 뒤돌아 가는)

준 영 (가는 지오를 짠하게 보다가, 달려가, 지오의 뺨을 돌려세워, 입을 맞추는)

지 오 얌마, 뭐해, 누구 본다, 놔, 임마!

준 영 보면 어때? (하고, 장난스레 입을 맞추려 하는)

씬 45. 달리는 준영의 차, 어스름한 새벽.

준영, 운전해 가는, 준영모와 스피커폰으로 얘기하고 있는,

준영모 (F) 미친놈들이네, 야, 니 드라마가 어디가 안 좋아? 난 싹 다 좋든데?

준 영 (웃음 띤) 어머머, 동성애 얘긴데, 엄마가 그게 이해가 가?

씬 46. 준영모의 집안, 새벽.

준영모, 준영이 찍은 4부작 드라마 중 원석과 영준이 뛰는 장면을 보며, 집 전화하고 있는,

준영모 야, 이게 무슨 동성애 얘기야, 인간들 얘기지. (하며, 핸드폰으로, 화면을 보고, 찍는) 가만 보면 진짜 배웠단 것들이 뭘 몰라도 더 모른다니까!

씬 47. 준영의 달리는 차 안, 새벽.

준 영 (웃으며) 간만에 울 엄마 맘에 드시네. (그러다, 전화기에 뭔가 오면) 엄마 전
화 끊자. 그리고 그만 자. 지금 새벽 5시 다 된다. 안녕. (하고, 끊고, 핸드폰을
보면)

　*인서트 – 핸드폰 액정 화면 》
원석과 영준이 숨 가쁘게 슬픈 눈으로 웃음 띠고 뛰는 장면, 음악이 깔리는,

준 영 (이상한, 그러다 엄만가 싶어 웃는)

그때, 다시 전화 오고, 받으면, 화면 분할.

준 영 (웃음 띤) 뭐야?
준영모 (편하게) 난 이 씬이 젤 좋드라. 엄마도 그렇게 막 뛰고 싶은데, 그럼 병나겠
지?
준 영 (웃으며) 또 밤새고 놀았어? 자, 자, 잠 좀 자. 지금 몇 신데 아직도 안 자고..
준영모 준영아, 아빠가 이혼하잰다.

　*인서트 》
준영, 갑자기 갓길로 끽 하고 소리 나게 차를 세우는,

준 영 뭐?

씬 48. 강가 집 근처 강가, 낮.

지오, 생각 많게 걸어가는,

　*회상 》
강가 집 방 안, 새벽.
자는 지오의 뺨을 톡톡 치는 준영의 손 보이는,

지 오   뭐, 뭐야?

준 영   (옷을 다 입은, 따뜻하게 웃으며) 선배 아님 나, 둘 중에 하나라면.. 손규호 B팀
        은 내가 들어간다.

지 오   (뭐가 뭔지 모르겠는) 뭐?

준 영   대신 선배 넌 다음 드라마 기필코 대박 나서, 울 엄마 맘에 들기다.

지 오   (졸린) ?

준 영   (볼에 입 맞추고) 더 자. (하고, 나가는)

        • 현실 〉〉
        지오, 강가에 서서, 고개 숙이고 착잡한.

씬 49. 윤영의 10층 정도의 사무실 건물 전경과 내부.

        건물 전경, 윤영, 회의하는 모습 보이고, 회의를 마치고, 윤영, 복도를 나와서,
        건물 밖으로 나오다, 건물 밖에 서 있는 지오를 보고, 윤영 밝게 부르는,

윤 영   정감독!

씬 50. 윤영 사무실 근처 도심 거리, 낮.

        윤영과 지오, 걸어가며 얘기하는,

윤 영   야, 햇빛 너무 좋다.

지 오   어디 들어가서 얘기할까요? 사람들 힐끔거리는 거 불편하잖아.

윤 영   어려서는 그게 불편했는데, 이제 누가 봐줌 고마워. 나 한물간 퇴물이잖아.

        그때, 여자들 오며,

여자1   (호들갑 떨며) 어머, 윤영씨! 저 윤영씨 팬이에요, 사진 한 장만.

윤 영   네.

여자 2, 여자 1과 윤영의 사진을 찍고 '고맙습니다, 감사합니다'를 연발하며 가고, 다시 가려는데, 남녀가 오며, 윤영에게 '저 사인 한 장 해주세요' 하는, 윤영, 사인을 해주고, 지오, '윤영이다' 하며 몰려드는 사람들을 보며, 뻘쭘하게 밀려나는,

씬 51. 산타마리오 안, 밤.

윤영, 지오, 마주 앉아 술을 마시며, 얘기하는,

윤 영 작품 또 들어가?

지 오 솔직히 편성은 내년 가을인데,

윤 영 (무심하게, 술을 마시며) ..

지 오 착실히 준비했다 그 전에라도 치고 들어갈 수 있음 치고 들어갈라고요, 작가, 배우 캐스팅만 좋음, 지금이라도 돼 있는 라인업 까내고 들어갈 수 있는 게 현실이니까.

윤 영 조승원이랑 누가 필요하다구?

지 오 차인영은 영화랑 연극만 하고 드라마 안 하죠?

윤 영 (웃으며) 만약 내가 두 사람을 해준다고 한다면... 나한테 뭐 해줄 건데?

지 오 (웃으며) 제작 참여?

윤 영 (작게 웃으며, 보면)

지 오 (이게 아닌가 싶은, 안 웃고) 극에 중심인물로, 캐스팅?

윤 영 (보면)

지 오 (심각한) 선배 회사에 이서우 작가 계약하게 도와주는 건?

윤 영 (웃으며 보면)

지 오 하긴 그 여자가 내 말을 들을 리 만무지. (막막한, 술 마시고) 나는 필요없겠고.. 워낙 가진 게 없다보니, 뭐 딜을 할라 그래도 할 게 없다.

윤 영 언젠 드라마에 미쳐 살고 싶다드니, 이젠 현실에 미쳐 돌아가네. 참, 손규호 작품 B팀 들어간다며?

지 오 (서글픈 웃음 짓고) 주준영이가 들어갔어요.

윤 영 (웃으며) 사지에 애인을 끌어다 넣어? 보기보다 잔인하다.

지 오 (서글픈 웃음 지으며, 창밖 보며) 가난이란 게 참.. 재수대가리가 진짜 없어

요. 폼 나게, 야 자식아 넌 빠져, 지옥은 내가 간다. 그래야 남자 체면도 살고 그런 건데..

윤영 낼름 고맙다고 받아먹나보네.

지오 (고개 젓는)

윤영 아님 그런 말도 안 하고, 괜히 떨떠름한 표정까지 지어가며, 은근슬쩍 받아먹었나?

지오 (서글픈 웃음 짓고, 고개 끄덕이며, 가라앉은) 기분 정말 엿 같다. 더럭 겁도 나고. 다른 누구보다 주준영한테 멋있게 보이고 싶은데, 어쩌면 걔한테 내 멋진 모습을 그 어느 때도 보이긴 힘들겠구나 싶은 게, (외면하며) 성질나요. 난 왜 이렇게 지지리 못살고 지랄인 건(지).. (맘 아픈, 말을 못 잇는)

그때, 미진 노래를 부르고, 윤영, 미진의 노랠 그냥 입으로만 따라 부르는, 윤영, 미진에게로 가서, 어깨동무를 하며, 지오 보며, 노랠 부르는, 창가로 세 사람의 모습이 한 화면에 잡히면서 엔딩.

8부

그들이 외로울 때
우리는 무엇을 했나

규호 이야기 | 늙은 배우들의 이야기 | 민철의 이야기

"그나저나 나는 선배 니가 그리워죽겠다."
"그래, 나도 니가 그리워죽겠다, 임마."

....

"자, 나는 10분만 있다 갈게."
"깼어… 거울처럼 눈 왔음 좋겠다. 그리고 여기가 우리 둘만 있는 곳이면…"

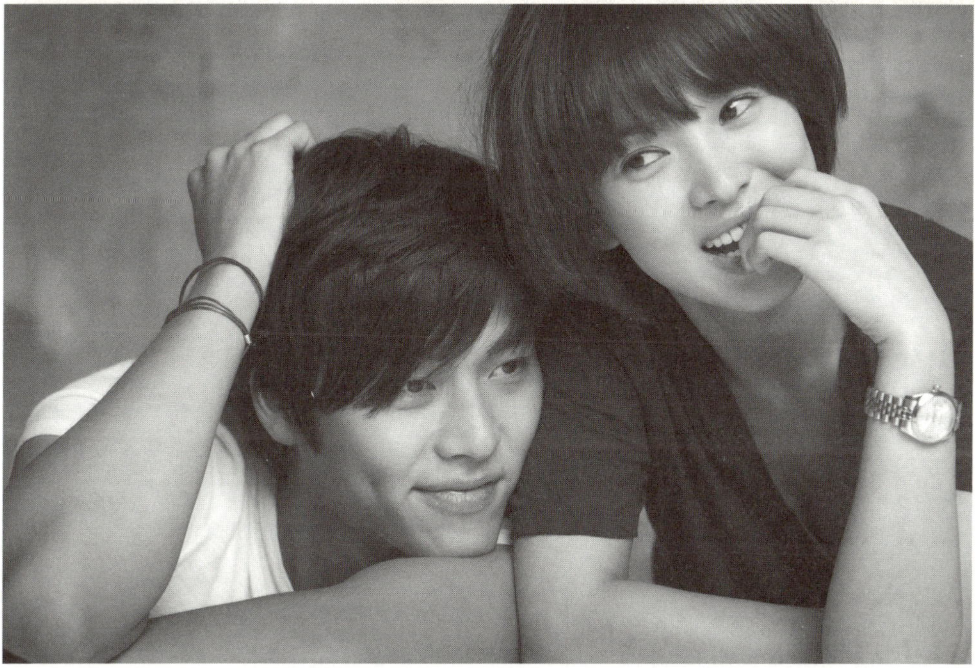

그 들 이 사 는 세 상

WORLDs Within...

씬 1. 달리는 지하철 전경, 낮.

철 이 (E) 여자는 성격이 무지 밝아. 괴로운 일이 있어도, 뭐 살다보면 이런 일도 저런 일도 있을 수 있지 않나? 뭐, 까짓것. 그렇게 생각하는 성격.

씬 2. 지하철 계단, 낮.

지오, 철이, 민희, 지하철에서 내려, 올라오는 느낌이다. 모두, 운동복 차림으로 가벼운, 빠르게 걷는,

철 이 (지오에게 말을 하는) 반대로 남잔 무슨 일이든 조금 더 남들보다 괴로워하는 성격이야.
지 오 (건성으로 들으며, 가는) 그래서?

▪ 점프컷 1 – 회상, 없는 것, 촬영 요 〉〉
준영 집 침대방 안, 밤
준영과 지오, 준영의 침대에 누워 서로 엎드려 얘기를 하고 있는,

지 오 (준영을 따뜻하게 보며) 규호 B팀 내가 들어갈게.
준 영 (지오의 눈썹을 만지며) 가만 보면 눈썹이 디게 잘생겼어. 꼭 그림같이.

▪ 현실, 지하철 계단 〉〉

지 오 (걸어가며) 남자, 가정환경은?
철 이 그룹 총수 아들 정도? 근데 남자 하나가 또 나와.
민 희 (빠르게) 그 남잔 첫 번째 남자보다 성격이 좀 유순하고, 물론 그룹 총수의 후

계자겠죠? (하고, 철이 보는)

지 오 (가며, 재밌는 듯 빠르게) 디따 따뜻한 성격으로, 첫사랑의 상처 때문에 그 어떤 여자도 사랑하지 못하는. (철이 보며) 맞지?

철 이 (따라가며, 황당한) 뭐야, 둘이..

지오, 민희 (동시에) 남들 다 아는 얘길, 아무것도 모르는 것처럼.

철 이 (쫓아가며) 형, 형, 내 얘기 아직 안 끝났어, 좀만 더 들어봐, 좀만, 더..

＊점프컷 2 – 회상, 없는 것, 촬영 요 〉〉
준영 집 침대방 안, 밤 (점프컷 1과 연결)
지오, 눈썹을 만지는 준영의 손을 잡아서 내리고, 따뜻하게 보며,

준 영 (지오의 귀를 만지며) 밀가루 빚어 논 거 같다, 보들보들한 게.

지 오 (귀를 잡은 준영의 손을 내리며) 내가 해준달 때 지는 척하고, 빠져. 넌 왜 그렇게 눈치가 없냐? 나 진짜 맘먹었다고?

준 영 (제 팔에 얼굴을 기대며, 투덜대듯) 눈치가 없는 게 아니라, 널 사랑해서 그런다, 이 바보야. (갑자기 얼굴 굳히며) 근데 너 내가 이렇게 잘 해주는데 나중에 나한테 못하면 너 죽는다.

지 오 (준영의 뒤통수를 빽 치며) 넌 왜 빽하면 반말이야, 건방지게.

준 영 너 나 쳤지. (하고, 베개로 지오의 얼굴을 누르며) 너 죽었어.

엎치락뒤치락하며 실랑이하는 두 사람.

씬 3. 단합대회 학교 운동장 근처 길, 낮.

지오, 민희, 철이(애가 타는), 걸어가며,

철 이 내가 포커스를 두는 건 줄거리가 아니라, 그 캐릭터의 디테일이야. 다시 말해 남자주인공의 매력이지. 가령, 으리으리한 파티장에 남 상관없이 담뱃 피워 물고,

지 오 (말꼬리 자르며) 그 남자 자식은 웨이털 보고 이렇게 말하겠지, '헤이 여기!'

철 이 (맞장구치며) 그지그지그지.

지오 (멈춰 서며, 철이 어이없게 보는) 너는 그런 애가 멋있냐? 웨이터 나이가 어 떤지도 모르고 헤이헤이 하는 새끼가? 그리고 파티장에서 담밴 왜 처물어? 요즘 공공장소 비흡연 구역인 거 몰라? 걔는 일도 안 하지? 망나니야, 그지? 그러면서도 돈은 드럽게 잘 쓰겠지. 아프리카에 인도에 북한에 사람이 굶어 죽든 말든, 오로지 지만 괴롭겠지. 이기적인 새끼.

민희 (철일 경멸하듯 보며) 부모가 번 돈을 욕하면서... 포르쉐니, 페라리니 하는 오픈카를 끌고 다니겠죠. 그리고, 비싼 스카치를 병나발 불고, 거리에 (흉내 내며) 침을 이렇게 이렇게 뱉고.

지오 세상의 모든 사람을 적대시하겠지, 지만 고고한 척.

철이 에이 정말.. 알았어, 알았어, 그 얘기 안 쓰면 되잖아. (하고, 가는)

지오, 민희, 웃고, 걸어가는,

민희 근데, 오늘 운동회에 정말 손규호 선배 나옵니까?

지오 박부장님이 드라마국의 단합을 위해, 반드시 데려온댔으니까, 보자구.

민희 촬영은?

지오 저녁에 제작발표회 끝나고, 내려간다는데, 대본이 안 나왔대. 이러다 C팀까 지 나가지. 잘못하면 온 방송국 감독들이 그놈 드라마 하나에 매달려 찍게 생 겼다.

민희 그나저나 조 편성 보니까, 전 손규호 선배 편입니다.

지오 너, 손규호 좋아한단 소문 있는데?

민희 지난날 초라한 과거삽니다. 이젠 양수경입니다. (하고, 수줍게 웃으며) 소문 좀 내주십시오. (하고, 가는)

지오 ?! (웃으며, 띠리기며) 특이헤.

씬 4. 단합대회 학교 운동장, 낮.

〈하반기 드라마국 단합대회〉 플래카드 걸려 있는,
럭비를 하기 위해 모두 모인,
현섭팀(준영, 지오, 수경, 두성과 그 외)과 오부장팀(규호, 민희, 진범, 철이, 병욱 그 외)으로 나눠져 있는, 벤치엔 민철과 몇몇 후보 선수들 앉아 있는,

카메라, 작전 지시하는 현섭팀으로 가는,

지 오 (몸을 풀며, 준영을 보는)

준 영 (몸을 풀며) 공은 무조건 나 주기다. 나 백 미터 13촌 거 알지? (하다, 지오를 보며, 지오만 들리게 작게) 뭘 봐?

지 오 (작게 입으로만) 널 봐. (하고, 웃음 참으며, 몸을 푸는)

현 섭 자자, 모여.

모두 어깨동무를 하고 동그랗게 모여, 고개 숙인,

수 경 작전이고 나팔이고 다 필요 없어, 다. 무조건 무조건 손규호만 물귀신처럼 잡아. 그럼 게임 셋이야, (손뼉을 치며) 오케이?!

지 오 (수경에게, 버럭) 얌마, 너는 무슨... (갑자기, 웃으며) 그렇게 맘에 드는 말을 해. (팀원들 보며) 야야, 무조건 손규호야. 점수 필요 없어. 그냥 저놈만 죽어라 잡아, 알았지?

현 섭 그래그래, 반칙하면 어때? 점수 냄 뭐할 거야? 상금 백만 원? 그거 오부장팀이랑 다 함께 모여 술 한잔 마심 그날로 땡이야. 돈 욕심내지 마. 승리와 정정당당이란 허구에 속지 마. 드라마국의 왕재수, 왕짜증한테 한풀이 한번 제대로 하자, 그 맘으로 해. 알았지?

수 경 (지오에게) 내가 다리 잡고, 형은 팔 잡아.

지 오 규호 자식은, 내가 죽여, 모두들 딴 놈이나 신경 써.

준 영 난 신경 쓰고 싶어.

지 오 (보며, 좀 짜증 난, 준영 보고, 옆의 두성에게) 야, 얘는 왜 낄 때나 안 낄 때나, 꼭 껴서 그러는 거냐?

두 성 (웃으며) 니가 넘 잘해주니까, 그래.

준 영 여자라고 깔보다 혼난다, 자자자, 파이팅해요, 파이팅!

모두들 대, 한, 민, 국, 드, 라, 마, 는, 우, 리, 가, 지, 켜, 낸, 다! 하나, 둘, 셋, 파이팅!

하고, 운동장 중앙으로 가는데, 비장한 표정들의 느린 그림.
규호네 팀도 중앙으로 모이는, 비장한, 느린 그림.

지 오 (규호를 꼬나보며, 걷는, E) 재주는 주준영이가 넘겨주고, 공은 니가 가져갈 생각하니까 기분이 좋으냐?

규 호 (비웃음 짓고, 걷는, E) 시청률 안 나오는 것들은 감독 할 자격 없지. 너 드라 마국 나가라.

지 오 (E) 시청자를 뭣같이 보는 싸가지 없는 놈의 새끼. 남의 드라마 그만 베끼고, 창의성 좀 길러라, 책도 읽고. 새끼야.

규 호 (비웃음 띤, E) 죽을래?

지 오 (E) 누가 죽나 보자, 새끼야.

* 점프컷 1 〉〉

서로 스크럼을 짜는, '야야야, 밀지 마, 밀지 마' 하며 몸싸움이 가관이다. 규호, 지오의 팽팽한 눈빛, 준영, 규호를 보고, 수경, 규호를 보고, 민희, 수경을 보는,

그때, 호루라기 울리고, 규호와 지오, 공을 잡기 위해 난리가 난,

그때, 진범, 공을 잡아 달리고, 지오, 뛰어가 진범을 잡고 구르면,

빠진 공, 수경이 발로 차고, 그 공을 준영, 뛰어올라 잡아, 터치다운 선을 달려 가는데, 민희, 달려가 넘어지며, 준영의 발에 태클을 거는,

준 영 (넘어져, 민희에게) 야?!

민 희 (공 잡고, 뛰며) 게임이잖습니까?!

지오, 달려가 민희를 넘어뜨리고,

민 희 선배!

지 오 게임이잖냐! (하고, 뛰고)

* 점프컷 2 〉〉

준영, 달려가면, 지오, '준영아' 소리치고, 준영, 뒤를 보며, 달리면,

지오, 뒤에 쫓아오는 규호와 다른 무리들을 보며, 준영에게 공을 던지고, 준영 (땀이 범벅이 돼서), 그 공을 받아, 달려가 터치다운을 찍고, 주먹을 불끈 쥐 며, '아우!' 하고 소리치는,

점프컷 3 〉〉

규호(땀범벅), 뛰어와, 터치다운을 찍으며 세레모니.

점프컷 4 〉〉

민철, 시원하게 깔깔대고 웃으며, 음료를 마시며, '야야야! 친선경기야, 한일전이 아니라!' 하는, 현섭과 오부장 속이 타서 소리치는, 오부장, '야, 진범아, 규호한테 공 던져, 야, 새끼 욕심 그만 부리라고 공 던져?!' 하고, 현섭, '수경아, 기민이가 뒤에 있어, 기민이!' 하며 악을 쓰는,

점프컷 5 〉〉

지오(웃통 벗고, 땀범벅), 공을 들고 달리며, 달려오는 규호를 몸으로 밀어 넘어뜨리고, 규호, 지오를 잡아 넘어뜨리고, 서로 난타전을 벌이는,

점프컷 6 〉〉

민희, 죽어라 공을 들고 뛰면, 준영, 몸을 던져, 민희를 치고, 지오, 흐르는 공을 잡아서, 뛰면서, 다른 감독들을 따돌리고, 터치다운. 심판, 호루라기 부는, 준영, 수경 그 외 팀들 준영에게 달려가, 엉기고, 수경, 좋아서, 지오의 머릴 흩트리며, 옆에 있는 준영의 볼에 입 맞추는, 지오, 순간 놀라, 수경의 뒤통수를 치고, 수경, '형?!' 하고, 준영. 수경을 패며 '이게 어디다 주둥일 대고, 난리야, 이게!' 하며 패고, 지오, 웃으며, 규호가 있는 쪽을 보면,

규 호 (일어나, 몸에 먼질 털고, 후배가 주고 간 물을 마시며, 지오 보며) 내가 너 기분 풀라고 져준 거야, 임마.. (하고, 가는)

지 오 (어이없게 웃으며, 뭐 저런 놈이 있나, 고개를 젓고, 얼굴에 땀을 닦는)

그때, 준영 와서 지오의 목에 팔을 두르며 '시원한 맥주 먹으러 가자' 하고 끌고 가는,

씬 5. **천지연, 규호의 작품 제작발표회장 앞 + 안, 풍경.**

기자들 들어서는, 현섭, 민철, 기자들을 맡아서 악수하며 '이번엔 기사 좀 빵

빵하게 갑시다', '칭찬은 바라지도 않아, 악성 기사만 쓰지 마' 하며 서로 웃고, 인사하는, 아나운서, 진범과 진행 얘길 하는, 진범, '일단 그림 30분 보고 나서, 인터뷰 시작하시면 됩니다' 하는, 아나운서, '큐시트가 너무 촘촘해서 재미가 없다, 이거 무시하고 내가 알아서 할게요? 근데 작가나 감독은 말은 잘해요?' 하는, 홍보부 직원들, 기자들에게 보도자료를 주고, 음료를 주고, 마이크를 설치하는 등 분주한, 카메라, 그들을 보여주며, 출입구 뒤쪽으로 가면, 규호와 영웅, 호걸, 미려, 해진 긴장되게 서서, 말을 하고 있는,

규 호 　(빠르게 말하는) 대본이 늦어진단 얘긴 하지 마, 철저히 준비 기간 거쳤다고 당당하게 말하고, (영웅 보며) 넌 웃는 게 이뻐. 인상 구기지 마. (해진에게) 넌 질문 못 받아도 기죽지 말고, 선배들 말 듣고 있다 맞장구쳐주듯 웃어. 그렇다고 오바는 하지 말고.

해 진 　(긴장한) 네.

규 호 　무조건 서로 칭찬하는 거 잊지 말고. 무조건 촬영도 재밌다고 하고, 부상 얘기 나오면, 별일 아니라고 해. 드라마 시작 전에 부상 얘기 나오면 재수 없어, 시청률 안 올라.

배우들 　(긴장한) 네.

규 호 　(시계 보면)

진 범 　형 시작해요. 작가 선생님도 오셨고.

규호, '그래' 하고 배우에게 '먼저 앞장서' 하고, 배우들 들어가면, 규호, 들어가는 해진의 팔을 잡아끌고,

규 호 　왜 이렇게 일있어?

해 진 　(땀나는) 후.. (하고, 한숨 쉬고, 제 뺨을 제가 치고, 웃고) 됐어요, 가요. (하고, 가는)

규 호 　(해진이 이쁜, 작게 웃고, 들어가는)

＊점프컷 1 ≫
규호, 배우들 데리고, 단상에 올라서면, 터지는 플래시들.
규호, 해진을 보면, 해진, 너무도 밝게 웃고 있는,

규호, 맘에 드는, 앞을 보며, 여유롭게 웃는.

씬6. 거리, 밤.

앰뷸런스 요란한 소릴 내며 달리는,

씬7. 달리는 규호의 차 안, 밤.

규호, 양복 차림으로 긴장해서 운전해 가는, 차를 따돌리며 조급한 마음이다.

자막 – 그들이 외로울 때 우리는 무엇을 했나

사라지고, 다시 자막 뜨는,

자막 – 규호 이야기

씬8. 규민 응급실 안, 밤.

땀이 흥건한 의사, 피투성이가 된 규민(이동침대에 누운)에게 올라타 심폐소
생술을 하며, 응급실로 들어가며, 다급한, '비켜요, 비켜! 심실세동, 제세동기
준비해!' 반응 없는 규민의 얼굴 보이는, 침대가 지나간 자리에 떨어지는 핏
자국 보이고.

씬9. 규호 카페 안, 밤.

규호, 김변호사 앉아 얘기하는 모습 보이는,
변호사, 규호에게 규민의 상황을 말하고 있고, 규호, 참담하고, 답답한 얼굴로
그 얘기를 듣는 모습이다, 규호, 얼굴을 두 손으로 부비고, 물을 마시고, 카페
를 나오는,

씬 10. 규호 카페 밖 주차장, 밤.

규호, 김변호사(여자) 걸어 나오며 차 쪽으로 가서 문을 열고 대화하는,

김변호 규민이 상태는 오늘 밤 자정이 돼봐야 정확히 안대.

규 호 김변호사님, 아버지한텐 일단 아무 말씀 마세요, 제가 병원에 가보고, .. 변호 사님은, 규민이가 조직을 피해 다니다, 일방적으로 당했다는 증거 확보에만 힘써주세요. 어머니한텐,

김호사 (말꼬리 자르며, 답답한) 어머니 이미 아셔. 어머니 쪽에서 나한테 연락이 왔어.

규 호 (속상한, 맘 아픈) 알았어요. 가세요. (하고, 차를 타고 가는)

씬 11. 달리는 규호의 차 밖 + 안, 밤.

규 호 (눈가 붉어져, 가며) 미친 새끼, 미친 새끼, 차라리 디져라, 내가 그렇게 조심 하라고 했는.. 기어이 일을 치고... 이 쌍누무 새.. (그때, 전화가 오고, 스피커 폰 켜며) 네.

변호사 (F) 일이 무섭게 됐네. 지금 TV 볼 수 있음 봐봐. (하고, 끊는)

규 호 (뭔가 싶어, TV를 켜면)

1. * 인서트 – DMB 화면 》
사무실에서 플래시 세례를 받으며, 초췌하게 인터뷰를 하고 있는 규호부.

기 자 에이원 조직에 이드님이 행동대장이었던 건 의원님은 아시고 계셨습니까?

규호부 (얼굴은 초췌하지만, 강한) 네.

기 자 지난번 대선 출마를 앞두고 의원님께선 조직폭력 세력과의 전쟁을 선포하시며 강한 정의 구현 사회를 부르짖으셨습니다, 자녀분의 행적과 관계가 있나요?

규호부 (눈가 그렁한, 강한) 솔직히 있습니다.

규 호 (참담한, 맘 아픈, 클락션을 쾅 하고 치는, 눈가 붉은)

씬 12. 규호부의 사무실이 있는 고층건물 복도, 밤.

규호, 참담하게 걸어가는, 그러다 멈춰 서서, 아버지의 사무실 쪽을 보면, 기자들이 입구에서 사무실 안으로 들어가기 위해, 난리도 아닌(의원님은 안 계시다, 들어가서 기다리겠다, 사모님의 연락처를 아느냐? 대선에 이번 일이 어떻게 작용할 거 같냐, 등등의 말을 하는), 규호, 참담한, 뒤돌아서 가는, 그러다, 엘리베이터로 가려 하면, 엘리베이터에서 기자들 내리고, 규호, 숨다시피 계단 쪽으로 가는,

씬 13. 건물 비상구 계단, 안.

규호, 계단을 내려가는데, 무슨 소리가 나서, 밑을 보면, 규호부와 실무자들 서너 명이 얘기를 하고 있는,

실무자2 (실무자 1에게) 당내 분위기는?

실무자1 괜찮습니다. (규호부 보며) 의원님이 발빠르게 인터뷰를 자처하신 게 주효했습니다. 청렴성이 더욱 부각을 받는 느낌입니다. 원색적인 질문을 했던 기자들한테 자식이 죽게 생긴 사람을 그렇게 몰아갈 수 있냐고, 인터넷에서 난리들입니다.

규호부 (맘에 드는 듯, 고개 끄덕이고, 사무적으로) 우리 집사람 병원에서 철수시켰나?

규 호 (뭔가 이상한)

실무자2 네.

규호부 규호한테 병원 가지 말라고 하고, 그쪽 조직에 정성을 의원이 연루되어 있단 거, 부각해, 이번 기회 놓치지 말자고. 나는 일단 청평 별장 가 있을 테니, 김민일 의원 보고 오라고.. (이어지는 느낌)

카메라, 규호 쪽으로 가면, 규호, 그런 규호부를 막막하게 보는, 그러다, 조용히 비상구를 나가는,

씬 14. 규민 중환자실 안, 밤.

규민, 누워 있고, 규호, 창밖에서 그 모습을 물끄러미 보고 있는,
주변에 경찰들 서 있는, 규호, 맘 아픈, 눈가 그렁해 고개 숙이고, 가만 있다,
뒤를 도는데, 신문 방송 기자들 플래시가 빠르게 터지는, 규호, 눈부셔하는,

씬 15. 병원 근처 길거리, 밤.

규호, 길을 가다, 뭔가 이상해, 전자대리점 앞에 서면, 9시 헤드라인 뉴스,
눈가 그렁한 규호와 규호부의 그림이 나오며, 자막으로 1.〈손동근 의원 부자
거대 조직폭력배 근절, 눈물로 다짐〉이란 문구가 보이는,
그리고, 다른 뉴스들이 진행되는 게 보이는,
규호, 문자 오는, 보는,

규호부 (E) 일 그르치지 마라. 병원에 간 건 잘했다.
규 호 (화나, 핸드폰을 던지는, 그러다, 숨을 몰아쉬고, 다시, 핸드폰을 주워서 가는)

씬 16. 규호 바 안, 밤.

규호, 술을 마시며, 조금 취한, 전화를 하는,

규 호 (웃으며) 뭐하는데 못 나와? 영화? 야, 그 영화는 무슨 작년부터 찍드니, 아직
도 찍냐? 너 남자 생겼지? 난 너만 생각하고 있는데? 그지?

  * 점프컷 1. 밤 〉〉

규 호 (깔깔대고, 웃으며, 술 취한) 야, 자식아, 좀 나와, 나 지금 여기 니네 집 근처..
(그러다, 전화 끊고, 구시렁) 갑자기 뉴스 애길 왜 해. (하고, 다시 전화하는)

  * 점프컷 2. 밤 〉〉

규 호   너 뭐해?

　*화면 분할되며, 규호와 반쪽 화면에서는 다른 사람들이 등장하는,

2-1. 남자 수면실의 수경. 밤 〉〉

수 경   (자면서) 오민숙 선생님 픽업해 촬영장 갈람 낼 새벽 5시엔 일어나야, (전화 끊기는) 사람 괴롭히는 방법도 가지가지.. (하고, 다시 자는)

2-2. 지오의 집. 밤 〉〉

지오, 빨래를 개며, 전화를 어깨에 끼고 받으며, 어이없는,

규 호   너는 나한테 안 된다고 이 새끼야.
지 오   (웃으며) 오늘 럭비 진 게 그렇게 승질이 나냐? 이 밴댕이 소갈딱지 같은 새끼야.
규 호   너 내가 봐준 거야, 니가 하도 나한테 자격지심 갖고 징징대니까. 넌 운동도 드라마도 나하곤 안 돼, 알어?
지 오   (웃으며) 좋겠다, 넌. 드라마도 잘하고 운동도 잘하고, 못된 짓도 잘해서.
규 호   잘 때 내 꿈꿔라 자식아.
지 오   (전화기에 버럭) 에이, 이 우라질 놈아! (하고, 끊는)
규 호   (전화 끊고, 번호를 찾아, 또 전화를 하는)

　*점프컷 3 – 준영의 집 거실. 밤 〉〉

테이블에서 울리는 준영의 전화 진동음, 카메라, 한쪽으로 가면, TV를 틀어놓고, 소파에서 자는 준영의 모습 보이는,

씬 17. 서민층의 해진 집 앞, 밤.

규호, 몸을 못 가누게 술에 취한, 전봇대에 기대서 있는, 그때, '감독님' 하는

소리 나는, 규호, 돌아보면, 멀리서 해진, 평상복 차림으로 뛰어오는, 규호, 그 모습을 멀멀하게 바라보는,

씬 18. 규호의 집 침실, 희뿌연 새벽.

해진, 시트로 몸을 감싸고, 담담하게 창가 쪽에 서 있는 규호를 보는,
규호, 창가에 서서, 서글픈, 생각 많은,

씬 19. 남자 수면실, 밤. (씬 16. 점프컷 2. 에서 수경의 상황을 반복해서)

수경과 몇몇 남자들 자고 있는, 그때, 핸드폰 울리는

수 경 (너무나 졸린, 주섬주섬 주머니에서 핸드폰 꺼내며) 누구야.. 누구..
규 호 (F) 너 뭐해?
수 경 (자면서) 자요.. 벌써는 무슨 시간이 몇 신데, 오민숙 선생님 픽업해 촬영장 갈람 낼 새벽 5시엔 일어나야, (전화 끊기는) 사람 괴롭히는 방법도 가지가지 네. (하고, 다시 자는)

씬 20. 수진의 집 거실, 새벽.

수진, 크게 하품을 하며, 거실의 커튼을 치는,

씬 21. 수진 아들의 방, 새벽.

아들, 자고 있는, 수진, 들어와 아들의 엉덩이를 치며,

수 진 종민아 일어나, (아들의 얼굴을 만져주며, 살갑게) 어서 일어나, 어서. 나라 지키러 가야지, 어?
종 민 (짜증 내며) 몰라. 쫌만 쫌만 더.

씬 22. 남자 수면실(방송국 내), 새벽.

갑자기 자명종이 시끄럽게 울리는.

수 경 악! (하며, 땀이 범벅이 돼서, 가위눌린 듯 놀라 일어서는)
자는 남자들 뭐야?.. 썅.. (하며, 구시렁대는)
수 경 (가쁜 숨을 몰아쉬는)

씬 23. 민숙의 집 안, 새벽.

민숙(돋보기를 쓴), 냄비에 미역을 넣고, 달달달 볶는, 그러다 물 넣고, 냄비 뚜껑 닫고, 대본을 보며, 커피머신에서 커피를 한 잔 따라, 주방 테이블에 앉아, 대본을 보며,

민 숙 (대사 외우는) 니가 이년아! (말하는) 이런 목이 잠겨 한마디도 안 나오네.. 니가 이년아! (하고, 커피 마시며, 구시렁) 이 여편네는 맨날 딸년이고 동네 아낙이고 머리 쥐어뜯는 게 일이니.. (대사 외는) 니가 이년아! 어디 할 지랄이 없어서.. 왜 이렇게 입에 안 붙어. 외울 게 천진데.. (하고, 밑줄을 긋는)

씬 24. 수진의 부엌, 아침.

수진, 호박을 썰며, 옆에 대본을 두고 외우는 듯한.

수 진 (대본 보고, 호박을 썰며, 하늘 보고 하며 대본을 외는) 그러게 니가 왜 그런 남자랑 결혼을 할라 그러냐고, 뭐가 모질라서! 내가 너 이렇게 키울라고 여지껏 그 고생을.. (하다가, 대본 보고, 다시 하늘 보며) 여지껏 고생을 했는 줄 알어? 청상과부로 이날 이때껏 살면서, 비가 오나 눈이 오나, 바람에 불면 날아갈까, 손에 쥐면 부서질까 금지옥엽.. (구시렁) 왜 이렇게 대사가 길어? (하다가, 종민 세수하고 주방으로 들어오면, 밝게) 좀만 기다려, 된장찌개 끓여줄게 호박 넣고, 한번 후르륵 끓기만 함 (하다가, 칼에 손을 베는) 아!

씬 25. 방송국 앞, 길, 새벽.

　　수경, 배낭을 메고, 뛰어오며, 주머니에서 가글병을 꺼내 입에 넣고, 오물오물
　　하며, 달려오는 택시를 보고 부르려다 입 안에 든 것 때문에 부르지 못하고,
　　차를 보내자 화가 나는,

수 경　(차가 갈세라, 울상, 그냥 입 안에 든 걸 꿀꺽 먹고 소리치는) 택시!

씬 26. 민숙의 집 주방, 아침.

　　수경, 울상이 돼서 앉아 있고,
　　민숙, 꼭꼭 씹어 미역국에 밥을 말아 먹는,

수 경　(속상한, 울상) 밥을 드시고 촬영장에 가실 거면.. 밥을 드시고 가신다고 말씀
　　을 하시지, 그럼 제가 단 30분이라도 더 자고.. 왜 저를 새벽부터 오라고 하셔
　　가지고 이렇게 밥상머리에 앉혀서 선생님 밥 먹는 걸 보게 하시는.. 그 저의가
　　정말 뭡니까? 그리고 대체 매니저는 언제 와요?! 제가 일도 바쁜데, 언제까지,
민 숙　(밥만 먹으며) 어른한텐 밥이 아니라 진지야. 애나 개는 밥이고. 어른은 진지.
수 경　(울고 싶은, 작게 한숨 쉬고, 빠르게, 진지를 강조해 말하는) 진지를 드시고
　　촬영장에 가실 거면.. 진지를 드시고 가신다고 말씀을 하시지, 그럼 제가 단
　　30분이라도 더 자고, 왜 저를 새벽부터 오라고 하셔가지고 이렇게 진짓상머
　　리에 앉혀서 선생님 진지,

　　그때, 딩동 하는 초인종 소리 나고,
　　민숙, 나가는,

수 경　(어이없이 민숙 보며, 울상) 아주 성격 파탄이야.

씬 27. 달리는 민숙의 차 안, 아침.

　　민숙, 수진(손을 베어 반창고를 한), 뒷좌석에서 귤을 까 먹으며, 가고 있고,

수경, 운전하며, 두 사람의 수다를 듣는, 민숙을 보는 시선이 곱지 않다.

수 진 (귤을 까면서, 하얀 부분을 벗겨내는 민숙에게) 언니, 이거는 몸에 좋대, 벗겨 내지 말고 그냥 먹어.

민 숙 5수에 외국에서 공부한다고 나가 졸업장도 못 따고 들어와 울며 겨자 먹기로 공익 나가는 아들놈 뭐 이쁘다고 된장국 끓여주다 손을 베 처먹고, 니 남편은 처놀면서 니 차를 왜 끌고 나가 일하는 사람 발목을 묶어?! 지 차도 있고, 기사까지 있으면서.

수 경 (백미러로 민숙을 재수 없게 보는)

수 진 (얼결에) 우리 남편 안 놀아, 일해, 언니는 암것도 모르면서, (아차 싶어, 민숙 보면)

민 숙 너 또 공장 차려줬냐? 이번에 무슨 공장 차려줬니? 생수 공장, 플라스틱 공장, 제지 공장도 모자라 이번엔,

수 진 (웃으며, 말꼬리 자르며) 그냥 압구정에 조그만 가구점 하나 차려줬.

민 숙 미친.. 여편네는 일주일 내 이 드라마 저 드라마 찍는다고, 잠을 못 자고, 보따리장수처럼 전국을 싸질러 다니는데, 지가 뭐라고 늘 머리끝부터 발끝까지 명품에, 사장 노릇 아님 안 해?!

수 진 (귤 먹으며, 웃으며) 그러게, 내 말이..

민 숙 니가, 그렇게 무르니까, 니 팔자가 그따위야. 젊어서 친정에 그만큼 당한 것도 모자라, 남편에, 시댁에, 자식에, 늘어 분첩 하나 들고, 살래?

수 진 (운전하는 수경에게 귤을 먹여주며, 작게 웃으며) 시끄럽지, 귤 먹어.

수 경 (백미러로, 민숙 보며, 싫은, 입으로 귤 받아먹고)

민 숙 (수진 보며) 젊어 배우 한달 땐 다들 대가리가 비었다고 비웃더니, 왜 그 돈으로 지들이 호사야! 화류계 년처럼 웃음 팔고 번 돈 드럽고 드럽다더니, 왜 그 돈으로 지들이 생색이냐구?! 여름엔 더위에 녹아나도 웃고, 겨울엔 칼바람에 살이 트는데, 지들은 우리가 화면에서 웃으니까 놀면서 돈을 거저 버는 거 같지?!

씬 28. 민숙의 달리는 차 전경, 아침.

민숙, 화를 내는 모습 보이고, 수진, 웃으며 그만하라고 말리는, 그 모습에, 수

경, 정신이 없단 듯 고개를 젓는,

자막 - 늙은 배우들의 이야기

1. *플래시백 ≫
민숙, 일우, 수진의 사진작가에서 찍은 듯한 멋진 사진들(현재 모습)이 컷컷 빠르게 지나가는, 그 위로 신나는 팝송이 깔리고,

씬 29. 규호의 촬영장(민속촌), 낮.

스태프들, 크레인을 연결하고, 봉균, 크레인 위에 올라타서 지시하는 '더더더더' 하는, 그 모습 컷컷 빠르게 보이는, 주변에 의상팀 빠르게 옷을 벌려놓고 있는 게 보이는, 분주한 느낌,
카메라, 한쪽으로 가면,
규호(대본 들고), 영웅과 호걸, 미려와 서서 얘기를 하는, 지나가는 관광객들, 그걸 구경할려고 모여드는데 진행들, '죄송합니다, 촬영구역입니다, 돌아가세요! 죄송합니다!' 하며, 소릴 지르는,
카메라, 규호 쪽으로 가면,

규 호 니들은 카메라 쪽으로 죽 달려오기만 하면 돼, 그럼 나중에 특영으로 빠르게 돌려서 축지법처럼 보이게 할 거야. 티 안 나게, 죽기 살기로 달려오는 거 잊지 말고, 준비해.

영웅, 호걸, 미려 네. (하고, 가면)

규 호 (크레인 작동하는 스태프들에게) 크레인 몇 미터짜리야? 왜 그렇게 짧어?

봉 균 (크레인 위에서) 12미턴데, 뭐가 짧아, 난 어지러 죽겠구만.

규 호 그래요? 위에선 몰라도 여기선 짧아 보이네. (그때, 무전 오는) 뭐야? (장난치는) 오바.

1. *화면 분할 ≫
준영, 민속촌 일각에서 무전을 하고 있는,

준 영	(화난, 참으며) 죽을래, 오바.
규 호	(웃으며) 왜 지랄이냐, 오바.
준 영	카메라 감독이 왔다. 오바. 그런데, 뉴스만 30년 찍은 할아버지 선배가 오셨다. 오바.
규 호	(웃으며) 30년 경력임 베테랑이다. 오바.
준 영	뉴스 베테랑답게 (제 가슴을 탁탁 치며) 가슴 위만 화면으로 잡는댄다. 오바.
규 호	(낄낄대고 웃는) 그쪽은 그렇게 가도 돼.
준 영	촬영 봉균선배님 준다며, 뺑쳤지?
규 호	대신 조감독 세컨은 내가 갖고, 퍼스트 양수경 줬잖냐.
준 영	그깟 놈 너 가져라, 오바.
규 호	B팀은 게릴라다, 오바. 진짜 장군은 게릴라 진두지휘 때 나타난다, 오바. 힘내라, 오바. (하고, 끊고, 진범에게) 진범아, 가자!

＊화면 분할 사라지면, 민속촌 한 켠에 준영의 촬영장이 보이는,
준영의 촬영장, 흰머리의 촬영감독과 조명감독이 서로 웃으며 뭔가를 얘기하는 풍경 보이고, 민숙과 수진이 대본을 외우는 모습이 보이는, 메이크업팀, 분주하게 보조출연자들의 화장을 하는, 준영(모니터가 놓인 곳, 의자에 앉아), 그 광경을 참담하게 보고, 대본 보며,

준 영	배우라고 젊은 남자는 하나도 없고.. 씬 봐라, 씬.. 죄다 수다만 자글자글.. 바스트 바스트 바스트..

그때, 스태프들과 수경, 민희, 이동차를 깔기 위해 장비를 들고 오며,

수 경	저기, 이 레일 어디다 세팅하나?
준 영	(굳은, 꼬나보며) 저기? 저기가 누구야?
수 경	(웃으며) 레일 어디다 세팅하나(고)
준 영	(말꼬리 자르며, 버럭) 말 제대로 안 해?! 저기가 누구야? (스태프에게) 야, 너, 이름 저기야?
스 탭	(수경 눈치 보는)

민숙, 수진, 스태프들 모두 준영을 보는,

준 영　다시 말해봐.

수 경　(어이없이 웃으며) 레일 어디다 깔,

준 영　호칭 붙여서 안 해?!

수 경　(화나는, 고개 숙이고, 참고, 다시 준영 보면)

준 영　(수경 꼬나보는) 너 다른 감독들한테도 저기, 여기 국적 없는 호칭 불러? 아
　　　님 여자라고 나 무시해?

수 경　(작심하고, 힘주어 말하는) 감독님.. 이 레일, 어디다 세팅해야 됩니,

촬영감독　야, 그거 안 깔아도, 대충 찍,

준 영　(말꼬리 자르며) 대본 11씬 찍을람 어디서부터 깔아야 돼?! 너 조감독 퍼스트
　　　가 그것도 몰라서, 지금 나한테 물어? 머릴 굴려, 어디서부터 깔아야 돼.

수 경　(화 참고, 한쪽을 가리키며) 이쪽으로 쭉,

준 영　레일 깔고 나 불러. (하고, 주변에) 정확히 10분 안에 들어간다, 빨리빨리 움
　　　직여! (하고, 가면)

촬영감독　(가는 준영 보며, 구시렁) 젊은 애들은 왜 그렇게 카메라 장난질을 좋아하
　　　는지. 대충 그냥 찍지, (하고, 조명과 얘기하는, 이어지는 느낌의) 드라만 난
　　　영 재미없데. 내가 국회 첨에 들어갔을 때,

카메라, 수경 쪽으로 가는,
민희, 레일을 깔며 일하는 수경에게,

민 희　괜히 기선 제압하는 겁니다. 너무 화내지 마십,

수 경　(OL, 레일 깔다 웃으며) 주준영 귀엽지? 아우, 아까 개 눈 부라리는데, 나 온
　　　몸이 짜릿했다. 내가 일부러 그런 거야, 현장 나옴 동기도 감독이지, 암.. 동기
　　　도 감독이지.

민 희　(일하며) ?

씬 30. 민속촌 일각, 낮.

준영, 생각 많게 걸어가는,

준영모 (E) 준영아, 아빠가 이혼하쟨다.

준영, 걸어 가다가 전화를 하는, 신호음 가다 떨어지면,

준 영 (불쑥) 사랑한다고 말해줘.

씬 31. 방송국 자료실, 혹은 도서관, 낮.

지오, 책을 고르며, 어이없이 웃으며,

지 오 뭐야?
준 영 (F) 사랑 안 해?
지 오 (주변 눈치 보며, 어이없는) 사랑한다.

씬 32. 민속촌 일각, 낮.

준 영 (걸으며) 별로 재미없다. 미워한다고 말해봐.

씬 33. 방송국 도서관, 낮.

지 오 (책 고르며, 담백하게) 미워해.

씬 34. 민속촌 일각, 낮.

준 영 (볕 좋은 곳을 찾아, 기대서서 장난스레 웃으며) 그 말 들으니까, 갑자기 짜증이 확 일면서 머리카락이 삐죽 서는 게 일할 투지가 나네. 어디? 방송국 도서관? (투덜대듯 장난스레) 맨날맨날 지만 책 많이 읽고 똑똑해지고... 치.. 스케줄? 새벽 3시쯤 끝남, 서울로 가서 다시 아침 7시 강원도 출발. 따라서 내 스케줄에 그댈 볼 시간은 없는 거지.

그때, 스태프 '감독님, 준비됐습니다' 하는 소리 나고,

준 영 (스태프 보다가, 지오에게) 카메라 움직이기 싫어하는 촬영감독은 어떻게 구워삶아야 돼?

씬 35. 방송국 도서관, 낮.

지 오 (책을 고르며) 일단 구워삶는단 생각부터 버려. 그리고 니가 찍고 싶은 캇트를 말해. 애교도 떨고.

씬 36. 민속촌 일각, 낮.

준 영 애교?

씬 37. 방송국 도서관, 낮.

지 오 (책 고르며, 웃으며) 너 모르지, 남자들도 남자한테 애교 떤다, 형형, 에이 한 번만.. 에이, 형... 죄송합니다, 부탁합니다, 한 번만.

씬 38. 민속촌 일각, 낮

준 영 (크게 한숨 쉬며) 오케이. 간 쓸개 다 내놔보지, 뭐. 그나저나 난 선배 니가 그리워 죽겠다. (하고, 전화 끊고 가는)

씬 39. 방송국 도서관, 낮.

지오, 전화 끊고 웃으며 구시렁거리며 '그래, 나도 그리워 죽겠다 임마' 하고 책을 들고 사서에게 가져가는,

씬 40. 준영의 촬영장, 낮.

성감독, 카메라 앞의 의자에 앉아, 준영을 보면,

준 영   (애교 떨며 웃으며, 드링크제를 따라) 에이, 감독님 제 성의가 있지,

성감독   ?

준 영   일단 한번 드셔보세요, 힘드실 때 한 병쯤은 괜찮아요. (하고 성감독 손에 강제로 쥐어주고, 웃으며) 수고하세요, 감독님. (하고, 인사하고, 자리로 가서 앉으며) 가자!

성감독   (드링크젤 마시며, 준영을 재밌단 듯이 보는)

씬 41. 드라마국으로 가는 복도 + 안, 낮.

현섭, 민철, 어이없단 듯 웃으며 얘기하며 걸어가는,

현 섭   완전히 돈다, 돌아.

민 철   내가 기가 막히고 코가 막혀서, 에이고, 참 말도 안 되는 짓을 왜들 그렇게.. 형이 애들한테 말하쇼.

현섭, 민철, 드라마국으로 들어서는, 지오(영화를 보고 있는) 외, 여러 감독들 있는,
현섭, 들어서며,

현 섭   (큰소리로) 야, 야야야, 골때리는 회의 결과가 떨어졌다! 다들 주목, 주목!

모두들, 일을 하거나, 복사를 하거나, 바둑을 두다가, 현섭과 민철을 일제히 보는, 민철, 고개 절레절레 저으며 웃으며, 제 방으로 들어가는,

현 섭   (노트를 보며) 새로운 본부장님의 강하고 골때리는 개혁 의지 1항. 관리자(자신을 손으로 가리키며) 나지, 나. 나 같은 사람. 관리자들의 위상을 높이기 위해, 부하직원의 명령 불복종을 엄격히 금한다.

감독들   (황당한, 웃는, 무시하는, 또는 입바람을 획획 부는) 뭐야..

지 오   (큰소리로, 거수경례하며, 장난스레) 충성!

심부장   (웃으며, 옆의 감독에게) 야, 너 이제부터 내 말 잘 들어.

현 섭   (책상을 소리나게 치며) 그만그만, 2항. 드라마국 내에서 인터넷을 통해, 바

둑, 영화나 DVD 시청을 금한다.

오부장 (바둑 두며) 언젠 수단과 방법을 가리지 말고 자유로운 사고를 기르라며, 무슨 개소리야?

현 섭 여기 개소리 또 있다. 3항. 드라마국의 나태한 근무 태도 개선을 위해, 이제 드라마국은 (강조) 나인 투 식스, 정시 출퇴근에 주 5일 근무를 반드시 지킨다.

지오 외 감독들, 낄낄대고 웃으며, 현섭의 말이 끝남과 동시에 행동들 들어가는,

지 오 (동료들에게 말 하는) 신난다! 야, 이제 곧 6시다, 다들 퇴근하자. 야, 그리고 우리만 퇴근할 수 없으니까, 밖에서 촬영하는 애들 전부 집에 가라 그래?! 안 가면 짤린다고 말하고?! 신난다, 5일 근무다!

감독들, '오케이!' 하며 전화기 들며, '야, 사장님이 퇴근하라신다, 방송 나가든지 말든지, 니가 왜 신경 써, 사장님 계신데' 하며 '진짜야, 자식아' 하며 웃는, 다들 전화하고 난리가 난,

현 섭 잘한다, 다들 전화해, 전화해. 그리고 꼭 야근해야 될 애들 규호, 수경이, 대식이, 철진이, 수근이, 준영이, 민희 기타 등등 드라마국 50명과 카메라, 미용, 미술, 소품팀 기타 등등 관련부서 수백 명한테 야근수당 청구해서 방송국 말아먹고, 이제 9시 정시 출근이니까, 작가들 미팅, 배우 미팅 꼭 아침 9시에 잡아서 욕 들입다 처먹어라, 이게 무슨 개소린지. (하고, 자리에 앉으면)

지 오 (일어나 가방 챙기며) 아니, 그걸 회의 내용이라고 받아 적어서 와요?

현 섭 더 있는데 말 안 한 거야. (서류 보며) 복장 단정. 준영이, 민희 보고, 투피스 입고 현장 나가라고 전해. 원피스도 된댄다.

지 오 (낄낄대고 웃으며) 미쳐요.

현 섭 드라마국 알기를 뭘로 알고, 지들이 짧겐 7개월, 길겐 1년, 2년씩 24시간 일해봐, 아침 9시 정시 출근하란 소리가 나오나. 드라마국이 잘나가니까, 배가 아픈 거야, 뭐야. 연출들이 드라마에 미쳐, 거저 일해주는 거 모르고...

민 철 (퇴근 차림으로 나오며) 갑시다, 오부장님, 박부장님.

오부장 벌써 퇴근해?

현 섭 장회장 미팅! 빨리 와! (하고, 민철 따라 가방 들고 나가는)

오부장 이런.. (하고, 따라 나가며, 감독들에게) 퇴근해!

지 오 (웃으며, 가며) 야야, 밥 먹으러 가자,

감독들, 우르르 '형이 쏴'

지 오 내가 언제 니들 밥 얻어먹는 거 봤냐, 나와! (하고, 가며, 구시렁) 복장 단정?
코미디, 코미디, 진짜 코미디...

씬42. 규호 촬영장 일각, 민숙의 차 안, 밤.

민숙, 머리를 한 채, 휴지를 앞좌석과 머리 사이에 대고 자고 있는,
그때, 누군가의 손 창가를 두드리는, 노크 소리가 여러 번 나고,
민숙, 알지 못하다가, 알아채고, 고개 돌려, 보면,
규호, 불 붙인 케이크를 들고, 스태프들 모두 다 빠르게 생일 축하곡을 부르
는, 해진, 민숙을 차 안에서 끌어내고, 수진과 일우, 준영, 수경 모두 박수를
치며, 생일을 축하하는, 민숙, 졸린, 뭔가 싶은, 휘파람 소리와 폭죽이 마구 터
지는, 민희, 탬버린을 신나게 치고, 스태프들 모두 즐거운,

씬43. 준영의 촬영장, 민속촌 주막, 밤.

준영, 해진에게 진지하게 리허설을 설명하는, 조명팀, 조명을 준비하는, 규호,
케이크를 먹으며 걸어오다, 해진을 보고, 담담하게 그냥 가는,

씬44. 민숙의 차 안, 밤.

민숙, 수진, 수경, 케이크를 먹으며, 얘기하고 있는,

민 숙 (수진에게) 애들이 하긴 뭐가 애들이 해, 니가 다 시켰지.

수 진 아까 새벽에 촬영 나올 때, 내 손에 케익 있었어? 해진이가 인터넷에서 우연
히 언니 생년월일 알아갖고, 했다고 그렇게 말을 해도.. 나중에 고맙다 인사라

도 해.

민 숙　내가 시켰어, 내가 왜 인살 해?

수 진　언니 왜 그렇게 성격이 디디 꼬였어.

수 경　그러게 말이에요.

민 숙　(보면)

수 경　선생님은 다른 것도 나쁘지만, 오늘은 특히 더 나빠요. 애들이 아까 신선한 케익 산다고 해진이도 그렇고 분장, 미용, 전부 다 자기 할 일 부지런히 다 하고, 점심도 안 먹고, 없는 돈에 몇천 원씩 걷어서, 차 몰고 시내까지 가서 맛있는 케익집 찾아가 사 온 거구만, 그걸 모르고... (하다, 한쪽에 놓인 봉투(선물이 잔뜩 들어 있는)) 이거 안 풀러보세요?

민 숙　니들이 사봤자, 기껏 손수건 한 장이나 싸구려 루즈 하나지, 너 가져가.

수 경　에이그... 참.. 진짜진짜 이상해. (하다, 무전기 오면, 받으며) 간다. (하고, 끊고, 민숙 보며, 좀 화나는) 어린애들이 그래도 어른 생일 챙긴다고 나름 성의껏 준비한 거예요. 그러지 마세요, 정말. 누가 특별 관리 대상 1호 마귀할멈 아니랠까봐.

민 숙　(밀며) 너 나가, 이게 어디서 오냐오냐하니까.. 으른한테 말을 함부로,

수 경　(흉내 내며) 내가 야, 니 친구야, 내가! 어디서 맞먹을라고, 그래?! 내가 니 엄마보다도 나이가 많아, 너 그거 어디서 배운 말버릇이야?! 어?! (하고, 나가는)

수 진　(나가는 수경 보고, 웃으며) 우리 곧 갈게. (하고, 민숙에게) 애들이 귀엽다, (케이크의 장미를 만지며) 이런 유치한 장식은 또 뭐고... (그때, 전화 오면, 받고) 네네. 어, 그런데요, 전데요, 누구.. (하며, 민숙에게 작게 '잠깐만' 하고 나가는)

민 숙　(케이크 놓고) 입 달어, 입 달어, 무슨 케익이 이렇게 달어, 완전 설탕범벅이네.. (하며, 수건으로 입을 닦다가, 옆에 놓인, 봉투에서 포장 하나 뜯어보면, 수건이 나오는, 옆에 놓고, 다른 포장 뜯으면, 카드에 〈돈이 없어서 선물이 좀 그렇습니다. 축하합니다 - 민희 -〉라고 쓰여 있고, 과자 하나 들어 있는, 또 다른 걸 뜯으면, 이쁜 손거울이 나오고, 수경의 카드가 나오는, 그걸 보는)

수 경　(E) 오늘 생신인지 모르고 투덜대서 죄송해요. 담엔 아침에 미역국 끓여 혼자 드시지 마시고, 저 부르세요. 그리고 애들도 저도 그만 괴롭히시구요. 건강하세요, 선생님.

민 숙　(맘 짠한, 손거울을 들어서 얼굴을 보는)

씬 45. 시내 작은 호텔 앞, 밤.

그때, 모범 택시 도착하는, 잠시 후, 수진 내려서 웃으며, '고맙습니다, 잘 가세요' 하고, 카페로 들어가는,

씬 46. 호텔 카페 안, 밤.

수진, 들어서면, 종업원 인사하며,

종업원 안녕하세요, 선생님, 오늘은 혼자 오셨네요.
수 진 어, 내가 손님 만날 일이 있어서... (주변 돌아보며) 누구 나 찾는 손님 없었..

그때, 중년부인, 달려와, 수진의 머릴 잡아채며,

부 인 너, 내 딸 살려내라, 내 딸 살려내! 이년!
수 진 (머리가 잡힌 채) 아이고, 아주머니 또 왜 그러세요? 전에 만나 다신 나 안 찾는다드니, 왜 이래요, 또!
부 인 내 자식 또 약 먹었다, 내 자식 또 약 먹었어? 내 자식 이제 어쩔 거야?! 이년아, 이번엔 진짜 숨넘어가게 생겼는데, 어쩔 거야?! (하고, 울부짖으며, 수진의 머릴 뜯는)

종업원들, 부인을 말리고, 부인, 수진의 머리챌 놓지 않고, '죽어, 이년아, 니들이 잘나면 얼마나 잘났니, 니들이 잘나면 얼마나 잘났어?' 하고, 수진, 머리가 잡힌 채, 끌려 다니며 '사람 제대로 보고 이러세요, 나 아줌마가 누군지도 몰라' 하고, 난리가 난,

씬 47. 일우처의 병실, 밤.

일우, 편안하게 노래 부르며, 혼수 상태의 일우처를 젖은 수건으로 얼굴이며, 팔이며를 닦아주고 '아이고, 이뻐졌다' 하며 얼굴을 만져주고, 다시 노랠 흥얼거리며 소변주머니를 풀러 가지고 나가는,

씬48. 거리, 밤.

수진, 고개 숙인 채, 한쪽에 비켜서서, 서 있는, 바람이 불어, 옷자락이며, 머리카락이 날리는,
그때, 차 경적 울려 보면, 일우, 차를 몰고 와, 차문을 통해서 보며,

일 우 수진아!
수 진 (보고, 웃으며, 차 타는)

씬49. 일우의 차 안, 밤.

일우, 수진(눈가에 멍이 좀 들고, 입술만 터진, 수건으로 거울 보며 입가를 닦는) 조수석과 운전석에 앉아 말하는,

수 진 내가 그냥 아줌마가 부르는데 나갔겠어, 젊은 남자가 광고 땜에 급하게 만나자고 하니까, 속아서 나갔지,
일 우 (화난) 그런 건 매니저한테 부탁을 해야지, 밤늦게 어딜…. 그리고 그 여편네는 도대체 니 머릿챌 몇 번을 잡어? 작년에도, 올해도.. 대체 위자률 몇 번을 줬냐?!
수 진 (담담히) 네 번,
일 우 그러게 내가 고소하라 몇 번을 그래?! 그 딸년도 그 에미도 니가 사람들 입방아에 놀아나는 거 무서워하는 줄 아니까, 자꾸 이런 수작하는 거 아냐?! 이것들이 배우 알길 뭘로 알고,
수 진 (납납한) 국민의 어머니란 소리 듣는 사람이 별모레 장가갈 아들 두고 애비 고소함 행여 내가 이 바닥에서 밥 먹고 살겠다.
일 우 니 남편은 어디 갔어? 너 이 지경으로 당하는데, 니 남편 새긴 어디 갔냐고?!
수 진 (아무렇지 않은 듯, 편하게, 백미러 보고, 입가 피를 닦으며) 몰라, 전화 안 받어. 애한테는 이런 꼴 보이기 그렇고, 얼굴 팔려 택실 탈 수 있나, 민숙 언니랑 윤영인 촬영 중이지.. 미안해, 오빠, (웃으며) 괜히 야밤에 놀랬겠다.
일 우 너는 이 마당에 웃음이 나냐?! (하다, 수건 뺏어, 침 묻혀, 한쪽에 피딱지를 닦아주는)

수 진	그럼 울어? 울면 뭐가 좀 나?
일 우	니 남편 전화번호 대, 내 이 자식한테 지가 벌린 일 지가 책임지라고.
수 진	관둬, 오빠랑 나랑 젊어 한때 썸씽 있던 걸로 평생을 울궈먹는 사람한테 불 지를 일 있어?
일 우	(버럭) 미친놈, 지랄도 무슨 그런.. 너랑 나랑 한때 그런 걸 30년을 넘게 울궈먹고.. 그게 돈 놈이지, 성한 놈이야?! 넌 대체 그런 놈하고 왜 사냐?
수 진	왜 살긴 왜 살어? 그냥 사는 거지, 왜, 왜 그런 거 따짐 못 살어.
일 우	이 얼굴로 촬영은 어쩔 거야?
수 진	(웃으며) 낼 남편한테 처맞는 역이라 괜찮아. 잘됐지 뭐.
일 우	(어이없게 보고 한숨 쉬고, 창가 보고)
수 진	집에 가기 싫은데.. 윤영이네 잠깐 갈까?
일 우	민숙이가 집으로 텍고 오라고 연락 왔어. (하고, 차 시동 걸고 가는)

씬 50. 민숙의 거실 창밖, 비 오는 밤.

비가 오는, 창가로 보면, 민숙, 수진, 일우 차를 마시며, 얘기하고 있는,

수 진	(깔깔대고, 웃으며, E) 어머 웬일이야, 근데 닭을 왜 삶아 오셨대, 암에 닭이 좋대?

씬 51. 민숙의 거실, 비 오는 밤.

민숙, 어이없이 말하는 수진(얼음팩을 눈두덩에 하고)을 보고 있고, 일우, 수진 웃으며 얘기하는,

일 우	(웃으며) 몰라, 닭도 그냥 닭이 아니고, 오골계에 팔뚝만 한 인삼을 넣서, 솥째 들고,
수 진	야, 정말 오빠는 연기자 생활 할 만하네, 나는 인터넷에 나 처죽이라고 무슨 동맹을 맺고 난리라는데.
일 우	왜, 국민의 어머닐 죽이래?
수 진	하루는 국민의 어머니, 하루는 국민의 웬수잖우. PBC 일일에서 내가 왜 주인

공들 결혼하는 거 머리 싸매고 말리잖어, 그랬다고 돈만 아는 늙은 쭈그렁탱이가 젊은이들의 위대한 사랑을 반대한다고 사랑의 역적 이래나 어쨌대나 난리난리 났잖아. 초딩 애들은 우리 집에 개똥 던지고, 케찹 뿌리고,

일 우 (웃으며) 작가가 그렇게 쓴 걸 어쩌냐고 좀 따지지?

수 진 내가 이 나이에 인터넷에서 떠드는 초딩 애들 잡고, 작가의 가치관과 내 가치관에 대해 연설을 하면 걔들이 알아들어? 죽으로 가만있는 게 돕는 거지.

일 우 (낄낄대고, 웃으며) 맞는 말이다, 맞는 말이야.

일우와 수진의 얘기 이어지는 느낌, 그때, 초인종 울리고, 민숙, 문 열고,

수 진 (웃으며) 언니, 누구?

민 숙 너도 나도 아는 년이다, 왜. (하고, 자리에 앉으면)

윤영, 케이크를 들고 비를 맞고 들어오며,

윤 영 (웃으며) 선생님 미안, 미안, 내가 오늘 늦게까지 미팅이 있어서..

일우, 수진 어, 윤영이구나. 야, 어서 와라, 어서.

윤 영 어머, 선생님들 오셨네, 정선생님 건강하시죠? (하다, 수진 보며) 어머, 선생님 눈 왜 그래?

수 진 별거 아냐.

민 숙 (차 마시며) 처맞았댄다.

윤 영 어머머머, 누가? 누가? 사장님 또 바람폈어요?

일 우 케잌 샀냐, 어디 그거 한번 끌러봐라, 출출하네.

민 숙 넌 생일 파디 해준다며 일쩍 좀 오지 기집애야.

윤 영 회사 상장시키고 나니까 일이 많아.

수 진 넌 진짜 멋지게 산다, 우리처럼 구질구질하지 않게. 너 계속 그렇게 살아야 돼. 남자들 밑에 두고 부려먹으면서, 넌 우리 배우의 꿈이야.

일 우 촛불이나 켜, 촛불이나.. 민숙이도 좀 바싹 케잌 앞으로 앉고, (하고, 민숙의 어깨 잡아끌고)

민 숙 잡지 마. (하면서도 좋은)

그렇게 소란하고, 즐거운, 네 사람의 그림 보여지는, F. O.

씬 52. 누리의 골목, 아침.

민철의 딸(누리), 여자애와 죽기 살기로 싸우는, 다들 교복을 입은, 주변에 여
자애들 침을 뱉고 웃고, '야, 야, 밟아, 밟아, 까, 까, 이기는 편이 우리 편이
다' 하며 부추기는, 넘어지면 일어나, 서로 주먹을 날리고, 난리도 아닌,

씬 53. 윤영의 집 안, 아침.

민철, 출근복 차림으로 화가 나, 소파에 앉아 있는, 그때, 윤영, 팔에 링거병을
꽂고, 링거대를 들고, 방에서 나와, 커피머신으로 가, 커피 따르며, 편안하게.

윤 영 출근할 때마다 이렇게 들름 안 피곤해?
민 철 (화나, 윤영 보며) 대체 일을 몇 개나 하는 거냐? 링거까지 지 손으로 꽂아가
며, 뭐하는 거야?
윤 영 (커피 마시며, 주방 쪽에 앉아, 민철을 보며, 웃으며) 광고 촬영하고, 영화 하
나 그것밖에 없는데, 그러네? (하고, 차를 마시는)
민 철 작년에 계약한 화장품 CF 계약 잔여 촬영에, 액션영화 찌느라 아침마다 액션
스쿨 나가, 회사 합병 문제로 연일 밤샘 회의해, 광고주들 미팅.. 너 그렇게 일
하다 그냥 인생 마감할라 그래?
윤 영 (보고, 웃으며) 응.
민 철 (보면) ?
윤 영 (커피 마시며) 멋지잖아. 감독이 마지막 촬영하고 캇 하는 그 순간에 숨이 꼴
까닥하는 것처럼, 나도 촬영장에서 끽.. 참 그럼 순직 처리해주나? (커피 마
시는)
민 철 개죽음이지, 무슨 순직이냐?
윤 영 (웃고) 말하는 게 갈수록 거칠어지네. 재밌게. (하고, 커피를 마시고, 링거를
빼려는)
민 철 (답답한 가라앉은) 빼지 마.
윤 영 액션스쿨 가야 돼.

민 철 약 남았어 빼지 마.

윤 영 (링거 빼고, 민철 쪽으로 와서, 이마에 입을 맞추며) 징징대지 마. 갈게.

민 철 (윤영 맘에 안 들게 보는, 그때, 전화 오는, 받으며) 네..

씬 54. 윤영의 집 앞, 낮.

민철, 집에서 나와, 뛰어가는,

씬 55. 누리의 고등학교 교무실 복도, 낮.

누리와 같이 싸우고, 구경을 한 여자애들 복도에 무릎을 꿇고 앉아 있는, 교무
실 창가로 보면, 민철과 선생님 얘길 하고 있는, 잠시 후, 민철, 선생님에게 죄
송하단 말을 하고 악수를 하고, 교무실을 나와, 누리를 지나쳐 그냥 가다가,
다시 돌아와, '너, 이리 와?' 하며 누리의 손목을 끌고 가는,

누 리 이거 놔요?! (하고, 뿌리치고, 먼저 앞장서서 빠르게 가는)

민 철 (화난, 다시 누리에게로 가서, 팔목을 잡고, 끌고 가는)

씬 56. 누리의 고등학교 운동장, 낮.

민철, 딸을 끌고 와 한쪽 벤치에 거칠게 앉게 하며, 화가 씩씩대며 숨을 몰아
쉬는,
누리, 민철을 화가 나 꼬나보다, 외면하며, 작게 구시렁,

누 리 존엔 짜증.. 나.

민 철 뭐?

누 리 (안 보고, 바닥에 침 뱉고, 운동화로 문지르며) 그냥 가요.

민 철 너 깡패냐? 야, 자식아, 학교에서 친구들을 주먹도 모자라, 책상으로.. (아래
위로 훑어보며) 하고 다니는 꼴 봐라, 17살짜리 고등학교 기집애가.. 그게 교
복이냐, 빤스냐, 자식아! 엉덩이가 다 보이게 교복을 잘라서는.. 니가 깡패야?
너 깡패야? 그래? 자식아?!

누 리 (보며, 아무렇지 않게) 깡패면 어쩔 거고, 아님 어쩔 건데요?

민 철 (어이없는) 뭐?

누 리 (어이없게 보며) 연락하라며, 힘들고 외로울 때 연락하라며? 그래서 연락했
는데, 뭐 잘못됐어요?

민 철 (황당한) ?

누 리 내가 왜 그런지 알지도 못하면서... (하고 가는)

민 철 너 이리 와.

누 리 (그냥 가는)

민 철 누리 너 이리 안 와! 야, 김누리!

누 리 (그냥 가는)

민 철 저 버르장머리 없는 새끼, 아빠가 말하는데.. (하고, 돌아서서 가다가, 다시 보
며 소리치는) 내가 너한테 뭘 그렇게 잘못했어, 자식아, 아빠가 딸년한테 똑
바로 살란 소리도 못해! 내가 너 하는 짓 뻔하게 아는데, 그럼 잘했다 그래, 임
마! (하고, 가는)

자막 – 민철의 이야기

씬 57. 커다란 와인숍 밖, 낮.

양희, 직원들이 가져오는 와인 상자를 받으며, 수고했다 창고에 가져다 쌓아
놔라 등등 말을 하는, 길 건너편으로 가면, 민철, 그런 양희를 가만 보고 있는,
답답하고, 속상한, 괜히 발로 땅을 툭툭 차는,

씬 58. 드라마국 안, 낮.

민철, 호연에게 화나 얘기하고 있는, 호연, 고개 숙이고 있고, 오부장, 현섭,
지오 외 모두 민철과 호연을 보는,

민 철 (호연만 보며) 그래서, 내년 1, 2월 편성을 무너지게 하겠다고? 얌마, 내가 너
한테 전에 뭐랬어? 시대극 준비할람 최소 2, 3년은 해야 된다고, 백 억짜리 일
저지르면서, 달랑 1년 준비해갖고는 여러 사람 죽인다고, 내가 말했지? 근데

너 뭐랬냐? 오부장님 말씀도, 내 말도 안 듣고, 나도 할 수 있다고 내가 국장 라인 아니니까 이러는 거 아니냐고 악썼지?! 있지도 않은 라인 만들어가며 드라마국 내의 정치세력이 어쨌느니, 저쨌느니 하며.. 그래서 일 쳤더니, 뭐? 이제 고작 두세 달 남았는데 못해? 니가 이렇게 뒤집어짐 누가 그 똥바가지 뒤집어쓰라고? 누가 그 똥바가지 뒤집어쓰라고?!

호 연 뭐라고 할 말이 없습니다. 휴직계,

민 철 (탁자를 뒤엎고, 호연 멱살 잡으며) 뭐, 휴직계? 휴직계 냄 다냐? 그동안 윗선에 기자들한테 보고하고 홍보한 건 어쩔 거야, 어쩔 거야?!

그때, 지오, 민철을 등 뒤에서 안고, 말리며,

지 오 (민철을 안고, 말리며) 이런다고 일이 해결돼요, 나가요, 나가.

현섭, 오부장, 나와, 그 광경 보며, 답답한,

민 철 (호연에게 악쓰는) 본부장님 집에까지 찾아가 후배들 기 살리겠다고 너 밀었던 나한테, 뭐 휴직계 던지고 넌 빠지겠다고? 왜 휴직곌 내냐, 사직서 내지? 그러게 작가 선정 잘하라고 내가 몇 번을 말해? 그때마다 감독권 침해라고 악썼지, 너?! 또 감독권 얘기해봐, 또 감독권 얘기해! (하며, 몸부림치며) 이거 놔!

지 오 (민철을 끌며) 나가자, 좀.

씬59. 방송국 뜰, 낮.

지오, 제 잔은 입에 물고, 자판기 커피를 세 잔 가져와, 한쪽에 침통하게 앉아 있는 오부장, 현섭 민철에게 주고, 옆에 앉는,

현 섭 (커피 받으며) 땡큐다.

오부장 (민철에게) 프로덕션에 연락해놨어. 여섯 개 정도 모일 거 같애. 그중에 하난 쓸 만한 게 있겠지 뭐.

지 오 자체에도 해결할 방법이 찾아보면 있을 건데,

현 섭 1, 2월은 (턱으로 한곳을 가리키며) PBC 쪽에 윤영이 프로덕션에서 조승원 덱고 들어온다는데, 게다가 작가는 현우신이랜다. 그런 자리에 누가 들어가.

지 오 (답답한) 돌겠네.

오부장 (화난) 어쩐지 프로덕션들이 일만 준담 서로 나 달라고 아귀다툼을 하며 달려 오드니, 일 준다는데도 떨떠름하드라. (하고, 가는)

현 섭 어디 가?!

오부장 (가며) 발로 뛰어봐야지, 프로덕션 들어가요!

민 철 (커피 마시면)

현 섭 윤영이한테 우리 쪽으로 그 프로젝트 갖고 오람 갖고 올까?

민 철 벌써 도장 찍었음 소용없죠, 뭐.

현 섭 아직 안 찍었을지도 모르지. 윤영이네 PBC 들어간단 소문 불과 일주일 전에 돈 거잖아.

지 오 (커피 마시다, 보면) ?

현 섭 내가 이럴 게 아니라, 그쪽에 전화 좀 해봐야겠다. (하고, 일어나 가는)

지 오 (커피잔을 만지며 답답한)

민 철 내가 호연이 자식 믿고 뒤에 준비 안 시킨 게 잘못이지.

지 오 뒤에 준비시켰음 준비시켰다고 난리 나죠, 또.

민 철 (답답한)

지 오 (찻잔만 보며) 근데 이거는 그냥 걱정돼서 하는 말인데요..

민 철 (무심히, 보면)

지 오 (보며, 담담히) 아무래도 내가 실수를 한 거 같아요.

씬 60. 민철 택시 안 + 밖, 밤.

현섭과 오부장, 민철 택시 안에서 얘기하는,

현 섭 내가 니 딸 같아도 그런 말해. 지 엄마보다 이쁜 (기사 안 듣게 작게) 배우랑 도망갈라고 지를 버렸는데, (다시 큰소리로) 개가 아무리 세월이 흘러도 널 이해할 수 있겠냐? 인류를 위해 집을 나선 싯달타도 아들 라홀라가 첨엔 이해 를 못했다는데?

오부장 엑스 와이프한테 찾아가서 한번 상의해보죠?

현 섭 찾아가 뭐라 그래? 왜 자식 교육 그따위로 시켰냐고 그래? 그럼 상관 마라, 너나 잘살아라, 딸자식이 그렇게 염려스러웠음 바람을 피지 말지, 무슨 염치로 그런 말을 하냐? 이즘 인터넷에 윤영이랑 어떤 남자가 거릴 쏘다닌다는데 그거 당신 아니냐? 하며 반격이나 받지.

민 철 (어이없이, 웃으며) 형은 정말.. 어떻게 그렇게 모든 인생사가 빠삭하우?

현 섭 (웃으며) 그래서 내가 능력 없어도 먹고사는 거 아니냐, 히히.

오부장 근데, 장회장이 PBC 편성이 이렇게 된 걸 알면, 지들이 공들인 프로젝트 들고 우리한테 쉽게 올까?

민 철 정말 장회장 그 자식, 더티해서 일하기 싫은데.. 작품은 안중에 없고, 그저 PPL만,

현 섭 그런 바른말 해서 일 파토 낼 거면, 넌 빠져.

민 철 그나저나 나 법인카드 다 썼는데, 형이 술값 내쇼.

현 섭 웃기고 있.. (손 내밀며) 걷어 걷어, 법인카드 전부 내봐. 어서, 어서,

민 철, 오부장 (웃고, 카드를 현섭에게 주는) 아, 진짜 자기 꺼 좀 쓰지,

씬61. 길게 늘어선, 룸살롱 복도, 밤.

웨이터, '진영 프로덕션 장회장님 506호에 계십니다. 이쪽으로 오십시오, 국장님' 하며 안내하면, 민철, 현섭, 오부장 따라가는,
그러다, 한 방을 지나가고, 현섭, 뭔가 이상해, 멈춰 서 지나친 방을 들여다보면,

1. * 인서트 – 룸 안 〉〉

윤영, 현섭이 산타마리오에서 봤던 PBC 방송 사람들과 그 외 자기 방송국 전 본부장과 함께, 일본 사람으로 보이는 관계자와 일본 노래를 부르며, 노는, 지난 본부장, 윤영의 허리에 손을 두르고, 빙 둘러서서 마치 합창하듯 (나름 건전한 분위기) 노랠 부르는, 여잔 윤영 혼자다. 소유도 같이 보이는,
현섭, 윤영의 허리에 두른 본부장의 손을 보며, 싫은, 가는,
윤영, 본부장이 자신의 허리에 감은 손을 떼내며, 웃으며, '간지러?' 하고, 웃는,

씬 62. 룸 안, 밤.

장회장(술에 취한), 오부장과 여자 종업원, 노래를 부르고 있는,
현섭, 민철에게 귓속말을 하고 있는,

민 철 (술 마시며, 얼굴이 무거운)

현 섭 (술 마시며) 대체 프로젝트가 얼마나 크길래, 일본애들에 우리한테서 나간 전 본부장까지...

민 철 지오가 윤영이한테 우리 쪽 1, 2월 편성이,

현 섭 (맘에 안 들게 보며) 야야야, 지오가 윤영이한테 이쪽 편성 흔들린다고 말한 건 일주일도 안 된 일이고, 이 일에 일본 쪽까지 붙어 이 정도 성사될람 적어도 대여섯 달은... 지오도 지가 오바한다고.. 신경 쓰지 말랬.. 너..야, 혹시 윤영이가 너랑 지오를 이용해서 설마 우리 회사 편성기밀을 갖고 지만 살겠다고 PBC에 딜했다고 생각,

민 철 (술 마시는)

현 섭 그래, 넌 술이나 마셔라. 미친놈, 지가 살 부비고 사는 여잘 어떻게 그렇게... (하고, 술 마시는)

민 철 (술 마시고)

씬 63. 달리는 민철 택시 안, 밤.

민철, 술이 조금 취한, 전화하고 있는,

민 철 사업상.. 관계자 미팅? (시계 보며) 지금 시간이 새벽 두 시가 넘어가는데, 사업상 관계자 미팅을 하셔?

씬 64. 윤영 룸살롱 일각, 밤.

윤영, 룸에서 나오며, 전화를 하는,

윤 영 (편안한) 곧 끝나가. 어디야?

민 철 (F) 니네 집 가는 길.

윤 영 (편하게) 나 집에 안 갈 건데.

씬65. 달리는 택시 안, 밤.

민 철 뭐?

씬66. 윤영 룸살롱 일각, 밤.

윤 영 (서글픈 웃음 지으며) 너는 단 한 번도 날 안 믿지?

씬67. 달리는 민철 택시 안, 밤.

민 철 지오가.. 널 참 좋아하지? 그런 애가 널 믿고 말한 걸 가지고, 그걸 빌미 삼아서 타 방송국에서 편성을 따?

씬68. 윤영 룸살롱 일각, 밤.

윤 영 (어이없는) 그렇게 믿음, 좋아? 맘이 편해? (어이없이 웃고) 그럼 그렇게 믿든가.

민 철 (F) 집에 당장 와.

윤 영 (어이없는 작게 웃고) 김민철. 너는.. 내가 널 사랑하는 건 안중에도 없지? 너만 날 좋아하는 거 같지? 너만 나한테 의리가 있고, 너만 나 땜에 괴롭고, 슬프고, 너는 일하고 난 웃음 팔고, 너 가끔.. 내가.. 몸도 판다고 생각하지?

씬69. 달리는 민철 택시 안, 밤.

민 철 (가라앉은, 화나는 것 참고) 와. 어서.

씬 70. 윤영 룸살롱 일각, 밤.

윤 영 (서글프게 웃고, 담백하게) 지랄하지 말자, 김민철, 어? (하고, 끊고 가는)

씬 71. 달리는 민철 택시 안, 밤.

민철, '야야야' 하다가, 핸드폰 내려놓고, 창가를 보면, 버스정류장에 대문짝만하게 보이는 윤영의 웃는 옷 광고 사진, 느린 화면으로 가는,

씬 72. 민숙의 거실 밖, 비 오는 밤.

씬 42에 이어지는, 민숙의 생일케이크 촛불 켜져 있고, 수진과 일우, 윤영 고깔모자들을 쓰고, 환하게 웃는, 윤영, 신나하며 폭죽을 터뜨리는 모습 보이는, '쾅쾅쾅' 하는 대문 두드리는 소리가 나는, 딜라일라 같은 격한 팝송 나오는.

씬 73. 윤영의 집 앞, 밤.

민철, 문을 두드리고, 서 있는, 화가 난 울 것 같은 표정으로, 계속 문을 두드리는, 그 모습 부감으로 보이는, F. O.

씬 74. 규호 촬영장 민속촌 밖, 밤.

규호, 준영의 스태프들 부리나케 짐들을 챙기는 모습 보이는,
준영, 가방 들고 버스에 오르는데, 규호, 준영 부르는,

규 호 첫 촬영 소감이 어떠냐?
준 영 (무시하듯) 맞고 싶어서 몸이 근질근질하지? (하고, 차로 오르며, 문자를 넣는)
규 호 (웃고, 자기 차로 가면서, 스태프들에게) 빨리빨리 움직여서 한숨이라도 푹 자라. (멀리 떨어진 봉균에게로 가며) 참, 형, 나 좀 봐! 낼 강원도 촬영 있잖아요.
수 경 (가는 규호를 보며, 짐칸에 짐 넣으며) 저건 분명 산삼을 처먹지. 그렇게 일하

고도 목소리가 우렁우렁.. 징그러. (하고, 일하며, 옆의 민희에게) 김군, 너 주준영 옆에 앉지 마, 거기 내 자리다.

민 희   (상관없이, 짐을 놓고, 옆의 스태프에게) 주감독님 옆자리 내 자리니까, 앉지 마. (하고, 일하는)

수 경   (맘에 안 드는) 아.. 얘 정말 이상해.

민 희   (일만 하는)

씬 75. 규호 촬영장 주차장, 규호의 차 안, 밤.

규호, 걸어와, 차로 와서, 안전벨트 매고, 시동 걸고, '악!' 하고 놀라고, 뒤돌아보면, 뒷좌석에 해진이 맑게 웃고 있는,

규 호   이게 사람 심장 떨어지게..

해 진   (규호 볼에 입 맞추고, 뒷문 열고 나가는)

규 호   ?

해 진   (다시 차 앞문 열고) 치근대는 거 싫어하죠? 그래서 그냥 갈라고요. 바이바이. (하고, 가는)

규 호   (가는 해진 보다, 경적 울리는)

해 진   (문 열고, 밝게) 왜요?

규 호   (굳은) 너랑 나랑 하룻밤 잤다고, 무슨 대단한 관계라도 맺은 양 생각함 너 큰 오산이다.

해 진   (서운하지만, 밝게) 네. (하고, 가는데, 기분 안 좋은)

규 호   (어이없는 듯 웃으며, 차를 몰아 출발하는)

그때, 해진 매니저(인창), 한쪽에서 가는 규호와 해진을 번갈아 보는, 기분 안 좋은,

씬 76. 달리는 스태프 차 안, 밤.

준영, 지오에게 전화를 하고 있는, 그러나 받지 않는, 다시 전화하는,

씬 77. 여의도 포장마차 안, 밤.

지오, 철이 외 다른 동료들 여러 명과 함께 웃으며 신나게 얘길 하고 있는,
지오, 가방에서 진동음으로 벨소리 나는데, 아무도 모르는,

지 오 임마임마, 인간과 인간과의 갈등을 너는 어떻게 맨날 그렇게 치졸하고 단순하게 푸냐? 여자가 찻집에서 남자를 기다리는데 남자가 안 와서 화가 나가지고 울고불고하고 그걸 남자가 달래주다, 첫날밤을 보낸다? 야, 야, 남자가 카페에 안 오는데는 이유가 있을 거 아냐? 남자 왜 늦었어?

철 이 회사 일을 하다 좀 늦고, 그 담엔 차가 밀려서.

두 성 (철이 보고, 웃으며) 그걸 여자한테 말했는데, 여자가 계속 울고불고해? 야, 그런 기집애랑은 빨리 끝내는 게 나.

지 오 (두성과 술잔 부딪히며, 웃으며) 간만에 맞는 말한다.

철 이 그럼 안 되지, 극이 안 끌려가지. 그 여자가 주인공인데,

지 오 (웃으며) 야, 넌 안 돼? 니가 무슨 글을 써? 이번에 공모작들 나오니까 그중에 하나 골라. 책이라곤 만화책도 안 보면서, 무슨 작가 흉낼.. 술이나 마셔, 술이나. (하고, 잔을 들고) 건배.

모두들, 웃으며, 건배하는,
진동음, 울리는, 그러나 지오, 듣지 못하는,

씬 78. 방송국 여자화장실 안, 밤.

준영, 양치질을 하는데, 민희, 풀 죽어 들어오는,

민 희 편집실 다 꽉꽉입니다.

준 영 여자수면실에 자리 잡아났어.

민 희 (문 열고, 볼일 보며) 거기서 자기 싫은데, 코 고는 언니들 땜에.

준 영 (씻으며) 그렇다고 두 시간 자는데 집에 가서 자긴 그렇잖아. 야, 그리고 넌 문 좀 닫고 싸.

민 희 무서워서 싫습니다.

준 영   아우, 저 괴물. (하고, 나가는)

씬 79. 방송국 여자수면실 안, 밤.

여자들 두엇 자고 있는, 코를 고는, 할로겐 등만 하나 켜진, 어두운,
준영, 피곤한 얼굴로 들어서서, 이층침대로 올라가서 이불을 덮고, 눕는데, 순
간 뒤에서 누군가 입을 틀어막는,

준 영   (놀란)
지 오   (준영 뒤에서 나오며, 따뜻하게) 나야.
준 영   (놀라, 주변 보고, 목소리 낮추고) 뭐야?
지 오   (입가에 손 대고) 쉿.. (귀에 대고 작게) 너 보고 싶어서, 혹시나 하고 문 열어
       봤드니, 니 가방이 있어가지고..
준 영   (웃으며, 황당한, 작게) 이러다, 회사 짤려.
지 오   (웃고) 나가자.
준 영   그래. (하고, 일어나려는데)

그때, 민희, 들어오는,
지오, 준영, 재빨리 자는 척하는,
민희, 몸을 건들거리며, 옷을 브래지어와 팬티 차림을 하는,

준 영   (놀라) 야야, 야, 너 왜 옷을 벗어?
민 희   (보며) 안 덥습니까?
준 영   (황당한) 야, 그래도 그렇지, 공동으로 자는데..

자는 여자들, '뭐야?' 하며 짜증 내는,

민 희   여자들끼린데 뭐 어떻습니까. (하고, 배낭에서 머리에 쓰는 랜턴을 꺼내 쓰는)
준 영   야, 그건 왜 써?
민 희   머리가 자꾸 비어가서, 책 좀 보고 자게요.
혜 옥   아, 그만 좀 떠들어!

준영, 민희 (황당한, 눈 감는)

민 희 (1층에 눕고, 책 보는)

지 오 (준영 등 뒤에서, 작게) 어떡해?

준 영 (팔로 툭 치는)

지 오 (말도 못하고, 아파하고)

1. * 시간 경과 〉〉
민희 외, 여자들 다 자는, 할로겐 등 꺼진, 민희, 자는, 헤드 랜턴은 켜진,

준 영 (자는)

지 오 (머리까지 이불을 덮어쓴, 준영을 흔들며, 작게) 준영아,

준 영 (자는)

지 오 (귀에 대고) 준영아..

준 영 (졸린) 나 너무 졸려..

지 오 (안쓰런, 머리 쓰다듬어 넘겨주며) 자, 나는 10분만 있다 갈게.

준 영 (눈 감고) 깼어... 겨울처럼 눈 왔음 좋겠다, 그리고 여기가 우리 둘만 있는 곳
이면,

지오, 웃고, 창가 쪽 보면, 눈이 오는, 그리고, 다른 침실을 보면, 아무도 없는,

지 오 그렇게 상상함 되지 뭐. (하고, 준영을 보면)

준 영 (눈 감은 채, 작게 웃으며) 나, 오늘 선배 디게디게 보고 싶었다.

지 오 (꼭 끌어안고) 나도.

준 영 (담담한) 아빠가 엄마한테 이혼하잰대.

지 오 ?

준 영 아빠가 많이 참았어. 나 같아도 엄마랑 부부로 살기 힘들었을 거야.. 이유는..
내가 나중에 얘기해줄게. 어쨌든 나는 그것 땜에 좀 외로웠.. (눈물 나는) ..
내가 선배를 얼마나 사랑하는 줄 선배 넌 모를 거야.

지 오 (꼭 안고, 볼에 살짝 입 맞추고 다시 꼭 안는) 너도 모를걸.

준 영 엄마는 또 이 시간에 TV나 보고 있겠지, (맘 아픈) 짜증 나, 정말. 왜 그 나이
먹도록 좋은 취미 하나 못 만들고,

지 오 (준영을 꼭 안아주는) 사랑해.

준 영 (자신을 안은, 지오 팔을 꼭 잡고, 눈 감고, 눈물 나는) 무지 많이 사랑해.

두 사람의 그림 부감으로 보이며, 엔딩.

많은 영화감독과 드라마 연출자에게 있어서 어떤 이야기이냐는 매우 중요하다. 더 나아가 어떤 이야기를 어떤 방향으로 끌고가느냐는, 영화보다 긴 호흡을 필요로 하는 드라마 연출자에게는 무엇보다도 중요한 화두이다. 나에게 드라마 대본이란 경전이나 성경의 의미이다. 정극이든, 로맨틱이든, 사람의 삶, 곧 인생의 이야기를 그려놓은 지침서이기 때문이다.

연출자는 경전을 든 수도사와 같다. 그 경전을 해석하고, 행간의 의미를 찾아내고 책의 목적을 위해서 항상 공부하지 않으면 안 된다. 인생의 기쁨이나 슬픔, 위로와 희망, 작은 기적 등 많은 이야기들을 연출자는 어떻게 재미있고 즐겁게, 편안하게 전달할 것인가에 최선을 다해야만 한다. 그 때문에 감독에게, 적어도 드라마를 연출하는 나에게 대본의 의미는 드라마의 기본 이전에, 인생을 공부하게 하는 가장 신성한 책 중의 하나이다.

드라마 대본을 책으로 묶어내는 일은 몇몇 관계자만 소유하고 있는 일이 아니라 모든 이들에게 특별하고 색다른 기쁨을 줄 거라 믿는다. 이 대본집을 읽는 모든 이들이 나와 같이, 행간에서 자그마하지만 소중한 각각의 인생을 새로이 느꼈으면 한다.

감독 **표민수**

'친구도 필요 없고, 애인도 필요 없고, 하늘 아래 나 혼자인 것처럼 철저히 외로울 때가 있다' 는 대사를 읽으면서 생각했습니다. 어쩌면 이리도 나와 같은 생각을 하셨을까! 대본을 읽으면서 내 마음을 그대로 옮겨놓은 듯한 글들이 너무나 많았던 기억이 납니다. 새로운 대본이 나오면 밑줄을 그어가며 대본을 봤고, 힘들 때나 마음이 잡히지 않을 때 가끔 지난 대본을 꺼내어 읽어 내려가다보면 마음이 차분해집니다. 좋은 글은 사람의 마음을 움직인다고 하는데, 저에게 노희경 작가님의 글이 그렇습니다.

저에게는 잊을 수 없는 작품인 〈그들이 사는 세상〉이 책으로 출간된다고 하니 기쁩니다. 드라마와는 또 다른 느낌으로 많은 독자들의 마음을 따뜻하게 채워주시리라 믿습니다.

준영이어서 행복했던 송혜교

노희경 작가님의 글이 연기하는 배우들이나 함께 작업하는 스태프들한테만 보여지기 아깝다고 생각했는데 대본집의 형태로 출판된다고 하니 참 다행스러운 일입니다. 자기가 연기한 작품의 대본이 책으로 출판된다면 그것 또한 배우로서 영광스러운 일이기도 하고, 한 자 한 자 고민하면서 연기하며 보냈던 시간을 추억할 수 있어서 독자의 입장으로서도 반갑습니다.

많은 분들이 이 책을 보면서 함께했던 많은 사람들을 생각하고, 추억하는 시간을 보내셨으면 합니다.

지오 현빈

첫 연습을 마치고 난 오랜만에 설레는 기분을 느꼈다. 내가 가장 사랑했고 심혈을 기울였던 〈거짓말〉의 대본을 읽었을 때 같은 느낌이랄까! 너무 지긋지긋해서 외면하고 싶은 상황들조차 아름답게 쓰여 있던 장면들, 사랑하면서 사랑을 몰랐던, 그냥 사랑이 힘들고 그래서 외롭다고 생각했던 순간들을 〈그들이 사는 세상〉에선 아무렇지 않게 말한다.

〈거짓말〉에서 성우가 준희를 사랑할 때 느끼는 죄의식이 〈그들이 사는 세상〉엔 없다. 그냥 그들은 사랑하고 헤어지고 또 사랑한다. 나약한 우리의 모습이다. 그럼에도 그 모습이 예쁘다. 있는 그대로 말할 수만 있다면, 아니 내가 뭘 원하는지 알 수만 있다면, 우리는 지금보다 훨씬 더 자유로울 것만 같다. 다시 한 번 작품과 사랑에 빠지고 싶다!

윤영으로 살았던 **배종옥**

이 책의 저자 인세와 출판사 수익의 일부는
기아·질병·문맹이 없는 세상을 만들어가고자 하는
JTS에 기부됩니다.

배고픈 사람은 먹어야 합니다.
아픈 사람은 치료받아야 합니다.
아이들은 제때에 배워야 합니다.

이것은 인종과 국가, 민족, 종교, 계급, 남녀에 관계없이
모든 인간이 누려야 할 기본 권리입니다.
그러나 이 지구상에는 이 기본적인 권리마저
누리지 못하는 사람들이 많이 있습니다.

JTS는 이렇게 고통받는 사람들을 돕고자 하는
따뜻한 마음을 가진 사람이라면
누구나 각자가 가진 것을 내어놓아
서로 만나서 함께하고자 합니다.

희망을 일구어가는 사람들 JTS와 함께하고 싶으신 분들은
www.jts.or.kr을 통한 회원가입, 02-587-8992로 문의전화
해주시기 바랍니다.

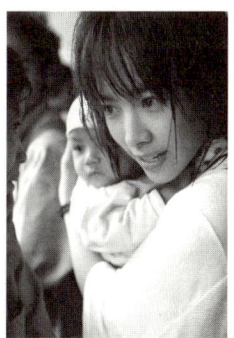

JTS는 유엔경제사회이사회로부터
특별 협의지위를 부여받은 국제 개발 및 구호 NGO입니다.

전화 02. 587. 8992   www.jts.or.kr
후원 국민은행 086-01-0339-254   (사)한국JTS

• 좋은벗들 www.goodfriends.or.kr
• 평화재단 www.peacefoundation.or.kr